M

Papel certificado por el Forest Stewardship Council®

Título original: *Hexed*

Primera edición: septiembre de 2025

Printed in Spain – Impreso en España

ISBN: 978-84-19975-92-8
Depósito legal: B-11.998-2025

Compuesto en Compaginem Llibres, S. L.
Impreso en Rodesa
Villatuerta (Navarra)

GT 7 5 9 2 8

HEXED

Una historia de Nunca Jamás

EMILY MCINTIRE

Traducción de Cristina Macía

Montena

LISTA DE REPRODUCCIÓN

«Poor Unfortunate Souls», Pat Carroll, Disney
«Anti-Hero», Taylor Swift
«What Was I Made For», Billie Eilish
«Only Love Can Hurt Like This», Paloma Faith
«Bring Me To Life», Evanescence
«Kiss Me», Sixpence None The Richer
«But Daddy I Love Him», Taylor Swift
«The Loneliest», Måneskin
«Who I Am», Wyn Starks
«All Of Me», John Legend

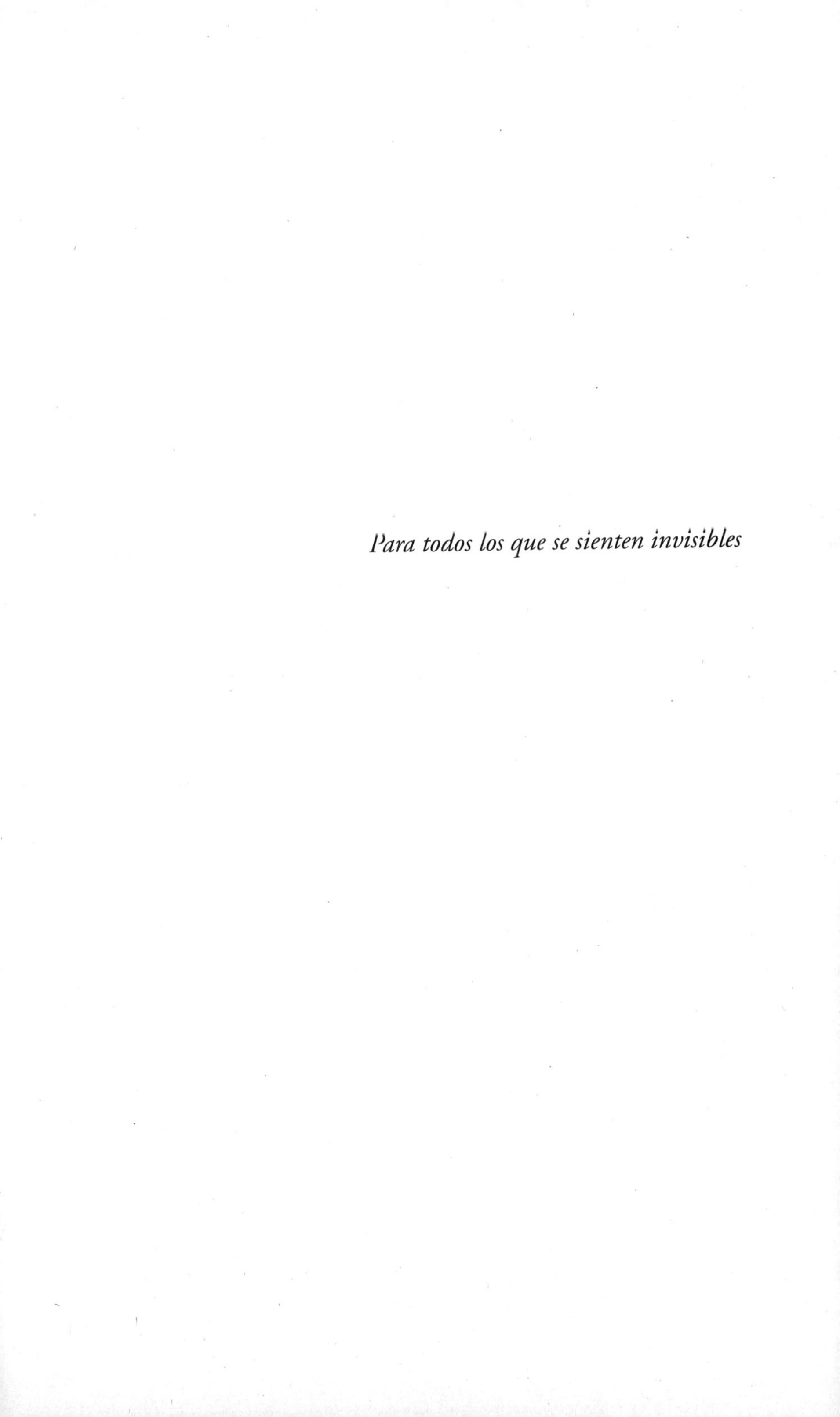

Para todos los que se sienten invisibles

Pero las sirenas no tienen lágrimas,
así que sufren mucho más.

Hans Christian Andersen, *La sirenita*

Advertencia: este libro incluye contenido sexual explícito, consumo de drogas y escenas violentas.

Nota de la autora

Hexed es una novela romántica oscura. Es un cuento de hadas retorcido para adultos, no una fantasía ni un *retelling.*

El personaje principal es un villano. Si buscas una lectura tranquila, no la encontrarás en estas páginas.

En *Hexed* hay escenas de sexo explícito y contenido para adultos no adecuado para todos los públicos. El lector queda advertido. Yo prefiero que te adentres en el libro sin saber más, pero, si quieres, hay una lista detallada de advertencias sobre temas delicados en EmilyMcIntire.com.

PRÓLOGO

Venesa

Veintiún años

—¿Piensas alguna vez en la muerte?

Es una pregunta sencilla, pero el hombre que tengo sentado debajo de mí, atado a la silla de madera del hotel, no responde. Lo que hace es cambiar de postura y el bulto de los pantalones se me clava entre los muslos. Bajo los dedos por el cuello de la camisa y se los meto bajo la fina corbata negra, y lo rozo con el pecho cuando me inclino hacia delante hasta que siente mi aliento en la oreja.

Se estremece.

Y yo retrocedo, asqueada.

Mis labios casi lo tocan, pero no salvo ese último milímetro de espacio. Porque llevo carmín rojo y no puedo mancharle la piel y dejar la prueba de que he estado aquí.

—¿Qué?

—Ya me has oído —susurro. Le agarro la corbata y cierro el puño con la otra mano sobre su hombro.

—¿Que si pienso en la… muerte?

Baja la mirada para clavarme los ojos castaños en las tetas.

El vestido es escotado y tengo los pechos grandes. Ambas cosas me sirven para distraerlo.

Los hombres son tan simples…

Muevo las caderas para dejar caer todo el peso sobre su regazo, y deja escapar un gemido al tiempo que echa atrás la cabeza, no sé si de sufrimiento o de placer. Si no me hubiera pedido que le atara las manos a la espalda, me estaría agarrando por la cintura tan fuerte que me dejaría marcas.

Por suerte para mí, al amigo Joey, aquí presente, le gusta que lo aten.

Miro alrededor de la suite presidencial del hotel, donde se aloja.

Estamos en el centro de la sala. Puse aquí la silla nada más llegar y sonreí cuando me dijo que cogiera la cuerda negra que él mismo había traído para que lo atara. Joey cree que me ha contratado, pero en realidad la cosa va mucho más allá.

Delante de nosotros hay un sofá grande de cuero, frente a la televisión de pantalla plana, y detrás se encuentran las puertas que dan al dormitorio principal. Están abiertas y se ve la enorme cama con las chocolatinas sobre las mullidas almohadas blancas que tienen bordado en el centro el logo del hotel Marino.

Joey no tiene intención de pernoctar aquí, y se nota en el estado prístino de la sala donde nos encontramos. El hotel solo es un lugar agradable donde esconder algunos de sus deseos más oscuros.

Como yo.

Pero dudo que yo sea la aventura que se espera.

Sonrío y tiro de él hacia mí hasta donde permite la cuerda.

—Eso mismo —digo arrastrando las palabras—. La muerte.

—No mucho. —Titubea—. ¿Tú sí?

—Sin parar.

Es lo más sincero que le voy a decir esta noche.

Frunce el ceño.

—No estás aquí para soltar gilipolleces. Venga, haz algo útil con esa boca.

—Mmm… —murmuro, y le desato la corbata, con lo que cae contra el respaldo de la silla—. Y yo que pensaba que nos lo estábamos pasando tan bien…

Se sacude debajo de mí con tanta fuerza que me hace saltar. Se me dibuja una sonrisa en la cara.

—¿Todo bien? Pareces nervioso, cielo.

Vuelve la cabeza a un lado. Tiene las mejillas cada vez más enrojecidas.

—No pasa nada.

—Si tú lo dices…

Pasa mucho, pero le voy a dar unos minutos para que llegue él solito a la conclusión.

Me paso los dedos por la clavícula, los bajo por el escote. Llevo una navaja de resorte en el sujetador y la noto tan pesada que es como si el metal me vibrara contra la piel blanca. Por lo general, me van más los venenos. Son más artísticos, te diviertes más. Pero las instrucciones que he recibido esta vez eran muy claras.

—¿Qué haces? —Se sacude de nuevo, y esta vez arquea el cuello en un espasmo—. Joder.

Le vuelvo la mejilla hacia mí y le doy golpecitos con las yemas de los dedos.

—Chisss… No digas nada, guapo.

—Deja de llamarme cielo y guapo.

Sonrío.

La verdad, da un poco de pena cuando está así de nervioso.

La agitación le arrebola la cara, mueve las piernas de manera que me lanza hacia delante y le presiono el pecho con mis tetas.

—De… desátame —tartamudea.

Saco la navaja y la abro para pasar por el filo las uñas rojo sangre.

—Joey, tesoro, no estás en situación de dar órdenes.

—Desátame, so puta —dice—. Ahora mismo. Tú no sabes quién so…

Se interrumpe a media frase cuando lo asalta otro temblor, y aprovecho la ocasión para pasarle la hoja de metal por la cara, hasta la nuez, y ponérsela en la base del cuello.

—Ojo con esa boquita —ronroneo, y presiono el mango de la navaja—. Me estás poniendo caliente.

Vuelve a forcejear contra las cuerdas, sin duda para tratar de escapar, pero no le será posible. Son nudos que me enseñó mi tío cuando tenía quince años, y desde entonces los he practicado mucho. Pero el movimiento hace que cambie el ángulo de la navaja y de pronto tiene una línea roja profunda en el cuello. La sangre empieza a gotear.

Se le agitan las piernas con otra convulsión que me sacude en su regazo.

—Siento decirte que esos espasmos musculares van a ir a peor, cielo.

—¿Q-qué? —tartamudea Joey.

Lo miro, compasiva.

—Es por la estricnina que te puse en la copa cuando estabas metiéndome la cara entre las tetas.

Se le acelera la respiración como si le faltara aire.

En el momento preciso.

Con los hombres no se puede contar, al revés que con el veneno que los mata… Si no es un refrán, debería serlo.

—¿Has estudiado alguna vez la belleza del veneno? —Lo miro con atención—. Lo dudo. Es un arte que se está perdiendo, la gente ya no se para a admirarlo. Hay una belleza en mis pócimas... Así llama mi mejor amigo a los preparados que hago, pócimas, como si yo fuera una bruja que te fuera a robar el alma.

—Jo... joder...

—En cierto modo, no le falta razón —digo, casi para mí misma. Inclino la cabeza a un lado y vuelvo a mirar a Joey—. Nyx, la diosa de la noche, exige sacrificios. Ella prefiere animales quemados y enterrados, pero no soy capaz de hacerles daño, así que lo hago con personas.

Me estoy quedando con él. Es cierto que practico magia mortal, pero no sacrifico seres vivos a los dioses. Casi ninguna bruja lo hace.

—Eres una pu... puta... psi... psicópata.

Aparto la navaja con un suspiro.

—Te he dicho que no desperdicies saliva, cielo. Si estoy aquí es porque has hecho un trato con el diablo, y nada que hagas o digas te va a salvar.

—No he he... hecho nada.

—Vamos, guapo... Mira, te creo, pero ya sabes cómo es este negocio. —Agito una mano en el aire—. Es mejor que no me cuenten los detalles.

El cuerpo entero le está temblando, se le sacude de manera incontrolable al tiempo que trata de coger aire. La verdad, esto se está poniendo un poco aburrido para mi gusto.

—No sé si te sirve de algo, pero me gustaría poder ayudarte. No sé salvarte. Estoy tratando de mejorar como persona. De hacer el bien, en lugar de causar dolor.

No es verdad, pero lo digo a veces porque así caigo mejor.

—Me… Me haces daño…, hija de puta…

Se me borra la sonrisa.

—Es verdad. Lo de que te hago daño. Lo de hija de puta ya es más discutible.

Lo agarro por la barbilla y le clavo las uñas en la carne hasta dejarle marcas en forma de medialuna.

—Lo malo es que hiciste un trato con alguien más aparte de mí, y los tratos son para cumplirlos, tesoro. —Hago una mueca al ver lo amarillenta que se le está poniendo la piel y le doy una palmadita en la mejilla antes de apartarlo—. Ya lo sabes.

Echa la cabeza hacia atrás y abre mucho la boca con un gemido de dolor.

Entonces le clavo el metal hasta el fondo en la arteria carótida.

El grito de Joey es agudo, pero breve, y barbota algo en medio del líquido que le llena la garganta. No se le entiende ni una palabra.

Da igual. En mi experiencia, es mejor cuando los hombres no hablan.

La adrenalina me corre por las venas con tanta intensidad que noto el latido del corazón en los oídos.

Joey se sacude tanto que la silla se tambalea, así que me echo hacia delante para que mi peso la estabilice. La sangre sigue manando por los bordes de la hoja de la navaja, le cae por el cuello y por la camisa color crema. Agarro el mango con tanta fuerza que se me ponen blancos los nudillos.

Arranco la navaja de un tirón al tiempo que salto de su regazo y retrocedo justo a tiempo para esquivar el surtidor rojo. No quiero que me manche la ropa. Por si acaso, y porque me conozco, voy de negro, pero el vestido es nuevo: no me lo podía permitir, pero le tenía muchas ganas, y quiero volver a ponérmelo.

Ahora sí que se cae la silla, con estrépito, y observo con fascinación enfermiza cómo van extinguiéndose los gemidos de Joey hasta que queda tendido, sin vida, sobre la alfombra manchada.

Resoplo para soltar el aire y me acuclillo para mirarle la cara. Hago una mueca al ver tanta suciedad.

No cabe duda, el veneno es mucho más limpio.

Joey tiene los ojos abiertos y vidriosos, vacíos.

El silencio es tan intenso que me zumban los oídos.

No ha llegado a gritar, si descontamos el breve alarido del principio. Seguro que era demasiado orgulloso y no ha querido mostrar debilidad ni en sus últimos momentos. Los tipos como él son todos iguales.

—Gracias por la cálida acogida, Joey —le dijo al cadáver. Limpio la hoja de la navaja con su camisa—. La familia Kingston te manda recuerdos.

CAPÍTULO 1

Venesa

Dos años más tarde

—¿Qué demonios haces aquí?

La voz aguda de mi prima me perfora los oídos. Estoy delante de ella, en una zona apartada del río Hudson.

La noche es muy oscura y las nubes tapan hasta la luz de la luna, así que ha tardado un rato en verme. Tiene suerte de que sea solo yo. Cualquiera la podría haber encontrado, y es tan ciega a lo que la rodea que la habrían matado antes de que le diera tiempo a gritar.

—Hola, Aria. Yo también me alegro de verte.

Sonrío con sarcasmo y examino su indumentaria. Lleva un vestido de noche verde esmeralda y tiene el pelo rojo recogido en un peinado que ha visto días mejores. Lleva colgados de los dedos unos zapatos de suela roja, uno de ellos con el tacón roto.

La princesita malcriada de siempre, hasta cuando parece que acabe de escapar de un incendio en un vertedero.

—¿Qué, dando un paseíto a medianoche? —comento.

Se aparta un mechón de pelo de la frente despejada y me clava una mirada asesina.

—¿A ti qué te importa lo que haga? ¿Y cómo me has encontrado? ¿Qué haces en Nueva York?

—Muchas preguntas para una chica con los zapatos rotos que quiere suicidarse. —Hago un ademán que abarca el lugar donde estamos.

La he encontrado como la encuentro siempre: con el dispositivo rastreador que mi tío le instaló, no solo en el teléfono móvil, sino también en la pulsera que le regaló cuando cumplió los dieciséis.

De hecho, seguro que le ha puesto localizadores en todo lo que le ha dado, que viene a ser lo mismo que en todo lo que Aria tiene. Es sobreprotector con su única hija, y eso que se escapó de su casa hace ya años. A veces me pregunto si mi prima se dará cuenta de que el hecho de que él le financie todo le quita sentido a lo de «escaparse», pero parece encantada, y la verdad es que no me extraña, porque siempre le ha gustado vivir rodeada de lujos.

Aria se cruza de brazos.

—¿Otra vez te ha mandado papá?

Sonrío.

Ya sabe la respuesta.

—¡No soy una cría, joder! Puedo arreglármelas sola. No dejes de decírselo cuando lo veas. —Golpea con fuerza el suelo con el pie y luego hace una mueca y se lo mira. Tiene un hilillo de sangre en la planta. Deja escapar un gemido—. Vaya, genial.

Arqueo una ceja y miro el tacón roto del zapato que lleva en la mano, luego el lugar inhóspito donde nos encontramos.

—Venga, en serio, ¿qué haces paseando entre rocas resbaladizas y un lodazal de agua con un vestido de mil dólares?

No responde de inmediato, sino que me lanza una mirada extraña, como si yo debiera saber ya por qué es tan temeraria.

—He salido con alguien —dice al final—. La cosa no ha ido bien y… Bueno, en el agua todo es tan tranquilo…

Se pone en marcha, y va tambaleándose por la orilla pedregosa y agarrándose a las rocas más grandes con los dedos largos al pasar entre ellas.

—¿A dónde leches crees que vas, Aria? ¿No quieres saber lo que te tiene que decir papaíto?

La sigo de mala gana. Resbala y contiene una exclamación.

—Te vas a hacer heridas en los pies y se te van a infectar —pruebo de nuevo a ver si con suerte va un poco más despacio.

Vuelve la vista hacia mí y se detiene.

—Qué dramática.

—Viniendo de ti, es toda una alabanza —me burlo—. A lo mejor yo debería quedarme a probar suerte en Nueva York con lo de cantar, y tú irte a casa y trabajar para tu papaíto.

—Venga ya.

—¿No crees que tendría más suerte en las audiciones para Broadway?

Suelta un bufido.

—Por favor.

No lo digo en serio. Me gusta trabajar para mi tío, y más ahora que hace años que Aria se ha marchado y me dedica toda su atención a mí. Además, estoy segura de que mi prima no tiene la menor idea de quién es en realidad su padre, lo único que sabe es que es el hombre de negocios más rico del sur.

Lo que yo hago para él va mucho más allá. Contribuyo a mantener en pie ese legado vacío, a asegurarme de que nadie sabe la verdad sobre su poder.

La corrupción brilla con los edificios deslumbrantes y los trajes caros, y la verdad es que mi tío no solo es un respetable hombre de negocios, sino también el gánster más poderoso del sur.

Sea como sea, comprendo que Aria se marchara de Carolina del Sur. Nueva York es muy especial. Al otro lado del Hudson, entre los gruesos cables del puente, se divisa la silueta de la ciudad, y es un espectáculo que hace que se me caldee el corazón.

Adoro esta ciudad, pero reconocerlo en voz alta sería como reconocer que tengo algo en común con Aria.

Ha estado obsesionada con Manhattan desde que éramos niñas. Recortaba las fotos de las revistas y las colgaba por toda la pared, y supongo que me contagió el interés.

Pero es ridículo. Los sueños son sueños y nada más.

Puede que Aria lo aprenda algún día, o puede que no. ¿A mí que más me da?

—Bueno. —Abre los brazos—. ¿Qué pasa? Dilo de una vez, Eri. ¿Qué quiere papá ahora? ¿Te ha mandado para que intentes ayudarme?

Salgo de mi ensimismamiento, furiosa al oír que Aria utiliza el apodo, y voy hacia ella con cuidado para no resbalar en las rocas.

—¿Cómo que para ayudarte? ¿Ayudarte con qué? —Le lanzo una mirada de extrañeza porque no sé de qué me habla—. Solo quiere confirmar que estás bien.

Aria parpadea y la expresión de confusión le vuelve a nublar la cara.

—¿Nada más?

Me encojo de hombros.

—Nada más. Ya sabes cómo es.

No voy a reconocer que mi tío, que dice que soy su activo más importante, me ha mandado aquí a última hora de la noche para asegurarse de que la malcriada de su hija está bien, y que yo le he dicho que sí porque daría cualquier cosa por su aprobación.

Fisher, mi mejor amigo, dice que esta lealtad inquebrantable es mi punto débil, pero no estoy de acuerdo.

—Bueno, ¿qué? ¿Estás bien? Aparte de esto, sea lo que sea. —Hago un ademán en dirección a su aspecto desastroso.

Me lanza una mirada torva.

—¿Te quieres callar? Dios, eres tan…

Un gemido ronco, grave, la interrumpe a media frase, y la agarro del brazo para hacerla callar. Tengo el corazón acelerado.

Parecía una persona.

No sé qué hace Aria aquí, ni en qué líos se habrá metido para tener las pintas que tiene, pero no me apetece nada quedarme en una zona del río famosa por los zapatos de cemento pegados a los cadáveres.

Mi prima mira a su alrededor arqueando las cejas perfectamente delineadas.

—¿Qué pasa?

Otro gemido hace que me vuelva y recorra con la mirada las enormes rocas mojadas y las zonas de densa oscuridad.

—¿En serio no lo oyes?

—¿Qué más da? —Se mira las uñas como si pasara de todo—. Oye, ya que estás aquí, dile a papi que me vendría bien un poco más de dinero al mes.

No le hago caso y voy hacia el agua para localizar el origen del sonido. Aria se apresura a venir detrás de mí.

—¡Eh! ¿Me has oído?

—¿Cómo no te voy a oír con lo que chillas? —replico.

—Mira, tía, das pena. Ojalá volvieras al lugar de donde…

—Silencio —la interrumpo. He visto una figura a lo lejos.

Hay un hombre tendido entre las rocas, tan cerca del agua que esta le lame el cuerpo como si tratara de despertarlo. Pero tiene los ojos cerrados, y las olas lo mueven como si fuera un muñeco de trapo.

Genial. Un tipo muerto tampoco estaba en mi lista de prioridades para esta noche.

Suspiro y miro al cielo. Luna creciente. Lo mejor para los nuevos comienzos. Nunca debí decir que quería ser mejor persona. Tampoco iba en serio. Ser bueno está muy sobrevalorado.

Ahora el universo se está burlando de mí.

—Venesa —sisea Aria.

No le hago caso y me acerco un paso más. Inclino la cabeza para mirarlo. Parece joven, pero no demasiado, y me resulta familiar, aunque quién sabe, con tanto barro y la sangre que le cubre la cara…

—Eri, ¿qué demonios vas a…? ¡Joder! —exclama Aria cuando llega junto a mí.

—Ajá —asiento al tiempo que hago inventario de la situación. Está inconsciente, no cabe duda, o al menos eso parece, y tampoco cabe duda de que está herido. Debe de ser un pandillero cualquiera que se ha metido en líos. Aunque, por la ropa que lleva, cara, pero ahora echada a perder, puede tratarse de algo peor. Podría ser un hombre de éxito.

«No debería involucrarme».

—Mejor nos vamos —dice Aria con los ojos azules muy abiertos.

Niego con la cabeza.

—No lo podemos dejar aquí.

—¿Qué dices? ¿Te has vuelto loca?

—Estoy tratando de ser mejor persona —replico.

Mi prima resopla.

—Un poco tarde, ¿no? —masculla.

Me la quedo mirando.

Vale, ahora sí que me ha cabreado.

Me humedezco los labios y la miro un momento más antes de moverme para situarme al lado del desconocido herido.

Las pisadas de Aria hacen crujir los guijarros húmedos mientras viene detrás de mí.

—Pero si parece medio muerto. Déjalo para los peces o para lo que sea. Vámonos.

Tiene razón, sé que tiene razón, pero…

Me arrodillo y le toco el cuello en busca del pulso. Lo encuentro, pero es débil. La sangre que se extiende debajo de él mana de una herida en el costado.

Está malherido, y parece grave. ¿Una puñalada? ¿Un disparo? En la oscuridad, cualquiera sabe.

El hombre vuelve a gemir, mueve la cabeza, pero no abre los ojos. Y tengo el corazón en un puño, porque es verdad, no debería estar aquí.

—Esto no tiene gracia, Venesa —insiste Aria sin levantar la voz—. Como te metas en esto, papi te va a matar.

Le lanzo una mirada asesina antes de concentrarme de nuevo en el herido. ¿Qué sabe ella de lo que enfurece o no a su padre?

Solo que, en este caso, ha dado en el clavo.

Aria golpea el suelo con el pie.

—Yo me largo.

—Santo Dios, cállate de una vez o vete sin anunciarlo tanto —replico con un gruñido.

Me quito el jersey negro y coloco al hombre sobre un costado para ponérselo debajo. Quiero atarlo en torno a la herida para detener la hemorragia, pero el tipo es muy grande y está resbaladizo debido a la sangre y al lodo, así que no hay manera. Resoplo y opto por hacer una bola con la prenda para ponérsela contra la herida y apretar con fuerza.

Si estuviéramos en casa, tendría a mano un poco de aquilea para mezclar con agua y hacer un ungüento para la herida, pero no, claro, la necesidad de ser una buena persona solo sale cuando no tengo nada de mi parte.

Se le agitan los párpados y el pánico me arrasa como un tornado.

Aria tiene razón. Si resulta que este hombre es de la mafia de Nueva York y yo me involucro por mi cuenta, el tío Trent me va a matar.

Pero, no sé por qué, no puedo abandonar a este desconocido.

—Escucha —le digo a Aria—. Quédate con él, ¿vale?

—Y una mierda. —Se cruza de brazos y niega con la cabeza.

Suspiro y me paso la mano por el pelo. Mi prima siempre ha sido la persona más difícil del mundo, pero al mismo tiempo no puede ser más superficial y le encanta ser el centro de la atención, así que convencerla de que haga algo es cuestión de presentarlo con el enfoque adecuado.

La miro un momento, me muerdo el labio y busco ese enfoque.

—Todo el mundo te va a considerar una heroína.

Le brillan los ojos y se tamborilea la cara interna del codo con los dedos.

—Imagínate. No hay nadie como tú para inventar una historia, y sé que estás loca por que los medios de comunicación te presten atención, como antes, en casa. —Señalo al hombre—. Venga, aprovecha la ocasión. Inventa una historia.

Lo mira de nuevo y luego me mira a mí, y en los enormes ojos azules se lee la indecisión.

—Mira.

Me meto una mano en el sujetador y saco un frasquito que siempre llevo para emergencias. Hace una mueca.

—¿Qué es eso?

—Un algodón empapado en amoniaco. Con esto se despertará. —Hago un ademán hacia el tipo del suelo. Tengo el cuerpo rodeado con el brazo derecho para mantener la presión sobre la herida.

—¡Dios, qué tía tan rara eres! ¿Vas por ahí con eso?

Me encojo de hombros porque, bueno, pues sí.

Titubea, pero al final se acerca y me lo coge de la mano.

—Tienes que mantener la presión sobre la herida hasta que venga alguien a ayudarte. Si no, se desangrará.

—Ay, no, qué asco. Me va a pringar de sangre. —Arruga la nariz—. Mira, no, esta noche ya no puede ir peor, a la mierda este tío, y a la mierda tú también.

Se da media vuelta y se aleja.

Miro al tipo del suelo, la miro a ella, y luego lo vuelvo a mirar, cabreada. Y, sin saber por qué, le acaricio el pelo negro como la noche.

—¿Qué te han hecho?

Y, aunque nunca sabré el motivo, me inclino sobre él para susurrarle al oído.

—No te mueras. No les des el gusto.

El cuerpo se estremece y los ojos se abren de golpe, unos océanos azules que se clavan en los míos.

El pánico me invade y me pongo de pie de un salto, retrocedo tan deprisa como puedo.

«Serás idiota, Venesa...».

Si este tipo tenía que morir y el tío Trent se entera de que me he entrometido en los asuntos de Nueva York, tanto daría que me matara yo misma ya.

El hombre vuelve a cerrar los ojos, se desmaya, y me alejo corriendo hacia los árboles para esconderme. Me miro las manos manchadas de sangre. Me muerdo el labio inferior sin saber qué hacer, me rasco con el pulgar la cutícula del anular. Pero en ese momento, cuando menos lo espero, vuelvo a ver a Aria en la orilla.

—¡Eri! —llama, mitad susurro, mitad grito.

Aprieto los dientes para no decir nada.

Lo intenta de nuevo.

—¡Venesa!

El hombre del suelo gime, lo que atrae su atención.

Aria se acerca al desconocido, se arrodilla a su lado, coje el jersey que he dejado y hace una mueca al inclinarse hacia él.

—Más te vale darme una primera plana.

Suelta un momento la prenda, lo justo para destapar el frasquito que le he dado y ponérselo debajo de la nariz. Mira en todas direcciones una vez más, supongo que buscándome.

Se oye una exclamación y el hombre está despierto, con los ojos de par en par clavados en los de ella.

Y en ese momento Aria deja de buscarme.

Le pasa una mano por el pelo empapado y con la otra le aprieta el jersey contra la herida, y empieza a cantar en voz baja.

CAPÍTULO 2

Enzo

Un año más tarde
Veintinueve años

Todos esperan que me case.

Es el siguiente paso para un hombre de mi posición y apellido. Cuando era niño, aguardaba este momento, soñaba con él.

De pequeño, me quedaba despierto escuchando la risita traviesa de mamá y la voz de papá susurrando obscenidades que se oían a través de las paredes de papel de nuestro diminuto apartamento en Trillia, Brooklyn.

Por lo general, a la mañana siguiente me encontraba con un desayuno fastuoso de salchichas y huevos, y olía a café. Mi padre no hacía caso a nada ni a nadie, con la nariz metida en el periódico, y mi madre tenía las mejillas arreboladas y le brillaban los ojos azules idénticos a los míos. Papá le guiñaba el ojo y le agarraba el culo cuando pasaba junto a él, y eso la hacía sonreír como un niño en una tienda de caramelos. Y yo sentía por dentro una sensación cálida, de comodidad, bienestar, seguridad.

En todos los demás aspectos de la vida, mi padre era un tipo duro, pero cuando se trataba de mi madre, se convertía en un tortolito, igual que ella. Cuando los miraba, sabía que en algún lugar habría para mí un amor verdadero como el suyo.

Pero, cuando fui haciéndome mayor, mi padre ascendió en la mafia, y las risas de mamá se transformaron en peleas, gritos de él, gritos de ella… Y un día mamá se tomó demasiadas pastillas de esas que papá le traía para «estar tranquila», y los gritos cesaron para siempre.

Mi visión del amor está manchada, como un olor que evoca antiguos sentimientos que preferiría olvidar.

El amor llevó al dolor y a la muerte de mi madre.

Así que mi padre quiere que me case con la chica con la que llevo un año follando, y me da igual.

No es más que un papel.

Miro mi teléfono.

> Giovanni: Tu padre te quiere ver. No sé qué de que lo están vigilando otra vez.

Se me escapa un gemido y pienso qué hacer. A mi padre siempre le ha costado confiar en los demás, pero los últimos años, tras la muerte de mi hermano, está descontrolado, paranoico, no hay quien lo calme ni manera de saber cómo va a reaccionar en cada situación.

—¿Me estás oyendo, cielo?

Miro a Aria, mi prometida, que va conmigo en el coche. Paseo la vista por su cuerpo, desde el pelo rojo teñido a los pechos, pequeños pero turgentes y a esas piernas increíbles que se ven bajo la falda color rosa pastel. Pese a ser medio italiana y pasarse la vida en mi ático tirada al sol, tiene la piel color crema, perfecta. Le miro los ojos azul celeste y se esfuma la irritación ante la interrupción.

Pero chasquea los dedos y las finas pulseras de oro que lleva en la muñeca entrechocan, y cualquier sentimiento cálido se convierte en piedra dentro de mí.

Le cojo la mano, la aparto de mi cara y le doy un beso en el dorso.

—Claro, princesa.

Se le borra la expresión de enfado, sonríe y arquea una ceja.

—Venga, ¿qué he dicho?

Me palpitan las sienes. Le suelto la mano para meterme los dedos entre el pelo negro, me presiono el cráneo para poner coto al dolor de cabeza que empieza a aparecer.

—Dios santo, Aria, ¿qué es esto, un interrogatorio?

Se acomoda en el asiento, se cruza de brazos y me dedica una sonrisa dulce.

—No te pongas así, que no pretendía molestarte. Solo quiero que me hagas un poco de caso.

Aprieto los dientes y miro hacia delante. Me encuentro con la mirada de Scotty, mi primo más joven, en el espejo retrovisor. Sospecho que no le apetece nada estar aquí, escuchando discusiones de pareja y convertido en chófer para las próximas semanas, pero es un *cugine*, tiene que ganar puntos mientras espera a entrar con pleno derecho en la familia.

Aparta la mirada a toda prisa, pero ya le he visto un brillo en los ojos y tengo que contenerme para no soltar un gemido. Scotty siempre ha sido un puto chismoso, y lo que menos falta me hace es que vaya a contarle a mi padre que no me porto bien con Aria.

No sé por qué, pero la adora, tanto que me ha exigido que me case con ella. Aria no sabe que lo hago porque me lo ha dicho él, claro, ni que su padre aprobó la unión de inmediato.

La culpa me corroe por dentro cuando recuerdo que, de no ser por ella, no estaría aquí. Le debo la vida. Casarme con ella es lo menos que puedo hacer.

Y tampoco es que sea fea.

Y no folla mal.

La actitud cariñosa de Aria se suaviza aún más cuando me vuelvo hacia ella y le pongo una mano en la mejilla. Le acaricio las pecas de la nariz con el pulgar y se frota contra mi palma como un gatito desesperado por el contacto. Está muy bonita, con la piel radiante y los ángulos perfectos de la cara iluminados por los ledes pastel del interior del Mercedes Maybach.

—No finjamos que estás conmigo por mi capacidad para escuchar, princesa —digo.

Suelta un bufido.

—No seas tonto, cielo. Estoy contigo porque te quiero.

No sé por qué me porto así con ella, no ha hecho nada para merecérselo. Tal vez tengo la esperanza de que se revuelva, para variar, que me haga sentir algo, ya que estoy embutido en un traje de mil dólares y fingiendo ser un ciudadano modelo para ir a conocer al padre de mi novia.

Hace demasiado que nada me hace arder.

Me acomodo en el asiento y me ajusto los gemelos.

—Venga, venga, Aria. Ya sabías cómo era antes de acceder a casarte conmigo.

Resopla y vuelve la cara hacia el cristal tintado de la ventanilla, pero no me contradice. Sé que cree que está enamorada, pero, para mí, este matrimonio solo es un trato de negocios. Un trato que le da a ella lo que quiere y de paso satisface a mi padre.

Y estoy en deuda con los dos.

—Venga, no te pongas así. —Está haciendo pucheros—. ¿Qué quieres que haga?

—Para empezar, que te disculpes. —Alza la cabeza y sorbe por la nariz.

Se me escapa la risa. Los dos sabemos que no lo voy a hacer.

—¿Qué tal el anillo ese por el que llevas babeando desde el mes pasado?

Me mira con el rabillo del ojo.

—¿El diamante rosa?

El teléfono empieza a vibrarme en el regazo, pero no lo cojo. Miro a Aria.

—Recuérdame cuánto costaba.

Descruza los brazos.

—¿Acaso importa?

«Sí». El dinero siempre importa, pero sé que el camino al corazón de Aria no está hecho de palabras bonitas y disculpas.

—¿Para ti, princesa? No.

Y no hace falta más.

Se le dibuja en la cara una sonrisa luminosa y se vuelve hacia mí. La solución a todo siempre es la misma: le ofrezco una chuchería nueva para su colección de adornos, y se derrite.

—Es que estoy nerviosa, quiero que todo salga bien —dice—. Papá es… No nos hemos… Bueno, solo quiero que os caigáis bien.

En momentos como este, salta a la vista que no me conoce aunque llevamos un año juntos.

Al principio mi intención fue pasar unas cuantas noches satisfactorias metiéndole la polla en ese coñito prieto para darle las gracias por salvarme en el Hudson, donde alguien me dejó pensando que estaba muerto. Alguien que no tengo ni idea de quién es, la verdad.

No recuerdo nada de aquella noche, solo el momento en el que me desperté.

Resultó que Aria Kingston era famosilla y, cuando saltó la noticia de que me había salvado la vida, nos convertimos en la pareja de moda en Nueva York. Y cuando mi padre se enteró de quién era su padre, ya no hubo más que hablar.

¿Una unión de nuestra familia con los Kingston del sur? Eso le daría más poder e influencia, y últimamente es lo único que le importa.

Si no fuera tan jodidamente aterrador, el resto de las familias de la Cosa Nostra se atreverían a pedirle cuentas sobre cómo está llevando las cosas.

Según los rumores, nos está llevando a la ruina.

Pero nadie tiene valor de levantarse contra él, y menos después de que se sentara en el coche detrás de su propio *consigliere* y le volara la cabeza porque tenía «el presentimiento» de que lo iba a traicionar.

Nadie lo sustituyó. Desde entonces, la carga de su confianza cae solo sobre mis hombros, y esa confianza se reduce día a día porque está paranoico.

Sobre todo desde que trataron de matarme.

El intento de asesinato no hizo más que espolear a la bestia. Y, aunque tenga las facultades mentales alteradas, soy leal hasta la muerte, y lo que Carlos Marino dice, se hace. Además, mi misión nunca ha sido que adquiera sentido común. Eso fue siempre cosa de Peppino, pero no sé quién se encarga de ello ahora, tras la muerte de mi hermano.

Me esfuerzo por sonreír y aprieto el muslo de Aria.

Pone una mano sobre la mía con los ojos fijos en nuestros dedos, seguro que pensando en el precio exorbitante de la joya que está a punto de añadir a su colección.

Transcurren unos segundos de bendito silencio antes de que me suelte la mano para abrir la nevera de los asientos traseros y sacar una botella fría de champán. Llena una copa alta y me la tiende.

—¿Jarabe de valor?

Me llevo la copa a los labios y bebo un sorbo, disimulando el gesto de desagrado que se me dibuja en la cara. La verdad es que no me gusta el sabor de esta porquería sobrevalorada, pero llevo unos años bebiendo champán para complacer a los gilipollas pomposos con los que hago negocios legítimos y ya tolero el sabor.

—Algo por el estilo. —Mira por la ventanilla al tiempo que hace girar el contenido en su copa—. Este viaje te vendrá bien... Nos vendrá bien. Atlantic Cove es un lugar más tranquilo. Nos podemos relajar y disfrutar de la fiesta de compromiso. Además, conocerás la zona.

Bebo otro sorbo.

—No vamos a vivir allí.

—¿Qué? No, ay, Dios, no. Desde que sé andar he estado loca por escapar de ese lugar.

—Pero te empeñas en volver —respondo.

—Papá tiene ganas de organizarnos una fiesta de compromiso, y yo quiero curar viejas heridas —me corrige al tiempo que se encoge de hombros.

—Ah.

Me importa una mierda la fiesta de compromiso de su familia, porque todo lo que me interesa va a tener lugar en Nueva York. Apuro la copa de champán y respondo al mensaje de texto de Giovanni, mi mano derecha.

Yo: Dile que coja el teléfono y llame como todo el mundo. ¿Se sabe algo de lo de Brooklyn?

Nos conocemos desde que éramos niños y, cuando mataron a Peppino y pasé a encargarme de su parte del negocio como nuevo segundo al mando de la familia y parte de la administración, ascendí a Giovanni de *soldato* a *caporegime.* Ahora Gio está al mando de mi grupo, mientras que yo me escondo tras cristales blindados en edificios lujosos para hablar de bienes inmuebles como una nenaza.

Pero, en esta vida, es importarte rodearte de personas en las que confíes, y yo solo confío en él.

Y no hay nada más aburrido que los bienes inmuebles.

Yo siempre he sido más de acción y de las cosas directas. No me gusta tener que legitimarme para mantener a raya a los federales, pero hace mucho que aprendí que es parte del negocio. Al menos hay que aparentar que el dinero viene de fuentes legítimas. La verdad, hoy en día es así en muchas ocasiones, pero no siempre.

Y el origen de la mayoría de nuestros contratos es, como mínimo, cuestionable.

Me paso el pulgar por los nudillos de la otra mano y recuerdo lo que sentía al utilizarlos para descargar energía, cuando disfrutaba con las magulladuras y heridas que perduraban cuando ya había transmitido lo que quisiera transmitir.

> **Gio:** Ahora voy a ocuparme de eso.
> ¿Qué tal en Carolina del Sur?

Miro por la ventanilla. En este momento estamos pasando por lo que parece el corazón de Atlantic Cove, cerca de una gigantesca noria, con tiendas a lo largo de la acera y, más allá, el océano. Por todas partes se ven palmeras, hoteles, edificios residenciales; los rascacielos acristalados desaparecen entre las nubes bajas. Es una extraña mezcla de lo nuevo y lo antiguo, una guerra entre la conservación de la historia y la gentrificación. ¿De qué lado estará Trent Kingston, del de derribar edificios o del de conservarlos?

Hay un largo puente de madera que se adentra en el agua, y al principio un arco de hierro forjado en el que se lee Paseo Marítimo en letras de acero, con una concha color rosa intenso en la parte de arriba. Seguimos conduciendo y es imposible no fijarse en los niños que corren por la arena de la playa, en las caritas sonrientes llenas de mocos.

Se me caldea el corazón y me llevo la mano al pecho para calmar el dolor sordo. Luego tecleo la respuesta a Giovanni.

Yo: *Kitsch*.

Gio: ¿Qué leches quiere decir eso?

Yo: Búscalo en el diccionario.

Gio: *Stronzo*.

Sonrío al ver que me llama gilipollas.

Aria está dando golpecitos con el pie en el suelo y, aunque solo veo el movimiento rítmico con el rabillo del ojo, basta para ponerme los nervios de punta.

—Todo va a salir bien. —Sonrío de oreja a oreja para calmarle la ansiedad—. Los padres me adoran.

Se relaja un poco y me devuelve la sonrisa.

—Con que te adore yo ya vale.

No respondo.

El coche sigue adelante a lo largo de la playa hasta que los turistas empiezan a escasear y las multitudes desaparecen. Los rascacielos dejan paso a las casas de un solo piso y alguna que otra autocaravana, y pronto ya no hay viviendas de ningún tipo. Al final, llegamos a un acceso con verja, tras el que hay una carretera serpenteante.

Aria baja la ventanilla para mostrar el rostro a la cámara y la puerta de la verja se abre. A ambos lados del camino hay árboles perfectamente recortados que lo flanquean hasta llegar a la rotonda de una mansión a la antigua, con grandes postigos en las ventanas y columnas blancas que enmarcan un porche que rodea todo el edificio. Hay una fuente de piedra con la escultura de una sirena en el centro, y de la boca y las manos de la figura brota el agua que llena el estanque.

—¿Aquí te criaste tú? —le pregunto a Aria.

No sé por qué me sorprendo. Nació entre lujos y, la verdad, es otra diferencia fundamental entre nosotros. La fortuna y el poder de mi familia se construyeron desde cero; empezamos a vivir como reyes cuando yo tenía veintitantos años y mi padre se convirtió en el *capo di tutti capi*. Hasta entonces, yo solo era el hijo de un *soldato* y correteaba por las calles de Brooklyn metiéndome en líos y escapando de ellos gracias al nombre de mi padre.

Aria asiente y canturrea para sus adentros.

Salgo del coche y me quedo un momento mirando la fuente de la sirena antes de rodear el vehículo para ver cómo Scotty ayuda a bajar a Aria.

—Trae nuestras maletas —le digo.

Asiente y mira alrededor tamborileando los dedos contra el muslo.

—A la orden, jefe. ¿Quieres que me quede por aquí luego o…?

—No, vete a comer y a instalarte en la habitación que te he buscado. Pero estate atento al teléfono.

—¿Listo, cielo? —pregunta Aria.

Tiene los ojos brillantes cuando me coge la mano.

Asiento y enseguida consigo que me suelte y le pongo la mano en la espalda para pasar entre las columnas blancas que flanquean los peldaños de piedra que llevan a las puertas de hierro forjado.

En ese momento me suena el teléfono y, al sacármelo del bolsillo, veo el nombre de Giovanni brillando en la pantalla…

—E… —empieza Aria.

—No. Enseguida voy contigo.

—*Kitsch* —dice Gio antes de que me dé tiempo a abrir la boca—. «Algo considerado de mal gusto por ser llamativo o excesivamente sentimental, pero que a veces se aprecia de manera irónica o siendo consciente…», pero no sé qué cojones quiere decir esto último.

—Y tu padre que pensaba que nunca llegarías a nada.

—Para que veas —replica Gio.

—Espero que me llames con buenas noticias.

—¿Te llamo alguna vez con malas noticias?

No le falta razón. En nuestro trabajo, las malas noticias no se dan por teléfono, y menos en estos tiempos, cuando todo puede estar intervenido.

—Han aceptado nuestra oferta por lo de Brooklyn Heights —sigue Gio.

—Excelente.

—Y tu padre me está persiguiendo para que te diga que lo llames.

—Sí, sí, lo llamaré. —Suspiro y me vuelvo a pasar la mano por el pelo—. En cuanto me instale.

—Bien. Es que me pone nervioso que me utilice para ir dándote recaditos, tío.

—Solo trata de controlarme, idiota.

—Ya. —Gio se echa a reír—. Pero yo ahí lo dejo. Tal como está tu padre últimamente, prefiero ser el intermediario…

—Ojo con lo que dices.

—Bueno, ¿cómo va la cosa por ahí?

—Define «la cosa». —Alzo la vista hacia la ostentosa estatua y hago una mueca.

Los guijarros crujen bajo mis zapatos cuando echo a andar por el sendero de grava que lleva a la parte trasera. Entrecierro los ojos para mirar a lo lejos. Hay una piscina infinita que parece fundirse con el océano que se ve más allá, pero a la izquierda veo también una casita cercana a la mansión. La casita tiene dos pisos y es más grande que ninguna del barrio donde crecí.

—La cosa con la que te vas a casar, para empezar.

El tono es de broma, pero la verdad se deja oír entre las palabras. A Giovanni nunca le ha gustado Aria, dice que no se puede confiar en ella, que es demasiado superficial. Lo cierto es que no le falta razón, pero en el fondo es una buena persona. Las malas personas no salvan a un desconocido que se está desangrando en la orilla del río.

¿Y a mí qué me importa que sea superficial? No me voy a casar con ella por lo profundo de las conversaciones. Lo único que quiero es que tenga la boca cerrada y las piernas abiertas, que me deje hacerle un par de hijos y que quede bien cuando la llevo del brazo en público.

—Calma con eso —replico.

—Es una zorra vanidosa, con voz bonita y buenas piernas. ¿Con qué quieres que me calme?

Sonrío.

—Lo dices como si fueran defectos.

Un chasquido hace que me sobresalte. Alzo la vista, miro a mi alrededor y luego hacia la mansión. No veo nada, pero cuando vuelvo a mirar al frente diviso una figura a lo lejos.

Es una mujer. Está apoyada en la pared de la casita y me mira fijamente. Arqueo una ceja y se yergue, se pasa las uñas por la parte delantera del vestido largo, negro, muy ceñido...

Es... No sé ni cómo explicarlo. Tiene el pelo largo luminoso, de un rubio tan claro que parece plata, y le llega hasta el amplio escote. Cuando viene hacia mí, el contoneo hace que todo lo que le roza la piel parezca una cascada de seda que le cae por un cuerpo perfecto.

Dios santo.

Giovanni me está diciendo algo, pero no lo escucho.

La mujer se detiene a pocos pasos de mí y los labios rojo sangre se le curvan en una sonrisa deliberada que acentúa los hoyuelos de las mejillas.

—¿Para qué me llamabas en concreto, Gio? —digo para interrumpir la perorata de Giovanni.

—Oye, cabrón no seas borde conmigo...

—No tengo casi cobertura —digo sin apartar la vista de la mujer misteriosa.

Tiene unos ojos que centellean como dos remolinos negros, que me absorben hasta que me falta el aire.

Se humedece el labio inferior y le miro la boca.

A continuación cuelgo antes de que Gio tenga tiempo de añadir nada.

Nos quedamos allí, mirándonos, en silencio, y es de lo más raro, pero tengo la sensación de que, cada vez que uno de nosotros respira, el aire se tensa como una goma elástica hasta que le falta poco para romperse.

—Por mí no tenías que colgar —dice al final.

Su manera de desgranar cada sílaba despacio, con control, hace que su voz me cubra como una ola de calor. Tiene un acento sureño muy marcado, y no sé por qué me sorprende; quizá es porque Aria no lo tiene.

Me meto el teléfono en el bolsillo.

—Es que pareces del tipo de mujer que requiere toda mi atención.

Sonríe.

Es como si todo se me tensara por dentro.

—Enzo Marino —señala.

No suele gustarme que me llamen por mi nombre completo. Me recuerda a cuando era niño y mi madre me gritaba que, mientras estuviera bajo su techo, tenía que atenerme a sus normas. Pero en los labios de esta mujer me parece miel derramada sobre mi cuerpo.

—Si sabes mi nombre, me llevas ventaja —señalo.

Se me acerca un paso y me mira entre las largas pestañas negras.

—No te imagino en desventaja en ningún aspecto.

No sé bien si me está adulando o insultando, y se lo digo. Se encoge de hombros.

—Entonces queda abierto a la interpretación.

Casi se me escapa una sonrisa y la examino de nuevo. Estudio sin prisa los ángulos delicados de su cuerpo, cómo se le agarra la brisa a sus generosas curvas.

—Eres interesante —digo en voz alta.

—Me lo dicen mucho —replica.

—¿Quién?

—La gente.

Me meto las manos en los bolsillos y me balanceo sobre los pies.

—¿Y tu nombre es un misterio para todos o yo soy especial?

Se echa a reír y el sonido me agarra por el cuello.

—Eres un hombre, cariño. No tienes nada de especial.

Sonrío y me acerco un paso a ella; el espacio que nos separa vibra como la cuerda de un instrumento, con un tono grave, profundo.

—Eso es que no has conocido al hombre adecuado.

Me devuelve la sonrisa.

—Eso mismo diría el hombre menos adecuado.

Sonrío aún más pese a la punzada de culpa que trata de abrirse paso en mi interior. No es propio de mí ser tan directo con una mujer ahora que tengo una relación seria con Aria, pero esta tiene algo que la hace irresistible.

—Dime cómo te llamas, *piccola sirena.*

Le centellean las pupilas, pero en ese momento el sonido de unos neumáticos sobre la gravilla nos interrumpe, y ella mira a lo lejos, a un punto detrás de mí. La tensión se rompe y me siento como si esta mujer me hubiera estrechado entre sus tentáculos para robarme el aliento y me hubiera dejado con los pulmones doloridos.

—Ya nos veremos, Romeo.

Pasa de largo junto a mí.

Me vuelvo para mirarla mientras se aleja, sorprendido de que conozca mi apodo, y al mismo tiempo molesto por el modo en que despierta mi interés.

—¡Dime cómo te llamas! —le grito.

Se gira a medias para dedicarme esa sonrisa blanca, luminosa, con los ojos cargados de risa.

Y dobla la esquina para desaparecer de mi vida.

CAPÍTULO 3

Venesa

Se me ha saltado un trocito de laca de uñas, pero por lo demás el rojo es perfecto. Solo ese fallo, en el meñique, y además justo encima de la cutícula, el peor lugar donde puedes tener una imperfección. Mi mente funciona a toda velocidad, como suele pasar, mientras trato de recordar cuándo ha podido ser. ¿Antes de mezclar el bromuro de metilo? ¿Después de prepararlo, pero antes de usarlo? O puede que fuera cuando me di un golpe en la mano contra el asiento del autobús de camino hacia los cuarenta acres de la mansión de mi tío.

Pero lo más probable es que fuera tras escapar de Enzo Marino, que iba por la finca como si fuera suya.

Tengo la manía de rascarme las cutículas cuando estoy nerviosa, una manía que no soy capaz de quitarme; y por mucho que me cueste admitirlo, Enzo me pone nerviosa.

Por muchos motivos, aunque jamás lo reconoceré en voz alta.

—Tenías que hacer que pareciera un accidente. —La voz del tío Trent me devuelve de golpe a la realidad.

Dejo la mano sobre el regazo y me cruzo de piernas en el sillón, frente a la mesa de su despacho. Los ojos azul cielo se me clavan cuando nos miramos; es obvio que está disgustado por cómo he gestionado el último proyecto. Nunca le sale bien lo de poner cara de póquer: las aletas dilatadas de su nariz ancha y el ceño fruncido lo delatan cuando está que arde.

—Ups. —Me encojo de hombros y sonrío de oreja a oreja.

El tío Trent da un puñetazo contra la madera de cerezo y todo lo que hay sobre la mesa tiembla: un vasito lleno de bourbon de Kentucky, la caja con sus iniciales donde guarda los puros cubanos y la foto de su difunta esposa, Antonella, con su perfecta hijita.

—¡Joder, Venesa! Esto no es un juego. Cuando digo que tiene que parecer una sobredosis, tienes que hacer que parezca una sobredosis.

Siento una punzada de culpa que me acierta en la zona exacta que tanto desea su aprobación.

—Ya, ya lo sé, es que…

Me quedo sin palabras, porque ¿de qué sirve explicar algo que no debería necesitar explicación? He hecho lo que me pidió y con eso debería ser suficiente.

Pero es obvio que no está de acuerdo y, para mi desgracia, su aprobación sigue siendo importante para mí. Para ser sinceros, es lo único que es importante para mí.

No obstante, soy leo tanto de signo como de ascendente solar, así que la necesidad de dejar claro lo que opino me impide cerrar el pico.

—Así ha sido mejor —me defiendo—. Va a tener daños cerebrales permanentes y problemas graves el resto de su vida.

—Si es que sobrevive.

Titubeo, pero asiento.

—Exacto.

Tamborilea con las uñas cortas sobre la mesa mientras me mira.

—¿Y no se te ha ocurrido que a lo mejor no quería que sobreviviera? —Sacude la cabeza y frunce el ceño entrecano—. Ahora me voy a tener que preocupar por si al idiota del fiscal le da por interesarse por mí.

Resoplo.

—Venga ya. Al fiscal le importan una mierda el Club de Motociclismo de Atlántida y su familia.

La verdad es que, por aquí, la ley la defienden unos cuantos santurrones que llevan la aureola como si fuera una bandera, pero la mayoría tienen precio, y lo suelo averiguar con facilidad cuando hago tratos con ellos para que cierren la boca y miren para otro lado.

Meterle la aguja en el brazo al cuñado del nuevo presidente del Club de Motociclismo manda un mensaje: sigue trabajando con nosotros o alguien lo va a pasar mal. Además, si nosotros no los mantenemos a raya, lo hará la ley, y los ejecutores de la ley son unos chapuceros.

La verdad, el fiscal nos tendría que dar las gracias.

Pero lo de la sobredosis era tan vulgar...

—Tendría que habérselo encargado a otro —masculla.

Suelto un bufido.

—¿A quién?

Levanta la mano, luego la vuelve a bajar.

—No sé. A Bas.

Es una idea ridícula. Sobre el papel, Bastien es el segundo al mando del tío Trent, pero su habilidad estriba en la brutalidad de la tortura, que es lo menos parecido que hay a la sutileza. Quiero a Bastien como si fuera mi hermano, pero no habría sido lo mejor para un trabajo así.

—Cualquier otro la habría liado mucho más que yo, y lo sabes.

—Cualquier otro habría seguido mis órdenes y, si no, ese cualquier otro estaría muerto —replica.

Abro la boca y la vuelvo a cerrar, porque tiene razón. Nadie desobedece a Trent Kingston y vive para contarlo. Tengo la ventaja de que soy su sobrina, pero hasta las personas que te quieren tienen un límite, y a veces tengo miedo de traspasarlo algún día sin darme cuenta.

La sola idea hace que se me encoja el corazón. Me paso la vida con miedo de perder su favor porque lo presiono demasiado, y de perder así lo poco de él que he conseguido tener.

—Siempre haces lo mismo. —Se pasa los dedos por la cuidada melena blanca.

—¿El qué?

—Esto. —Hace un gesto envolvente—. Juegas con las cosas de comer.

Me cruzo de brazos.

—Yo no juego con las cosas de comer. Y no me hace gracia que lo insinúes.

Arquea una ceja. Respondo arqueando una de las mías.

—Has sido descuidada —señala.

—¿Perdona? —En mi vida me había sentido tan insultada—. Soy impecable, precisa. No he dejado ninguna pista. El tío ha tenido un infarto cerebral. Si sobrevive…

Mi tío suelta un bufido.

—Si sobrevive —insisto—, Johnston Miller tendrá que vivir el resto de su vida mirando al hermano de su mujer y sabiendo que lo que le ha pasado fue culpa suya. Y un recordatorio constante siempre es mejor que un muerto enterrado.

—No te correspondía a ti decidirlo.

—Pero ¿qué más da?

Me arrepiento nada más decirlo porque sé que mis réplicas solo echan leña al fuego, pero nunca se me ha dado bien morderme la lengua.

—Da mucho, porque lo digo yo. —Coge el vaso de bourbon y estira el meñique, lastrado por un grueso anillo de oro, para señalarme—. Un día de estos se te va a acabar la suerte, pequeña. Y ese día vas a acabar con toda la familia.

Aprieto los labios.

Está exagerando, claro. Nuestra familia tiene el apellido más poderoso de este lado de la línea Mason-Dixon. El tío Trent no solo es dueño de la empresa de construcción más grande del estado, sino que también tiene parte en las compañías navieras, con conexiones en toda Carolina del Sur y en los estados vecinos.

Es el Rey del Mar.

Pero, como en todas partes, hay un inframundo, y ese inframundo es la verdadera base del patrimonio de los Kingston.

En fin, siempre hace lo mismo: me encarga algo y luego me dice lo insatisfecho que está por cómo lo he llevado a cabo. Y también suele llamarme «pequeña».

Pequeña.

Tengo veinticuatro años y llevo tanto tiempo arreglando sus mierdas como él arreglando las mías.

Me inclino hacia delante para coger uno de sus puros y el Zippo que guarda al lado. Paseo la llama por la punta y doy una calada tras otra hasta que me rodea una nube de humo espeso y el sabor del tabaco, las notas a tierra con un toque de café, me bailan en la lengua.

—¿Qué tiene que hacer una mujer para que la respeten aquí, tío Trent?

—¿Quieres respeto, Venesa? Pues deja de fallarme.

Muerdo el puro y doy una última calada antes de arrastrar el cenicero hasta la esquina del escritorio para dejarlo allí.

—Lo siento. La próxima vez irá mejor.

Palabras huecas para apaciguarlo, o tal vez para apaciguar esa parte de mí, la más grande, que busca su amor con desesperación. Pero hay otra parte más pequeña que me habla desde el fondo de la mente y me dice que mi tío quería mandar un mensaje, y que el mensaje se mandó. Firmado. Sellado. Entregado. Si no es capaz de verlo, no es culpa mía.

Hombres. El orgullo es su punto débil.

El tío Trent resopla sin dejar de mirarme. Son muchos años con él y sé que no conviene llenar el silencio con charla insustancial, así que dejo que el silencio nos envuelva.

De fondo suena música clásica. Las notas tranquilizadoras me ponen los nervios de punta.

Cuando era pequeña, unos meses después de que muriera mi madre y a mí me mandaran aquí, le pregunté al tío Trent por qué ponía siempre aquella música. Me dijo que le hacía sentir sofisticado; que no le gustaba mucho, pero «Tienes que ser como quieres que te vean». Y Trent Kingston siempre ha querido que lo vieran como un hombre cultivado, elegante. Dice que eso forma parte del patrimonio familiar.

Yo me colaba en su despacho, me acurrucaba en su sillón de cuero, el mismo que ahora parece un trono tras el escritorio de cerezo, y escuchaba a Chopin o a Pachelbel, y me imaginaba que no estaba sola en una casa de dos mil metros cuadrados, sin más compañía que los guardeses y una niñera, mientras mi tío se iba de viaje con su mujer y su hija.

La música siempre era reconfortante, como una manta suave en una noche fría.

Ahora no soporto el ruido.

Solo sirve para recordarme todo lo que casi tengo, pero no tengo.

—Te oigo pensar. —El tío Trent suspira.

Vuelvo a enfocar la mirada y miro hacia detrás de él, el cuadro colgado de la pared, mientras me nace un dolor en el pecho.

Es un cuadro que ha pasado de generación en generación en la familia Kingston, de padre a hijo varón, como una especie de rito de paso.

No es una imagen de la familia. Solo aparecen siete sillas de mármol vacías en el fondo del océano y, entre ellas, un tridente centelleante. Es una representación de los siete reinos de la Atlántida. Según las leyendas, los Kingston descendemos de ellos.

Pero eso a mí me da igual.

Solo lo quiero porque era lo que más le gustaba a mi madre en el mundo, hasta el punto de que su padre se lo regaló a ella en lugar de mantener la tradición de entregarlo a su hijo varón.

«Así que ahora tendría que ser mío».

—Eres igual que tu madre —comenta el tío Trent.

Me duele la cabeza, como siempre que la menciona.

«¿Y tú como lo sabes?», querría preguntarle.

—Eso me dices siempre —es lo que respondo.

Me mira fijamente, pero no insiste y bebe otro sorbo de bourbon antes de dejar el vaso. Coge su puro, lo enciende y chupa hasta que el humo se enrosca en el aire como una niebla.

—Tu prima ha venido a casa, ya lo sabes.

Se me revuelve el estómago ante la mención de Aria.

—Me lo he imaginado al ver a su prometido afuera.

Tensa los músculos de la mandíbula al tiempo que da vueltas al cigarro entre los dedos.

—No pongas esa cara de decepción.

—No pongo ninguna cara. —Sé que sí la he puesto—. Es solo que me extraña. Ha pasado…, ¿cuánto tiempo? ¿Seis años?

El tío Trent asiente.

—Todo el mundo acaba por volver a sus raíces. Al final, lo único que importa es la familia.

Aria tiene la misma edad que yo y es una niña de papá como Dios manda. Es la princesa de la familia Kingston y, por tanto, la princesa de Atlantic Cove.

Creo que, cuando se escapó, no había nadie en la ciudad que no pensara que el tío Trent iba a ir en persona a Manhattan para traerla a rastras, pero no lo hizo. Se limitó a mandarme a mí para «echarle un ojo».

Ya no hace falta. Desde que se prometió con un hombre como Enzo Marino.

—¿Por qué ha vuelto?

—Le voy a organizar una fiesta de compromiso. —Sonríe de oreja a oreja.

Se me escapa un bufido.

—Estás de broma.

—¿Y eso por qué?

—No sé…

Sí lo sé.

La reputación de Enzo lo precede hasta aquí abajo, en Carolina del Sur. Es el hijo de Carlos Marino, el hombre del que se dice que se apoderó de la Comisión de la Mafia Italoamericana y trajo de vuelta el *capo di tutti capi* para convertirse en «jefe de todos los jefes».

La sola idea de que nuestras familias se unan hace que la boca me sepa a vinagre, y saber que el tío Trent ha accedido con Carlos a este compromiso matrimonial me pone muy nerviosa.

Además, Aria ni siquiera sabe que es un matrimonio acordado.

—¿De verdad te parece buena idea? —lo sondeo.

—No te tengo aquí para que cuestiones lo que hago —replica.

—Solo velo por nosotros —insisto—. ¿Te imaginas lo que se pueden complicar las cosas si algo va mal? Enzo es muy poderoso, pero ¿de verdad lo quieres con tu hija? ¿Cuándo han coincidido nuestros intereses con los de los Marino?

El tío Trent inclina la cabeza a un lado.

—¿Y qué demonios sabes tú de nuestros intereses?

Sé mucho, considerando lo que me pide que haga, pero me trago las palabras que de verdad quiero decir y niego con la cabeza.

—Da igual. Es que he pensado que, debido a nuestro pasado…

—Basta ya —me interrumpe. Sé que lo estoy haciendo enfadar porque tiene el tic en la comisura de la boca y aprieta los dientes—. Esto es bueno para la familia, para el negocio, ¿entendido?

Por lo visto, tengo ganas de morir, porque no puedo contenerme y sigo hablando.

—Pues a mí me parece arriesgado. Tener por aquí a un Marino, con los secretos que…

—¿Acaso no te proporciono lo que necesitas? —estalla.

La culpa me bulle en el estómago.

—Sí —respondo con cautela.

—Cuando murió tu madre, que en paz descanse, ¿no te lo di todo? ¿No te lo sigo dando hasta cuando no es lo que más me conviene? Te he traído a la organización pese a que no dejas de dar problemas. Te he comprado ese bar de mierda en el Southside para que lo controles.

Ay. Eso ha dolido. Se refiere a La Guarida, el restaurante que dirijo. Es un local de mala muerte, y lo que más me importa en el mundo.

Adoro La Guarida, y creo que también quiero a mi tío.

Pero no soporto que saque a colación a mi madre.

—Lo único que te pido a cambio es que muestres un poco de lealtad y cierres la boca a menos que te pregunte algo —sigue con un tono afilado como una navaja—. Todo irá bien y seremos…

—¿Qué seremos?

—Una gran familia bien avenida.

Se me escapa la risa, pero siento cualquier cosa menos alegría. Estoy tan molesta que noto la boca ácida.

—Vamos, pequeña, no hagas que me sienta mal —dice—. Eres mi mejor activo y lo sabes.

Asiento y el corazón se me sale para abrirse a las palabras como si fueran gotas de lluvia en medio del desierto.

—Pero tienes que aprender a confiar en mis decisiones. El rey de este castillo soy yo, no tú. Venga, vete —termina—. Ve a ver qué hace el chef. La cena casi tiene que estar. Hay mucho que celebrar.

Me echa del despacho y obedezco, como siempre. Voy hacia la puerta, pero me detiene cuando apenas he puesto la mano sobre la manija.

—Una cosa, Venesa: espero de ti un comportamiento impecable.

CAPÍTULO 4

Enzo

Cuando entro por fin en la mansión Kingston tras volver a llamar a Gio me encuentro con Aria, que me espera en el vestíbulo.

Mis pisadas resuenan contra los techos altos de artesonado, y el brillo del diamante ovalado de cinco quilates del anillo de Aria se refleja en los suelos de mármol.

Este lugar rezuma riqueza.

—¿Preparado?

Asiento.

Me sonríe y echa a andar por el vestíbulo. Vamos con los dedos entrelazados y tira de mí, pasamos junto a lo que parece una cocina profesional y llegamos ante una enorme puerta de madera de castaño, al final del pasillo.

—Es el despacho de papá —susurra, y luego llama dos veces con los nudillos.

Le suelto la mano antes de que entremos.

Trent Kingston, que está sentado al otro lado de la estancia, rodeado de estantería oscuras y junto a un gran escritorio, se queda mirándonos fijamente.

—¡Papi! —chilla Aria, y corre hacia él.

Trent se pone de pie y la estrecha entre sus brazos. Hace mucho que no se ven y creo que no acabaron bien, de modo que me quedo atrás para que disfruten del momento y, al mismo tiempo, sopeso el despacho.

Es bonito. Clásico. Todo roble y cuero color granate intenso.

El cuadro que cuelga en la pared es interesante, aunque parece fuera de lugar.

—Ah, señor Marino —dice Trent al tiempo que se aparta de Aria y se vuelve hacia mí.

Valoro el respeto con el que se me dirige y voy hacia él con la mano tendida.

—Llámeme Enzo, por favor.

—Ya pensaba que se iba a quedar con mi niña para siempre. Le agradezco que por fin me la haya traído de vuelta.

—¡Papi! —protesta Aria.

Sonrío, pero no respondo.

—¿Qué tal ha ido el viaje hasta aquí? —sigue Trent.

—Enzo tiene un jet privado —dice Aria—. ¿Por qué no te compras uno, papá? Es la mejor manera de volar.

—No sé yo… —interrumpe alguien.

Se me eriza el vello de la nuca porque conozco esa voz. La mujer misteriosa de hace unos minutos entra en la habitación sin prisas y viene hasta donde se encuentra Aria. Me mira a los ojos un momento antes de volverse hacia mi prometida.

—Te puedes estrellar —termina.

—Venesa —la saluda Aria con tono desdeñoso—. Qué… predecible, aquí sigues, viviendo a costa de mi familia.

«Venesa».

La satisfacción me invade al saber su nombre.

—Bueno, alguien tenía que quedarse aquí para hacer las cosas cuando huiste —replica ella.

Aria resopla.

—Eso es revisionismo histórico.

—¿De verdad quieres hablar de revisionismo histórico? —dice Venesa.

Aria aprieta los labios.

—No sé ni por qué me sorprendo, vivir a costa de mi familia es lo que has hecho toda la vida…

—Ya basta, pequeñas —ordena Trent, y entrecierra los ojos para mirar a Venesa—. Tenemos compañía.

Me mira, y es una mirada larga que me va de la cabeza a los pies, ida y vuelta. Siento cada centímetro de su escrutinio.

—Vaya, cuánto lo siento —dice—. No me había dado cuenta de que estaba aquí.

Los dos sabemos que es mentira.

—No hay problema.

Se dirige hacia mí y me tiende la mano. Se la cojo y siento punzadas ardientes bajo la piel al llevármela a la boca para rozarle el dorso con los labios. Es lo mismo que he hecho con mil mujeres, pero nunca me había sentido así.

—Qué caballeroso —murmura.

—Es un placer, Venesa —digo, recalcando el nombre. Le rozo los nudillos con el pulgar.

—¿De veras? —Retira la mano.

Rodeo la cintura de Aria con el brazo para borrar lo inapropiado de lo que acabo de hacer con esta otra mujer.

—Si sabe mi nombre, me lleva ventaja, señor…

—Marino —respondo para seguirle el juego.

—Marino —repite—. Parece un nombre italiano.

—Mucho.

—¿Es usted importante?

—Depende de a quién se lo pregunte.

—Mmm. —Inclina la cabeza hacia un lado y me mira de arriba abajo por segunda vez—. Pues lo siento, pero no había oído hablar de usted.

—Yo tampoco de usted.

—Venesa. —La voz de Trent es un trueno.

La mujer se tensa de inmediato, se pone rígida y se le borra la sonrisa. Una máscara impenetrable le cubre el rostro.

—Le pido disculpas por el comportamiento de mi sobrina —dice Trent—. Lleva años con nosotros, pero su madre no tenía fama por sus modales, y ya se imaginará lo difícil que es educar a una joven cuando ya ha adquirido otros hábitos.

«Eso ha sido una cabronada».

Aria se apoya contra mí y mira a su padre.

—Me muero de hambre. ¿Está ya la cena?

—Antes me gustaría hablar un momento con Enzo. Ve al comedor, enseguida estamos contigo.

Aria asiente como un ratoncito obediente y me da un beso rápido antes de salir del despacho con paso airoso. Dice que no le gusta estar aquí, pero parece encantada de haber venido.

Me doy la vuelta y me siento en la silla. No me sorprende que Trent quiera hablar. Es una demostración de poder, me está diciendo que estamos en su territorio, en su casa, que salgo con su hija. Yo haría lo mismo en su lugar.

Por desgracia para él, me importa una mierda.

Mi territorio es el que yo decida.

La puerta se cierra y Trent se sitúa tras el escritorio.

Me sorprende que Venesa lo siga y se ponga en un rincón. Cruza las piernas y la raja del vestido hace que quede a la vista cada centímetro de un muslo contundente, glorioso.

La sangre se me va hacia la entrepierna y cambio de postura. Aparto la vista de ella y contengo la erección a pura fuerza de voluntad. Esto es lo más inapropiado del mundo. En el ámbito de la mafia es normal engañar a la pareja, pero a mí eso nunca me ha interesado. Vi cómo la infidelidad de mi padre destrozaba a mi madre, y nadie me convencerá de que no fue lo que la mandó al final a la tumba.

—Me alegro de que hayas venido por fin, Enzo. Habría estado bien que me hubieras visitado, o que al menos me hubieras llamado, antes de pedirle a mi hija que se casara contigo, pero, bueno, qué se le va a hacer.

Trent sonríe con la boca ocupada por el cigarro que se acaba de poner entre los labios. Yo también sonrío. Los dos sabemos que estuvo negociando el matrimonio con mi padre.

—No tengo mucha costumbre de pedir permiso a nadie, ya me entiendes.

Entrecierra los ojos y se le forman arrugas en la frente.

—¿Sabes que conocí a tu hermano?

Las palabras son como un puñetazo en las tripas, pero no permito que el dolor se me refleje en la cara. Giuseppe, o Peppino, que es como lo llamábamos en casa, lleva poco más de tres años muerto, pero a veces parece que fue ayer.

Es lo que tiene la pena. Te quita el aire de los pulmones justo cuando crees que ya puedes respirar.

—¿De veras? —cruzo las piernas.

Venesa suspira y se me van los ojos hacia ella un momento mientras trato de hacer caso omiso de la tensión que chisporrotea entre nosotros. Ni siquiera estamos cerca, pero la corriente de energía es tan fuerte como si su piel y la mía se rozaran.

—Estaba planeando abrir un hotel aquí abajo, ¿lo sabías?

—Giuseppe hacía muchas cosas de las que yo no era consciente. —Sigo hablando con un tono de voz relajado, aunque me pregunto cómo coño no me enteré de algo así.

Cuando era niño, mi padre y mi hermano iban a lo suyo, y a mí nunca me interesaron los entresijos de los negocios de Peppino o cómo los gestionaba. Solo cuando murió y ocupé su lugar, me di cuenta de que tal vez nunca lo había conocido realmente.

Descubrí casi de inmediato sus negocios, turbios hasta para nosotros, y sus hijos ilegítimos con varias mujeres. No había reconocido a ninguno, claro, así que ninguno verá ni un centavo de la fortuna que dejó.

Peppino no era una buena persona, siempre lo supe. Supongo que nunca me di cuenta de lo cabrón que era hasta que murió. No es lo mismo hacer cosas malas que ser una mala persona. Tampoco es que importe mucho: puede que fuera un mierda, puede que no estuviéramos muy unidos, pero era mi hermano.

Trent se pasa una mano enorme por el pelo blanco.

—Me gustaría que, ahora que estás al frente de su compañía, te plantearas lo de abrir un hotel por aquí.

Hago un ademán con la cabeza en dirección a la caja de los puros.

—¿Te importa?

Responde con un movimiento de la mano.

—Por favor.

—Permíteme.

Antes de que tenga tiempo de hacer nada, Venesa coge un cigarro, se lo lleva a la boca, abre la tapa del Zippo con el pulgar y pasea la llama por la punta hasta que se enciende con un rojo cereza.

Estoy hipnotizado por el círculo perfecto de sus labios en torno al puro y me imagino el aro rojo que me dejarían en la polla, con lo que noto que se me agita. Esta mujer me hace sentir como un puto adolescente. Creo que puede que lo esté haciendo a propósito.

Trent sería muy capaz de ponerme a prueba.

Se quita el cigarro de la boca, deja escapar una nube de humo, se inclina hacia delante y me guiña el ojo cuando me lo da. Nuestros dedos se rozan un segundo y la sensación estimulante de que me sirva ella me recorre todo el cuerpo.

Trent carraspea para aclararse la garganta y ella se sienta en el escritorio.

Permito que el silencio se prolongue mientras disfruto la punzada de excitación cuando mi boca ocupa el lugar donde estuvieron los labios de Venesa. Aparto a un lado el pensamiento y trato de concentrarme.

—Lo pensaré —digo al final.

Trent frunce el ceño.

—Sería una estupidez no hacerlo —dice Venesa.

La miro con una chispa de diversión.

—Y me conviene seguir tus consejos en asuntos de negocios porque…

—Vamos a ser una familia. Tengo entendido que, para los italianos, eso significa mucho.

El interés se esfuma y la señalo con el dedo.

—No te hagas la graciosa.

—Piénsatelo, Enzo —interviene Trent—. Ya sé que solo hace unos años que llevas los negocios de tu hermano, pero expandirlos en esta zona es buena idea. Tenemos controlados a los sindicatos y la compañía constructora perfecta es de mi propiedad. Puede ser… mutuamente beneficioso.

Aprieto los labios y lo miro. ¿De verdad me está explicando

cómo funciona el crimen organizado? Soy de Nueva York. Yo soy el crimen organizado.

—¿De veras?

Trent se frota las palmas como si se estuviera quitando el polvo.

—Una mano lava la otra, ya sabes. Juntos… podemos dominar el mundo.

Lanzo al aire un anillo de humo, me inclino hacia delante y apoyo los codos en las rodillas.

—Parece que sabes mucho de mis negocios, así que vamos a dejar una cosa bien clara: yo no soy mi hermano, y me da igual el trato que tuvieras con él o lo buena que fuera vuestra relación. Yo soy yo. —Me clavo un pulgar en el pecho.

Trent sonríe como si, en lugar de exponer un hecho, estuviera teniendo una pataleta. Resulta un tanto condescendiente. Me dan ganas de apretar los puños, pero me contengo.

—Piénsatelo esta noche —me dice—. Bueno, lo importante es que te vas a casar con mi hijita, ¿eh? Y, mientras ella sea feliz, yo soy feliz. —Me lanza una mirada—. Y tu padre también.

Doy otra calada al puro y entiendo las palabras exactamente como lo que son: una amenaza apenas disimulada. Casi tiene gracia que piense que tiene poder para hacer algo contra mí. Su Cosa Nostra sureña no es nada en comparación con la auténtica. Para él debería ser un honor respirar el mismo aire que yo, y si de verdad cree que mi padre estará de su lado contra viento y marea…, bueno, es obvio que no ha experimentado las muchas facetas de mi desconfiado padre y su afición a apretar el gatillo.

Lo único que ha quedado claro tras este encuentro es una cosa muy sencilla: Trent Kingston no me cae bien.

—De acuerdo —asiento. Señalo a Venesa; el humo de mi cigarro la envuelve como ni siquiera eso se pudiera resistir a ella—. Pero me vas a tener que convencer tú.

—¿Cómo dices? —Inclina la cabeza hacia un lado y parpadea.

—Parecías muy segura hace un momento, cuando me has dicho lo que tenía que hacer, así que es de justicia que me demuestres que vale la pena que pierda el tiempo en Atlantic Cove. Para hacer negocios, quiero decir.

El fuego relampaguea en sus ojos y se le tensa la mandíbula.

—Ah, no, gracias. Que te acompañe tu novia.

Sonrío como el gato de Cheshire, me levanto y dejo el puro en el cenicero.

—Vaya, otra vez estás dándome órdenes como si fuera tu criado.

Se pone roja, cosa que me hace sonreír todavía más. Cruza los brazos.

—Ya, mira, como quieras, pero no voy a hacerte de guía turística.

Me sacudo una mota de polvo de la manga y voy hacia ella hasta que estamos más cerca de lo que sería socialmente aceptable. Veo por el rabillo del ojo que Trent tiene el ceño fruncido, pero me importa un rábano. No estoy hablando con él. Estoy hablando con Venesa.

—Pues más te vale desempolvar los conocimientos de historia, *piccola* sirena, porque esas son mis condiciones.

Le relampaguean los ojos y la adrenalina me corre por las venas como una droga.

—Tus condiciones son una mierda. Pero lo haré para que dejes de ir por ahí marcando paquete como si fueras el tío más importante de esta habitación. —Se baja del escritorio, me mira el cinturón y vuelve a alzar la vista—. ¿O es que lo haces para disimular que en realidad no tienes lo que hay que tener?

Se me escapa la risa y doy un paso atrás para poder verla bien.

Dios, qué interesante es.

No hay nadie que se atreva a hablarme como acaba de hacerlo ella. Resulta refrescante e irritante a partes iguales. No me cabe duda de que no es de fiar.

Venesa pasa junto a mí para salir del despacho, y voy tras ella para reunirme con la mujer con la que me voy a casar. Pero la que ocupa mis pensamientos es ella, y me da un vuelco el corazón al darme cuenta de que no me la voy a poder quitar de la cabeza.

CAPÍTULO 5

Venesa

No soporto este colegio. Echo de menos el olor de los pasillos del Southside Elementary, aunque parezca raro.

A zapatillas deportivas y lasaña de microondas.

El Atlantic Cove Prep huele a dinero, y todos me miran como si fuera una especie de monstruo. Nadie me lo ha dicho a la cara, pero antes he oído que una chica de octavo curso me llamaba «fantasma» cuando se ha cruzado conmigo por el pasillo. He ido a por ella y le he preguntado qué quería dar a entender con eso. Si alguien me quiere decir algo, que tenga el valor de soltármelo a la cara.

Me ha dicho que me lo tenía muy creído, pero que en realidad era una pringada de mierda, que no haría nada en la vida. Corre el rumor de que maté a mi madre para venir a vivir con el tío Trent.

Si supieran la verdad…

El que la mató fue el canalla de mi padre.

Pensé que las cosas cambiarían cuando vine aquí, a estudiar en un lugar elegante, con una familia elegante. Pensé que encajaría mejor. Aun así, no echo de menos el apartamento diminuto de una habitación donde vivía con mi madre, siempre escasas de dinero y soportando que ella pasara de darme todo su amor a hacer como si no existiera, mientras que mi padre desaparecía durante semanas enteras para beberse y jugarse hasta el último céntimo.

A eso no querría volver jamás.

Así que me da igual, que me llamen como quieran. Cierro la taquilla, me doy media vuelta y voy a buscar a Aria. No me ha dicho dónde iba a estar, pero espero que me haga más fácil la integración.

—Eres nueva.

Me detengo y me vuelvo para ver quién me ha hablado. Es un tipo rubio, alto, con una cadena que le cuelga de los pantalones demasiado grandes y un aro en la nariz.

—Y tú eres un genio, salta a la vista. —Tiro de la correa de la mochila.

Se echa a reír y me rodea los hombros con un brazo largo, desgarbado, como si fuéramos amigos de toda la vida.

—¿Cómo te llamas?

Me lleva hacia la cafetería maniobrando entre la gente.

—No le digo mi nombre a cualquier desconocido —replico.

Las palmas sudorosas me agarran por los brazos para detenerme y hace que me vuelva hacia él. Luego sonríe, me tiende la mano y se queda esperando.

—Soy Fisher Engle.

Parpadea, y parece tan encantador que le estrecho la mano.

—Venesa Andersen.

—Ya no somos dos desconocidos.

Me tira de los dedos hacia él y salto volando hacia su pecho. Antes de que me dé tiempo a reaccionar, me aleja de nuevo, me echa el brazo sobre los hombros y me estrecha contra él como si fuera su nueva protegida.

Puede que lo sea.

O puede que sea una broma pesada.

—¿En qué curso estás? —me pregunta mientras recorremos el pasillo de un blanco extremo.

—En sexto. ¿Y tú?

—En séptimo. Debería estar en octavo, pero me han obligado a repetir.

—¿Por qué te han obligado a repetir?

—Porque me sobra carisma.

Suelto una carcajada.

—Ya, claro.

Me vuelve a guiñar un ojo y me estrecha más contra él.

—Vamos, enana. Te enseñaré dónde está la cafetería.

—¿Cómo me has llamado?

Se ríe.

—Enana. Porque eres bajita, ya sabes.

Lo miro como si le faltara un tornillo. Soy la chica más alta de mi curso y siempre lo he sido.

La cafetería es ruidosa, como todas las cafeterías escolares. Los gritos y charlas me arañan los tímpanos como uñas contra la pizarra, y las luces fluorescentes me abrasan las retinas. Miro a mi alrededor en busca del pelo rojo vivo de Aria. Hace tres días que la ayudé a teñírselo.

Un nuevo principio en un sitio nuevo, me dijo. Una celebración de su transformación en mujer. Estamos en sexto curso y yo también quería teñirme porque el castaño intenso me recuerda a mi pasado, pero Aria no me quiso ayudar y me dio miedo hacerlo yo sola. Me dijo que yo era aún pequeña, como si no tuviéramos la misma edad.

Se me van los ojos directamente al centro de la estancia porque sé que ahí estará Aria. Ahí es donde está siempre: en el centro de todo, en primera fila, dispuesta a brillar.

Y no falla, allí la encuentro, sentada en una mesa, con las piernas colgando, rodeada por unas quince personas que sirven a su reina. Se está riendo de algo, con la cabeza echada hacia atrás y la boca muy abierta, y sacude la melena teñida que se mueve como las olas a la orilla del mar. Aunque me mataran, no me habría imaginado nada más estereotipado.

Pero si hay estereotipos es por algo.

Pese a todo, el alivio me invade nada más verla. Solo llevo unos meses viviendo con el tío Trent y con Aria, y ella es la única persona que ha estado de mi lado. Vale, a veces es un poco brusca y agresiva, pero también es lo más parecido que he tenido a una amiga. A una hermana.

—Esa es mi prima. —Señalo a Aria.

Fisher mira hacia donde apunto y se pone rígido.

—¿Qué pasa?

—¿Eres la prima de Aria Kingston?

Arqueo las cejas, a la defensiva.

—Sí, ¿qué pasa?

Se le borra la sonrisa y me da un pellizco en la mejilla.

—Nada de nada, guapa. Ha sido un placer conocerte, Venesa, prima de Aria que ya no es una desconocida.

Frunzo el ceño.

—¿No te vas a sentar conmigo?

Titubea, mira la mesa de Aria, luego me mira a mí.

—No es mi estilo.

—Ah, vale. Bueno, ya nos veremos.

Se da la vuelta y se marcha. Lo sigo un momento con la mirada antes de volverme hacia mi prima.

Me ha visto. De hecho, me está mirando con una expresión extraña en la cara. Sonrío y saludo con la mano, pero no reacciona.

Bueno, vale.

Me enderezo y me abro camino entre la gente. Las multitudes me ponen nerviosa. Nunca he sido de las populares y, cuanta más gente hay, más miradas y susurros me persiguen. Cuesta no sentirse como si todos me estuvieran criticando, aunque sé que no es así.

Todo el mundo se calla cuando me detengo delante de Aria y ella me mira, se apoya sobre las manos con los brazos tras el cuerpo, con lo que se le marca más el pecho. Levanta la barbilla y me mira desde arriba como si yo fuera una hormiga y me fuera a aplastar.

—Hola. —Miro a mi alrededor y busco dónde sentarme.

Arquea una ceja mientras me mira y, de pronto, me siento superincómoda.

—Te he estado buscando todo el día. Ya pensaba que me estabas esquivando.

Me remeto el pelo negro tras las orejas.

—Perdona, ¿querías algo? —dice, despectiva.

Me quedo paralizada y miro a mi alrededor. No se me escapa que sus adoradores están disimulando la risa y que me miran como si estuvieran compartiendo algún tipo de broma secreta.

La ansiedad me sube por el cuerpo y me atenaza por dentro, robándome la confianza. Me empiezo a rascar la cutícula del anular con el pulgar y me río sin ganas.

—Venga, Aria.

—¿Venga qué? —pregunta con cara de aburrimiento.

—Bueno, que… iba a…

—Vamos, vamos, Venesa. —Se echa a reír—. Dios, no seas patética.

Las palabras son como un mazazo en el pecho. Doy un paso atrás.

—¿Qué? —Ni siquiera sé qué decir.

Todos están pendientes de cada palabra que dice mi prima y la realidad me cae encima como un mazazo. La Aria amable del verano ya no existe, y en su lugar está esta… bruja.

Y no me quiere aquí.

Pone los ojos en blanco y se echa hacia atrás. Veo un brillo peligroso en su mirada. No sé qué pasa, no sé qué ha pasado. Nunca había visto esta faceta de mi prima.

Tal vez soy idiota, pero pensaba que éramos amigas. Me reconfortaba pensar que tenía a alguien que me quería.

—¿Estás sorda o es que eres tonta? —Entrecierra los ojos y me mira de arriba abajo con expresión de repugnancia—. ¿Qué pasa, el peso que te sobra no te deja oír?

Casi como en respuesta, me ruge el estómago. Las chicas que están sentadas a su lado se ríen.

—No, es que...

¿Acaba de llamarme gorda?

Se me agolpa la sangre en la cara y me arden las mejillas. Sé que me estoy poniendo roja.

—Mírala, si se pone colorada —se burla una chica al lado de Aria—. Anda, ve a sentarte con el pringado con el que has venido, cerdita. Estáis hechos el uno para el otro.

Aria aprieta los dientes y lanza una mirada torva a su secuaz, pero luego inclina la cabeza hacia un lado.

—¿De verdad pensabas que...? —Chasquea la lengua y me mira con una sonrisa altanera—. Nunca sería amiga de una basura tan desesperada por ser como nosotros que mató a su propia madre. Hasta a tu padre le ha faltado tiempo para perderte de vista.

El dolor me sube por el pecho y me atenaza el corazón hasta que se me astilla como un hueso roto.

Choco contra alguien que hay detrás de mí y se me cae la mochila al suelo, quedando todo su contenido desparramado. Me arrodillo para recoger mis cosas mientras me muerdo la lengua tan fuerte que se me llena la boca de sabor a sangre. Pero nada de lágrimas. Hace muchos años que mi padre me entrenó para no derramar ni una.

Aria se adelanta en la mesa. El zapatito azul celeste con un lazo púrpura me acierta en el pecho y me hace caer. Pongo las palmas de las manos contra el duro suelo de linóleo y la rabia me estalla en el pecho.

—Ahí estás bien, en el suelo, como esos erizos de mar que se arrastran por el fondo del océano. Ni te me acerques, Eri, que como esos erizos nos vas a ensuciar a todos.

—Aria no me había contado que se crio con una prima —señala Enzo, sentado frente a mí, antes de beber un sorbo de vino.

La voz interrumpe los recuerdos. Me duele el pecho. Me lo froto para calmarlo y me concentro en él.

Nunca había visto a nadie dominar al tío Trent y vivir para contarlo, pero, claro, nunca había conocido a un hombre como Enzo Marino. Y ojalá no lo hubiera conocido. Me pone de los nervios.

Hemos conseguido llegar casi al final de la cena, y no ha sido fácil, todo charla insustancial, todo fingir que la hija pródiga que desafió a su padre no lleva seis años lejos de casa.

El salón es frío, monocromo, con un candelabro de cristal que parece una lluvia de gotas de hielo que caen del techo a cinco metros de altura. La tensión que siempre hay entre Aria y yo me hace sentir que el infierno se ha congelado y se ha instalado aquí, en la estancia más formal de los Kingston.

Termino de masticar un trozo de cordero antes de responder en tono burlón.

—Pero, bueno, querida prima, ¿cómo es que no le has hablado de mí? Eso me duele.

—En Nueva York es fácil olvidarse de que existes…, Eri —dice Aria con una mirada gélida de advertencia—. No te lo tomes a mal.

El apodo sigue haciéndome daño pese al paso de los años.

—Tranquila, Aria. Siempre has sido una cabrona egoísta, no me extraña que no quieras que nadie sepa que existo.

Aprieta los labios hasta que su boca es una raya blanca y fina.

—Yrsa Venesa Andersen, ojo con ese tono de voz —me espeta el tío Trent.

Abro los ojos llenos de inocencia y lo miro. Cuando mi tío se enfada, una vena azulada le palpita en la sien al ritmo de su chirriar de dientes. Ahora mismo se le ve bajo la piel como un dragón vivo. Tiene los labios apretados y los ojos como el hielo que me taladran desde donde está.

Cojo el vaso de agua y bebo un trago para no decir nada más.

De pronto, vuelvo a sentirme como la niña de diez años, dolida e insegura, la que era cuando me acogió en su casa: solitaria, destrozada, en busca de alguien que se enorgulleciera de mí lo suficiente como para quererme en voz alta.

Es curioso que algo tan simple como un recuerdo traiga de vuelta sentimientos tan viejos.

—¿Yrsa? Qué nombre tan interesante. —Enzo se relaja contra el respaldo de la silla.

Se me tensa el pecho con los recuerdos distantes de mi madre llamándome, «Yyyyyyrsaaaaaa», cuando jugábamos al escondite, uno de los escasos momentos de felicidad que tuvimos.

Cojo la servilleta que tengo en el regazo y me limpio los labios antes de mirar a Enzo a los ojos.

—Es nórdico. Mi padre era de Dinamarca.

—A Venesa no le gusta hablar de su pasado, cielo —dice Aria con una sonrisa forzada—. Su padre era un borracho que le daba palizas a su madre.

—Aria —protesta Trent sin entusiasmo.

—¿Qué pasa? —Abre mucho los ojos al mirarlo—. Es verdad, ¿no?

No le falta razón. Lo que menos me apetece es empezar a hablar de mi padre y del nombre que me ha perseguido desde que desapareció. Aunque puede que disfrute un poco más de la noche si todo el mundo está tan incómodo como yo.

Por suerte para mí, Enzo no insiste con el tema. Se limita a asentir, mira mi vaso de agua y luego las copas de vino de los demás, y a continuación se concentra en la conversación con el tío Trent.

Pero noto el ardor de su mirada sobre mí.

Me tomo unos momentos para observar a Enzo Marino. Tiene algo que me pone nerviosa, como un picor que no llego a rascarme.

No cabe duda de que es el hombre más atractivo que he conocido, con una rudeza que la elegancia no puede ocultar del todo. El tono moreno de la piel y el pelo negro como la medianoche hacen juego de maravilla con el jersey negro de cachemira y la mandíbula tan marcada que se podría cortar el cristal con ella. Es, de la cabeza a los pies, el prototipo de hombre rico y poderoso, con ropa de sastre y guapo como un actor; pero por el cuello de la camisa se le ve el atisbo de un tatuaje. Daría cualquier cosa por verlo sin ropa y descubrir qué es tan importante para él como para haber querido que se lo graben en la piel.

Y seguro que folla de fábula.

El teléfono vibra en la mesa junto a mí. Le echo un vistazo y veo en la pantalla un mensaje de Fisher.

> **Fisher:** ¿Hace falta que vaya a rescatarte ya?

Siempre puedo contar con él. Cojo el teléfono y respondo.

Yo: ¿Cuánto tardas en llegar?

Fisher: Ya estoy en tu calle. ¿Qué tal va la reunión familiar?

El nudo que tengo en el pecho se me afloja ante la posibilidad de escapar antes de lo previsto.

Yo: Ven y lo verás.

—Venesa.

Levanto la cabeza de golpe y recobro la compostura. Todos me están mirando y, cuando veo los ojos decepcionados del tío Trent, me encojo.

—Enzo te ha hecho una pregunta.

El nudo me aprieta todavía más y dejo el teléfono al tiempo que imposto una amplia sonrisa.

—Lo siento —miento.

Estoy tan acostumbrada a decirle eso al tío Trent que ya no significa nada, pero sirve para aplacarlo.

—Por mí, no tenías por qué dejar de wasapear —comenta Enzo, burlón; es más o menos lo mismo que le he dicho yo antes, en el jardín. Aria lo mira con extrañeza, pero él no le hace el menor caso. Se lleva un trozo de carne a la boca y mastica mientras me mira como si estuviera catalogando cada uno de mis rasgos—. Solo he preguntado a qué te dedicabas.

—Ah. —Miro al tío Trent y luego vuelvo a mirar de nuevo a Enzo—. Hago de todo un poco. Principalmente dirijo un restaurante del tío, pero por encima de todo soy su chica de los recados. —Me obligo a sonreír.

Aria se echa a reír y me la quedo mirando. De pronto vuelvo a sentirme como la adolescente que era cuando ella vivía aquí. No soporto cómo me hace sentir.

—¿Qué te hace tanta gracia?

—¿No te estarás refiriendo a La Guarida?

Inclino la cabeza a un lado.

—Pues sí, La Guarida. ¿Qué pasa?

Suelta un bufido y se encoge de hombros.

—Bueno, no me sorprende que hayas acabado donde le daban las palizas a tu madre. Se puede sacar a una chica de los barrios bajos, pero no hay manera de sacar los barrios bajos de la chica.

Enzo le lanza una mirada cortante.

—Ojo con lo que dices. ¿A ti qué te pasa?

Las pullas de Aria dan en el blanco, pero finjo que no me importan, como he hecho siempre.

—Cuánto me alegro de que hayas vuelto, Aria. —Sonrío de oreja a oreja—. Tengo tantas ganas de volver a pasar tiempo contigo...

La confusión se le refleja en el rostro.

En ese momento se oyen pisadas en el pasillo y, por primera vez, se me ilumina la cara con una sonrisa sincera.

—Fisher —saludo cuando aparece.

Fisher Engle lo llena todo, al menos con su personalidad. No es corpulento, pero sí alto, enjuto. De todas formas, lo más característico de él es la cresta azul del pelo y los tatuajes que le cubren el cuerpo desde los dedos al cuello.

Para mí, es el mejor, mi apoyo incondicional, más hermano que amigo.

Aria se pone rígida en la silla cuando se acerca a la mesa y se inclina para darme un beso en la mejilla.

—Enana.

La sonrisa se me acentúa.

—Qué hay, pequeñajo.

—Siento llegar tarde —dice, y se deja caer en la silla contigua a la mía.

—Hola, Fisher —dice el tío Trent en tono seco.

—¿Qué hay, Papi Trent? —responde él sin hacer el menor caso de la tensión que reina en la mesa—. ¡Aria, cuánto tiempo!

—Fisher —lo saluda ella con tirantez—. No el suficiente.

Él sonríe todavía más, pero sé que es una sonrisa cargada de condescendencia. Entre ellos hay una larga historia, parte de la cual no conozco ni yo.

—Estás tan guapa como siempre —dice—. Ese vestido te queda de maravilla. Y me encanta que no te importe lo que piensen los demás.

El ambiente se tensa. En el silencio que se hace es obvio que todo el mundo está incómodo, pero a Fisher no le importa. Adora poner de los nervios a los demás. En parte, a eso se debe que nos llevemos tan bien. Además, ha sufrido a Aria muchos años, y cuando se oculta tanto dolor durante tanto tiempo se convierte en amargura.

Estira el brazo hacia el centro de la mesa y coge un cruasán de la cesta antes de acomodarse contra el respaldo de la silla y llevárselo a la boca.

La incomodidad de Aria es un bálsamo para mí. Fisher la mira con las cejas arqueadas.

—Ya veo que has perdido el acento desde que te escapaste a Nueva York. ¿Así que la paleta de pueblo se ha convertido en una chica de ciudad?

—Algunos tenemos más aspiraciones que pasarnos la vida entera en Atlantic Cove traficando con droga y siendo unos degenerados —replica.

Fisher deja escapar una risita y pone el brazo sobre el respaldo de mi silla.

—No seas tan borde, mujer.

De pronto, algo cambia en el aire y un cosquilleo me recorre la espalda. No me hace falta alzar la vista para saber que Enzo me está mirando. Otra vez. Me vuelvo hacia él. Tiene los ojos entrecerrados, gélidos.

«¿A este qué le pasa?».

—¿Quién eres tú? —Fisher se ha concentrado en Enzo, cosa que me pone nerviosa.

Sé que no tiene filtros y le gusta agitar las aguas, pero no está hecho para presenciar nada aterrador. Por eso, aunque hace trabajitos para el tío Trent y para mí, una transición sencilla después de pasar droga en el instituto, no tiene relación con los aspectos más oscuros del negocio. Y Enzo puede parecer un perfecto caballero, pero sé que también es un monstruo, igual que yo.

La energía atrae a la energía, y cuando dos personas vibran de manera similar, se percibe con facilidad.

Enzo arquea las cejas y se acomoda en la silla.

—Yo soy el prometido.

Me echo a reír ante el tono posesivo.

—Tranquilo, Enzo. A Fisher no le interesa tu chica para nada.

Aria sonríe con los labios apretados.

—Cierto. Fisher nunca ha querido nada que no fuera Venesa.

Enzo pone el brazo en torno a los hombros de Aria, imitando el movimiento que ha hecho antes Fisher conmigo, y observa la interacción entre su futura esposa y mi mejor amigo.

—Ya me conoces —replica Fisher—. Me encantan los Kingston.

Resoplido de Aria.

—Venesa no es una Kingston.

Es un golpe de pasada, pero da en el blanco. Cuando nadie en la mesa la contradice, se me encoge el corazón.

Sí soy una Kingston. Mi madre era una Kingston antes de dejarlo todo por mi padre. Era la niña de los ojos de mi abuelo, lo mismo que Aria lo es de su padre. Aunque mi madre dejó atrás a su familia para irse con mi padre, Percius Kingston, mi abuelo, le siguió mandando cartas y regalos. La tuvo presente hasta el día en que su casa ardió con él dentro.

—Igual por eso me gusta —replica Fisher.

—Fisher, tu compañía nos es muy grata, pero ¿qué haces aquí? —Nos interrumpe el tío Trent con un suspiro, como si Fisher fuera lo peor.

—He venido a buscar a mi chica.

—Aaay, cielo —protesta Aria.

Se frota el hombro y mira a Enzo con el ceño fruncido.

Este no responde ni aparta la vista de mí, pero la acaricia con el pulgar allí donde obviamente la ha apretado con demasiada fuerza.

Sonrío a Fisher y me acerco más a él.

—¿Lista, nena? —me pregunta.

Miro al tío Trent, que asiente para darme permiso para dejar la cena.

—¿Te vas ya? —pregunta Aria con incredulidad—. Pero si no hemos hablado de la fiesta de compromiso.

Se me escapa la risa y me levanto para sacudirme la parte delantera del vestido.

—Seguro que te las arreglarás sin mí. Deberías pasarte por La Guarida. —Una sonrisa me ilumina la cara—. Si me lo pides bien, igual te dejo celebrar allí tu fiestecita. Pero tienes que prometerme que no romperás nada. Ya sabemos lo que te gusta jugar con cosas que crees que son inferiores a ti y luego dejarlas tiradas.

Miro a Fisher, luego a ella, que frunce el ceño. Sus rasgos se contraen en una mueca siniestra. Le guiño el ojo y me despido antes de dirigirme hacia la puerta.

CAPÍTULO 6

Enzo

No hay nada más incómodo que ser el invitado en casa ajena, pero tampoco hay nada mejor para conocer a las personas que sumergirse en su entorno, y mi objetivo es averiguar todo lo posible sobre Trent Kingston y su pandilla de criminales. Su manera de dejar caer el nombre de Peppino no me ha hecho la menor gracia.

¿Qué coño hacía mi hermano cerrando negocios aquí, en el sur, sin informar a nadie?

Cuando descubrimos que lo habían asesinado, quise averiguar quién había dado la orden, pero todas las pistas se convirtieron en callejones sin salida. Nadie sabía nada, no hubo manera de encontrar a alguien a quien sonsacarle información. Y mi padre se empezó a desquiciar. Los golpes que le ha dado la vida han acabado haciéndole perder la razón. Ahora es un hombre tan volátil que no puedo controlar sus cambios de humor.

Es inmanejable, y eso resulta peligroso en su posición. Un error, y se acabó todo.

En estos últimos años he invertido una cantidad demencial de tiempo en proteger a la familia, hasta el punto de que no puedo dedicarme a nada más. Pero, si no lo hago, estamos perdidos. Hay mucha gente a la que le gustaría restaurar la comisión que mi padre hizo desaparecer de manera tan violenta para imponer de nuevo las antiguas normas, algo que a mi padre ya no parece importarle.

Si me preguntaran a mí, les diría que yo también creo que mi padre está traicionando nuestra historia y nuestras tradiciones. Pero nadie me pregunta. Todos dan por hecho que habla por mi boca, y, bueno, en cierto modo no les falta razón.

Está hundiendo el prestigio de la mafia, todo lo que significa ser parte de esta familia, pero no me corresponde a mí cuestionarlo, a menos que quiera que me mate por faltarle al respeto. Siempre estoy al borde de incurrir en su desaprobación, así que, cuanto menos lo provoque, mejor.

Pero descubrir que Peppino estaba haciendo negocios con gente turbia fuera de la familia, puede que incluso sin el permiso de nuestro padre, me hace sentir que no soy el peor de los Marino.

Se me escapa un suspiro y estiro el cuello para relajarlo. Miro la habitación donde nos encontramos. Aria y yo nos hemos instalado en el que fue su dormitorio, no en la casita del jardín, como a mí me habría gustado. Puede que allí viva Venesa, y por eso nosotros nos quedamos en la casa principal. O puede que Trent quiera tenerme vigilado. Si la situación fuera a la inversa, yo haría lo mismo.

Hay una cama de matrimonio con dosel. Las sábanas son rosa pálido y las estanterías de las paredes color melocotón están cargadas de fruslerías. Unas puertas de cristal dan a un balcón desde el que se divisa la playa privada. Es obvio que en esta habitación no han cambiado nada desde que Aria se fue.

Está pasada de moda, es una cápsula del tiempo llena de cosas. No cabe duda de que a mi prometida le gusta acumular trastos, pero no pienso dejar que me abarrote el ático, así que, antes de vivir conmigo, va a tener que aprender a controlarse.

O igual podríamos vivir en pisos diferentes.

Aria se quedó dormida casi en cuanto nos instalamos, hace unas horas, pero yo no. Me cuesta dormir fuera de casa. Bajar la guardia es la mejor manera de acabar con un balazo en la cabeza, y no he llegado hasta aquí sintiéndome cómodo en cualquier sitio.

Le mando un mensaje de texto a Scotty. Jessica, mi ayudante, le buscó una pensión a pocos kilómetros. Le digo que se presente a las nueve, y luego miro a Aria, arrebujada bajo el edredón. Voy a la parte izquierda de la cama y miro el escaso espacio que me ha dejado. A Aria le gusta agarrarse a mí mientras duerme, y eso me provoca una sensación de asfixia, como si las paredes se me echaran encima, así que pocas veces dejo que se quede a pasar la noche en mi casa.

Nunca he sido de los que duermen abrazados. Me da picores.

Hago una mueca y me meto entre las sábanas resoplando de nuevo. El cerebro me va a cien por hora, como siempre que reina el silencio. Sin poder evitarlo, vuelvo a pensar en Venesa. Es... No sé bien qué es, pero sí sé que la culpa me invade cada vez que trato de apartarla de mi mente y vuelve a aparecer.

Sobre todo cuando me la imagino en esta cama.

Aria cambia de postura antes de abrir los ojos somnolientos y mirarme. Sonríe y cierro los míos para fingir que estoy dormido, pero no la consigo engañar.

—No estarás enfadado todavía, ¿verdad? —pregunta con la voz ronca de sueño.

Parpadeo y me quedo mirando la parte de arriba del dosel.

—¿Quién te ha dicho que estaba enfadado?

Deja escapar una risita, se me acerca y me pone la cabeza en el hombro. Me tenso al instante, pero entonces recuerdo cómo se sentía mi madre cuando papá empezó a pasar la noche fuera y volvía a casa oliendo al perfume de otra mujer. Cómo lloraba en el dormitorio y trataba de ahogar los sollozos para que yo no oyera a través de las paredes delgadas cómo se le rompía el corazón. Cómo caminaba por la casa, lo sola que parecía, destrozada por las traiciones.

Ese recuerdo es lo que consigue que aparte a Venesa de mis pensamientos y me concentre en la mujer que tengo a mi lado.

—Por favor, Enzo, si solo te ha faltado romperme el brazo cuando estaba hablando con Fisher.

Ah. Eso.

—Te pones muy sexy cuando estás celoso —susurra, y aletea las pestañas mientras me mira.

Tengo que aguantar la risa. ¿Celoso? No he tenido celos en toda mi vida. Por decirlo con pocas palabras, no hay nada de lo que pueda estar celoso. No sirve de nada querer lo que no puedes tener. Con eso solo se consigue perder la concentración y no hacer nada grande.

Además, cuando quiero algo, lo cojo y punto.

—Eres mía, ¿no? —La miro.

—Eso es. —Bosteza—. En lo bueno y en lo malo. Para siempre.

Las palabras me arañan la piel, pero hago caso omiso de esa sensación.

—Pues ya está. ¿Por qué voy a ponerme celoso?

Se mueve a toda prisa, se pone encima de mí y me presiona el coño caliente contra el regazo. Le pongo las manos en las caderas por instinto y, cuando se mueve contra mí, mi cuerpo reacciona.

—Mi machote —ronronea—. Finges que no te molesta que otro tipo me haga caso.

No estoy de humor para metérsela, pero necesito liberar la tensión que llevo acumulando todo el día, así que, si quiere follar, no seré yo quien proteste.

Sonrío.

—Demuéstrame lo mucho que lo sientes, princesa.

—No tienes que preocuparte por él, ya lo sabes, ¿verdad? Es un insecto. Es el camello del pueblo, desde que estábamos en secundaria. Yo nunca caería tan bajo.

Sonríe y no sé por qué se me revuelve el estómago, así que la agarro por las caderas, la bajo de encima de mí y le doy la vuelta hasta que está con la cara contra la almohada y el culo bien alto.

Mucho mejor así.

Me paso la noche follándola, pero es la imagen de su prima lo que hace que me corra con tantas ganas que me desmayo de placer.

Por la mañana, estoy en el Grotto, una conocida pensión a tres kilómetros de la mansión de los Kingston.

No me gusta, como tantas otras cosas en Atlantic Cove.

Demasiadas flores.

Demasiada claridad.

Demasiado… sol.

Me encuentro en una coqueta cocina, junto a la sala de estar, y veo cómo Betty, la dueña, va de un lado a otro y mima a Scotty como si fuera un hijo al que no ve hace tiempo.

No hay más clientes. He pagado bien para asegurarme de ello. La puerta verde de la cocina da a un pequeño patio enlosado donde unas sillas metálicas rodean la mesa, y más allá se divisa el océano. Si me gustara relajarme escuchando el canto de los pájaros y el zumbido de las abejas, este lugar sería ideal.

Pero no es mi caso.

Tanta calma me hace sentir incómodo, alerta, a la espera de algo repentino.

En cambio, Scotty parece que está como en casa.

Betty le pone delante un plato caliente y él, el muy lameculos, le sonríe como si fuera lo máximo.

—Bueno, Betty, ¿hay alguna novedad hoy? —pregunta al tiempo que se lleva el tenedor a los labios.

Lo miro por encima del *Atlantic Cove Gazette* que estoy ojeando.

—Eh, no hables con la boca llena.

Me sonríe mientras mastica a dos carrillos.

—¿Y por qué tendría que saber yo si hay alguna novedad? —replica Betty con acento sureño.

—Venga ya, Betty Boop, no te cortes porque esté Enzo aquí. Es amigo, se puede confiar en él. —Scotty traga y luego bebe zumo de naranja—. ¿Todo el mundo debe de estar encantado con lo de la fiesta de compromiso?

Betty se aparta de la frente un mechón de pelo canoso.

—¿Te refieres a la de la hija pródiga de Trent Kingston? Claro. No se habla de otra cosa.

—Qué interesante —comenta Scotty, burlón—. Has elegido a una princesa muy popular, primo.

Pongo los ojos en blanco.

—Come y calla.

—Oye, ¿y por qué se fue de aquí, si se puede saber?

Me encojo de hombros y miro a Betty porque no tengo la menor idea. Aria me comentó hace tiempo que esto no le gustaba, y no pregunté más. La verdad, tampoco me importaba.

La mujer arquea una ceja espesa y sacude la cabeza.

—Bueno, no seré yo quien hable mal de alguien de aquí. —Se echa al hombro un trapo de cocina azul y coge la cafetera para llenarme la taza a mí primero antes de servirse una ella—. Pero, cuando era más joven, me gustaba sentarme en el porche para ver salir el sol con una buena taza de cafeína. —Betty suspira y se apoya en la encimera—. No hay nada como ver el mundo mientras se despierta. Y a veces, al madrugar, me enteraba de cosas.

Scotty se inclina hacia delante, hipnotizado por el relato de Betty. Paso una página del periódico y hago como si no estuviera escuchando.

—¿Qué cosas? —le pregunta.

—Aria tenía la mala costumbre de escaparse para ver a esa rata… Fisher Engler. Ese chico nunca ha sido bueno para nada. No tuvo unos padres que le pusieran límites. Él detenía su Chevelle en la esquina y ella salía con las mejillas rojas y el pelo revuelto y se iba andando a su casa.

No me sorprende enterarme de que Aria se lo follaba. Ninguno de los dos consiguió disimularlo anoche.

—¿Y su prima? —pregunto.

La verdad es que me la trae floja con quién se acostara Aria cuando vivía aquí. Esta conversación me aburre.

Betty se pone tensa.

—¿Su prima?

Doblo el periódico y lo pongo sobre la mesa.

—Sí, Venesa.

Inclina la cabeza a un lado y una expresión extraña le pasa por la cara. Mira a Scotty y luego me mira a mí.

—No me corresponde a mí hablar de esa chica, pero debería ir a la iglesia, sí, señor, en vez de andar por ahí con esos hechizos de bruja y esos cristales. Le hace falta acercarse a Jesús, la verdad.

Scotty deja escapar un silbido.

—Betty no es ninguna chismosa, Enzo. No sé qué decirte.

—Sí, ya lo veo. —Carraspeo para aclararme la garganta, cojo el teléfono y me levanto—. Portaos bien.

Le lanzo una mirada y salgo al patio para llamar a mi padre.

La brisa me agita el pelo y frunzo el ceño cuando me asalta el olor a sal.

—*Ciao, figlio mio* —dice mi padre con fuerte acento italiano.

—*Ciao,* papá.

—¿Qué tal por ahí?

—Mucho calor.

—¿Y tu prometida? ¿Qué tal su *famiglia*? *Bene?*

Mi padre va al grano. Siempre, desde que llegó a vivir a Brooklyn procedente de Sicilia, con mi *nonna,* habla intercalando palabras y frases en italiano.

—¿Sabías que Trent estaba haciendo negocios con Peppino? —pregunto.

Me sigue incomodando la forma en que me lo dijo Trent, como si fuera un as escondido en la manga.

Mi padre suspira y la falta de una respuesta inmediata lo dice todo.

—Puede que sí, sí.

Frunzo el ceño. ¿Qué mierda es esta?

—¿Y no se te ocurrió contármelo?

Deja escapar una risita torva que me eriza el vello. No sé si está a punto de responder a la pregunta o de amenazarme por ser tan directo.

No le tendría que haber hablado así.

Nunca deja de asombrarme su capacidad para tenerte en vilo porque no se sabe cómo va a reaccionar.

—Nunca te habían importado estas cosas. Estabas muy ocupado ensuciándote las manos en la calle, y con esas ridículas peleas organizadas.

«Las peleas con las que te hice ganar mucho dinero». No lo digo en voz alta porque es un alivio hablar de eso en lugar de perder el control de la situación.

—¿Sabes con cuánta gente estaba «en conversaciones» tu hermano? —sigue—. Peppino sabía lo suficiente de esta vida como para tener claro cuándo involucrarme y cuándo encargarse él de todo. Tantas preguntas me hacen pensar que estás planeando lo que no debes. ¿Estás planeando algo, *figlio mio*?

Noto una opresión en el vientre.

—Claro que no, papá.

La voz de mi padre es tranquila, neutra.

—Hay un motivo para todo lo que hacemos.

—¿Y qué motivo hay para tener un hotel aquí, en el sur? —pregunto.

—Cuidado —dice—. Aunque quisiera decírtelo, ahora mismo no puedo. Nos están vigilando. Creo que tenemos el teléfono intervenido.

—Gio manda todas las mañanas a un hombre a hacer comprobaciones, papá. No pasa nada.

—¿Y podemos fiarnos de Gio? —replica—. ¿Es que no te he enseñado nada?

Aprieto los dientes, pero sé que es mejor no discutir.

—Di que sí a lo del hotel, Enzo. No me decepciones o no te gustarán las consecuencias.

—De acuerdo, papá.

Esto es una mierda. Nunca he querido ser parte de Marino Enterprises. Eso era cosa de Peppino. Él era el hombre de negocios; yo, el de la acción. Sí, me encargaba de unas cuantas cosas, de una compañía de tabiques desmontables que ganaba los concursos de los proyectos de mi hermano, de unos cuantos clubes repartidos por toda la ciudad, pero estaba donde quería estar, inmerso en los verdaderos fundamentos del legado del patrimonio familiar, en las calles y con mis hombres, y no en salas asfixiantes mirando a tías estiradas con falda de tubo.

En los buenos tiempos, yo era un capo y mis hombres eran los que hacían el trabajo de la familia. Era el que conseguía los contratos para los asesinatos, el que enviaba los recordatorios a los que se olvidaban de darnos nuestra parte. Pero, cuando asesinaron a Peppino, mi padre me puso en el puesto de lugarteniente. Y tuve que obedecer. Se lo debo a la *famiglia.*

Contemplo las flores del jardín y el sol que brilla sobre el agua más allá.

—Trent podría ser… más respetuoso.

Mi padre se ríe.

—Pues recuérdale quién es tu padre. Pero vas a construir ese hotel ahí. Es bueno para el negocio. Para expandirnos. Haz lo que tienes que hacer por esta familia, ¿entendido?

—Sí, papá. Entendido.

—Una furgoneta ha estado pasando por aquí todos los días. Estoy seguro de que me vigilan y escuchan las conversaciones. No me vuelvas a llamar por esta línea.

Clic.

Cuelga antes de que pueda responder, y siento un aguijonazo de enfado porque su paranoia está sacando de las calles a mis mejores hombres para vigilar fantasmas, para calmar sus miedos febriles. La irritación me cosquillea por dentro y me doy un golpe con el teléfono en la palma de mano. Luego me aliso la pechera del traje.

«Dios, qué calor hace aquí».

Hoy Aria va a estar ocupada todo el día con la organizadora de fiestas, así que tengo la tarde libre para hacer lo que quiera. Ha intentado convencerme para que fuera con ella, pero no pienso perder el tiempo con gilipolleces como oler flores y probar canapés.

Y, de pronto, lo único que me apetece es ver de nuevo a esa fierecilla de Venesa. Trato de reprimir el deseo porque es peligroso querer algo con tanta intensidad cuando no es justificable. Tengo que sacármela de las venas antes de que me devore por completo. Pero he de resolver el misterio de por qué me atrae tanto; si no, no podré quitármela de la cabeza.

Así que llamo a Trent y le digo que quiero verla en el muelle dentro de una hora.

CAPÍTULO 7

Venesa

Las nubes de vapor me envuelven cuando salgo del cuarto de baño. Me froto el pelo empapado con una toalla y voy hacia la sala de mi apartamento para mirarme las puntas, con la esperanza de no haberme dejado demasiado tiempo el champú púrpura.

«Blanco hielo. Perfecto».

Miro hacia la izquierda y sonrío al ver a Athena, una de mis ligues habituales, tumbada en la cama de manera que veo su cuerpo perfecto sin nada más que una fina sábana color crema que apenas le tapa las tetas.

Suspiro y entro en el dormitorio.

—¿Todavía estás aquí?

Athena me muestra los dientes blanquísimos en una sonrisa y recorro con la mirada su piel suave color chocolate. Levanta los brazos por encima de la cabeza y sonríe aún más al advertir que no dejo de mirarla.

—Controla tu entusiasmo.

Parpadeo y consigo reaccionar.

—Ya te puedes ir.

Se incorpora y, cuando la sábana deja de taparla, siento un ramalazo de excitación porque es maravillosa.

Y come el coño como nadie.

Pero no estoy de humor para eso porque el tío Trent me ha despertado con un mensaje de texto en el que me ordena que me reúna con Enzo en el muelle dentro de una hora.

Lo que menos me apetece en el mundo es estar con Enzo Marino. Siento la misma conexión que la primera vez que lo vi, cuando estaba inconsciente tirado en la orilla del Hudson. Ese vínculo me da ganas de decirle cosas. Cosas que son verdad, cosas que no puede saber.

Athena viene hacia mí, tira de la punta de la toalla y me la quita.

—Dios, qué buena estás —maúlla, y sus manos diminutas me cogen por las caderas y me atraen hacia ella.

«Igual un polvo rápido…». Pero ya estoy calculando si de verdad me da tiempo, y eso echa a perder el momento.

Se inclina para besarme en los labios y aparto la cara.

Suspira antes de apoyar su mejilla contra la mía.

—A veces eres insufrible, Venesa.

—Lo siento, cariño, pero ya conoces las normas.

La aparto de mí y no opone resistencia. Resopla y va hacia donde está su ropa, tirada en el suelo, junto a la cama, donde la desnudé anoche.

—Tú y tus normas. No te vas a morir por un besito en los labios, Venesa. Es lo que la gente llama «intimidad».

La miro y parpadeo. Se echa a reír al tiempo que se pone los pantalones.

—Pero tú de eso no sabes nada, claro.

Me paso el pulgar por la uña del anular.

—Mira, me lo he pasado bien, pero tengo…

—A ver si lo adivino —me interrumpe y se abotona la blusa—. Tienes cosas que hacer.

—Y luego dicen que no eres una mujer observadora. —Le guiño un ojo—. Me conoces bien.

—Pero podríamos conocernos mucho mejor. —Da un paso hacia mí.

—Si nos conociéramos mejor, acabaríamos matándonos entre nosotras. Venga, fuera.

Le señalo la puerta que lleva a La Guarida, abajo.

Es temprano, así que aún no hemos abierto, pero si se entretiene aquí demasiado, empezará a llegar el personal, y prefiero que no la vean salir a hurtadillas de mi apartamento. Ya chismorrean bastante sobre mí.

Se dirige hacia la puerta y se detiene con la mano en la manija.

—La verdad, podrías darle una oportunidad a lo nuestro.

—Podría —digo con sumo cuidado al tiempo que me acerco al perchero que hace de armario improvisado y paso los dedos por la hilera de vestidos que tengo colgados—. Pero no quiero, cariño.

Masculla una réplica, pero no le hago caso y sigo mirando la ropa al tiempo que inclino la cabeza como si elegir lo que me voy a poner requiriese de toda mi concentración.

Por último, oigo que la puerta se cierra cuando se va, y relajo los hombros mientras noto cómo se me desata el nudo del estómago. Respiro hondo.

Voy hasta la mesilla de noche, abro el cajón y, tras sacar el diario de gratitud y la almohada de meditación, voy al centro de la sala. Creo en el poder de la visualización desde que tenía problemas en el instituto y escribí que el tío Trent me había dejado abandonar los estudios y empezar a trabajar para él. Dos meses más tarde, esas palabras se hicieron realidad.

Para entonces, yo ya me había introducido en el mundo de la brujería, aunque al principio era más por curiosidad que por genuina devoción espiritual, así que la visualización encajaba bien con elevar mis frecuencias y manipular las energías. Fisher se ríe de mí, pero sé que esto funciona. Desde que empecé a practicar, se me han abierto muchas puertas en el universo, han cambiado muchas cosas en mi vida para mejor.

Tomo nota mental de hacer un ritual de cortar la cuerda para Athena la próxima vez que el sol esté en Acuario. Luego me la quito de la cabeza y me concentro en mi respiración.

Treinta minutos más tarde, vuelvo a la barra de la que cuelga mi ropa, cojo una camiseta que deja a la vista los hombros, la que pillé en una tienda de segunda mano, y mis pantalones cortos favoritos, pero acabo tirando ambas cosas a un lado y arrugo la nariz ante lo escaso de mis opciones.

Echo de menos la ropa de diseño y el vestidor que tenía en la mansión, pero eso fue hace mucho tiempo, cuando el tío Trent tenía la obligación legal de mantenerme. El día en que cumplí los dieciocho años, la tía Elle no tardó ni un minuto en darme la patada, y mi querido tío se limitó a mirar en silencio mientras yo hacía las maletas.

La amargura me sube por la garganta y me llena la boca de un sabor ácido.

Bueno, al menos está muerta. Me alegro.

Suena el teléfono y el nombre del tío Trent aparece en la pantalla.

—Buenos días —digo al descolgar. Pongo un poco de entusiasmo extra en la voz para disimular la culpa por lo que estaba pensando.

—Hola, pequeña —dice en tono amable—. ¿Has recibido mi mensaje de antes?

—¿El de reunirme con Enzo? Sí, claro. —Asiento al tiempo que sigo buscando algo para ponerme.

Saco un posible atuendo y me acerco al espejo de cuerpo entero que tengo en diagonal a la cama; lo descarto y elijo otra cosa.

—No sé. Esto me parece una tontería. No hay buenas vibraciones entre nosotros.

El tío Trent se ríe.

—Si lo hiciéramos todo según tus vibraciones, habría que pegarle fuego al mundo.

—Bueno… —Tiro otra blusa a la cama—. A veces el mundo tiene que arder para que haya un nuevo comienzo.

—Quiero ese hotel Marino que se me prometió hace años, y me lo va a dar le guste o no.

Me pongo el teléfono entre el hombro y la oreja para aguantarlo al tiempo que quito de la percha una blusa púrpura y la pongo sobre la cama.

—Así que se trata de eso, de manipularlo para que haga lo que queremos.

—Sí, eso es lo que hace falta…

—¿Seguro que será posible manipularlo? Porque a mí no me lo parece, y esto es…

—Se va a casar con mi hija, joder, así que quiero saber que lo tengo dominado, aunque solo sea un poco.

—Va a ser parte de la familia —replico.

—A veces la familia da mucho por culo.

Ahí me ha pillado.

—¿Quieres que le lance un hechizo? —bromeo. Sé muy bien que no quiere tener nada que ver con mis prácticas. El tío Trent es protestante de la cabeza a los pies. No muy buen cristiano, pero yo no soy nadie para juzgar esas cosas.

—No menciones siquiera ese culto al diablo, pequeña.

Pongo los ojos en blanco porque no tiene nada que ver con eso, pero no discuto. Hace tiempo que aprendí que ganarme su afecto es más fácil si finjo que encajo en sus limitadas categorías mentales, de modo que dejo que crea lo que le dé la gana. Pero a veces, cuando veo cómo me rechaza por lo que soy, el resentimiento me cubre las entrañas como un ácido, corroe mi resolución y no puedo evitar responder.

—¿Por qué no lo lleva Aria por ahí? —pregunto—. ¿Por qué me toca a mí hacer de niñera?

—Obedece y calla, Venesa.

Clic.

Le saco la lengua al teléfono como una niña y luego mando un mensaje de texto a Bas.

> **Yo:** Aviso para que vayas preparada, el jefe está hoy fino.

Dejo caer el teléfono en la cama y me visto. Remato el atuendo con mi barra de labios favorita, color rojo sangre, y un colgante de obsidiana. No hay nada que no se cure con un buen carmín rojo y una piedra de protección.

Salgo de mi apartamento y bajo por la escalera de caracol que lleva al callejón que da a la parte trasera de La Guarida. A la primera persona que busco es a Fisher.

Me alegro de ver a unos pocos empleados ya preparándolo todo para la hora del almuerzo. No tenemos fama por la comida que servimos; lo bueno de La Guarida empieza cuando se pone el sol, pero, bueno, siempre hay unos cuantos que se aventuran hacia el sur de Atlantic Cove durante el día buscando escapar de sus vidas miserables y de ahogar las penas bebiendo lo suficiente.

Las ventas de alcohol son lo que nos da beneficios, y si me paro a pensarlo mucho tiempo me pongo mala. Pero no soy nadie para juzgar lo que hacen los demás con su vida. ¿Qué más me da si vienen aquí y se gastan todo lo que tienen y luego vuelven a sus casas a destrozarles la vida a sus hijos?

Se me revuelve el estómago y aparto a un lado este pensamiento.

«No todo el mundo tiene problemas con el alcohol, Venesa. Estás proyectando».

Los ventanales góticos se abren a la derecha, con la parte superior en forma de arco y el cristal esmerilado para que no se vea lo que pasa en el interior. Las paredes son de un verde musgo oscuro, y las luces amortiguadas, púrpura y azul, bordean el perímetro para crear un ambiente oscuro e íntimo. La decoración incluye varios acuarios de agua salada llenos de pólipos que se mecen en la estela de los peces ángel y las anguilas.

Hay una docena de mesas redondas salpicadas por la sala, con sillas dispares que miran hacia el escenario. Es de madera vieja, desgastada por los años, enmarcado por un telón de terciopelo color púrpura intenso.

La barra se encuentra a lo largo de la pared izquierda, abierta a las mesas, y veo a Fisher detrás. Está cortando rodajas de lima para el turno de día. El olor cítrico me recibe cuando voy hacia él y paso los dedos por la superficie cobriza del mostrador.

Sonríe y me da un café que ha comprado en nuestra cafetería favorita, calle abajo.

—Eres mi héroe —digo antes de cogerle la taza de su mano para beber un sorbo.

Las notas amargas del café complementan de maravilla mi estado de ánimo. Empiezo a salivar de inmediato como un perro de Pavlov cuando oye una campana.

—¿Una noche ajetreada? —me pregunta arqueando una ceja.

Me encojo de hombros y bebo otro sorbo.

—¿Con cuál de tus lacayos? ¿Jason o Athena?

Me echo a reír.

—No son mis lacayos.

—Buena manera de esquivar la pregunta.

Inclino la cabeza a un lado y me quedo mirándolo mientras pone la lima en el cortador de metal y lo cierra para hacer rodajas perfectas.

—¿Qué más da?

Él también se encoje de hombros y deposita las rodajas en una bandeja de plástico transparente.

—Nada, solo estaba calculando de qué humor estarías hoy.

—¿Y eso lo sabes según con quién haya follado la noche anterior?

—No te quepa duda. —Asiente y mueve las cejas—. Athena hace que te corras, y al día siguiente estás mucho más simpática con los demás.

No le falta razón. Es mejor amante, no cabe duda, pero aun así le pego un bufido.

—Tienes el pelo ridículo —digo, y le señalo la cresta recién teñida de azul.

—Y tú las tetas.

Me miro el escote, ofendida, y se echa a reír.

—¿Vas a estar aquí hoy o te toca ser la criada de tu tío?

—No me llames criada, criado. —Dejo la taza de café en la barra.

Saca un rollo de film de cocina y corta un trozo.

—Blanco y en botella…

—Pues ahora mismo me iba al malecón.

Fisher hace una mueca.

—Puaj. ¿Por qué?

—Le tengo que enseñar la ciudad a mi nuevo primo político.

—Enzo Marino —proclama Fisher con un acento italiano exagerado—. Está más bueno de lo que me imaginaba.

—Ni te le acerques. —Le apunto con el dedo.

Le brillan los ojos.

—¿Y ahora qué he hecho yo?

—Nada, y quiero que las cosas sigan así, ¿entendido? Lo que menos falta me hace es tener que preocuparme de que te metas en un lío con el hombre de Aria. No tengo tiempo para ir limpiando detrás de ti.

Sonríe.

—Así que ha sido Jason.

Le lanzo una mirada asesina, pero se me escapa una sonrisa.

—No, Athena. Pero me voy. No le pegues fuego a esto en mi ausencia.

—Claro, claro. —Me despide con un ademán.

—Oye, Fisher…, y no te acerques tampoco a Aria.

Se le borra todo rastro de alegría de la cara, asiente y traga saliva.

—Por eso no te tienes que preocupar. Garantizado.

CAPÍTULO 8

Venesa

Mi madre tenía un Mustang descapotable azul verdoso que parecía cambiar de color según cómo le diera el sol. Era su mayor tesoro e invirtió más tiempo en cuidar de aquel cacharro que en cuidar de mí.

Por irónico que parezca, la mayoría de mis mejores recuerdos de ella son en aquel coche. Cuando se recogía los rizos castaños con un pañuelo de seda y me dedicaba la sonrisa cegadora por la que tenía fama, la que era capaz de parar corazones y derretir a más de un hombre, sabía que me iba a llevar a dar una vuelta.

Nos reíamos como un par de colegialas y nos metíamos en el descapotable; si era mi cumpleaños, hacía una parada adicional para comprar un granizado en el Morgan's Ice Shack, en el muelle, antes de ir por la costa como si no tuviéramos ni un problema en la vida.

Nunca olvidaré la sensación del viento en mi pelo oscuro o la sonrisa que me iluminaba la cara mientras notaba los labios pegajosos del rojo cereza. Eso era la felicidad.

Por aquel entonces pensaba que era su manera de pedir perdón por no hacerme el menor caso en las otras facetas de la vida, pero ahora me doy cuenta de que lo que hacía era escapar de la realidad. Mi padre no era buena persona y, aunque me cueste, respeto el esfuerzo que hizo mi madre por intentar ocultarme las verdades más desagradables de su vida. Lo malo es que ese respeto queda tapado por las montañas de animosidad que siento por su estrepitoso fracaso.

Hoy hay mucha humedad y el olor de la ciudad y el agua marina se mezclan en el aire y se me pegan a la piel. Es una sensación familiar y desagradable.

El malecón de Atlantic Cove es una visita turística imprescindible en Carolina del Sur. Se construyó a finales de los años treinta del siglo pasado y recorre tres kilómetros de playa. Está lleno de atracciones turísticas y tenderetes de comida y bebida carísima. Se ha reconstruido varias veces, por lo general con intervención de mi familia, pero queda una zona del original, donde el arco de hierro forjado con la concha marina rosada es como un faro que atrae a la gente hacia el puente sobre columnas de madera que se adentra en el agua.

Ahí es donde me reúno con Enzo.

Está apoyado en la barandilla como si no tuviera ni una preocupación en la vida. Noto los ojos azules clavados en mí mientras me acerco para saludarlo.

—Romeo —lo saludo al tiempo que me meto las manos en los bolsillos traseros de los pantalones cortos deshilachados.

A modo de respuesta, alza la barbilla y me desnuda con la mirada, desde el pelo decolorado a los hombros que llevo al aire y las puntas de las Nike negras. Está ridículo y fuera de lugar con ese traje a medida, y sé que se tiene que estar asando, pero no parece que le importe. Todo lo contrario, le confiere un aspecto más poderoso, como si ni el calor de Carolina del Sur lo afectara.

A nuestro alrededor, todo el mundo se ríe, la gente luce biquinis o bañadores tropicales, los niños levantan castillos de arena o corretean entre las olas que lamen la orilla, las parejas pasean, unas con la piel curtida por la edad, otras con ojos de recién enamorados. El malecón es un telón de fondo ideal para una primera cita o para hacer la gran pregunta que promete el cuento de hadas de un amor eterno. Pero Enzo se comporta como si nada de eso existiera. Tiene los ojos clavados en mí como si no pudiera ver nada más.

Me pone nerviosa.

Frunce el ceño y, por raro que resulte lo que voy a decir, el tipo me resulta atractivo.

—Llegas tarde —señala.

Y tú llevas demasiada ropa —contraataco.

—Qué mona, mira cómo se preocupa. —Se aparta de la barandilla para dar un paso hacia mí—. ¿Y siempre vas sola en el autobús con esta pinta?

Miro lo que llevo puesto. «¿Qué tiene de malo?».

—¿Qué quieres decir?

Se le mueven los labios como si estuviera a punto de sonreír y luego tiende la mano para rozar uno de los aros de plata que llevo en las orejas.

—¿Lo dices por mis pendientes? —pregunto—. Bueno, ya sabes lo que se suele decir.

Inclina la cabeza a un lado.

—No, no lo sé, ¿qué se suele decir?

Sonrío.

—Que cuanto más enjoyadas vamos, más putas somos.

Me pone un dedo sobre los labios y el contacto me hace estremecer; como si me hubiera dado una descarga de electricidad estática.

—Cuidado con lo que dices —responde con tono pausado; el acento neoyorquino le tiñe las vocales—. No te faltes al respeto delante de mí.

Su respuesta me sorprende, me desconcierta. Se me para un segundo el corazón y le agarro la muñeca para apartarle la mano.

—Era una broma, Enzo.

Se queda un momento mirándome, y noto que el músculo de la mandíbula se le contrae. Luego sonríe.

—Me gusta cómo dices mi nombre.

Frunzo el ceño.

—Oye, no hace falta que seas amable conmigo solo porque soy la prima de Aria. De hecho, puede ser contraproducente.

—¿Crees que soy amable contigo solo por eso? —Se le acentúa la sonrisa.

—¿No es así?

Da un paso atrás y, en lugar de responder, mira a nuestro alrededor.

—¿Qué plan hay para hoy?

Me encojo de hombros.

—Tú eres el que me ha hecho venir aquí, así que tú dirás.

El tío Trent me ha dicho que le enseñe todo lo que puede ofrecer Atlantic Cove, pero esta zona habla sola. Demasiado cara, demasiada gente.

—Quiero conocer el verdadero Atlantic Cove. —Hace un ademán que abarca lo que nos rodea.

—Pues aquí lo tienes. —Abro los brazos—. Bienvenido al malecón de Atlantic Cove, donde las bebidas son caras y las atracciones están diseñadas para los turistas. El lugar perfecto para un hotel Marino.

Me mira.

—¿Has estado alguna vez en un hotel Marino?

Cambio el peso de mi cuerpo de un pie a otro, incómoda de repente.

—Una vez… hace unos años.

Enzo parpadea, supongo que con ganas de que me explique, pero no le voy a contar cómo cometí un asesinato en la habitación más cara de un Marino, así que me quedo en silencio hasta que, por fin, se ríe y asiente.

Me molesta que me guste el sonido de su risa.

Caminamos por el paseo marítimo y le señalo unos cuantos lugares que llevan años aquí. No comento nada sobre las tiendas más recientes porque no sé nada de ellas; además, ¿qué importa? Cuanto antes acabemos con esto, mejor.

También evito cualquiera de los lugares que me recuerdan a mi pasado, y espero que no se dé cuenta. Creo que me he salido con la mía cuando, de repente, se detiene de golpe.

—¿Qué pasa? —pregunta.

—Nada —miento.

Señala el Morgan's Ice Shack que acabamos de dejar atrás.

—¿No me dices nada de ese local?

Lo miro y noto un nudo en el estómago, una sensación tensa en la garganta que me sube hasta la boca.

—No.

Se cruza de brazos.

Echo la cabeza hacia atrás y miro el cielo azul para sopesar cómo manejar esta situación. El tío Trent ha dejado muy claro que quiere que me esfuerce para que Enzo confíe en mí, para que me escuche y se decida a hacer negocios aquí. Se me encoge el corazón al darme cuenta de que la mejor opción es la sinceridad. Hacerme la dura solo servirá para causar problemas que luego tendré que arreglar, y esquivar ciertas cosas hará que Enzo desconfíe.

—Mira, hay cosas de las que no me gusta hablar. —Señalo el Ice Shack—. Y esa es una de ellas.

Hace una mueca, pero no sigo. ¿Quién se cree que es, ahí arqueando una ceja como si con eso fuera a vomitar a sus pies fragmentos de mi pasado? Se da cuenta de mi reticencia porque se acerca y mueve la mano como si me fuera a acariciar la mejilla. O puede que sean imaginaciones mías. El caso es que, por suerte, no lo hace.

—No estoy tratando de aprovecharme de la situación, ni de poner a prueba tus conocimientos —dice.

No, claro. Eso es lo que estoy haciendo yo.

—Ya.

—Siempre he sido sincero contigo —sigue.

Resoplo.

—Me conoces hace como dos minutos.

—¿Y qué? —replica con una sonrisa irónica—. ¿Qué tiene que ver eso con la sinceridad?

Me humedezco los labios y aparto la vista para no mirarlo a los ojos.

Baja la cabeza para volver a clavar los suyos en los míos.

—No hace falta conocerte hace mucho para ver en ti lo mismo que yo llevo dentro —susurra—. La desconfianza, los muros alzados, ese estar siempre en guardia. Lo respeto. Pero te aseguro que conmigo no tienes que sentirte así. Sé tú misma, ¿de acuerdo?

Abro la boca y el corazón se me acelera porque sé que tiene razón. No confío en nadie, y me asombra que lo haya visto tan pronto, tan claro. Pero no le puedo dar lo que quiere. Ser sincera con él es un lujo que no me puedo permitir.

—¿Y tú de verdad me lo estás contando todo? —replico, porque no me creo ni una palabra.

Casi no me conoce y me habla como si hubiera entre nosotros una historia de confianza, de reciprocidad.

Me mira con gesto interrogativo.

—¿Qué te hace pensar que no?

—Pues no sé, es un poco raro que quieras que te enseñe la ciudad yo, una desconocida, cuando tienes una novia en perfecto estado de uso de razón que nació aquí.

Me mira de reojo y detecto en su mirada un cierto sentimiento de culpa antes de que esboce una sonrisa.

—¿No conoces a tu prima?

Me echo a reír, porque no le falta razón. Aria no es de las de «voy a enseñarte la ciudad», a menos que al final vaya a haber fotos de la prensa.

—Por desgracia, sí —murmuro.

Se detiene y me dispongo a recibir una bronca por hablar mal de su querida Aria, que es lo que me pasa siempre. Pero me equivoco.

—¿Sabes que no sabía ni que existías hasta que llegué aquí? —me dice—. ¿No te parece raro?

—Pues no, la verdad.

¿Por qué iba a hablarle Aria de la persona que de verdad le salvó la vida?

Me sigue mirando, y sí, me pone nerviosa, pero también disfruto con la sensación. Su atención es embriagadora.

Me muerdo el labio inferior.

—No hay mucho que contar.

Niega con la cabeza.

—No me lo creo.

—Vale —accedo—. Estar aquí me recuerda mi pasado.

—Tu pasado —repite.

Tengo el corazón encogido.

—Me recuerda a mi madre. A veces me traía aquí. No muchas. No estaba... Bueno, digamos que no estaba en condiciones.

Pero una vez al año, el día de mi cumpleaños, me despertaba temprano y lo celebrábamos. Tomábamos un granizado ahí. —Señalo el Morgan's Ice Shack—. Y luego paseábamos por delante de las tiendas y me decía que eligiera una cosa, y me la compraba.

—¿Solo una? —bromea Enzo.

—Íbamos muy justas. No aceptábamos... Bueno, ella no aceptaba dinero de la familia, así que sí, solo una. —Trago saliva porque tengo un nudo en la garganta—. Pero era mi día favorito del año.

—¿Porque era tu cumpleaños?

—Porque ese día mi madre me quería en voz alta.

Aprieta los dientes, pero asiente y la sonrisa que se le dibuja en la cara es deslumbrante.

—Te quería en voz alta. Eso es muy bonito.

—Ya, bueno... —Cambio de postura. Me voy a hacer sangre de tanto rascarme la cutícula.

Se mete las manos en los bolsillos y mira a nuestro alrededor. Luego me pone la mano en la espalda y me lleva hacia un tenderete que hay cerca de la noria de setenta metros de altura, que es la imagen representativa del malecón de Atlantic Cove. Me dejo llevar, demasiado desconcertada por esta situación como para protestar.

Llegamos al puesto que vende bisutería, gorras y camisetas en las que se leen cosas como Es la hora de las sirenas. Hace un ademán hacia la mercancía.

—Elige una cosa.

—¿Qué? —Me echo a reír.

Da un paso hacia mí y se me acerca tanto que tiene que bajar la cabeza para mirarme a los ojos.

—Ya me has oído. Elige una cosa.

Frunzo el ceño, confusa. No sé por qué lo está haciendo, no sé por qué se molesta, pero el gesto me conmueve.

—¿Por qué?

—Porque lo digo yo.

—¿Eso te suele dar resultado? La mierda esa del «porque lo digo yo».

—Sí.

Paseo ante el tenderete, cojo un collar de conchas marinas y lo inspecciono.

—Pues no sé si lo sabrás, pero a los demás nos suele gustar que nos expliquen por qué tenemos que hacer algo antes de hacerlo. Nos hace sentir como si nos trataran como a iguales, y no como lacayos.

Se le escapa una carcajada y se detiene a mi lado.

—Tienes razón. Quiero que elijas algo porque se nota que ese recuerdo que tienes con tu madre es bueno. Y me gustaría ser también un buen recuerdo para ti.

La sorpresa se me enciende en el pecho como una vela.

—¿Te gusta? —Señala el collar de conchas que tengo en la mano.

—Claro, es bonito.

Lo vuelvo a dejar en el puesto.

—¿Lo quieres? —insiste.

Arqueo las cejas tanto que creo que me llegan al pelo.

—Ufff, no, gracias.

—Si lo quieres, te lo regalo.

—Si lo quisiera me lo compraría yo.

Se me van los ojos hacia la etiqueta del precio porque la verdad es que es precioso, pero no tengo dinero para comprar tonterías, y antes la muerte que permitir que me lo regale porque le doy pena.

—Dios, qué difícil eres. ¿No puedes aceptar un regalo? —Señala las cosas que hay expuestas con un movimiento de la cabeza.

—¿Del hombre que se va a casar con mi prima? Pues no, la verdad. —Niego con la cabeza—. No tienes por qué.

Se humedece el labio inferior y noto que se me tensa el pecho y se me calienta la entrepierna. Se inclina hacia mí y me habla con voz una octava más grave.

—Nunca hago nada que no quiera hacer.

El timbre de las palabras se me desliza por la carne como un cuchillo.

—¿Y si elijo algo para ti? —negocio con él.

Sopesa la idea.

—¿No te voy a sacar nada más?

—Probablemente, no.

Sonríe y se yergue.

—Trato hecho.

—¿Así de fácil? —Me cruzo de brazos—. ¿Aceptas sin más?

Se encoge de hombros.

—Claro. Si es lo que te hace feliz…

Sonrío sin poder contenerme.

«Si es lo que te hace feliz».

No sé si alguien me había dicho eso alguna vez, pero me gusta tanto que es peligroso.

CAPÍTULO 9

Enzo

Diez minutos más tarde, soy el nada entusiasta propietario de una camiseta que reza MARINERO DE LOS MARES, con un dibujo de un bote de vela contra un fondo arcoíris.

—Es de mala educación no ponerte un regalo. —Venesa señala la camiseta que me ha elegido y que llevo debajo del brazo—. ¿O es que no te gusta?

La miro con diversión.

—¿Es un regalo si lo he pagado yo?

Se encoge de hombros y sonríe.

—La intención es lo que cuenta. Además, casi casi lleva tu nombre.

Me detengo y la miro porque sigo sin saber si puedo confiar en ella o no. Puede que su especialidad sea hacer que la gente se ponga cómoda antes de joderlos vivos.

—¿Qué sabes tú de mi nombre?

Abre la boca para responder y lo cierto es que, aunque me cuesta saber hasta qué punto es sincera, disfruto de verdad con este toma y daca. Pero, antes de que pueda decir nada, el estómago le ruge tan fuerte que estoy seguro de que no ha comido.

—Tienes hambre.

—Me han llamado para decirme que viniera aquí y te convenciera para que inviertas. No me ha dado tiempo de comer nada.

Asiento y le pongo una mano cerca de la espalda, sin rozarla, para indicarle por dónde ir.

No tocarla estando tan cerca, con los dedos a escasos centímetros de saber cómo es su contacto, me resulta más difícil de lo que esperaba, pero me resisto porque estoy prometido, y peor aún, estoy prometido con su prima. Un paso en falso y Venesa irá a contárselo todo a su tío, y el castillo de naipes se desmoronará.

Trent ha hecho un trato con mi padre, y si a mi padre le llega información… La intranquilidad me revuelve el estómago porque no sé bien qué haría. Además, no he llegado hasta donde estoy por ceder ante algo solo porque lo quiero.

Esto podría ser una estratagema. Seguramente lo sea.

—¿Qué hacemos aquí? —me pregunta.

La miro. Estamos en la puerta de un restaurante llamado Sharkbait.

—Voy a darte de comer.

Suelta una carcajada, da un paso y se vuelve hacia mí con la espalda contra las puertas de cristal.

—No hace falta, estoy bien.

—No te he preguntado cómo estás. De hecho… —Me acerco a ella—. No recuerdo haberte pedido tu opinión.

—Eso es verdad. —Se cruza de brazos—. Y me parece una grosería que no tengas en cuenta mis sentimientos.

Aprieto los labios.

—¿Siempre eres así? ¿Siempre vas en contra de lo que dicen los demás? Porque es un incordio, que lo sepas.

Doy un paso más y retrocede hasta que la aprisiono contra la entrada de cristal, desesperada por escapar de mí. Aletea las pestañas y le rozo con el brazo el hombro desnudo al tiempo que pongo la palma de la mano en la puerta tras ella. Huele a agua de mar con un toque de cereza, y… me parece que me gusta.

—No te me pegues tanto —jadea.

Bajo la cabeza aún más solo para volver a olerla.

—Ya me estás diciendo otra vez lo que tengo que hacer.

Veo que se le eriza el vello del cuello, y la visión me resulta de lo más satisfactoria. Finge que mi presencia no la afecta, pero ahí tengo la prueba, en su hermosa piel. No sé por qué, pero me siento mejor al saber que la atracción es mutua. Tal vez porque así no me parece que sea un cabrón por fijarme en ella, cuando es obvio que a ella le pasa lo mismo.

«No soy solo yo».

Empujo la puerta para mantenérsela abierta y, con un ademán, le digo que entre.

Estoy casi seguro de que va a volver a protestar; la sola idea hace que se me acelere la sangre en las venas y sienta una punzada de expectación que me enciende. Quiero que lo haga. Es agradable estar con alguien que no me tiene miedo y no intenta besarme el culo todo el tiempo. De hecho, resulta estimulante.

Pero esta vez no protesta. Se limita a levantar la barbilla y entrar en el restaurante. Una vez dentro, todos se vuelven para contemplarla, pero creo que ni se da cuenta. Nos acompañan a la mesa enseguida y, en cuanto la encargada se da media vuelta, Venesa se echa a reír y esconde la cara detrás del menú.

Estiro el brazo sobre la mesita para bajarlo y mirarla.

—¿Qué te hace tanta gracia?

Sonríe y señala a la encargada con la barbilla.

—No sé, ver en acción el efecto Enzo Marino.

—¿El efecto Enzo Marino?

—Sí, bueno… Eres un tipo alto, musculado, varonil…, y eso afecta a la gente.

Clava los codos en la mesa y me señala con la mano. Al hacerlo deja a la vista todo el escote, que me pide a gritos que me enfoque en él y disfrute de cada centímetro de ella ahora que puedo. Pero no soy ningún novato y resisto la atención.

Acentúo la sonrisa, apoyo la barbilla en la mano y la miro.

—Es lo más agradable que me han dicho nunca.

Cuando viene la camarera, Venesa pide una sopa de centolla, y yo, un bocadillo de gambas típico de la zona y dos Coca-Colas. Luego no hablamos mucho hasta que llega la comida.

Me imagino que va a ser incómodo, como suele pasar cuando no conoces a la otra persona, pero lo cierto es que ya hay entre nosotros un especie de complicidad inesperada, y disfruto de esa sensación.

Lo que es raro; por lo general, eso hace que salga corriendo en dirección contraria. Estar cómodo con alguien a quien acabo de conocer es, por mi experiencia, una señal de peligro. No puedo permitirme bajar la guardia en una situación normal, y menos con una mujer que va a ser parte de mi familia.

—Me sorprendes —comenta de repente cuando estamos a punto de terminar de comer—. Pensé que tendrías un montón de lacayos que no te perderían de vista.

Se me escapa una sonrisa.

—¿Lacayos?

—Sí. Ya sabes. —Vuelve a mover las manos en el aire. Me he fijado en que lo hace mucho, habla con las manos. Son gestos amplios, envolventes, y cuando trata de transmitir algo son aún más pronunciados—. Tus hombres, como quieras llamarlos —sigue—. El tío Trent no iba a ninguna parte sin ellos, y no dejaba que la tía Ella o Aria se apartaran de su vista.

Frunzo el ceño.

—Pero tú has venido en el autobús, sola.

Sonríe, pero noto un atisbo de tristeza que le pasa por la cara; por desgracia, lo reconozco, porque suelo verlo en el espejo.

—Yo me sé cuidar sola.

—Ya. —Bebo un sorbo.

—¿Y eso qué quiere decir? —pregunta. Mira en todas direcciones y luego vuelve a clavar los ojos en los míos—. No te corresponde a ti juzgarme, ¿vale?

Sonrío.

—¿Siempre estás tan a la defensiva?

Inclina la cabeza hacia un lado.

—No estoy a la defensiva. Estoy…

Arqueo las cejas y espero a que dé con la palabra.

—¿Disimulando que en realidad no tienes lo que hay que tener? —sugiero al recordar su pulla de la noche anterior.

Suelta un bufido y se señala.

—¡Venga ya! Yo no tengo que hacer lo que haces tú. Mis encantos están a la vista.

Me echo a reír.

—Igual que tu modestia.

Se le dibuja una sonrisa y los hoyuelos de las mejillas se le acentúan todavía más.

El corazón se me acelera.

—Bueno, dime, ¿cómo conociste a Aria?

No me está mirando a mí, sino a la cuchara que mueve por el plato de sopa a medias.

La alusión a Aria es como una manta mojada sobre la piel fría y me devuelve a la realidad.

«¿Cómo es que no lo sabe?».

No me puedo creer que no lo sepa. Todo el mundo se enteró de cómo nos conocimos porque fue la gran noticia. El príncipe de Nueva York salvado por una princesa sureña. Dicen que somos lo más parecido a la realeza en Estados Unidos.

Todo este asunto hace que me duela cabeza.

Yo nunca debería ser el centro de las miradas. Eso me pone muy difícil hacer lo que tengo que hacer por la familia. Pero mi padre no lo vio de la misma manera, claro, e ignoró mi incomodidad. Y, a la larga, las cosas de las que no haces caso echan raíz y es imposible arrancarlas.

Ya he aceptado que este aburrimiento, esta monotonía, son lo que me aguarda el resto de mi vida.

—¿No lo sabes? —La estoy poniendo a prueba.

Se encoge de hombros.

—Igual lo que quiero es que me lo cuentes tú.

—No es una historia tan interesante. —Me limpio la boca con la servilleta de tela que tengo en el regazo y la dejo sobre el mantel a cuadros rojos y blancos.

—Pues hazla interesante —replica.

Me la quedo mirando mientras me rasco la barbilla.

—Ella trabajaba cantando en uno de mis clubes.

Venesa se echa a reír.

—¿Qué pasa? —pregunto mientras trato de disimular una sonrisa.

—Un poco cliché, ¿no te parece?

Me apoyo contra el respaldo y, al estirar las piernas, le rozo la pantorrilla. Una descarga eléctrica me sacude, pero ninguno de los dos nos apartamos.

—Estar aquí sentados, comiendo un marisco demasiado caro y comprando recuerdos de treinta dólares, es un poco cliché también, pero no por eso es menos agradable… o cierto —replico.

—Ajá. Entiendo… Te enamoraste de su voz, así, como si tal cosa. —Chasquea los dedos.

Me meto una patata frita en la boca.

—Algo por el estilo.

Pone los ojos en blanco y se ríe mientras se levanta un poco para inclinarse sobre la mesa y robarme del plato una patata frita que acaba metiéndose entre esos labios maravillosos.

Se me seca la garganta y trago saliva al notar cómo se me enciende el fuego en el bajo vientre. «Joder, qué boca».

—No se te da muy bien contar historias, Enzo —dice después de masticar—. Pensaba que tendrías más arte a la hora de mentir.

«Enzo».

Ya está otra vez pronunciando mi nombre, y, joder, qué bien suena cuando desgrana las sílabas con la lengua.

Quiero oír cómo lo dice otra vez.

Cómo lo gime.

Cómo lo grita.

Pero es un pensamiento peligroso, así que carraspeo para aclararme la garganta y aparto la vista de ella.

Es obvio que, con Venesa, me cuesta controlarme.

—¿Por qué no me cuentas lo que ocurrió de verdad? —pregunta.

Me paso una mano por el pelo.

—Porque eso ya se ha contado hasta el aburrimiento.

—Da igual, cuéntamelo tú.

Me encojo y noto una sensación extraña que se me extiende por el pecho.

—Alguien, no sé quién, trató de matarme, y Aria me llevó hasta la orilla y me salvó la vida. Luego… ya no se fue. Estuvo a mi lado todos los días. Todos los días en el hospital, para asegurarse de que cuidaban bien de mí. Poca gente haría algo así, ver a un hombre moribundo y seguir con él para salvarle la vida.

Venesa sonríe con tristeza.

—El caso es que sentí que estaba en deuda con ella y, cuando me repuse, mi padre sugirió que saliéramos, y luego… —Vuelvo a encogerme de hombros.

—El resto es historia —termina ella.

Se me van los ojos hacia los suyos. Tengo una sensación de pesadez en medio del pecho.

—Algo por el estilo.

Asiente y aprieta los labios.

—Bueno, ¿y quién fue?

Inclino la cabeza.

—¿Quién fue qué?

—El que intentó matarte.

Es una pregunta muy osada, y nadie, aparte de mi padre, se había atrevido a hacérmela. Y él no lo hizo porque le importara mucho lo que me hubiera pasado, sino más bien porque le preocupaba que intentaran matarlo a él.

Niego con la cabeza.

—Ni idea. Tengo muchos enemigos, así que pudo ser cualquiera.

Me mira boquiabierta y yo me quedo enganchado de esos labios deliciosos.

—¿No has intentado averiguarlo?

La vergüenza me invade.

—Sí, pero no he conseguido saberlo.

Aparto a un lado el plato. He perdido el apetito por completo. «Por eso no me gusta hablar de estas mierdas».

—Pues mira, sin ánimo de ofender, pero la historia real es mucho más interesante que la chorrada que me has contado.

—Pero al final cantó en uno de mis clubes. —Me echo a reír—. Eso no era mentira.

—Muy generoso por tu parte —replica Venesa con rostro inescrutable—. Siempre ha querido ser cantante, aunque, la verdad, su voz deja mucho que desear. El tío Trent siempre hacía donaciones al instituto para que le dieran el papel protagonista.

—No lo hace mal.

Venesa me mira.

—Qué caballeroso por tu parte.

—Muy cierto. Me gustaba su voz, pero me harté de oírla y me la llevé al despacho y me la follé para que se callara. ¿Esto también te parece caballeroso?

No sé por qué lo he dicho o por qué la miro con atención para ver cómo reacciona, pero cuando veo cómo se le enfrían los ojos, como si me estuviera imaginando follando con su prima… Me tenso hasta que me arde la base del cuello y se me pone dura la polla.

Le miro la cara y bajo la vista por su cuerpo. Me imagino lo que sería tenerla contra la mesa del despacho a ella, cómo la agarraría por el pelo color plata.

«Dios».

Coge el refresco y se mete la pajita entre los labios rojos, gruesos, y me imagino cómo sería meterle los dedos entre esos labios, sentir que sus dientes me mellan la piel de la misma forma que mis dedos se clavan en su boca.

Bebe un sorbo y se frota el cuello. Al final, sonríe.

—Todo un hombre.

Sonrío, porque tiene razón. Ahora mismo soy un hombre, soy un perro, incapaz de controlarme cuando estoy a su lado, incapaz de poner coto a los instintos más básicos, más primarios.

—Fue el comienzo de una hermosa relación —digo en voz alta, sobre todo para recordarme a mí mismo y recordarle a mi libido que estoy comprometido.

—Bueno, Romeo, cuéntame alguna cosa más.

Arqueo las cejas.

—¿Qué quieres saber?

—No sé. Algo real. Algo que nadie más sepa. A ver, ¿por qué te pusieron ese apodo?

Se me encoge el corazón. Si cree que vamos a hablar así de mí, está mal de la cabeza. Imposto una sonrisa arrogante.

—¿No salta a la vista?

El desafío le ilumina los ojos castaños y se me queda mirando unos momentos mientras tamborilea con los dedos sobre la mesa. Luego niega con la cabeza.

—No, no me lo creo. No puede ser tan fácil.

No respondo porque tiene razón, no lo es.

—No me parece justo. —Se cruza de brazos y se apoya contra el respaldo—. Yo te he contado toda la historia lacrimógena de mi madre y tú no me cuentas nada, ni un detallito sin importancia.

Me levanto, tiro un par de billetes de cien sobre la mesa y voy hacia ella. Me agacho hasta que tengo la nariz contra su pelo.

—Pues ese ha sido tu primer error, *piccola sirena.* ¿Quién te ha dicho que yo fuera justo?

Respira hondo y me enderezo antes de tenderle la mano para ayudarla a levantarse.

Apenas me roza los dedos y se vuelve hasta quedar frente a mí;

es alta, me llega con la cabeza a los hombros, pero tiene que echar el cuello hacia atrás para mirarme a los ojos.

Cuando nuestras miradas se cruzan, el corazón se me pone a cien.

«Mierda».

Se humedece los labios.

—Tomo nota.

Una vez fuera, me vuelvo hacia ella de nuevo y me meto las manos en los bolsillos porque, ahora que la he tocado, me cuesta pensar en otra cosa.

—Bueno, ¿qué hacemos?

El plan no era pasar el día con ella, la verdad. Solo quería saber algo más sobre la misteriosa prima de Aria, la mujer que asiste a las reuniones de negocios de Trent Kingston y pone a mi prometida tan furiosa que se transforma en una adolescente inmadura y rencorosa. Pero… estoy disfrutando con la compañía de Venesa, y tengo que averiguar si puedo fiarme de ella o si es una estratagema de su tío.

Se le evapora la sonrisa.

—¿Qué pasa?

Doy un paso hacia ella y alza las manos ante mi pecho.

—A ver, pero ¿qué te pasa a ti con el espacio personal?

—Si no te gusta, apártame —la desafío.

Mantiene las manos en alto, tan cerca que noto la energía que le chisporrotea en los dedos. Pero no me toca.

Luego baja las manos y suspira.

—Venga, vale. Dime a dónde quieres ir.

Sonrío como si estuviera satisfecho, pero también siento una cierta decepción al ver que se rinde tan deprisa.

—Llévame a La Guarida.

CAPÍTULO 10

Venesa

En la época dorada de La Guarida, durante la Prohibición, el local era el eje del Southside. La gente decía que iba allí porque les encantaba la «música», cuando en realidad lo que les atraía era el bar secreto del sótano.

Cuando me enteré de que estaba en venta, supe que era perfecto para el tío Trent. La verdad, llevaba años esperando una ocasión así. Era un arma más para su arsenal tanto para lavar dinero como para las apuestas ilegales.

Cuando te pasas los primeros años de tu vida siendo fruto de los vicios de alguien, aprendes a explotarlos. Alcohol y juego: la perdición de mi padre, la manera de ganar dinero de mi tío.

No le dije a mi tío que, de niña, me había pasado aquí todos los fines de semana mientras mi madre servía a los clientes, pero estoy segura de que lo sabía, aunque no se hablaban desde que eran adolescentes. Se ignoraron durante el funeral del abuelo, seguramente porque mi tío estaba muy ocupado con el gestor de la familia para hacerse con toda la fortuna de los Kingston, visto que no había ni rastro de un testamento.

Pero, antes de que Aria se convirtiera en mi enemiga, le conté lo de mi madre en La Guarida, así que seguro que se corrió la voz.

Ahora lo dirijo yo, y eso me hace sentir arraigada, me permite poseer parte de la historia de mi madre y convertirla en mía, por poco lucida que sea.

Es importante para mí.

Casi tan importante como el cuadro que cuelga en el despacho del tío Trent.

Por lo visto, el abuelo les decía a mi madre y a él que quien tuviera el cuadro tendría el poder, y mi tío tal vez se lo tomó al pie de la letra.

Mi madre eligió a mi padre a pesar de que su familia no aprobó nunca esa relación, pero recuerdo que, cuando el cuadro llegó a nuestras manos, se puso muy seria y me dijo que era nuestra posesión más preciada, que quería que me lo quedara si le pasaba algo a ella. Me hizo hacer allí mismo una promesa de meñique. Fue lo único que le prometí en toda mi vida, y me duele infinito no haber podido cumplir mi palabra.

En su momento, no entendí por qué, si tanto le gustaba, lo escondía tras un panel suelto del armario del dormitorio, pero me quedó muy clara la razón cuando el tío Trent se apoderó de él antes siquiera de que enterraran a mi madre.

Scotty, el chófer de Enzo, nos lanza miradas por el retrovisor y me devora con los ojos cuando cree que no lo miro. Le guiño un ojo y disfruto con el rubor que le sube por los pómulos angulosos.

Es un chaval mono. Joven, algún año más pequeño que yo, pero… mono.

—Los ojos en la carretera. —La voz de Enzo es brusca.

Scotty se sobresalta y clava la vista al frente al tiempo que agarra con más fuerza el volante.

—Uno de tus lacayos, ¿eh?

Enzo me mira, inexpresivo, y se frota la barbilla con la mano.

—Es mi primo. ¿Cuánto falta para llegar?

Intento no reaccionar a la frialdad repentina de su tono, y miro por la ventana.

—Un par de minutos.

Sigue la dirección de mis ojos.

—No es muy buena zona.

Me encojo de hombros.

—A mí me gusta.

Me mira.

—¿Porque te gusta ponerte las cosas difíciles?

—Porque disfruto contribuyendo en la comunidad en la que me crie.

Parece sorprendido y se queda pensativo.

—¿Aquí fue donde creciste?

—Por allí, a unas tres manzanas y luego a la izquierda. —Señalo por la ventanilla—. Un apartamento pequeño con las paredes manchadas de humo y cucarachas que se escondían detrás del lavavajillas, pero era mi hogar.

—Hasta que dejó de serlo.

Asiento pese a sentir una punzada de dolor en el pecho.

—Hasta que dejó de serlo.

Me sorprende que no indague más, que no quiera saber por qué crecí sin nada, por qué mi madre no aceptó dinero de la familia aunque los Kingston fueran la piedra angular de Atlantic Cove. Pero ya le he dicho suficiente. Seguro que, si le pregunta a Aria, le dará todo tipo de detalles.

Nos detenemos en el aparcamiento de La Guarida, donde el anuncio de neón brilla púrpura en un cielo cada vez más oscuro. Antes de que me termine de quitar el cinturón de seguridad, Scotty ya me está abriendo la puerta y me da la mano para ayudarme a salir.

—Qué caballeroso —ronroneo.

—Solo cuando hay una dama.

Me guiña el ojo. Tiene el pelo repeinado hacia atrás con tanto gel que se le reflejan las luces de las farolas.

—A ver si le enseñas modales a tu primo, guapo.

—Por favor…, yo le he enseñado a este chaval todo lo que sabe. —Enzo aparece a mi lado y me lleva hacia la entrada—. La Guarida —comenta—. Así que esto es todo tuyo.

—Mi bebé, el único que tendré, si Dios no me falla —digo.

Arquea las cejas.

¿No quieres tener hijos?

—¿Tú sí?

Se mete las manos en los bolsillos.

—No se me ha pasado por la cabeza no tenerlos. En mi mundo, es lo que se espera de mí.

—Ah —asiento, y se me revuelve el estómago al imaginarme a Aria preñada de él.

La verdad es que me hace falta el recordatorio, ya que mi vagina ha decidido por su cuenta que Enzo es la pareja ideal, cuando en realidad no hay persona en el mundo más prohibida para mí. Y no sé por qué, solo de pensarlo se me encoge el corazón.

—Claro que sí, hay que tener herederos —digo sonriendo al tiempo que intento librarme de esa extraña sensación.

Aprieta los dientes, pero no dice nada y se vuelve para mirar en todas direcciones.

—¿Dónde está tu personal de seguridad?

Sonrío y me señalo.

—Lo tienes delante, cielo.

Frunce el ceño y no me gusta, así que, casi sin darme cuenta, extiendo la mano para alisarle la arruga entre las cejas. Se me queda mirando y solo entonces me doy cuenta de lo cerca que estamos, de cómo lo he tocado sin pensarlo dos veces, de cómo me cosquillean los dedos de ganas de hacerlo otra vez.

Se me corta la respiración y no aparto la mano, la dejo en el aire, suspendida entre nosotros.

Alguien carraspea y consigo reaccionar, doy un paso atrás y me pongo roja al mirar a Scotty, que tiene una sonrisa tonta en la cara.

—¿Os vais a quedar ahí toda la noche con estrellitas en los ojos o vamos a entrar a beber algo? —comenta.

—Yo subo un momento a cambiarme, ¿vale? —Aparto la cara para disimular cómo me ha afectado el contacto con Enzo—. Vosotros entrad y sentaos donde queráis.

Enzo estudia el segundo piso del edificio.

—¿Qué hay arriba? ¿Las oficinas?

—Mi apartamento.

Arquea las cejas.

—¿Vives aquí?

—Sí. ¿Algún problema?

Sacude la cabeza, pero vuelve a tener una arruga en la frente, entre las cejas.

—¿Y esto es seguro?

—¿Cuántas veces te tengo que decir que me sé cuidar solita?

Trato de decirlo en tono de broma, pero no muerde el anzuelo y la arruga de la frente se le acentúa más, como si estuviera sinceramente preocupado por mi seguridad. Se pasa una mano por el pelo y suspira.

—Vale, lo que tú digas —responde con marcado acento italiano.

Me he dado cuenta de que el acento le sale cuando trata de ocultar sus emociones, y daría cualquier cosa por que no me pareciera una cualidad tan atractiva, pero me lo parece.

—Lo que tú digas —lo imito con una sonrisa.

Deja escapar una risa grave que me acierta justo entre las piernas.

—Muy graciosa.

Se me acerca un paso, porque parece que invadir mi espacio personal es su pasatiempo favorito, y lleva los ojos a mi boca.

Se me tensa todo por dentro.

Enzo no debería mirarme así, y a mí no debería gustarme que lo hiciera.

—Joder, cuánto bicho hay por aquí —se queja Scotty, y se da un palmetazo en el brazo—. ¿Entramos ya?

Enzo resopla, se pasa los dedos por el pelo y se vuelve hacia él.

—¿Te vas a callar de una vez?

Su primo alza las manos en gesto de rendición.

—Vaya, Enzo, no sabes cuánto siento que los mosquitos me adoren. Es que tengo la sangre dulce, ¿sabes?

—Tienes la sangre dulce —repite Enzo.

—Exacto. —Scotty abre mucho los ojos—. ¿Te imaginas que los vampiros existieran de verdad? Se me iban a follar vivo. O a lo mejor no estaba tan mal que me follaran…

Enzo lo corta en seco con una mirada.

—¿Qué pasa? —protesta Scotty. Apunta a Enzo con el pulgar—. Este tío es como un hermano para mí, y mira cómo me trata. Es increíble.

—¿Como un hermano? —Enzo se echa a reír—. Eres más bien como mi madre: siempre estás pegado a mí y llevas dándome la lata desde que eras un crío.

—¿Y a dónde querías que fuera? —Scotty mira a su alrededor.

—Dios santo, ve adentro de una vez.

Se me escapa la risa y me pongo la mano en la boca para ocultarlo, pero es demasiado tarde. Me encanta ver a Enzo interactuando con su familia, aunque sea para fingir que está enfadado. Se nota que estos dos se quieren, y es delicioso.

También es doloroso en cierto modo, porque siempre he soñado con un cariño así. Nunca he tenido esa dinámica con nadie, y al verlos resulta fácil imaginar una mesa enorme llena de risas y bromas. Una familia.

Una familia de verdad. Como las de las películas.

Yo nunca he tenido nada ni remotamente parecido.

—Scotty, tengo entendido que ahí dentro hay camareras monísimas para que las seduzcas. —Le sonríe—. Diles lo de que son damas. Se lo tragarán.

Enzo está tan cerca que necesito apartarme un momento, aunque solo sea para respirar.

—Y tú, ve con él —le digo—. Que no se meta en líos.

—Eso, Enzo, tenemos que ir a ver a esas damas.

Scotty mueve las cejas y Enzo va hacia él, le da una palmada en la espalda y por fin entran en el edificio.

Dejo escapar el aliento contenido y me miro las manos. Me doy cuenta de que he apretado tanto los puños que las uñas se me han quedado marcadas en las palmas. Las sacudo, estiro el cuello para relajar los músculos y también me encamino hacia el interior.

Veinte minutos más tarde, los intentos de recuperar el control han sido en vano, porque sigo delante del espejo de cuerpo entero, frotando mi turmalina negra, para tratar de reunir el valor necesario para bajar a La Guarida.

Me he retocado el maquillaje y me he aplicado, a modo de escudo protector, un pintalabios de un rojo intenso. Luego me he puesto mi vestido de seda favorito, el que me queda más ceñido. Me he arreglado con la intención de recuperar la seguridad que siempre tengo en mí misma, pero no lo he logrado, y la culpa es de ese hombre moreno, peligroso y completamente prohibido que está abajo, en el restaurante.

«El hombre que pertenece a mi prima».

Le he mandado un mensaje a Fisher para que subiera, y está apoyado en el marco de la puerta del estudio, desde donde me observa mientras sigo acariciando la turmalina negra ante el espejo de cuerpo entero como si eso fuera a resolver todos los problemas.

—¿Qué te pasa? —pregunta.

Lo miro en el reflejo.

—Nada, ¿por qué lo dices?

Se yergue y se acerca a mí. Se queda mirándome desde atrás con el ceño fruncido y luego me coge la turmalina de la mano y la pone sobre la cómoda.

—Emites una energía extraña.

—Mi energía está perfectamente. —Pero, mientras lo digo, cojo el anillo con el cristal de cuarzo y me lo pongo. «Por si acaso».

Fisher se ríe y me estrecha contra él rodeándome la cintura con los brazos. Luego desliza sus dedos por mi costado para cogerme la mano y se queda mirando el anillo.

—Claro, claro, enana.

Me apoyo contra él y le sonrío en el espejo.

—Todo cuidado es poco.

—Pues menos mal, porque tenemos un problema —dice.

El alivio me invade por tener una excusa para no volver con Enzo por el momento. Asiento, me aparto de él y me ahueco el pelo.

—Bien.

Fisher va hasta mi cama y se sienta en el borde, se echa hacia atrás y se apoya sobre los codos.

—¿Cómo que bien?

—Llevo todo el día de perrito faldero de Romeo, me hace falta cambiar de actividad un rato. Así que sí, bien, porque, si hay un problema, yo puedo hacer algo. —Me doy la vuelta para ponerme ante él y me paso las manos por los costados—. ¿Qué tal?

Lanza un silbido.

—Yo te llevaría a la cama.

—Tú te llevarías a la cama lo que fuera.

—¿Qué quieres que le haga? —Sonríe—. Igualdad de oportunidades para todos, ese es mi lema.

Me aparto el pelo de la cara y me siento a su lado.

—Bueno, ¿qué pasa?

—Hay un idiota en la sala de juego que cuenta las cartas y está cabreando a la gente.

—¿Se le da bien?

Fisher arquea las cejas.

—¿Desplumarnos? Sí, bastante bien. Pero no es de por aquí.

Vuelvo a pensar en Enzo de inmediato.

—Parece que es lo que se lleva hoy.

Se pone más serio y ladea la cabeza.

—¿Quieres que me libre de Enzo? No tiene por qué estar aquí ahora mismo.

Le lanzo una mirada de advertencia.

—No digas tonterías. Solo quiero que lo vigiles mientras me encargo de ese tipo, ¿vale?

—¿Y si pregunta dónde estás?

—Seguramente lo hará, sí. —Me muerdo el labio inferior—. Vale, pues llévalo abajo.

Fisher se queda boquiabierto.

—¿Abajo? ¿A la sala de juego?

Me encojo de hombros.

—¿Por qué no? Va a ser parte de la familia, ¿no?

—Sí, pero… Es…

—Es lo que es —lo interrumpo—. No hagas ninguna tontería y no te enfrentes a él por querer protegerme, ¿vale? Sobre todo porque no te lo he pedido.

Resopla.

—No puedes pedirme que haga eso, enana. Siempre te voy a proteger.

Se me caldea el corazón y le cojo las manos para abrazarlo. Me dejo envolver por él, abrigada en una comodidad que no me permito sentir con ninguna otra persona.

—No quiero que te metas en nada que tenga que ver con él. O con Aria. —Me aparto un poco para mirarlo a los ojos y, pese al tiempo que ha pasado, aún veo en ellos un atisbo de dolor, los años de tristeza que ha tratado de ocultar, de enterrar—. No me apetece nada tener que matarla si te hace daño de nuevo.

Se ríe, pero la carcajada es temblorosa.

—Ya no me puede hacer daño.

—Claro que puede, pequeñajo. Miénteles a los demás, si quieres, pero no a mí. Sé que estabas enamorado de ella, y que te mantuvo oculto durante años como si fueras un secreto vergonzante. Así que, si te entra la tentación, recuerda que tendré que matarla, y luego el tío Trent me matará a mí, y si no me mata él, lo harán los Marino, y tendrás ese peso en la conciencia durante el resto de tu vida.

—No me costará mucho sustituirte.

Resoplo y le doy un empujón.

—Eres el peor mejor amigo del mundo.

—Tú eres mi mejor amiga, enana —murmura—. Lo sabes, ¿no?

Le sonrío y le doy unas palmaditas en la cabeza.

—Y tú eres un buen peque.

CAPÍTULO 11

Enzo

Desde el momento en que vi a Venesa por primera vez he estado tratando de entenderla, pero ahora que he pasado el día con ella estoy aún más intrigado.

Es lista. Segura. Astuta. Y hoy he visto otra faceta de ella en la que ha sido tan auténtica que me ha hecho olvidar quién es, quién es su familia y por qué hoy he quedado con ella.

Pero ahora que llevo una hora sentado en el reservado del bar, sin rastro de Venesa, rodeado de tantos putos peces que tengo la sensación de estar bajo el agua, tomo conciencia de lo que hago aquí.

Echo un vistazo al teléfono y aprieto los labios al ver otra llamada perdida y un mensaje de texto de Aria.

Aria: ¡Te echo de menos! Bss

Lleva horas cosiéndome a llamadas y seguro que se pregunta dónde estoy, porque no le he dicho nada, pero sabe que no debe preguntar. Y presionarme sería impropio de ella; se limita a aceptarlo todo de buena gana. Mi padre dice que es una cualidad ideal, y seguro que tiene razón. Una esposa de la mafia no habla cuando no le corresponde, y tiene la boca cerrada, igual que los ojos para cualquier cosa que no sea lo que le contemos.

Para eso, Aria es perfecta. Pero empieza a parecerme que no es perfecta para mí, cosa inaceptable. No la voy a condenar a una vida como la que llevó mi madre.

Otra noche que mi padre vuelve a casa y estalla.

Siempre ha sido duro y muy rudo en el trabajo, pero nunca había actuado así en casa hasta hace un par de años. Nunca la había tomado con mamá ni con nadie que se cruzara en su camino.

Dentro de algunos años estaré con Peppino y con él, trabajando para la familia, pero no seré como mi padre. Nunca preferiré el miedo al respeto. Nunca seré ese marido que mete la polla en todo lo que se mueve y luego encima alardea de ello ante la mujer a la que le prometió que ella sería la única.

Le ha robado la luz a mamá. Está hecha un desastre, la verdad.

Peppino, que es un cabrón egoísta, ya no pasa por aquí desde que cumplió los dieciocho y se fue a vivir solo, y le da igual que le diga que nuestra madre necesita ayuda. Que papá la está matando poco a poco cuando vuelve a casa apestando a perfume barato y le tira al regazo tranquilizantes para que esté callada y haga lo que él le dice sin rechistar.

Pero esta noche la cosa va mal. Mamá se ha bebido tres martinis de vodka con la cena y, cuando he tratado de detenerla, me ha apartado.

El vodka la envalentona, y a papá no le gusta que ella le devuelva los golpes.

Los gritos cesan cuando papá sale por la puerta de casa y cierra de golpe. Como siempre. Lo único que quedan son los sollozos quedos de mi madre que se cuelan por las grietas de las paredes y se me graban en la mente y en el corazón.

Hay noches en que sueño con ese sonido, solo con ese sonido.

Suspiro, me levanto de la cama y voy a su dormitorio sabiendo lo que voy a encontrarme.

Está sentada ante el tocador blanco, con una botella de vodka medio vacía y un frasco de pastillas abierto al lado. Está echada hacia delante y el pelo negro le cae sobre los brazos porque tiene la cabeza apoyada en las manos. Su espalda se mueve espasmódicamente a causa de los sollozos.

—Mamá —susurro, y voy hacia ella.

Se pone rígida, yergue la espalda y su rostro lleno de churretones de rímel me mira desde el espejo. Se limpia las mejillas a toda prisa.

—Hola, cariño. No quería…

Se le traba la lengua, se le enredan las palabras, y a mí se me encoge el corazón cuando la miro.

Odio a mi padre por hacerle esto. Una vez traté de enfrentarme a él, pero solo conseguí que me reventara un labio, me pusiera un ojo morado y me colocara la pistola contra la sien.

—Tranquila —la calmo, y voy junto a ella, le aparto el pelo de la cara—. ¿Estás bien?

El labio inferior le tiembla y niega con la cabeza mientras se le escapa un sollozo más.

—Vamos, mamá. No te pongas así por él, no vale la pena.

—No hables así de tu padre —replica—. Hace lo que puede.

Aprieto los dientes para no discutir.

Observo en silencio cómo agarra la botella y echa la cabeza hacia atrás para beber a tragos. Querría quitársela de las manos, pero ¿quién soy yo para arrebatarle lo único que la reconforta en una noche solitaria?

—¡El muy hijo de puta! —grita de repente, y sacude la botella de manera que el líquido salpica el suelo.

—¿Qué quieres que haga? —le pregunto.

—Ve a buscar a esa puttana *que se está follando a tu padre y pégale un tiro. —Me mira con los ojos muy abiertos—. ¿Lo harás?*

Trago saliva porque los dos sabemos que no lo haré.

Va a echar otro trago de la botella, pero esta vez la agarro y se la quito.

—Vamos, mamá. Te estás matando.

—No, déjame —farfulla al tiempo que trata de recuperarla.

—No me obligues a ser el malo —le suplico con el corazón oprimido—. Vamos a ver una película. Puedes poner esa que te gusta tanto. ¿Cómo se titula?

Le corren lágrimas por la cara.

*—*Casablanca.

—Esa. —Pongo los ojos en blanco en gesto de broma—. Hay que ver las cosas que hago por ti.

Suspira asintiendo y se me agarra del brazo para levantarse, pero de pronto se lleva la mano a la boca y me vomita en los pies. El hedor es tan repugnante que me dan ganas de vomitar a mí también, pero me contengo.

No es la primera vez que pasa.

—Lo siento, Enzo —solloza. Se deja caer de rodillas y se me agarra a los brazos como si yo fuera un salvavidas—. Es tan… No puedo…

—No pasa nada, mamá. —Tengo un nudo en la garganta—. ¿Quieres tumbarte?

Asiente entre sollozos y la aparto del vómito para llevarla a la cama. La ayudo a ponerse un pijama limpio y la tapo con las mantas, le aparto el pelo de la cara y le doy un beso en la frente.

—Tendría que matarlo por lo que te está haciendo —susurro.

Abre mucho los ojos y, por primera vez esa noche, habla con voz clara.

—No vuelvas a decir eso.

—Mamá…

—Prométeme ahora mismo que nunca nunca irás contra tu padre. Es peligroso, y es tu familia. ¿Me oyes? Obedécele, no le des motivos para hacerte daño.

Las palabras se me asientan en el pecho como una roca.

—Prométemelo —repite, y ya está farfullando otra vez.

—Vale, mamá. Te lo prometo.

Fue la última promesa que le hice, porque al día siguiente la encontramos muerta. Se había tomado el frasco entero de pastillas para poner fin a tanto dolor.

Salgo del mundo de los recuerdos cuando me ponen un vaso nuevo delante, aunque no lo he pedido. Alzo la vista hacia la camarera para asentir a modo de agradecimiento. Me sonríe. Es una chica mona, probablemente un intento de distraerme del hecho de que Venesa no aparece por ninguna parte.

Pero es obvio que no puedo olvidarme de ella por mucho que quiera. Me encantaría quitármela de la cabeza aunque fuera por un momento.

—Este local es mejor por dentro que por fuera —señala Scotty. Bebe un sorbo de refresco y hace un ademán hacia el cantante que actúa en directo—. Y tiene buena música.

Mascullo algo y asiento, aunque la música no es lo mío. Me da igual mientras suene bien, pero sigo mirando el escenario, donde un tío con una guitarra va desgranando las notas.

«¿Dónde mierdas está Venesa?».

No debí permitir que se apartara de mi lado, pero no se me pasó por la cabeza que pudiera dejarme plantado. Debería saber que no puede esconderse de mí, y menos después de decirme que no cuenta con personal de seguridad que vigile el lugar donde trabaja y donde vive. Aunque también es posible que me mintiera. La verdad es que no sé a qué atenerme con ella.

Bebo un sorbo, concentrándome en el calor que me baja por la garganta y no en la ansiedad que me araña por dentro. Le doy cinco minutos para aparecer; si no lo hace, pondré patas arriba este local hasta dar con ella.

—¿Esto es de Venesa o de los Kingston? —pregunta Scotty al tiempo que pasea la vista por La Guarida.

—Creo que de los Kingston.

Vuelvo a mirar a los clientes. El local está medio lleno, cosa normal un miércoles por la noche, pero la verdad es que Trent, el dueño del negocio, podría intentar atraer más público.

—Betty no para de decir lo mal que le cae ese hijo de puta —comenta Scotty.

Resoplo y me acomodo en el reservado buscando de nuevo a Venesa con la vista.

—Fascinante —digo.

—Ya, claro. —A Scotty se le iluminan los ojos porque cree que de verdad me interesa el tema—. Habla constantemente de él, y de que trae un día sí y otro también a la zona a esos «italianos de Nueva Jersey».

Me vuelvo hacia mi primo como un resorte. Se le escapa la risa.

—Lo que oyes, y me lo dice a la cara, ¿es que no ve que yo también soy italiano? Y se lo digo, claro, «Eh, señora, ojo con lo que dice, a ver si me va a ofender».

—¿Qué quieres decir con eso de «italianos de Nueva Jersey»?

Me ha despertado la curiosidad porque la familia De Luca, de Nueva Jersey, responden ante nosotros, y no he oído ni palabra de que estuvieran en tratos con Trent Kingston.

Scotty se encoge de hombros.

—Eso mismo pensé yo, pero no se lo pregunté porque, cuando Betty empieza a hablar, no hay quien la calle. Y otra cosa, no para de cebarme. En cuanto entro por la puerta, ya me está metiendo comida en la boca.

Se me escapa una sonrisa.

—Es que no te vendría mal poner un poco de carne sobre esos huesos, chaval.

Scotty hincha el pecho.

—Hago pesas.

—Oye, me interesa que estés atento. Si vuelve a mencionar algo de Nueva Jersey, quiero que me lo cuentes, ¿entendido?

Asiente.

—Hecho.

Arqueo una ceja y me inclino hacia delante.

—Y para de escuchar tanto chismorreo o acabarás en la cocina con tu madre en lugar de estar en las calles conmigo.

—Yo no tengo la culpa de que todo el mundo me cuente cosas. —Hace un ademán que abarca el local donde estamos—. Pero me sorprende que Kingston permita que una tía cualquiera lleve esto por él.

—*Stai zitto* —le espeto. Lo de «una tía cualquiera» me ha arañado la piel como una navaja y vuelvo a estar de mal humor.

Scotty abre mucho los ojos y se echa hacia atrás, sorprendido.

—Joder, ¿qué te ha dado?

—Blablablá. —Abro y cierro la mano como una boca—. Eres como un pájaro, mucho piar para nada. No te he traído para que parlotearas como un idiota.

Scotty hace el gesto de cerrarse los labios con una cremallera y levanta las manos como si lo estuviera apuntando con una pistola.

—Era por charlar. Caray, qué gruñón estás últimamente.

—¿Insinúas que a ti no te molesta estar aquí?

Se acomoda contra el respaldo en el reservado.

—No se está mal. Hace un poco de calor, pero así las chicas llevan menos ropa.

Mueve las cejas y contengo la risa. A veces Scotty me pone de los nervios, pero luego me acuerdo de cómo era yo hace diez años cuando tenía diecinueve y estaba dispuesto a comerme el mundo.

—Ya, oye, si alguna vez quieres pasar de menos ropa a nada de ropa con una chica, borra lo de «una tía cualquiera». No les hace la menor gracia. ¿Entendido?

De repente veo aparecer a Fisher, con el ridículo pelo azul de punta, tan brillante como si tuviera la cresta barnizada.

—¿Ves a ese tío? —Señalo a Fisher con un ademán.

—Sí —responde Scotty.

—Quiero hablar con él.

Mi primo me dedica un teatral saludo militar y sale del reservado abotonándose la chaqueta del traje en dirección a Fisher. No sé qué tiene este tipo, pero me da mala espina y no me gusta verlo aquí.

«¿Está con Venesa? ¿De verdad?».

Me arde el pecho ante la mera idea.

Al ver llegar a Scotty, Fisher se yergue, se cruza de brazos y frunce el ceño. Mi primo se inclina hacia él y le dice algo, y los dos se giran hacia mí.

¿Va a ponérmelo difícil? Si me falta al respeto, me obligará a dar ejemplo con él, y la sola idea me hace vibrar de expectación. Ha pasado demasiado tiempo desde que noté el contacto de la carne contra los nudillos.

«Espero que ese hijoputa lo intente».

La vibración se evapora y se convierte en decepción cuando Fisher viene hacia mí sin resistencia y se detiene ante el reservado.

—Con qué cosas se encuentra uno —canturrea al llegar. Se mete las manos en los bolsillos traseros de los pantalones desastrados—. ¿Qué te trae por aquí? ¿Vienes por la música?

Bebo un sorbo sin prisas.

—¿Dónde está Venesa?

Fisher inclina la cabeza hacia un lado como si me estuviera sopesando.

—Si ella no te lo ha dicho, igual es que no quiere que lo sepas.

Lo miro, inexpresivo.

—No he preguntado qué quiere ella. Hablo de lo que quiero yo, y lo que quiero yo es saber dónde está Venesa y por qué me hace perder el tiempo sentado aquí para nada como un idiota.

Fisher sonríe.

—Siempre ha tenido mucho ojo con la gente, sabe lo que son a la primera.

Sonrío con los labios apretados.

—Scotty —le digo a mi primo, que está apoyado en el reservado—, hemos sido un poco groseros, ¿no te parece?

Se cruza de brazos.

—Eso mismo empezaba a pensar yo, Enzo.

La seguridad de Fisher se esfuma. Cambia el peso del cuerpo de un pie a otro.

—No pasa nada.

—No, no. Verás... En el lugar de donde vengo, nos presentamos siempre como Dios manda. —Salgo del reservado y me alzo ante él con toda mi estatura y le pongo una mano en el hombro. Se lo aprieto hasta que hace una mueca de dolor—.

Te pido disculpas por no haberlo hecho antes. Ahora llévame con Venesa o me encargaré de que te quede muy claro quién soy. ¿Entendido?

Fisher asiente con movimientos rígidos de la cabeza y noto que se le dilatan las aletas de la nariz y aprieta los dientes.

—Está abajo.

Le suelto el hombro y muevo la mano.

—Tú guías, cariño.

Scotty sacude la cabeza entre risas, se yergue y da una palmada en la espalda a Fisher.

—Ya te acostumbrarás a Enzo y sus motes cariñosos. Así se ganó su apodo: primero te da unos besitos y luego te jode.

Vamos detrás de Fisher sorteando las mesas del local, pasamos de largo ante la barra y el escenario, y llegamos a un pasillo con paredes de madera. Es oscuro y estrecho, huele a rancio, y doy por hecho que más allá están las oficinas y los almacenes, tal vez también las cámaras de refrigeración.

Fisher no se detiene hasta que llegamos a la parte trasera del edificio. El fluorescente de la salida proyecta un tenue brillo rojizo por el pasillo. A la izquierda hay una escalera de caracol que sube hacia una puerta.

—¿No has dicho que estaba abajo?

—Está abajo.

Fisher presiona uno de los paneles de madera, que se abre para dejar a la vista una escalera que desciende y desaparece entre las sombras.

«Qué interesante».

Me vuelvo hacia Scotty.

—Quédate aquí. Si no vuelvo en diez minutos, ya sabes lo que tienes que hacer.

Mira hacia el sótano y luego se mete los dedos entre el pelo negro antes de apoyarse contra la pared y darle pataditas con la planta del zapato izquierdo.

Fisher sonríe.

—¿Nervioso?

No respondo.

Nuestras pisadas resuenan contra el hormigón al bajar por los peldaños, y pronto llegamos a un vestíbulo amplio con puertas a ambos lados. Pasamos junto a ellas para ir hacia el fondo, donde están otras más grandes de acero. Fisher llama dos veces con los nudillos y alguien desliza un panel pequeño y nos mira antes de abrir desde dentro.

Cuando entramos, es como si nos hubieran transportado a otro mundo.

Las paredes son de madera oscura, con artesonado en el techo y candelabros de cristal que lo bañan todo con una suave luz dorada. Al fondo hay una barra de bar con botellas de marcas caras en estanterías de vidrio colocadas en una pared forrada de espejos. Se intercalan mesas de juego con tapetes de fieltro tras las que se encuentran los crupieres y sillones color burdeos.

Hay gente, mucha más que arriba, grupos de personas en torno a las mesas, hombres trajeados, otros en camisa y arremangados, y todos hacen lo mismo.

Jugar.

Paseo los ojos por el lugar y hago inventario.

—Allí está nuestra chica —dice Fisher.

Miro hacia donde me señala y de inmediato veo a Venesa, y casi deseo no haberlo hecho. Está sentada junto a la mesa más distante, al lado de un joven con un polo negro que lleva gafas de sol como un imbécil. Ella se ha cambiado de ropa. Los pantalones cortos que se le pegaban al culo como una segunda piel han dejado paso a algo aún más arrollador: un fino vestido de seda negra que le llega a los tobillos. Tiene las piernas cruzadas y, como la primera vez que la vi, la raja deja a la vista la piel perfecta del muslo.

Una rabia irracional se apodera de mí cuando me doy cuenta de que ha estado aquí abajo, tonteando con otros hombres, en lugar de estar arriba, conmigo.

No me gusta que la familia Kingston al completo piense que no pasa nada por hacerme perder el tiempo.

Hay pantallas planas de televisión en las paredes y los sonidos de una pelea me llegan por los altavoces, pero no presto atención. Cuando Venesa echa la cabeza hacia atrás y se ríe, todos los hombres se vuelven hacia ella. En ese momento, agarra por el brazo al tipo que tiene al lado, y decido que ya estoy harto de que me ignore.

—Te puedes ir —le digo a Fisher.

Él respira hondo, mira a Venesa y luego me mira a mí, y se marcha como sabía que haría. Va por ahí como si fuera un pez gordo, pero distingo a los cobardes a kilómetros de distancia.

Hay una silla vacía contra la pared, justo detrás de donde está sentada Venesa, y camino hacia allí sin prisas.

Paso por detrás de ella tan cerca que noto cómo se le eriza el vello. Se pone rígida, pero no me mira.

Cuando llego junto a la pared, me desabotono la chaqueta del traje y luego me la quito, la pongo en el respaldo de la silla y adopto una pose relajada, como si no tuviera ningún problema en la vida.

En ese momento me mira, y yo la miro a ella, y ninguno aparta la vista.

Me siento y me arremango la camisa hasta justo por encima del codo para mostrar los tatuajes.

Baja la vista para seguir el movimiento, pasea la mirada por mi cuerpo hasta donde he dejado a la vista el arma en la cartuchera del costado. Repito el movimiento con la otra manga para exhibir los dos brazos y luego me inclino hacia delante con los codos en las rodillas. Un mechón de pelo me cae sobre la frente y me lo echo hacia atrás con los dedos de una mano. Luego arqueo una ceja en dirección a ella.

Venesa se humedece los labios y, como si tal cosa, vuelve a concentrarse en el tipo que tiene al lado. Pero veo lo que hay tras la máscara, sé que la he desconcentrado, igual que su mera presencia me desconcentra a mí.

No recuerdo una sola vez en que Aria me mirase con ese fuego. O puede que lo haya hecho y yo no me haya dado cuenta.

El pecho me duele con el peso de la culpa y aparto la vista de Venesa, saco el teléfono y le mando un mensaje a Scotty para decirle que puede esperar en el coche.

Venesa se inclina hacia el tipo y, tras decirle algo al oído, él le agarra por el muslo con gesto posesivo. Un chispazo de irritación me abrasa el estómago. Pero sigo sentado, paciente, mientras continúan con la partida de póquer.

Cuanto más observo la interacción, más seguro estoy de que está jugando con él. Esta no es la mujer con la que he pasado el día. Es una persona completamente distinta. Pero resulta igual de asombrosa. Es como ver otra capa distinta. Y lo cierto es que me podría pasar la noche mirándola en sus diferentes versiones, y no me cansaría.

El hombre con el que está gana la mano y, en ese momento, Venesa lo hace levantarse de la mesa, entrelaza los dedos con los suyos y lo saca de la sala. Solo vuelve la vista una vez para lanzarme una mirada de advertencia antes de volver a concentrarse en el tipo. Lo sigue como si estuviera borracha y eso me confirma la primera impresión, porque solo la conozco desde hace dos días, y en ningún momento ha bebido ni un sorbo de alcohol aunque los demás sí lo hicieran.

Está jugando con ese tipo, no me cabe duda.

No obstante, pese a saberlo, pese a que la lógica me dice que está haciendo algo en lo que no me quiere ver involucrado, me levanto y los sigo cuando salen de la estancia. Porque ni loco voy a permitir que se vaya con otro hombre cuando ha venido conmigo.

CAPÍTULO 12

Venesa

Enzo Marino es la peor distracción imaginable.

No me sorprende que haya bajado. No me sorprende…, pero me trastoca más de lo que esperaba.

Por suerte, ya había establecido contacto con el cuentacartas del que me habló Fisher, Sean, gracias a un poco de escote y a unas cuantas palabras procaces balbuceadas al oído con voz ebria.

Tengo a Fisher para dar la cara aquí en muchas cosas, y la principal es que el anonimato es un superpoder, sobre todo para una mujer en un mundo dominado por hombres. No hay arma más valiosa.

En Atlantic Cove, todo el mundo sabe que Fisher es el fracasado de la ciudad. Se emancipó de sus padres a los quince años y desde entonces ha estado solo, en las calles, cagándola una y otra vez hasta que empecé a encargarle trabajitos para mi familia.

—¿Qué quieres hacer conmigo? —pregunta Sean con la voz ronca de deseo mientras me lo llevo por el pasillo oscuro.

Fisher tiene razón. No es de aquí.

Me río y tropiezo contra él.

—Ay, cielo, ¿qué no quiero hacer?, esa es la pregunta.

Se le escapa un gemido y me agarra el culo con una mano repulsiva. Balbuceo algo como si me gustara el contacto de esa zarpa carnosa.

—Tengo el coche en el aparcamiento de delante —gruñe.

Sacudo la cabeza y le paso los dedos por el pecho.

—No puedo esperar. —Miro a mi alrededor como si no conociera aquel sótano y señalo una puerta que hay a la izquierda—. ¿Estará abierta?

Sigue la dirección de mi mirada, sonríe y tira de mí.

—Vamos a averiguarlo.

Está abierta. Lo sé porque la he abierto yo.

En cuanto estamos dentro, me da la vuelta, cierra la puerta de golpe y me estampa contra ella. El dolor me irradia por toda la espalda y hago una mueca. «El muy cerdo…».

Me empieza a besuquear el cuello y contengo las arcadas al notar su aliento húmedo en la piel. Lo aparto de mí y, con las yemas de los dedos, lo empujo por la estancia a oscuras hacia la mesa de acero inoxidable atornillada en el centro.

Sean pega un respingo cuando choca contra el borde y, por fin, mira a su alrededor. Sin duda se fija en el tanque de agua salada que va del suelo al techo y ocupa toda la pared izquierda. Luego mira en dirección a los recipientes metálicos que tiene delante.

—Joder, qué grande es esto. ¿Eso son peces? —Entrecierra los ojos.

Lo agarro por la barbilla y lo obligo a girar la cara hasta que me mira.

—Me interesa más lo grande que la tengas tú, cielo.

Solo hace falta un pequeño empujón para hacerlo caer de espaldas sobre la mesa; luego me subo encima de él a horcajadas para inmovilizarlo.

El truco de la seducción estriba en moverte tan deprisa que su pequeño cerebro no te puede seguir. No quiero darle tiempo a hacerse preguntas como por qué he surgido de la nada, por qué lo he hecho entrar en esta habitación o qué hace esta mesa justo en medio.

Solo quiero que piense que está a punto de follar.

Los hombres débiles piensan con la polla; las mujeres fuertes se aprovechan de eso.

Sean me agarra por las caderas y yo lo agarro por los dedos para moverle los brazos hacia arriba, hasta ponerle las manos sobre la cabeza y presionárselas con firmeza mientras me froto contra su erección.

—Joder, sí —gime.

—¿Siempre dejas que la mujer esté al mando, cariño? —le susurro al oído al tiempo que me inclino sobre él hasta que le toco la cara con las tetas—. No bajes los brazos.

Tengo la esperanza de distraerlo lo suficiente como para poder coger las cadenas que hay en la parte baja de la mesa. Bas la encargó a medida, porque le encanta atar a la gente y que no se puedan defender. Es un retorcido y un sádico.

La puerta se abre de golpe y choca contra la pared de hormigón justo cuando paso la abrazadera de metal por encima de la mesa. Sean trata de incorporarse, pero lo empujo hacia abajo con la mano libre y, a toda velocidad, le sujeto las muñecas y tenso las cadenas para que se le claven en la piel al menor movimiento.

Se sacude con violencia.

—¿Qué cojones…?

Tira de nuevo y las cadenas se tensan. Hago una mueca.

Es un sonido muy característico, metal contra metal, y me pone los nervios de punta. No lo soporto. Tengo que acordarme de pedirle a Bas que cambie las cadenas por otro sistema de sujeción.

—Vaya, qué bonito.

Suspiro al escuchar la voz grave de Enzo y bajo de la mesa de un salto. Mientras, Sean sigue escupiendo groserías y dando patadas en el aire. Sacude el cuerpo como un pez que quisiera volver al agua.

—Sabía que te presentarías aquí —digo mirando al novio de mi prima.

Me sonríe.

—No te molestes en fingir que no querías que bajara.

—Por favor… —resoplo.

—Si ni siquiera has cerrado la puerta.

Me encojo de hombros y me miro las uñas como si nada me importara.

—Se me habrá olvidado.

—¿Qué demonios está pasando aquí? —chilla Sean.

Clang. Clang. Clang.

Sacudo el cuello y trato de no oír el sonido de las cadenas. Miro a Sean con una sonrisa.

—Chisss. —Le doy una palmadita en la mejilla—. Los mayores estamos hablando, cariño.

—¡Hija de puta!

—¡Eh! —salta Enzo, y entrecierra los ojos—. Cuidado con lo que dices.

—Si no te importa, ya me encargo yo —lo reprendo.

Se me mueven los labios como si tratara de no sonreír, y él se apoya contra la pared, cruza un tobillo sobre el otro y hace un ademán como si me diera permiso para continuar. Veo cómo se le flexionan los músculos del brazo con el movimiento y siento una corriente de excitación.

«Ahora, no, Venesa».

—Mira, no sé qué mierdas pervertidas te gustan a ti, pero yo no he venido a esto —dice Sean, que vuelve a sacudir las cadenas y sisea cuando el metal se le clava en la piel.

Se me escapa la risa. ¿Cómo puede seguir pensando que lo he traído aquí para follar con él?

—¿Has oído eso, Romeo? —Hago un puchero y miro a Enzo—. Cree que somos unos pervertidos.

Le brillan los ojos.

—No tiene la menor idea.

Siento mariposas en el estómago y un calor que me sube por las mejillas, pero bajo la vista y me concentro en Sean para ocultar la reacción.

—La verdad, me parece de mal gusto por tu parte dar por sentado ciertas cosas.

Me acerco a la mesa y miro el rostro de Sean para disfrutar al ver cómo va comprendiendo poco a poco la situación. Ahí están todos los indicios tradicionales: se le abren más los ojos, se le acentúan las arrugas de la frente, le empiezan a sudar las sienes cuando el pánico desencadena esa molesta sensación de luchar o huir…

—Perdona la curiosidad, Sean, pero si no es a esto, ¿a qué has venido?

No responde, pero mira a Enzo, nervioso, y luego a mí otra vez.

—¿Te voy a tener que enseñar modales?

—¡Suéltame, puta loca! —chilla—. ¡Y que no se me acerque ese!

—Si no le enseñas tú algo de modales, voy a tener que hacerlo yo —interviene Enzo.

Tiene la voz suave y oscura como el agua bajo el cielo tormentoso. Un escalofrío me recorre la espalda.

—Para que luego digan que ya no hay caballeros. —Sonrío a Sean de oreja a oreja y le paso una uña por la cara, hasta que se la clavo lo justo para dejarle una señal roja en la mejilla de carne blancuzca. Se estremece y eso me hace sonreír todavía más—. No me has llegado a decir de dónde eres, cariño.

Aprieta los labios finos y veo un brillo de pánico en su mirada.

Oh, oh. Eso no me gusta.

Se me borra la sonrisa y le agarro la barbilla con fuerza.

Pensaba que solo había venido a hacer trampas y a robarnos, pero la cara que ha puesto huele a secretos que no quiere que yo sepa. Lo suelto con un bufido de desprecio y la cabeza le choca contra la mesa. Voy al otro lado de la habitación, a los estantes donde Bastien guarda sus herramientas favoritas. En el tercer cajón hay diferentes cuchillos bien ordenados de menor a mayor. Elijo la hachuela, el típico cuchillo de carnicero, y la sopeso con placer.

La voz de Sean se sigue oyendo de fondo. No para de escupir obscenidades y dar patadas a la mesa, y el constante clang, clang, clang del metal reverbera por toda la habitación. Pero los sonidos apenas me llegan. Solo oigo el agradable zumbido en las orejas de la adrenalina que me corre por las venas y amortigua los ruidos del exterior. Estoy en mi elemento, concentrada. Feliz.

Me doy la vuelta y me encuentro con la mirada de Enzo clavada en mí. Luego observa la hachuela que llevo en la mano, a Sean y, finalmente, se centra en mí de nuevo. Veo en sus rasgos un brillo de sorpresa, pero solo dura una fracción de segundo antes de que otra cosa ocupe su lugar. Otra cosa más oscura.

Es aprobación.

La satisfacción hace que se me acelere el pulso, porque esa aprobación es lo que siempre he querido del tío Trent y rara vez he conseguido. Y ahora mismo, en este lugar, él me la da sin restricciones.

Resulta embriagador.

Me acerco a Sean sin prisas y alzo la vista hacia Enzo.

—Como mínimo podrías ser útil. Sé bueno y átale los pies, ¿vale? Las cadenas van por debajo de la mesa. —Paso la yema del dedo por el filo de la hoja y miro a Sean—. Me encantan estos enormes cuchillos. ¿A ti no?

Los ojos de Sean se clavan en mí y se abren aún más, pero enseguida vuelve a concentrarse en Enzo, que le está apuntando con el arma a los tobillos al tiempo que se los encadena a la mesa.

—¿Se te ha comido la lengua el gato, cariño? —sigo—. Antes, cuando pensabas que ibas a follar, no había quien te callara, ¿y ahora de pronto ya no tienes nada que decir?

Se ha quedado en silencio y ni siquiera forcejea tratando de librarse de las cadenas. Voy hacia el acuario y los tacones repiquetean contra el suelo pulido hasta que llego a una mesita con ruedas que hay junto a un armario y dejo en ella el cuchillo de carnicero. Abro el armario y repaso los frascos de cristal hasta dar con los dos que me interesan.

—Te voy a confesar una cosa: me molesta muchísimo que la gente no responda a mis preguntas.

Pongo los dos frascos de cristal en la mesita, luego cojo unos guantes de látex desechables y dos jeringuillas, y las coloco al lado. Me doy la vuelta y sonrío a mi prisionero, sin dejar de sentir el calor abrasador de la mirada de Enzo.

Me resulta extrañamente erótico que esté aquí; es como si me estuviera viendo en un estado muy vulnerable, y eso hace que la euforia me corra por las venas y estalle dentro de mí como fuegos artificiales.

Empujo la mesita hasta ponerla junto a la cabeza de Sean, cojo los guantes y me los pongo muy despacio hasta escuchar el satisfactorio chasquido cuando encajan sobre la piel.

—Pero me molesta todavía más que me mientan.

—¡No te he mentido! —balbucea Sean.

—A ver, no me estabas diciendo la verdad, eso, seguro. —Cojo el frasco etiquetado como verrucotoxina y lo pongo boca abajo para rellenar la jeringuilla—. He visto que antes, cuando entramos, te has quedado mirando a mis amiguitos del acuario. ¿A que son preciosos? Mis favoritos son los peces piedra, esos dos. —Señalo uno que está en el fondo—. Cuesta verlos porque son unos genios del camuflaje. Algo que tú has intentado esta noche, pero que te ha salido mal. Se te da de pena lo de pasar desapercibido.

Lanza un gruñido.

—Y esto de aquí… —sigo, y le doy un golpecito a la jeringuilla— es el veneno que se extrae de sus aletas dorsales. Siento decirte que es muy peligroso para el ser humano. Y muy doloroso cuando actúa. Por ejemplo, si te lo inyectara aquí…

Presiono la aguja sobre una de sus membranas interdigitales.

Se sacude, trata de apartarse, pero está encadenado por las muñecas y los tobillos, y apenas puede moverse, con lo que solo consigue que la punta de metal lo arañe cuando se le clava en la piel.

—Te provocaría un dolor intenso que te subiría por todo el brazo en cuestión de minutos, y si no recibieras tratamiento, la piel se te empezaría a deteriorar, sangrarías, y el veneno te llegaría a los pulmones, claro, lo que afectaría a tus vías aéreas y haría que te ahogaras al tiempo que se te colapsa el sistema nervioso. Es todo un espectáculo, de verdad. Una obra de arte. —Le aparto la aguja de la piel—. Pero soy una persona justa, cariño. Dime por qué has venido a robarme y, en vez de inyectarte el veneno de mis amiguitos, te cortaré una de esas manitas codiciosas. ¿Qué te parece? —Me inclino sobre él y lo miro a los ojos—. ¿Trato hecho?

No responde, cosa que me irrita. Le estoy ofreciendo un trato excelente. Dejo escapar un suspiro.

—¿Es porque soy una mujer?

—¡Es porque eres una zorra! —escupe Sean con los dientes apretados.

Pongo los ojos en blanco ante el aburrido insulto habitual, pero, antes de que me dé tiempo a decir nada, Enzo se ha acercado en dos zancadas y le ha agarrado la cara con tanta fuerza que veo cómo a Sean se le marcan los dientes a través de las mejillas.

—¿Cuántas veces tengo que decirte que ojo con esa puta boca?

El corazón me da un salto.

Nunca nadie me había defendido así.

Las venas del dorso de la mano de Enzo suben por los fuertes antebrazos hasta desaparecer bajo la camisa arremangada. Juro por Dios que no quiero que eso me afecte, pero es que no estoy muerta, y no puedo evitar la oleada de calor que me recorre el cuerpo al verlo.

—¿Has chupado una polla alguna vez? —sigue Enzo—. Como la vuelvas a insultar, te corto la tuya y te la meto en la garganta para que practiques. ¿Entendido?

Lo miro y sonrío. Ha estado muy inspirado. Me devuelve la mirada y me guiña un ojo antes de soltar a nuestro hombre.

Es evidente que Sean no quiere vivir, o puede que esté subestimando a las personas que se encuentran con él, porque gira la cabeza hacia mí y me escupe.

Noto que la rabia me recorre el cuerpo y Enzo le da un revés tan fuerte que la mandíbula le choca contra la mesa.

—¿A ti qué cojones te pasa? —pregunta, incrédulo—. ¿Es que no me he explicado bien?

Sean gime con la mejilla pegada al metal de la mesa.

Enzo se pone tenso y tengo miedo de que de verdad le meta algo en la boca, cosa que no me interesa, porque si se está ahogando con una polla en la garganta no va a poder decirme lo que quiero saber. Así que le pongo una mano en el brazo a Enzo y trato de hacer caso omiso de la sensación que eso me provoca en la palma, de que el corazón se me ha parado por un instante.

—Oye, no te quedes con toda la diversión —le digo.

Esas palabras le borran la ira de la cara y la expresión se transforma en algo mucho más amable. Le ha caído un mechón de pelo sobre la frente y se lo aparto. Se humedece los labios, asiente y da un paso atrás.

Y ahora sí que me ha puesto caliente.

«Pero vamos a ver, Venesa».

Resulta que Romeo está aún más guapo cuando se desata.

Sonrío con expresión apreciativa, pero me aclaro la garganta y me concentro en Sean.

—Veamos. Seguro que hasta un tipo como tú ha entendido que se encuentra en una situación un tanto precaria. Vienes a mi negocio y tratas de robarme…, entenderás que no puedo dejar las cosas así.

—Contar cartas no es ilegal, zorra de mierda —replica.

Enzo respira hondo y se cruje los nudillos, pero le lanzo una mirada y se queda pegado a la pared, con los brazos cruzados y el ceño fruncido.

Presiono la punta de la aguja entre dos dedos de Sean hasta que se clava en la piel. Sisea y se trata de mover.

—Mira, por lo general me gusta la gente malhablada, pero es que tú te repites mucho. No hay creatividad. Eres un vago.

Silencio.

Me inclino más sobre él hasta que le rozo la mejilla con el pelo.

—Vamos a ver, ¿de dónde vienes, tesoro?

—De… ¡joder!

—No quiero hacerte daño. —Presiono más—. Última oportunidad, Sean.

No responde.

Le inyecto el veneno y retrocedo para dejar la jeringuilla en la mesita.

Sean empieza a moverse espasmódicamente casi de inmediato, sacude las cadenas contra la mesa de acero y lanza gruñidos.

—Ya, ya lo sé, duele mucho… —Cojo el otro frasco y se lo enseño, aunque ya tiene los ojos turbios a causa del dolor que se le extiende por todo el cuerpo—. Mira, esto es el antídoto. Y te voy a ser sincera, puedo utilizarlo para hacerte aún más daño. Te lo puedo inyectar para luego empezar otra vez. Y otra, y otra, hasta que supliques la muerte.

Sean chilla; el brazo izquierdo se le está poniendo rosa.

—La oferta sigue en pie. Vamos, Sean, cielo, hablar te sentará bien.

Sonrío y le paso por la mejilla el dorso de la mano enguantada. Me inclino hacia él.

—¿Cómo dices?

—Nue… Nueva Jersey —tartamudea—. Vengo de Nueva Jersey.

Veo con el rabillo del ojo que Enzo se ha erguido.

—¿Y qué haces en Carolina del Sur? —pregunta.

Le lanzo una mirada, pero aguardo la respuesta de Sean, que está respirando a toda prisa; el sudor le resbala por las sienes y gotea sobre la mesa.

—Es por ti —consigue decir. Pero está mirando a Enzo—. Me han ordenado vigilarte.

Asombrada, abro mucho los ojos y miro a Enzo, que tiene los suyos entrecerrados. No sé por qué lo buscan, pero cualquier persona o cosa que venga del noreste me pone nerviosa.

Mi tío hace aquí cosas que nadie debe saber. Que Enzo no debe saber.

Le doy una palmadita en la mejilla a Sean.

—Así me gusta.

Luego dejo el antídoto en la mesita y cojo la hachuela. Sean abre mucho los ojos y vuelve a forcejear.

—¡Hemos hecho un trato! —grita.

—¿Sugieres que lo estoy rompiendo? —pregunto; me siento insultada—. Has intentado robarme, cielo. Peor aún, has venido a espirar a un futuro miembro de mi familia. No pensarás que algo así no va a tener repercusiones, ¿verdad?

Levanto la hachuela y la bajo de golpe contra la muñeca. Luego la muevo como si fuera una sierra mientras sonrío al oír sus gritos.

CAPÍTULO 13

Enzo

¡Joder!

La crueldad de Venesa es de tal calibre que hace que parezca arte. La miro hipnotizado, incapaz de apartar la vista de ella.

Siempre he sabido que yo era un depravado, pero hasta ahora no había sabido lo profunda que es esa depravación, porque ver a Venesa cortarle la mano a un hombre me hace comprender que la violencia me pone caliente.

Me costó no intervenir cuando vi que aquel tipo no paraba de insultarla, pero me alegro de que ella me lo impidiera porque seguro que habría perdido el control y lo habría matado tras arrancarle las respuestas, y habría tenido que dar muchas explicaciones en casa.

En la Cosa Nostra no se puede matar a cualquiera. Tenemos un sistema que sigue vigente desde los tiempos en Italia, y si funciona, es por algo. El jefe, mi padre en este caso, tiene que aprobar cada golpe. Nadie mata sin su permiso, y si alguien lo hace, se enfrenta a graves consecuencias, es decir, una bala en la cabeza. Soy su segundo al mando, pero eso no cambia nada, y tampoco lo cambia por el hecho de que me encuentre en otro estado y rodeado de personas diferentes.

Tenemos un código. Un sistema de honor.

Y me asusta pensar lo rápido que me he olvidado de todo eso cuando he visto que ese tipo insultaba a Venesa. He sido incapaz de controlar mis emociones.

Pero luego, cuando ha dicho que lo han mandado aquí, a Carolina del Sur, para vigilarme, ha sido peor; he tenido que echar mano de todo mi autocontrol para no entrar en acción, para no apartar a Venesa a un lado y arrancarle las respuestas a ese tío. Aunque no estoy seguro de si me he controlado porque no quiero que ella oiga las respuestas que me iba a dar.

Si viene de Nueva Jersey, es que la familia De Luca lo ha enviado, algo que no puede más que hacer sonar mis alarmas, ya que pueden decirme lo que sea directamente, sin necesidad de mandar a nadie.

La miro.

Venesa tiene la respiración acelerada y los brazos a lo largo del cuerpo. Sigue sujetando la hachuela. Le veo salpicaduras de sangre en la piel y, en el suelo de hormigón, bajo la extremidad amputada del hombre, se ha acumulado el líquido rojo que gotea desde la mesa. Se ha desmayado, seguro que por el veneno del pez piedra que le ha inyectado antes. No puedo parar de mirar a esa increíble mujer y la macabra escena que tengo delante.

—Ahora sí que no va a decir nada —bromeo.

Esboza una sonrisa y se le relajan los hombros.

—Ya verás como sí.

Asiento y me aparto de la pared para dar unos pasos hacia ella.

—¿Y ahora qué?

—Le inyectaré el antídoto para que no se muera y llamaré a Bas para asegurarnos de que nuestro ladrón le dice todo lo que sabe.

—¿Conseguirá que hable?

Venesa asiente y unas hebras de pelo blanco hielo le caen sobre la frente. Se las aparta con el dorso de la mano y se deja una mancha roja.

—Nunca falla. Te contaré si dice algo de ti o explica por qué te estaba siguiendo.

Bien. Con suerte, obtendré algo de información. Me parece demasiada coincidencia que vuelva a salir el nombre de Nueva Jersey. Por lo general, mientras entiendan que responden ante nosotros, dejamos que los De Luca se organicen como quieran, pero si han venido aquí, si están causando problemas sin decírnoslo…

Se lo debería contar a mi padre de inmediato, pero algo me detiene. No sé cómo va a responder, y lo que menos falta me hace es que se entere de cosas que lo hagan impredecible mientras no estoy a su lado para controlarlo. Además, si lo vuelvo a llamar, puede que lo ponga nervioso porque está convencido de que alguien graba las conversaciones.

Venesa tiene al lado una mesita con ruedas en la que hay dos frascos de cristal y un par de jeringuillas. Coge un frasco, rellena una de las jeringuillas con el líquido que contiene y se lo inyecta a Sean entre dos de los dedos de la mano que le queda, como hizo antes con el veneno. Verla resulta extraño, como si la observara limpiar lo más oscuro de su alma. Ha sido vigorizante, me ha hecho sentir cosas nuevas, una especie de intimidad embriagadora, como si su oscuridad conectara con la mía y la hiciera vibrar, deseosa de activarse.

Va hacia la puerta y me hace una seña para que la siga.

—¿Vienes, Romeo?

No sé a dónde va, pero tras lo que he visto la seguiría a donde fuera.

El «donde fuera» se encuentra saliendo del sótano de La Guarida y subiendo por una estrecha escalera de caracol que lleva a su apartamento.

Se ha metido en el cuarto de baño y tiene la puerta abierta. Está delante de un lavabo pequeño, agarrada a él. El pelo le cae junto a la cara como una capa mientras trata de acompasar la respiración.

No digo nada; me limito a apoyarme en el marco de la puerta, con los brazos cruzados, y a mirarla en el espejo mientras sus iris oscuros se concentran en sus manos.

—¿Estás bien? —pregunto.

Me mira.

—Sí, sí. Es que… no tenías que haber visto eso.

Abre el grifo.

Doy un paso hacia ella, luego otro; estamos tan cerca que noto cómo la adrenalina le rebosa por la piel y se cuela debajo de la mía.

Volvemos a mirarnos a los ojos en el espejo.

—Me alegro de haberlo visto —digo.

Sonríe, y los hoyuelos se le vuelven a marcar en las mejillas de porcelana.

—¿Por qué? ¿Porque así ya tienes con qué chantajearme?

No le falta razón; para mí es beneficioso saber cosas como esta sobre el mundo secreto de los Kingston. Pero me duele que piense que la podría chantajear.

Me acerco todavía más y se me acelera el corazón al rozarla.

Noto que se le entrecorta la respiración y se le destaca ese escote asombroso de una manera que me hace morderme la lengua para no soltar un taco. Muy despacio, pongo un brazo a cada lado de ella para atraparla, y la energía que chisporrotea entre nosotros me sacude como diminutas descargas eléctricas.

Pero no la toco en ningún momento.

No puedo volver a tocarla. Y menos ahora, cuando me siento así.

Apoyo las manos cerca de las suyas, en el lavabo, con los pulgares a apenas unos centímetros de sus meñiques.

Baja la vista y cambia de postura, inquieta.

Cuando se mueve, me toca con el culo y he de morderme la cara interna de la mejilla; lo hago con tanta fuerza que noto el sabor a sangre en la boca. Dejo escapar el aire muy despacio, apretando los dientes para no hacer una locura como agarrarla por las caderas, caer de rodillas ante ella, arrancarle la falda y devorarle el coño.

La sola idea... ¡Dios!

El asco que siento hacia mí mismo se mezcla con el deseo en un cóctel explosivo. Es una guerra interior en la que tengo que ser el salvador y el villano al mismo tiempo.

Cojo una toalla que está colgada de la pared, consciente de que ella observa cada uno de mis movimientos. Joder, me siento como si me prendiera fuego con los ojos, y es una puta tortura porque no puedo ceder a esa sensación, no quiero ceder a esa sensación..., pero tampoco puedo apartarme de ella.

Pongo la toalla bajo el chorro, deseando que el agua fresca baje la temperatura del ambiente, pero sé que no va a ser así. Estamos en medio de un torbellino de energía. Me cuesta evitar que mi cuerpo se vaya hacia el suyo. Tengo que recordarme que no hay en el mundo mujer más prohibida para mí.

Le paso la tela húmeda por la mano derecha para limpiarle con movimientos pausados y metódicos las salpicaduras de sangre de la piel, y siento que el vientre se me tensa con cada pasada.

—¿Qué haces? —susurra Venesa.

—Ayudar —respondo. La voz me sale en un tono tan bajo y ronco que no sé si me ha oído.

—No hace falta que…

—Calla —salto. Cierro los ojos—. Calla, por favor.

Cuando la vuelvo a mirar, tiene los ojos clavados en mí, en el espejo, y se está mordiendo el labio inferior rojo ciruela. Noto el corazón en la garganta. Necesito tocarla, probar el sabor de su boca entre mis dientes…

Se me escapan las manos y la agarro por las caderas para volverla hacia mí.

«Prohibida».

El culo le queda contra el lavabo y me inclino sobre ella de manera que sus pechos me rozan. Es un contacto mínimo, pero el corazón me da un salto y sale volando. Trago saliva para que no se dé cuenta del ritmo acelerado de mis latidos.

Le paso la toalla por la mejilla y le limpio las salpicaduras de sangre de la cara, que parecen manchas sobre un lienzo.

Eso es Venesa para mí: una obra de arte.

Daría cualquier cosa por que no lo fuera.

Me agarra por la muñeca y me detiene.

Deja escapar el aliento con la respiración entrecortada y absorbo cada molécula de aire, una y otra vez. Ahora nuestras bocas están tan juntas que el calor de sus labios abrasa los míos. Pero no salvo ese último milímetro de espacio; todo lo contrario, me zambullo en la tortura de permanecer así, casi tocándonos, me convenzo de que quizá ese «casi» será suficiente.

Nunca había experimentado una atracción inmediata así por nadie. No sé qué he de hacer.

Me duele la mandíbula de tanto apretar los dientes y utilizo ese dolor para concentrarme, para olvidarme de lo mucho que quiero darle la vuelta, doblarla sobre el lavabo, de entrar en ella hasta ahogarme.

«Prohibida».

«Prohibida».

«Prohibida».

Por fin, me aparto, consigo quitarle la mano de la cadera y dejo la toalla en el lavabo.

—Ya está —susurro.

—Sí —dice.

Carraspeo para aclararme la garganta.

—Me tengo que ir.

Me mira entre las largas pestañas oscuras y el deseo me abrasa el pecho, me sube por la garganta y noto que se me seca la boca. Doy un largo paso atrás, luego otro, me tiro del cuello de la camisa, joder, ¿por qué me cuesta tanto respirar?

Pero al final me doy media vuelta y me alejo.

—Hasta la vista, Romeo —me dice.

Antes de poder pensarlo, vuelvo a estar en la habitación, la vuelvo a presionar contra el lavabo, me inclino sobre ella tanto que le rozo la oreja con los labios.

—Enzo. Llámame Enzo.

Y luego me vuelvo y me marcho antes de hacer algo de lo que los dos nos arrepentiríamos.

Porque no es a ella a quien tengo que desear.

Las playas de Carolina del Sur no se parecen en nada a las de la costa noreste.

—Pero ¿por dónde estuviste? —me pregunta Aria. Se protege el rostro con la sombra del ala de la pamela. Está tendida en una tumbona, en la playa privada de los Kingston.

Echo la cabeza atrás en mi tumbona.

—¿Cuántas veces vamos a repetir esta conversación?

Aria entrecierra los ojos.

—Es que no entiendo cómo es que has tenido que trabajar estando aquí.

Hay cierto tono agresivo en su voz, y es la primera vez que le oigo un matiz que no sea docilidad y dulzura, al menos cuando habla conmigo.

—Tu prima me estuvo enseñando la zona —digo muy despacio, a ver si de esta forma le entra en la cabeza—. Tu padre quiere que abra un negocio por aquí. Un hotel o algo así.

Se baja las gafas de sol hasta la punta de la nariz para mirarme por encima de la montura.

—Mi prima.

—No hagas eso.

—¿El qué?

—Mirarme con esa cara, con ojos de cachorrito decepcionado. Pensé que estarías contenta de que me llevara bien con tu familia.

Siento una punzada de emoción en el pecho al pensar que va a llevarme la contraria, que me va a dar algo que no sea el monótono asentimiento de todos los días, pero se limita a fruncir el ceño y se vuelve a subir las gafas.

—Vale, pero ten cuidado con Venesa. —Se inclina hacia mí, me pone las yemas de los dedos sobre el brazo y aprieta—. Le gusta tomar lo que no es suyo. Y es una mentirosa.

—¿Tienes celos, princesa?

Sonríe con tal cara de inocencia que la culpa me estalla por dentro y me revuelve el estómago. Me inclino hacia ella para besarla, en parte, porque sus preguntas interminables me están dando dolor de cabeza, pero también porque, si pienso demasiado en esta sensación extraña que noto en el plexo solar, tendré que acabar aceptando que se debe a que no me puedo quitar a Venesa de la cabeza, y eso que nos acabamos de conocer.

—Es que conozco a mi prima —dice, y me acaricia la parte posterior del cuello antes de apartar la mano.

Echa hacia atrás todavía más el respaldo de la tumbona hasta que queda horizontal y se pone boca abajo.

—¿Qué tienes contra ella? —pregunto para aclarar el porqué de esa rara animosidad que hay entre las dos, pero también porque quiero saber más sobre Venesa.

Aria frunce los labios pintados.

—Es una zorra.

Me contengo para no decirle que vaya con cuidado, y opto por echarme a reír. No habría manera de explicar que le dijera a mi prometida que no hablara mal de otra mujer. Además, creo que nunca había oído a Aria llamar zorra a nadie.

—Me sorprende oírte hablar de esa manera.

—¿Ah, sí?

—Aquí eres diferente.

—Diferente, no, cielo. Lo que pasa es que estoy… tensa. Este lugar me ahoga.

Paseo la vista por la playa privada y luego miro la mansión.

—Claro, princesa, te criaste en un tugurio. Qué pena me das.

Pone los ojos en blanco.

—Aunque la jaula sea grande, sigue siendo una jaula.

—¿Y qué tiene que ver eso con tu prima? Ella no fue la que te metió aquí. —Hago un gesto que abarca la propiedad entera.

—No, pero se porta como si todo esto le perteneciera por derecho.

—Un poco exagerada, ¿no?

Aria deja escapar un suspiro.

—La madre de Venesa era la perla de la familia Kingston, pero eligió a un perdedor, alcohólico y adicto al juego a pesar de que su familia no aprobaba esa relación. Y mira lo que pasó. El tío la mató y desapareció.

La sorpresa me deja boquiabierto. No sabía que el padre de Venesa había matado a su madre.

—¿La mató su marido?

—O eso, o fue la propia Venesa. No llegaron a pillarlo.

Me la quedo mirando.

—Pero tu padre acogió a Venesa cuando su madre murió, así que sobre el papel es una Kingston.

—Exacto, sobre el papel. Tendría que haber dejado que se la llevaran a una casa de acogida.

—Aria… —la regaño.

—¿Qué pasa? No es culpa de mi padre que su hermana renunciara a todo, y no me gusta que mi prima piense que tiene derecho a algo por ser quien es.

Y a mí no me gusta que hable así de Venesa. La mujer con la que estuve pasando el día ayer no se merece semejante falta de respeto.

Tengo el estómago revuelto por lo que me ha explicado y por su manera de contarlo, como si fuera una broma; es la primera vez que la miro y no me parece bonita.

—¿Tienes más familiares contra los que quieras prevenirme? —La observo de reojo.

Se echa a reír, coge el bolso y saca una revista.

—No, creo que no.

—Tíos, abuelos, algo así… —insisto.

—Bueno, tengo un tío, pero casi no lo conozco.

—¿De verdad?

—Sí, el tío Frankie. Solo lo he visto un par de veces. Creo que vive en Nueva Jersey. —Pasa una página de la revista—. ¿Por qué lo preguntas?

Se me para el corazón. «Nueva Jersey».

—Simple curiosidad. Casi no hablas de tu familia.

Se ríe.

—Bueno, cuando nos casemos, tu familia será la mía.

Esas palabras son como si me echara una soga al cuello, pero aparco el sentimiento porque Aria no tiene la culpa de que, de repente, no sea capaz de controlar mi vida.

—Ese tío tuyo, Frankie, ¿cómo se apellida? ¿Cómo es que no he oído hablar de él?

Me mira, extrañada.

—¿Por qué ibas a oír hablar de él?

Me encojo de hombros.

—Porque pensaba que conocía a todo el mundo en Jersey.

—Bianchi.

Se me eriza el vello.

Solo conozco a un Frankie Bianchi, y es un prestamista de poca monta que se hace llamar Papá Tiburón. No es de la familia, pero si estuviéramos juntos en un salón, dirían que es amigo mío, porque sí hay cierta relación.

No lo conozco en persona y empiezo a pensar que eso es algo que hay que corregir de inmediato.

Sobre todo si está emparentado con mi futura esposa.

Cojo el teléfono y le mando un mensaje de texto a Giovanni.

Yo: Averigua lo que puedas sobre Frankie Bianchi y por qué mierda no sabíamos que es pariente de Aria.

CAPÍTULO 14

Venesa

Tiene las manos más rudas de lo que me imaginaba. Y más grandes. Cuando me las pasa por los costados, el calor se me acumula en el bajo vientre y se me extiende hacia la entrepierna.

Solo soy una marioneta que cuelga de los hilos que él controla.

Dejo escapar un gemido cuando los dedos callosos se meten debajo de la blusa, me rozan la piel y suben hasta cogerme un pecho, creando una fricción que me hace ver luces cuando manipula mi carne.

No hay dudas, no hay titubeos. Solo caricias fuertes, seguras.

Hacía mucho que un hombre no me tocaba tan bien.

Su boca sigue la trayectoria de las manos, me cubre el abdomen de besos, luego pasa a la clavícula y un mechón de pelo negro le cae hacia delante y me hace cosquillas en la piel. Me echo a reír, y la risa se transforma en un gemido cuando me mordisquea la carne, cuando extiendo yo también las manos en busca de donde agarrarlo.

No sé cómo hemos llegado a esto, y la verdad es que tampoco me importa.

Tiene el pelo tan suave como me imaginaba. Le paso los dedos por las hebras sedosas y le tiro de él con fuerza cuando me clava los dientes en un punto sensible. Deja escapar un gruñido y el sonido me retumba por dentro y me hace vibrar como si mi cuerpo hubiera nacido para conducir ese sonido.

—Enzo —gimo, y trato de obligarlo a bajar la cabeza.

La barba incipiente hace que la barbilla me arañe un lado del cuello. Estira los dedos para entrelazarlos con los míos. Me obliga a subir los brazos por encima de la cabeza y los presiona contra la cama con firmeza.

—Me encanta cómo pronuncias mi nombre.

Noto su aliento ardiente en la piel del cuello y luego saca la lengua como si quisiera beberme. A continuación, viene su boca, con un beso sensual, y después otro, y otro, mientras va bajando por mi cuerpo hasta rozar con los labios la cinturilla de los pantalones cortos del pijama.

Cambio de postura y me suelta una mano, su brazo pesado me presiona el vientre hasta que me inmoviliza.

Siento una oleada de deseo; estoy tan mojada que creo que la humedad está calando las sábanas, que los muslos se me quedarían pegados si me permitiera cerrarlos.

Pero no me lo va a permitir. Enzo se ha acomodado entre ellos y me obliga a abrir las piernas tanto que me duele.

Me pasa la lengua por el muslo y se me tensan los dedos de los pies. Trato de permanecer inmóvil. No me lo ha dicho, pero siento esa orden que pende silenciosa en el aire; además, manipula mi cuerpo con tal habilidad que solo quiero relajarme y dejarle hacer lo que quiera.

Estoy tan tensa que tiemblo y, cuando me roza con la nariz la tela húmeda del pijama, justo por encima del clítoris, le cierro los muslos de golpe en torno a la cabeza. Se ríe y sube las manos para obligarme a separar las piernas.

Vuelve a rozarme el coño con la nariz, y luego se echa hacia atrás y me mira con una sonrisa diabólica antes de soplar contra la tela.

—Por favor, Enzo —suplico.

Canturrea entre dientes y me sigue torturando, me deposita besos ligeros como plumas, tan etéreos que no sé si son reales, justo al lado de donde lo necesito de verdad.

Me está volviendo loca.

Mueve las manos hacia la cara interna de los muslos y las mete bajo los pantalones. Sus dedos se deslizan hacia la humedad que me está provocando como si supiera que es suya. Se me contraen las entrañas y se me tensa la columna con una descarga de placer.

Me agarra los pantalones con la otra mano, justo por encima del coño, y se inclina hacia…

Bzzzzzz.

Me incorporo de golpe, con el pelo pegado a la cara sudorosa, el mismo sudor que me corre por la frente. Aún tengo la respiración acelerada por los jadeos que me ha causado el sueño.

Tengo el clítoris palpitando, estaba a punto de correrme.

Miro a mi alrededor para orientarme. El tocador pequeño, negro y púrpura, en la esquina; el armario restaurado junto a la puerta, el cuarto de baño a mi izquierda.

Estoy en casa, en mi apartamento, y el pulso que noto entre las piernas viene de un puto sueño. Se me escapa un gemido y me vuelvo a acostar, me hundo entre las sábanas y me paso las manos por la cara. «Ahora tienes sueños eróticos con el prometido de tu prima. Genial, Venesa».

Y lo peor es que no se trata de la primera vez. Han pasado tres días desde que Enzo estuvo aquí, invadiendo mi espacio y limpiándome la sangre de la piel como si yo fuera un tesoro valioso, y desde entonces he tenido estos sueños todas las noches. Todas y cada una de las noches. No sé qué daría para sacármelo de dentro; esto es peligroso. Hay demasiadas cosas que no sabe, demasiadas cosas que no le voy a contar jamás. Y, además, yo no soy así. Nunca me ha pasado esto con nadie.

Nunca me he permitido involucrarme emocionalmente con nadie. Dejar que alguien me guste. Ya he visto lo que pasa cuando te enganchas a otra persona, cuando dejas que absorba tu personalidad y te erosione poco a poco, haciendo que olvides quién eres en realidad, hasta el punto de hacer cualquier cosa por ella…, incluso a costa de ti misma.

O incluso a costa de la hija a la que deberías querer más que a nada en el mundo.

Los hombres como Enzo, peligrosos, carismáticos, embriagadores, te arrastran por los suelos, te llevan por donde quieren, te hacen pedazos hasta convertirte en polvo que se lleva el viento.

Permitir ese apego emocional es una sentencia de muerte; y nadie puede escapar de la muerte, pero mi plan es esquivarla tanto como pueda. Además, a pesar de lo poco que me gusta Aria, no quiero robarle a su hombre.

Eso no es propio de mí.

Y, sin embargo, así estamos.

Las imágenes del sueño me pasan por la cabeza y hacen que la tensión del cuerpo se incremente tanto que me siento a punto de estallar.

No voy a conseguir hacer nada hasta que no me encargue de este problema, así que me dejo llevar por las imágenes, cierro los ojos y bajo la mano despacio por el vientre para tratar de recordar las sensaciones de la fantasía. Pero tengo los dedos demasiado suaves, me resultan demasiado conocidos, demasiado previsibles.

Aun así, el clítoris me palpita al ritmo del corazón, acelerado ya por las fantasías eróticas, así que la sensación es maravillosa cuando me meto los dedos entre los pliegues del sexo y toco la humedad entre las piernas para extenderla en movimientos circulares sobre el clítoris.

Me llevo la mano libre al pecho y me lo agarro por encima de la camiseta mientras me imagino que los dedos de Enzo me pellizcan los pezones, me amasan las tetas y yo me abandono a lo que quiera hacerme con sus manos. La sensación no es la misma, claro que no, pero dejo volar la imaginación...

Noto sus manos en mis costados, agarrándome, apretándome, tirando de mí.

Su boca en mi piel, húmeda, suave, ardiente.

Su voz en mi oído, los gemidos cuando no puede controlar lo mucho que me desea.

Y eso es lo que me lleva al límite, la imagen de él a punto de perder el control.

Me quito la mano del pecho y la bajo para meterme un dedo dentro y curvarlo hasta dar con el punto rugoso que me hace ver luces relampagueantes con los ojos cerrados.

—Dios, Dios... —gimo, y arqueo la espalda sobre la cama.

Con la otra mano, trazo círculos cada vez más rápidos sobre el clítoris.

—*Piccola sirena.*

Imaginar su voz susurrándome en el oído es lo único que me hacía falta... Mi cuerpo estalla en mil pedazos, me corro con tanta fuerza que no veo nada, que dejo de oír.

Y, de inmediato, la culpa me desgarra desde dentro.

«Mierda».

Tengo que controlarme.

Dos horas más tarde, aún estoy pensando lo mismo, pero por otras razones.

Construcciones Siete Mares, que se encuentra en el cruce de la avenida Arista con la calle Ochenta y tres, en el centro de Atlantic Cove, es un edificio más pequeño de lo que cabría esperar, pero la arquitectura es sólida e impresionante. Está hecho casi por completo de cristal reflectante, y el sol se refleja en la superficie como si fuera un espejo que centellea sobre el agua. Parece como si un millar de diamantes diminutos brillaran en el centro de la ciudad.

Aquí se pasa casi todo el día el tío Trent cuando no está en casa o en su yate, en medio del océano.

Yo, en cambio, podría contar con una mano las veces que he venido.

Hoy es la quinta, y no sé por qué me ha dicho que viniera a verlo aquí cuando se ha pasado tantos años apartándome de este lugar.

El sol es cálido y me dejo acariciar por los rayos mientras espero en la acera, ante la entrada, indecisa, inmersa en mis pensamientos mientras miro el logo de Construcciones SM en las puertas de cristal.

Una parte de mí acaricia la idea de que por fin me permite entrar en esta parcela de su vida, en su negocio, pero la otra parte desconfía, algo que no suele ocurrirme cuando se trata del tío Trent.

No sé cuánto tiempo llevo afuera, pero debe de haber sido bastante, porque la puerta se abre y sale Bastien con un gesto de preocupación en sus rasgos negros. Se mete las manos en los bolsillos y se mece sobre los pies al tiempo que contempla el edificio.

—Bonito día —comenta.

Aprieto los labios.

—Un poco caluroso.

—Al menos hace sol —sigue.

—No soporto el sol.

Me mira mientras extiende la mano para coger la mía y entonces la presiona con el pulgar y se queda observando cómo mi piel se pone blanca y luego recupera su tono rosado.

—El sol tampoco te soporta a ti.

Lo miro con una sonrisa.

—¿Piensas quedarte aquí todo el día? —pregunta.

—Te ha mandado para que me hagas entrar, ¿no? —Suspiro mientras me paso los dedos por el pelo, y hago una mueca al encontrarme un enredo.

Bastien asiente.

—Ya sabes cómo es.

—Lo que no sé es cómo se ha dado cuenta de que estoy aquí.

Me mira sin rastro de humor.

—Tu tío lo ve todo, Venesa. No lo olvides.

—No lo olvidaré —contesto, extrañada de que me haya dicho eso y en ese tono.

La verdad es que no sé por qué no me decido a entrar. Tal vez sea porque estos últimos días me he sentido diferente. Me he sentido como un personaje secundario al que mi tío llama a escena solo cuando le parece oportuno, porque no me considera una parte esencial de su equipo.

Puede que sea porque Aria ha vuelto y absorbe todo su tiempo y atención. En cuanto Enzo y ella se marchen, todo volverá a la normalidad.

Todo tiene que volver a la normalidad.

—Vamos, Venesa —dice Bastien—. Acabemos de una vez.

Entro en el edificio detrás de él y, en cuanto cruzamos las puertas, el olor a vainilla y a café recién hecho me golpea en la cara. No hay mucha gente, pero veo a una recepcionista tras un mostrador en forma de U; tras ella, en la pared, se lee Construcciones Siete Mares en letras metálicas de las que mana una cortina de agua que corre hasta la base. La mujer me sonríe cuando me acerco, o puede que le sonría a Bastien. Lo miro de reojo y veo que la ignora de manera deliberada, como hace con todo el mundo.

La verdad es que Bastien es un enigma; aunque nos conocemos desde hace años, me sigue pareciendo muy misterioso. En cierto modo, es un ejemplo para mí, porque me gustaría ser capaz de ser como él: alguien al que ni la gente más cercana llega a conocer.

No decimos nada mientras nos dirigimos al ascensor para subir al piso más alto; eso es otra cosa que siempre me ha gustado de Bastien: se siente cómodo con el silencio. La gente suele tener la necesidad de llenarlo todo de ruido porque el silencio los incomoda, pero Bastien no, y si le preguntas por qué, o bien te responde con un gruñido, o bien ignora la pregunta, o bien te cuenta una historia retorcida que nunca sabrás si es verdad o se la ha inventado.

Pero, pese a todo, le confiaría mi propia vida. Lo conozco desde que mi tío me acogió. Bastien estuvo a mi lado mientras yo trataba de dar con mi lugar en el mundo y me enfrentaba a la muerte de mi madre. Se sentaba conmigo, me iba a buscar a las calles de mala muerte a las que me escapaba solo para evadirme y me recordaba que la vida no tenía por qué ser tan mala como yo estaba tratando que fuera. Es alguien a quien le debo mucho.

Lo vuelvo a mirar y se me caldea el pecho.

—¿Qué pasa? —pregunta arqueando una ceja.

—¿No te puedo mirar?

Parpadea.

—No.

Suelto un bufido.

—No puedes controlar lo que la gente quiere mirar.

—Puedo controlar lo que me dé la gana.

Me quedo boquiabierta.

—No seas tan arrogante. ¿Qué vas a hacer? ¿Sacarme los ojos?

Esboza una sonrisa burlona.

—A lo mejor así dejabas de ser tan criticona.

—Mira quién fue a hablar.

El ascensor se detiene y, cuando se abren las puertas, Bastien se dirige directamente al despacho del tío Trent, y voy tras él.

Hay un escritorio enorme, igual que en casa, y detrás está mi tío, con las manos sobre el vientre, recostado contra el respaldo como si la silla fuera un trono. Bastien y yo nos acercamos y nos sentamos en los dos asientos que tiene ante la mesa.

El tío Trent me mira con una ceja arqueada. Rompo el silencio.

—No hacía falta que mandaras a Bas a buscarme. Ya iba a entrar.

—Te has pasado ahí abajo diez minutos, mirando la puerta como si fuera a comerte —replica.

—¿Y qué? Estaba pensando.

—¿Sobre qué?

—Sobre la vida.

Es lo máximo que le voy a contar, porque no sé el motivo de que me quedara afuera, aparte de que no quería verlo. No tenía ganas de entrar, y menos ahora que todo está dando un giro de ciento ochenta grados y me pide que vaya a lugares a los que antes no me permitía entrar o me ordena que haga de niñera en vez de encargarme cosas importantes. Si me paro demasiado a pensarlo, me voy a agobiar, a preocupar por los cambios que están teniendo lugar y de los que se me aparta. O puede que sea yo la que esté cambiando.

Es la primera vez que siento que no quiero ver al tío Trent.

Me lanza una mirada.

—No te pago para que piensas sobre la vida.

«Tampoco es que me pagues mucho por todo lo que hago».

—No estoy de acuerdo. —Quito una pelusa invisible del brazo de la silla—. Me sueles pagar para que piense sobre la vida.

—En realidad, para ser exactos, te paga para que pienses en la muerte —me corrige Bastien.

—Pues no seamos exactos.

—A mí me gusta la exactitud. —Bas sonríe con descaro.

—Los dos hacéis lo que os mando —lo interrumpe el tío Trent.

Me apoyo en el respaldo de la silla y me rasco el anular con el pulgar.

—De eso no hay duda. Bueno, ¿qué pasa? ¿Hay un tipo que se niega a seguir tus reglas y quieres que le pegue fuego a su casa? —Sonrío, extasiada ante la idea—. Hace mucho que no hago nada de eso.

Bastien se echa a reír y sacude la cabeza. Yo me lo quedo mirando.

—¿Y a ti qué te ha dado hoy?

—¿A mí? —Arquea las cejas—. ¿Qué te ha dado a ti?

—Tenemos una entrega de armas dentro de unos días en el Club de Motociclismo Atlántida y quiero que te encargues de ello.

Me tenso en la silla y trato de permanecer inexpresiva. Estoy dispuesta a hacer lo que me diga, pero no me gusta estar cerca de los miembros del Club de Motociclismo, sobre todo ahora que he dejado fuera de juego al cuñado del presidente.

—Entiendo que la advertencia ha dado resultado —digo.

El tío Trent asiente y se pasa la mano por la barba.

—Claro que ha dado resultado. Por eso te dije que lo hicieras.

No me hace gracia este encargo. No soy tan tonta como para pensar que Johnston Miller, el presidente del Club de Motociclismo, no sospecha que yo estoy detrás de la reciente pérdida de facultades de su cuñado; pero, si el tío Trent cree que no pasará nada, confío en él.

Siempre ha cuidado de mí.

Bebe un sorbo de café de la taza que tiene en el escritorio, en la que se lee JEFE SUPREMO, un regalo-broma que Bas y yo le hicimos cuando cumplió cuarenta y cinco años, y luego se inclina hacia delante, entrelaza los gruesos dedos y se los pone sobre el vientre, que empieza a ser prominente.

—Bueno, ¿cómo te fue con mi futuro yerno?

Las imágenes del «cómo fue» con Enzo me pasan por la cabeza y me provocan una oleada de calor por dentro; es una de esas raras ocasiones en las que no sé qué decir.

Me encojo de hombros.

—Bien.

Mi tío arquea las cejas y se acoda sobre el escritorio, dejando escapar una risa cordial, sincera.

—¿Bien? ¿Nada más?

Bastien también se ríe, tiende la mano y me la pone en la frente.

—¿Te encuentras bien, Venesa? La modestia no es lo tuyo.

Le aparto la mano. El tío Trent se sigue riendo.

—Bueno, pues, hicieras lo que hicieras, estoy orgulloso de ti.

Una calidez me sube por el pecho y me yergo en el sillón. «¿Que está orgulloso?». Creo que nunca había dicho algo así. De hecho, ahora que me paro a pensarlo, creo que no le había dicho eso a nadie. La sensación que me producen sus palabras es completamente nueva.

Es como si flotara sobre la tierra y nada pudiera hacerme bajar.

Está orgulloso de mí.

—Gracias... —Carraspeo porque no me sale la voz—. Gracias.

—Enzo ha accedido a pensar en lo de abrir un hotel Marino aquí, en Atlantic Cove. —La sonrisa de mi tío es amplia, luminosa, y le brillan los ojos cuando me mira.

Me acomodo en la silla, aliviada. Tal vez eso quiera decir que, más allá de los saludos pasajeros cuando nos crucemos en la fiesta de compromiso, no tendré que volver a interactuar con Enzo.

—¿Te lo ha dicho él?

—Me lo ha mencionado Aria.

Se me pasa por la cabeza la imagen de Enzo y mi prima juntos en la cama, tras echar un polvo, mientras él le cuenta sus planes de negocios y le pide su opinión.

Noto un ardor en el pecho que luego me sube por la garganta.

—Tampoco hice gran cosa —digo para quitarme de la cabeza esa imagen, tan nítida como desagradable—. Le enseñé un poco la zona. Lo que aún no sé es por qué me pusiste de niñera del mafioso malo. Seguro que Aria se cabreó cuando se enteró.

El tío Trent gruñe y se le mueve la barba.

—No lo sabe.

—¿Cómo que no lo sabe? ¿No siente curiosidad, no quiere saber dónde se mete su hombre cuando vienen de visita?

Me responde con un bufido.

—No quiero que tenga nada que ver con este negocio.

Me echo a reír. Sin duda está de broma.

—Se va a casar con él. Está en los negocios de Enzo, tanto si quieres como si no.

—Las mujeres no son parte de esta vida. Se quedan tranquilas en casa —responde mi tío.

Miro a Bas boquiabierta, y él se encoge de hombros.

«¡Cómo les gusta a los hombres engañarse!».

El tío Trent desecha el tema con un movimiento de la mano.

—Si se empeña en no volver a Carolina del Sur, al menos tengo que saber que está bien protegida, y no pienso hablar más del tema. Espero que a ninguno de los dos se os pase por la cabeza ir a contárselo. Aria sabrá lo que yo le diga, y punto.

—¿No debería tener voz y voto?

No sé por qué la estoy defendiendo o por qué presiono las teclas que no debo. Tal vez sea porque hoy todo parece diferente, como si haber tenido la libertad de hablar con Enzo me hubiera abierto un mundo nuevo y ahora me costara salir de él pese a saber que la menor manera de seguir contando con el favor de mi tío es morderme la lengua.

Además, puede que Aria no me guste, pero no le deseo a nadie, ni siquiera a ella, estar sometida a las cadenas de un hombre.

El tío Trent se inclina hacia mí.

—Aria nunca ha sabido lo que le convenía. Y tú haces demasiadas preguntas cuando no te puedes permitir las respuestas.

Aaay… Qué manera tan rápida de devolverme al mundo real.

La sensación de hace un momento, cuando estaba orgulloso de mí, desaparece como un globo pinchado.

—Oye, ¿qué pasó con Sean? —Miro a Bastien para cambiar de tema.

—Bas se ha encargado de eso —contesta mi tío, frunciendo el ceño.

—¿Y? —Me tenso.

—Y nada. Se ha encargado. Se acabó.

Vuelvo a apoyarme en el respaldo de golpe.

—¿Lo sabe Enzo? —pregunta el tío Trent.

Noto que la sensación de incomodidad me trepa por dentro como las ramas de una enredadera.

—¿El qué?

—Lo que pasó anoche. Estabas con él, así que quiero saber hasta qué punto estabas «con él» cuando ocurrió lo de esa rata de Sean.

Siento un cosquilleo en la columna. ¿Por qué tendría que importar eso? El tío Trent fue quien me dijo que pasara el día con Enzo, así que la pregunta es extraña. Tengo la sensación de que tanto mi tío como Bastien me están ocultando algo, y eso me pone nerviosa. Es otra sensación a la que no estoy acostumbrada cuando trato con mi tío.

Me palpita el pecho mientras recuerdo lo que pasó aquella noche, que Enzo estaba conmigo en la sala mientras yo torturaba a Sean, que Sean admitió que se encontraba en la ciudad para vigilarlo, pero no digo nada, me limito a negar con la cabeza.

—No sabe nada, claro.

Me siento extraña ocultando la verdad al hombre al que he admirado toda la vida, pero siempre me he dejado llevar por la intuición y, en esta situación, la intuición me dice que me guarde bien mis cartas.

El tío Trent mira a Bastien y luego me mira a mí.

—Bueno —empieza Bastien tras carraspear para aclararse la garganta—, ¿cómo conseguiste que Enzo accediera a lo del hotel?

Arquea una ceja y trato de disimular que por dentro me siento tan zarandeada como un barco en el mar del Norte. Rasco el brazo de madera de la silla con las uñas.

—Seguro que todo fue por mi personalidad arrolladora.

El tío Trent sonríe y los dientes blancos le brillan igual que le brillarían a un tiburón que me viera sumergirme en el agua y planeara hacerme pedazos.

—Exacto. Y esa personalidad tuya nos va a venir muy bien.

Se me hace un nudo en el estómago.

—¿Qué quieres decir?

—Quiero decir que me interesa que le prestes atención mientras esté aquí. Que lo conozcas mejor.

Titubeo antes de responder.

—Sabes que haría lo que me dijeras, pero..., en primer lugar, su prometida está aquí, con él, y, en segundo lugar, no quiero tener nada que ver con Enzo. Considerando las cosas que he hecho, a ti tampoco te interesa que lo tenga cerca.

—No quiero discusiones.

Me humedezco los labios y lanzo una mirada a Bastien antes de volver a concentrarme en mi tío.

—¿Es que quieres que lo espíe?

—Llámalo como quieras —replica con gesto desdeñoso.

—Jefe —interviene Bastien con cautela—, ¿seguro que quieres que Venesa se meta en medio del fuego?

—¿Qué fuego? —estallo—. Esto no es más que un trabajo de niñera, tengo que cuidar de un puñetero lugarteniente de la mafia. —Apunto al tío Trent con un dedo—. Sabes que es una manera penosa de desperdiciar mis capacidades.

Lanza un gruñido.

—Ojo con esa boquita, pequeña. ¿Qué te pasa hoy?

Su tono brusco me hace encogerme como si hubiera sacado un látigo para darme un golpe. «No sé qué me pasa hoy».

—Hagamos un trato. —Sonrío para tratar de despejar el torbellino de emociones desatadas que siento dentro de mí.

Mi tío se ríe.

—Esa es la Venesa de siempre, la mujer que maniobra y negocia. ¿Cuáles son tus condiciones?

—El cuadro de la familia. —Contengo el aliento.

El tío Trent suelta una carcajada.

—Sabes que no es posible, pequeña. Me pertenece a mí, como siempre debió ser. ¿Qué clase de hombre, qué clase de Kingston sería si se lo diera a otra persona?

Me hundo en el asiento con un resoplido de decepción. «En realidad, pertenecía a mi madre».

Trato de quitarme de encima la sensación de melancolía y accedo a pegarme a Enzo.

Igual que accedo siempre a todo lo que me pide mi tío.

CAPÍTULO 15

Enzo

Me contengo para no dejar escapar un gemido y me acomodo en la silla mientras trato de enfrentarme a la sucesión de molestias que es mi puta vida. Llevo una hora aquí, en una floristería llamada Los Nombres de la Rosa, y me han pasado por delante trece flores diferentes que tienen la misma pinta, huelen igual y me provocan idénticas ganas de morir.

—¿Qué te parecen con blanco, Enzo? Oooh, espera, igual mejor con azul, que papá quiere que el tema sea la ciudad perdida de la Atlántida.

A Aria se le iluminan los ojos y da saltitos en el asiento, ante la mesita que hay en el centro. Y de pronto me siento como un canalla. Está emocionada y quiere que yo sea parte de esto, y yo en cambio querría estar en cualquier otro lugar del mundo.

—Lo que tú digas, princesa.

Le cojo la mano y me la llevo a los labios para depositarle un casto beso en el dorso antes de soltarla. Se oye un suspiro estrepitoso y giro la cabeza para tratar de ignorarlo. Sé muy bien de quién proviene: de Jenny, la pesadísima organizadora de fiestas de Aria.

—¿Qué pasa? —le espeta mi novia, entrecerrando los ojos.

Jenny sale del trance en el que se encontraba y, tras mirarme como una muñeca insulsa, carraspea para aclararse la garganta. Se concentra en la enorme carpeta de tapas rosa pastel que tiene delante.

—Nada, nada, no me hagáis caso… Es que me encanta ver a dos personas enamoradas. —Lo último lo murmura mientras da golpecitos en su carpeta con el bolígrafo.

—Ya, vale. —Aria me pasa una mano por el pecho y luego me aprieta el hombro—. Eso lo entiendo. Pero te voy a dar un consejo, Jenny. —Se cruza de piernas y se inclina hacia delante—. Deja de desnudar con la mirada a mi hombre.

Arqueo una ceja y por fin miro a la organizadora de fiestas, que se ha puesto roja como un tomate, hasta el punto de que se funde con las rosas que hay tras ella.

—Lo… lo siento, señorita Kingston —tartamudea—. Señor Marino.

Esta vez, Jenny no me mira, y la pobre chica me da pena. Estos últimos días he visto a una Aria diferente, una Aria un poco cruel, un poco insegura. Siempre ha sido celosa, pero no le había prestado mucha atención a esa faceta suya porque daba por hecho que eran cosas de mujeres. La visita a Atlantic Cove está acentuando sus celos, y me pone muy nervioso.

O puede que sea que estoy buscando un motivo para acabar con todo esto; si es así, soy aún peor de lo que pensaba.

—Ve a comprobar que encajen con la gama de colores. —Aria despide a Jenny con un ademán.

La joven se pasa la lengua por los dientes, asiente y se va hacia la parte delantera de la tienda, donde está el mostrador. Allí localiza a la florista y las dos hablan en susurros.

Sonrió a Aria.

—No te pases con la chica.

Pone los ojos en blanco.

—No se va a morir por una pequeña reprimenda.

—Ya, pero no le estás poniendo las cosas fáciles.

Aria empieza a dar pataditas rítmicas contra la pata de metal negro de la mesa.

—¿Desde cuándo vas de chico bueno defensor de damiselas?

—No voy de chico bueno. —Resoplo—. Además, ¿qué culpa tiene, la pobre? No puede evitar tener un gusto excelente. —Me señalo con una amplia sonrisa.

El ceño fruncido de Aria se derrite y me echa los brazos al cuello para darme un beso en la mejilla.

—Siempre tan modesto mi gran hombre —me susurra al oído.

—Ahora no te enfadarás porque sé que soy un buen partido, ¿verdad? —bromeo al tiempo que trato de librarme de su abrazo para que me deje un poco de aire.

Se ríe, pero se pega más a mí y pone los labios contra los míos. Los tiene pegajosos por el brillo labial y seguro que me está dejando una huella rosa en la boca, pero dejo que haga lo que necesita hacer porque no soy ningún canalla.

Me pasa por la mente el recuerdo de los labios de Venesa y me pregunto cuán diferentes deben de ser sus besos. La sola idea hace que se me tense la polla.

—Te echo de menos —susurra Aria—. Tengo la sensación de que casi no te he visto desde que estamos aquí.

Siento un malestar que me corroe el pecho como una lanza afilada, ardiente.

Aria no tiene la culpa de que yo sienta que me ahogo con su puñetera dulzura constante.

Y, ahora que he conocido a su prima, me resulta más difícil fingir que no es así.

—Yo también te echo de menos a ti —respondo en piloto automático.

Aria me pone la mano en la mejilla y me vuelve a besar.

Suena la campana de la puerta de la tienda y entra una ráfaga de aire cálido que me golpea un lado del rostro. Me vuelvo en dirección a la fuente del sonido y se me detiene un momento el corazón al ver a Venesa, como si acudiera a mí tras haberla invocado. A su derecha está el imbécil de Fisher.

Una sensación de amargura se apodera de mí y hace que la envidia me rezume por los poros. Ver cómo la rodea con el brazo con tanta naturalidad y tanta libertad hace que me pregunte si es que puede disfrutar de una mayor intimidad con ella y con qué frecuencia. Yo nunca podré hacerlo; Venesa es una mujer prohibida para mí, algo inalcanzable.

«Maldita sea». Tenía la esperanza de que los sentimientos que me inspira Venesa fueran pasajeros. Hasta me había convencido de que eran todo imaginaciones mías, fruto de mi cobardía, de sentirme obligado a contraer matrimonio con Aria porque le debo la vida, cuando quisiera estar con alguien que de verdad me hiciera sentir algo. Pero solo me hace falta un segundo en presencia de Venesa para darme cuenta de que me miento a mí mismo.

Cuando la miro, todo lo demás desaparece.

Todo.

Veo cómo mira a su alrededor y se ríe de algo que le ha dicho Fisher, cómo lleva el pelo recogido de cualquier manera. Unos cuantos mechones sueltos le caen en torno a la cara y me duele la mano de ganas de apartárselos para no perderme ni un milímetro de su piel.

Si alguien me hubiera preguntado hace dos semanas, le habría dicho que este tipo de conexión entre dos personas no existe. Que son ilusiones, cuentos de hadas. Es fácil fingir que algo no es real cuando no lo has experimentado.

Aria se frota las sienes como si la sola visión de su prima le resultara mentalmente extenuante.

—¿Qué haces tú aquí?

Venesa sonríe de oreja a oreja y mira a Fisher, y los dos vienen hacia donde estamos sentados.

—Venimos a ayudar.

Se sienta en la silla contigua a la mía y se mete un mechón de pelo detrás de la oreja. Noto que hace todo lo posible por esquivar mi mirada. Da igual. Ese lado de mi cuerpo vibra de todos modos y tengo que hacer un esfuerzo para no mirarla y ver si ella siente lo mismo.

Un enrojecimiento en la mejilla. Una inhalación entrecortada. Un movimiento involuntario de los dedos.

—No te alegres tanto de vernos, Aria, nena. —Fisher se sienta al lado de Venesa con las piernas bien abiertas y pone un brazo en el respaldo de su silla.

Aprieto los dientes. Ese ardor nuevo, irreconocible en mí, me reconcome por dentro cuando los miro.

Aria se ha puesto rígida y tiene los pómulos congestionados.

—No soy una nena, Fisher. No puedes llamar así a la gente.

Venesa entrecierra los ojos.

—¿No conoces a Fisher, Aria? Sabes que habla así con todo el mundo.

Aria resopla y se cruza de brazos.

—Bueno, de hecho, tú lo sabes mejor que nadie —añade Venesa, inclinando la cabeza hacia un lado.

—Eres patética —le espeta Aria.

—Soy muchas cosas. —Venesa se encoge de hombros. Le brillan los ojos. Es evidente que disfruta metiéndose con su prima. Coge una rosa blanca—. Deberías encargar margaritas.

Aria la mira con el ceño fruncido.

—¿Se puede saber por qué?

Venesa hace girar el tallo entre los dedos antes de llevarse la rosa a la nariz e inhalar.

—Son ideales para las bodas. Simbolizan la felicidad, el amor —me mira—, la fertilidad…

Cambio de postura en la silla, estoy empezando a ponerme nervioso.

Fisher abre la boca y dice otra estupidez. Esta situación se está volviendo insoportable. Parecen tres críos de instituto lanzándose pullas sin sutilezas porque no saben cómo enfrentarse a los sentimientos heridos o a los celos.

—Basta ya —ordeno—. Me estáis dando dolor de cabeza. —Miro a Aria—. Te guste o no, están aquí, así que procura que te sean útiles. Yo me tengo que ir de todos modos.

Aria frunce el ceño y se le llenan los ojos de tristeza.

—¿Cómo? ¿Te vas?

Asiento.

—Scotty y yo tenemos que hacer unas cosas.

Me interroga con la mirada, pero la esposa obediente en la que se va a convertir sabe que no debe preguntar.

Jenny vuelve con su eterno bolígrafo y titubea un instante al ver a las dos nuevas personas que nos acompañan.

—Hola —saluda—. Soy Jenny.

Tiende la mano y Venesa le dedica esa sonrisa seductora que, estoy convencido, solo utiliza para desarmar a la gente.

—¿Jessica, has dicho?

La organizadora niega con la cabeza.

—No, no, Jenny. He dicho Jenny.

Venesa arruga la nariz y se inclina hacia ella por encima de la mesa.

—Ah, mejor. Te voy a contar un secreto, nunca he conocido a una Jessica que me caiga bien. Así que me alegro de que no te llames así. —Le guiña un ojo y el rostro de la pobre chica adquiere un bonito rubor carmesí que le ilumina la nariz.

Joder, ahora sí que me he puesto caliente. ¿No hay nadie a quien Venesa no afecte?

Miro de reojo a Fisher, me pregunto cuántas veces se lo habrá follado, y sobre todo me pregunto por qué demonios me importa.

—Recuérdame que no te presente a mi ayudante —intervengo.

Venesa hace como si no me oyera.

—Jenny —estalla Aria, poniéndose de pie y agarrándola del brazo para apartarla a un lado—. ¿Es que tienes que coquetear con todo el mundo?

Aria sigue regañando a la pobre chica y yo aprovecho la ocasión para darle una patadita a Venesa.

—Hola.

—Hola —responde.

Fisher cambia de postura en la silla y nos observa paseando la mirada entre los dos.

—Jenny, nena —llama a la organizadora—. ¿También haces fiestas de cumpleaños?

Venesa se vuelve hacia él con gesto brusco.

—No.

El chico arquea una ceja.

—Pero si no sabes lo que le voy a preguntar.

—Sé lo que le vas a preguntar, enano, y no, ni hablar. No quería que vinieras conmigo, y no voy a permitir que organices un cumpleaños que no quiero celebrar.

—Pero como no te voy a pedir permiso…

Se cruza de brazos y sonríe de medio lado, lo que destaca el *piercing* del labio.

—Claro. —Venesa le clava un dedo en la barbilla—. No vas a pedir nada porque vas a estar muerto.

Fisher empieza a reírse y echa la silla hacia atrás hasta que queda en equilibrio sobre dos patas.

—Venga ya. A mí no me matarías.

—¿Va a ser tu cumpleaños? —pregunto, con la única intención, en realidad, de que me preste algo de atención.

Suspira y asiente mordiéndose el labio.

—Sí.

—Y no es un cumpleaños cualquiera. Cumple veinticinco. Un hito. Hay que celebrarlo. Venga, enana, no seas aguafiestas.

—No. Y no quiero volver a hablar del tema.

Claro que no quiere celebrar una cosa así, y me irrita que el joven que parece su novio sea tan insensible a su historia. ¿Es que nadie la entiende de verdad? ¿Es que no le importa a nadie? Yo la conozco hace apenas una semana y tengo la sensación de que les podría dar lecciones a todos sobre cómo es Venesa.

Se me van los ojos hacia ella y me resulta imposible apartarlos; no puedo no mirarla. Se enreda un mechón de pelo para metérselo detrás de la oreja, se rasca una cutícula y luego vuelve a morderse el labio. Sus tics nerviosos son tan naturales que casi podría pensar que me los estoy imaginando, pero los veo con claridad: son diminutas aperturas de vulnerabilidad en una estructura demasiado cerrada.

La entiendo a la perfección.

—¿Cuándo es? —pregunto, un poco molesto por no saberlo todavía.

—¿Cuándo es qué? —replica Venesa, que sigue mirando en cualquier dirección menos a mí.

—Tu cumpleaños.

—¡Qué más da!

—El dieciocho de agosto —interviene Fisher.

—Dentro de tres días —señalo.

Jenny se ríe, incómoda, mientras los mira.

—Pues sí, organizo cumpleaños, pero no con tan poco tiempo.

Mi teléfono suena con un mensaje de texto de Scotty. Ya está en la puerta. Aria suspira y deja de prestar atención a Jenny para centrarse en mí.

—A ver si adivino, tienes que marcharte.

«Que sí, joder, que sí».

Asiento y trato de adoptar una expresión comprensiva al tiempo que me levanto y me abrocho la chaqueta del traje. Luego le paso una mano por el pelo a Aria.

—Ha sido un placer, señoritas, pero mi futuro suegro quiere que le haga un poco de caso.

Venesa inclina la cabeza a un lado y me mira con expresión de curiosidad, cosa que de inmediato me pone sobre aviso. «¿Está aquí porque se lo ha dicho él?».

Aria hace un puchero.

—No me habías dicho que la reunión era con papá.

—Deberías estar contenta de que tu padre y yo nos estemos llevando bien. —Me inclino sobre ella y le doy un beso en la sien—. Nos vemos luego.

Me arde el pecho al encontrarme con la mirada de Venesa, y tengo que echar mano de toda la fuerza de voluntad que tengo para apartar la vista de ella. Aria se levanta, tras echarme los brazos al cuello, presiona los labios contra los míos y me los separa con la lengua. De nuevo, le permito hacerlo porque a la que tengo que desear es a ella.

CAPÍTULO 16

Venesa

No sé si Enzo se marcha porque tiene algo que hacer y no quiere que lo sepamos o si miente solo para escapar de todo este rollo de organizar la fiesta.

Lo que dudo mucho es de que vaya a reunirse con el tío Trent.

Sea como sea, ha tirado por tierra mis planes, porque si he venido aquí ha sido para vigilarlo, como me han ordenado. Y ahora estoy atrapada con Fisher y Aria, que es como me imagino el séptimo círculo del infierno.

Miro a mi amigo y veo que está siguiendo a Aria con los ojos mientras ella se dirige a la parte delantera de la tienda. Cojo un boli de la mesa y se lo tiro. Le doy en medio del pecho y él sale de su estupor y me mira sobresaltado.

—Joder, ¿qué?

—Tienes cara de perrito enamorado.

Suelta un bufido.

—¡Qué va!

Me inclino hacia delante con una ceja arqueada.

—No hace falta que participes en esto.

Su expresión es una máscara de tristeza y confusión.

—Te suele gustar que hagamos cosas juntos.

—Para que me des apoyo moral, no para que te tortures viendo a alguien de quien todavía sigues coladito; es evidente.

—Estoy bien.

Me echo a reír.

—Sí, claro. Mira, eso díselo a quien te crea, enano, porque para mí es muy obvio lo que sientes.

—Qué tontería… —replica, pero se le van los ojos tras mi prima—. Es que tenemos una… historia complicada.

Me lo quedo mirando unos momentos, pero dejo el tema al ver que no añade nada más. ¿Quién soy yo para hablar? Si me cuesta una tonelada de fuerza de voluntad no tirarme a Enzo.

—Vale, lo que tú digas. —Alzo las manos en gesto de rendición—. Oye, esto es un rollo, y Aria no nos necesita para nada. ¿Quieres que vayamos a hacer algo divertido?

Fisher sonríe y asiente, y las patas delanteras de la silla caen contra el suelo de linóleo.

—Voy a arrancar el coche. Tú despídete de ella.

Hace un ademán en dirección a Aria, procurando no quedarse mirándola embobado. Ahora que sabe que me he dado cuenta de que sigue colado por ella, me resulta demasiado evidente que intenta fingir que su presencia no le afecta.

Aria está inmersa en lo que parece un debate importantísimo con Jenny, y no me apetece hablar con ella, así que sacudo la cabeza y voy detrás de Fisher.

Sonríe al verme ir hacia él, pero, justo antes de alejarnos, mira hacia atrás.

Me invade la necesidad de protegerlo. Es obvio que no se puede controlar en lo relativo a Aria. Han pasado varios años y sigo sin saber muy bien lo que sucedió entre ellos. Me faltan datos. Nuestra amistad siempre ha estado al margen de la persona con la que saliéramos cada uno, pero tengo claro que follaban y que, cuando mi prima se marchó, Fisher no volvió a ser el mismo.

Creo que estaba enamorado de ella, aunque no entiendo cómo es posible porque mi prima es la peor persona del mundo. Pero no le quiero sonsacar información; si Fisher cree que no tengo por qué saber algo, debo respetarlo. Yo tampoco voy a compartir con él lo que siento por Enzo, entre otras cosas, porque me resisto a reconocer ante mí misma que siento algo por él. Es ridículo, lo conozco desde hace solo una semana. Absurdo.

Fisher sonríe y me abre la puerta del acompañante de su Chevelle del 72. Le doy una palmadita en la mejilla y, una vez que me siento, me abrocho el cinturón mientras él ocupa su sitio para arrancar el coche.

—¿A dónde, enana?

Fuerzo la vista en busca del Maybach y, por suerte, lo veo no demasiado lejos, a tres semáforos calle arriba.

—Quiero que lo sigas.

Frunce el ceño.

—¿A quién?

—A Enzo, ¿a quién va a ser?

Fisher asiente y sale tras él, pero deja varios coches entre el suyo y el nuestro para que no se dé cuenta de que lo estamos siguiendo.

—Así que en ningún momento tenías intención de ayudar a Aria, ¿eh?

Pongo las piernas contra el salpicadero y le sonrío cuando me mira los pies.

—¿Qué tiene de malo vigilar a una persona en la que no confías? Además, son órdenes del jefe. Ya sabes cómo van las cosas.

Fisher niega con la cabeza.

—¿Por qué quiere que vigiles al prometido de Aria?

La irritación me pica como una pulga y me rasco el pulgar con el anular sin querer reconocer que no conozco la razón de muchas de las cosas que últimamente hace el tío Trent. No me da ningún tipo de explicación. Me invade la melancolía al pensar en cómo está cambiando nuestra relación, un proceso que no puedo revertir.

—Ni idea.

Fisher tamborilea con los dedos el volante.

—Solo te pido que tengas cuidado, enana. Se te da muy bien lo tuyo, pero a veces te precipitas y no prestas atención a lo que tienes delante.

Parpadeo y lo miro.

—¿Qué quieres decir con eso?

Se pasa una mano por la barbilla y luego me guiña un ojo.

—¿Qué pasa, que tu mejor amigo no se puede preocupar por su mejor amiga?

Enzo se detiene en el paseo marítimo; un interesante giro de los acontecimientos.

Le digo a Fisher que se vaya a casa porque no quiero que nos vea, y es más fácil detectar a dos personas que a una, sobre todo si una de ellas lleva una cresta azul eléctrico y llama mucho la atención.

Enzo y Scotty caminan por el muelle, charlando. Enzo lleva las manos en los bolsillos. Se me tensa el vientre cuando se echa a reír, con la cabeza hacia atrás. Los tatuajes le sobresalen por encima del cuello de la camisa.

Parece que Scotty y él simplemente están dando un paseo sin prisas, así que es evidente que lo único que quería era escapar de los preparativos de la fiesta. «Pero ¿por qué ha utilizado a mi tío como excusa?».

Me demoro unos momentos cuando veo que Scotty le da una palmadita en el hombro a su primo y se separan. Enzo se va playa abajo, hasta llegar a un lugar discreto bajo un puente, alejado de los turistas.

Es esa hora del día en que el sol ya no cae de plano y la brisa del océano es más fresca, antes de que se ponga el sol. El cielo es de un precioso rosa anaranjado, y Enzo está apoyado en uno de los pilares de madera, contemplando el agua.

Me muero de ganas de interrumpirlo, pero me quedo atrás y observo.

Una familia juega en la orilla y Enzo parece concentrado en ellos. Mira al niño, que grita porque su madre está persiguiéndolo y luego, cuando lo atrapa, empieza a darle vueltas en el aire cogiéndolo de las manos, con el agua salpicándoles los pies.

Paseo la mirada entre Enzo y esa familia.

Parece fascinado. La expresión de su cara es de una inocencia tal que tengo la sensación de que quien está contemplando la escena no es Enzo, el lugarteniente de la mafia, el superhombre de negocios, sino Enzo, el niño. Veo en su rostro una añoranza que identifico sin problemas, porque es la misma que siento yo en el alma. «¿Yo también pongo esa cara?», me pregunto.

Parece un momento de vulnerabilidad. Casi me siento culpable por presenciarlo, pero acabo echando a andar hacia él. Noto una sensación apremiante en la boca del estómago, como si tirara de mí, como si yo fuera un pez y él controlara el sedal.

—Qué bonito espectáculo —digo, y me pongo a su lado con pose indiferente.

—Ajá —murmura sin dejar de mirar el mar.

—No pareces sorprendido de verme.

Se le dibuja una sonrisa en la boca.

—Os vi en cuanto empezasteis a seguirnos.

Suelto un bufido y me pongo de cara a él.

—Mentira.

Por fin, aparta los ojos de la familia feliz y me mira.

—Yo siempre te veo.

Noto una opresión en el pecho y se me atraganta el aire que respiro. ¿Cómo se responde a una frase así?

Me mira muy despacio, empezando por los pies y luego ascendiendo poco a poco por las piernas, las rodillas… Me provoca un cosquilleo con su mirada en la cara interna de los muslos y de inmediato experimento una oleada de excitación, pero no se detiene, y continúa repasando todo mi cuerpo hasta llegar a las clavículas y acabar centrándose de nuevo en mi cara.

Se humedece los labios.

—De hecho, eres lo único que veo, y me pone de los nervios.

Me llevo la mano al cuello, me clavo los dientes en el labio inferior para controlar la llamarada que amenaza con absorberme y arrastrarme al vacío.

El placer que me causan sus palabras se me derrama por los hombros y me envuelve como una manta. Me agarro a ellas porque me hacen sentir bien. Aunque hacerlo esté mal. Aunque sea incluso peligroso.

—No puedes decir esas cosas —consigo responder.

Tiene las mangas arremangadas por encima del codo y veo cómo se le flexionan los músculos de los antebrazos de manera que los tatuajes se le mueven como si le bailaran sobre la piel.

—Ya me estás diciendo otra vez lo que tengo que hacer.

—No te… —Me interrumpo porque, la verdad, tiene razón—. Ni siquiera me conoces.

—Cierto. —Se apoya en el pilar de madera—. Y ese es el problema. Que quiero conocerte.

Trago saliva porque tengo las palabras atravesadas en la garganta. «Quiero conocerte». Me rasco el dedo con el pulgar.

—No es posible —digo con voz neutra.

Aprieta los labios y asiente.

—Ya lo sé.

Nos quedamos unos momentos en silencio y trato de recordarme los motivos que impiden que haya algo entre Enzo y yo. El tío Trent renegaría de mí, o algo peor. Y el padre de Enzo lo mataría. Y quizá mataría también a Aria y culparía a mi tío de ambas muertes. Las posibilidades son infinitas, y ninguna buena.

Siento otra punzada de rencor contra el tío Trent por ponerme en esta situación, por obligarme a pasar tiempo con un hombre al que no debería acercarme por muchos motivos, entre ellos los secretos de los que no puedo hablar en voz alta.

—¿Por qué me estabas siguiendo? —me pregunta Enzo arqueando una ceja.

Me encojo de hombros.

—¿Quién te ha dicho que te seguía? A lo mejor solo ha sido una coincidencia.

Se ríe.

—Qué chorrada. ¿Me sigues porque no te fías de mí o porque quien no se fía de mí es tu tío?

—¿Debería confiar en ti?

Vuelve a concentrarse en el mar y de nuevo detecto la melancolía cuando contempla a la familia recoger sus cosas para marcharse.

—¿Qué más da? —replica, desafiante—. Puede que yo tampoco confíe en ti.

—Muy inteligente por tu parte. La confianza hay que ganársela, ¿no te parece?

Se yergue y se vuelve tan deprisa que me tambaleo y de repente soy yo la que está de espaldas contra el poste de madera. Se me escapa una exclamación cuando da un paso para invadir mi espacio personal. Otra vez. Como siempre.

—Te he visto torturar a un hombre y luego te he limpiado su sangre. Eso requiere cierto nivel de intimidad, de confianza, ¿no te parece? —me dice.

Aparto la cara porque no quiero que vea lo mucho que me atrae, porque no puedo permitir que este hombre tenga este poder sobre mí. Y menos cuando dice lo que dice, y cuando está tan cerca. Con él tan pegado no puedo ni respirar.

Alza la mano y clavo los ojos en ella; la expectación hace que se me acelere el corazón en el pecho. Me coge la barbilla entre el índice y el pulgar y me levanta la cara hasta que nos miramos a los ojos.

El estómago se me agarrota.

—Ya te lo he dicho —susurra—. Siempre te veo. Todo el tiempo.

Se me pega la lengua al paladar y trato de pensar en una respuesta, la que sea, pero tengo la mente en blanco. Lo sigo mirando con las piernas muy juntas para controlar el calor que noto entre ellas.

—Tus ojos me resultan tan familiares… —murmura. Me suelta la barbilla para pasarme los dedos por las mejillas, bajo las pestañas; es una caricia leve, casi imperceptible—. ¿Por qué?

Me viene a la cabeza el recuerdo de su sangre en mis manos, sus ojos clavados en los míos, el río Hudson lamiéndole el cuerpo…

El pánico me agarrota los pulmones. Aparto la vista de él y miro hacia el mar.

—Bueno, dime, ¿qué hacías aquí? ¿No decías que ibas a ver a mi tío?

Se le escapa una risita de exasperación y sacude la cabeza, me suelta y retrocede un paso.

—Dios santo, eres imposible, nunca cedes. Igual lo que tendría que hacer es matarte y así acabaría con esto… Una persona menos para volverme loco.

—Prueba, si quieres.

Se ríe de nuevo y se rasca la barba incipiente con el pulgar.

—La verdad, no sabía que lo de asesinarme estuviera en el menú. —Me encojo de hombros para quitar hierro al momento.

Porque tiene razón. Yo nunca cedo. No puedo. Y menos ante él, ante alguien que me hace sentir lo que me hace sentir. Mi madre se dejó llevar por sus sentimientos, y acabó como acabó.

No voy a ser como ella.

—A mí me facilitaría la vida, eso seguro. —Inclina la cabeza hacia un lado—. Y Aria también estaría encantada.

Oír el nombre de mi prima hace que la envidia me abrase por dentro.

—Le puedes dar mi cadáver como regalo de bodas.

Me lanza una mirada.

—Al menos reconoces que podría matarte.

—La confianza suele ser la perdición de los hombres. Puede que antes te matara yo a ti.

Sonríe. La atmósfera ha cambiado, se ha vuelto más ligera.

—Prueba, si quieres —dice, repitiendo mis palabras de antes.

—Sería comprensible. Al fin y al cabo, me has amenazado de muerte.

—Si no te mato… —Me mira con el rabillo del ojo, luego vuelve a fijar la vista en el agua—, ¿qué debería hacer contigo?

Una señal de alarma me suena en la cabeza. ¡Peligro! ¡Peligro! ¡No contestes! Pero… la ignoro.

—Lo que tú quieras —respondo.

Me mira de inmediato y el aire se vuelve a tensar. Siento una opresión en el pecho. El calor me sube por el cuello hasta las mejillas y me las toco con el dorso de la mano para refrescarlas.

—Lo que yo quiera… —repite muy despacio mientras me desnuda con su mirada recorriendo cada curva de mi cuerpo—. Es muy peligroso decirle eso a un hombre como yo, *piccola sirena.*

Una ráfaga de viento nos azota y el olor a mar y a loción solar me invade los sentidos. En ese momento, un mechón de pelo me cae sobre el rostro y él me lo aparta colocándomelo detrás de la oreja. Luego desliza los dedos hasta la barbilla y acaba colocando la palma de su mano en la parte delantera de mi cuello.

Respiro entrecortadamente, dominada por la excitación y notando la tensión concentrada en mi sexo.

—En otra vida, te pediría que me tocaras —digo, alzando una mano para agarrar la suya.

Le relampaguean los ojos y noto cómo se le estremecen los dedos sobre mi cuello. Cierro los ojos porque lo que más deseo es sentir su mano recorriendo mi cuerpo, sentirla bajo mi ropa y que me haga gritar. Pero la aparto y me hago a un lado para poner distancia entre nosotros.

—Pero, en esta, Enzo, aunque sé que no se me puede considerar una…, digamos, buena persona, no engaño. Y creo que tú tampoco.

Me mira durante un momento mientras la tormenta ruge en sus ojos. Luego asiente.

—Tengo veintinueve años y creo que nunca, en toda mi vida, he hecho lo que quería. Ni una vez.

—Bueno… —Miro a nuestro alrededor—. ¿Qué te gustaría hacer ahora mismo?

Se le dilatan las aletas de la nariz y el corazón me da un salto. Alzo una mano, como si eso bastara para impedirle hacer lo que se le acaba de pasar por la cabeza.

—Aparte de eso. Algo que puedan hacer… dos amigos.

Abre la boca y se humedece el labio inferior. «Dios». Cada vez que hace ese gesto daría lo que fuera por sentir su lengua en todo el cuerpo.

—Dos amigos… —repite.

Asiento, aunque cada célula me pide a gritos que retire lo que acabo de decir. Si Aria estuviera en mi lugar, sé que ella sí me traicionaría. Pero no se trata de ella. Se trata de que no quiero ser el segundo plato de nadie.

Podría acostarme con él, y seguro que sería genial, pero luego Enzo volvería con Aria, y, visto lo que me hace sentir ahora, sé que me dolería. La exhibiría por ahí y yo me quedaría en un rincón, abandonada, con tan solo el recuerdo de una noche y de unas palabras bonitas.

Pero ¿y si no fuera así? ¿Y si él decidiera que quería más? Bueno, en ese caso, yo tampoco le podría dar más. Nunca seré presa de los caprichos de otra persona, y menos de una que me hace sentir que quiero complacerla.

Tengo miedo de perderme en eso y no poder volver.

—Pues ya que lo dices, hay una cosa que me gustaría hacer —dice.

Trato de librarme de lo que siento e imposto una sonrisa.

—¿El qué?

—Bueno, estamos en el malecón. —Mira a su alrededor—. Vamos a crear un recuerdo.

CAPÍTULO 17

Enzo

El Chevelle de Fisher no es precisamente el tipo de coche que pasa desapercibido. Supe que me seguían en el momento en que salieron detrás de nosotros. Ha sido una tontería utilizar a Trent como excusa delante de Venesa, pero una parte de mí quería saber lo que haría. ¿Fue a la floristería porque quiso o trata de pasar tiempo conmigo por otro motivo, quizá porque Trent se lo ha ordenado?

Tras la conversación que acabamos de tener, doy por hecho que no está loca por estar conmigo. Vuelvo a mirarla. «¿Me está mintiendo? ¿Oculta algo?».

La sola idea de que esté tratando de engañarme hace que se me tense el pecho, porque estoy harto de estar todo el tiempo en alerta, vigilante, y ella es de las pocas personas de cuya compañía disfruto de verdad. Aunque al parecer lo que soy es imbécil. ¿Cómo se me ha ocurrido decirle todo lo que le he dicho, esas cosas que nunca podrán ser?

Tiene razón. Yo no engaño.

Pero, cuando estoy con Venesa, me cuesta recordarlo. Me hace olvidar quién soy, quién se supone que debo ser, me hace sentir que solo quiero ser suyo.

Me vuelvo a meter las manos en los bolsillos y contemplo el malecón. Los tonos anaranjados del ocaso son un hermoso telón de fondo. Venesa se da la vuelta y me sonríe. Se ha soltado el pelo y su melena blanca, salvaje e indómita, como ella, se mece con el viento.

—Antes te he visto mirar a esa familia —dice.

Se me encoge el corazón.

Es cierto, los estaba mirando, y sentía envidia de ese puto crío, de su vida sencilla y sin problemas. Pero no me había dado cuenta de que era tan obvio.

—¿Quieres hablar del tema? —Me mira entre las largas pestañas—. Como dos amigos, ya sabes.

Me encojo de hombros y echo a andar por la orilla. Ella me sigue.

—Solo los miraba por curiosidad, me gustaría saber lo que se siente…

—¿Al tener un niño?

—Al ser un niño.

Venesa se para en seco y me detiene con una mirada.

—Quítate los zapatos —ordena.

La miro con incredulidad y luego miro el agua que nos llega peligrosamente cerca de los pies.

—No.

Inclina la cabeza a un lado y me escudriña de la cabeza a los pies como si quisiera quitarme todos los escudos que he levantado a lo largo de los años para dejar a la vista al niño que se esconde debajo, el que tuvo que crecer demasiado pronto por el peso de las expectativas y la realidad de lo que significa pertenecer a una familia de la mafia.

Se lleva una mano al escote y la sigo con la mirada. Ojalá fuera esa mano para tocarle la piel, para acariciar sus pechos y sentir su peso en la palma.

—No te lo estaba pidiendo.

Saca una navaja y se me pone el corazón en la boca.

—¿Qué más guardas ahí? —La miro con una sonrisa lasciva.

Se acerca a mí y, cuando me pone la hoja contra la yugular, se me escapa la risa. «Es salvaje». La verdad es que no estoy cien por cien seguro de que no me vaya a matar.

—Quítate los zapatos o te corto el cuello —me amenaza con un tono burlón.

Me aprieto contra el metal. La adrenalina me corre por las venas como un incendio.

—Venga.

Por lo general, se me da bien anticiparme a lo que va a hacer la gente, pero con Venesa… no sé de lo que es capaz, ni puedo prever su siguiente movimiento, y nada me ha resultado nunca tan atractivo.

Me roza el torso con los pechos al alzar la vista hacia mí y presionarme la navaja contra el cuello. Entreabre esos labios maravillosos y se me llena la mente de imágenes de lo que sería devorarlos.

—Vamos, Romeo. Vive un poco. Te prometo que no se lo contaré a nadie.

Trago saliva. Joder, las ganas de besarla son insoportables, pero sé que no puedo hacerlo. Ya he hecho bastantes tonterías por un día. Asiento y, después de empujarla hacia atrás también en broma, me agacho para quitarme los zapatos y los calcetines. Me arremango también los pantalones por si acaso.

—¿Ya? ¿Contenta? —Levanto las manos.

No le digo lo desagradable que es sentir la arena en los pies desnudos, ni lo poco que me apetece notar el agua en la piel, ni que soy como un niño en una tienda de caramelos solo por la idea de pasar más tiempo con ella.

Sonríe de oreja a oreja y se quita ella también los zapatos.

El agua helada me llega a los dedos de los pies y tengo que contener una exclamación. Aprieto los dientes para no dar un salto. Está tan fría que me sorprende, porque hoy es un día caluroso.

Venesa se da cuenta de mi reacción y echa la cabeza hacia atrás para lanzar al aire una carcajada seductora, grave, que le sale de lo más hondo. La manera de estirar el cuello, con el pelo hacia atrás, mientras el sol se pone tras ella, hace que parezca una auténtica sirena que ha llegado a la orilla para tentar incluso al hombre más fiel.

Estoy perdido.

Creo que si en este momento el mundo estuviera ardiendo detrás de nosotros no me daría ni cuenta.

De pronto, se dobla por la cintura llevándose una mano al estómago y con el rostro contorsionado. Siento una oleada de pánico y corro hacia ella.

—¿Estás bien?

Baja la mano, la mete en el agua, se yergue y me la tira.

El líquido salado me acierta en las mejillas y se me cierran los pulmones. Me seco la cara con la mano y la señalo con un dedo.

—Ahora sí que la has cagado.

—¿De verdad? —Gira como una bailarina—. Eso me lo dicen mucho.

Sacudo la cabeza y las gotas de agua me caen del pelo.

—Conmigo no se juega sin sufrir las consecuencias.

—Vaya. —Se detiene—. Lo entiendo, pero antes tendrás que pillarme.

No me da ocasión a responder, sino que sale corriendo por la orilla como si yo fuera a ir tras ella.

Hay un momento en el que me digo que esto es ridículo, infantil, pero pasa enseguida, porque me está dando la ocasión de agarrarla, de tenerla entre mis brazos aunque sea un instante, y no voy a dejar escapar esa oportunidad.

Así que yo también echo a correr.

La alcanzo enseguida porque no es muy rápida, o tal vez va despacio adrede... Ese pensamiento hace que la adrenalina se libere en grandes cantidades por mi torrente sanguíneo. Extiendo las manos y, cuando la agarro por la cintura, todo el cuerpo me vibra como si un millar de fuegos artificiales estuvieran estallando bajo mi piel.

La agarro, la levanto por los aires y me la echo al hombro. Sus gritos me hacen reír cuando la sujeto con el brazo por detrás de los muslos. Camino así con ella hacia el mar, sintiéndome más libre que nunca y como si tuviera la cabeza en las nubes. Venesa me golpea la espalda con los puños y retuerce su cuerpo delicioso sobre mí.

—¡Suéltame, pedazo de idiota! —grita, pero se está riendo, y eso me hace sentir muy extraño, más ligero todavía...

—Como quieras.

La tiro al agua con las mejillas doloridas de tanto sonreír.

Y, cuando emerge, se me apaga la risa.

Es una diosa. La ropa empapada se le pega a las curvas. La blusa es tan fina que casi se transparenta: si miro bien, juro que le veo la sombra oscura de los pezones a través de la tela mojada. Los mechones de pelo se le pegan a la cara y tiene una mirada salvaje cuando camina hacia mí.

Me quedo boquiabierto, porque... joder.

Llega hasta mí y me da un empujón en el pecho con tanta fuerza que me caigo sentado en la arena entre risas. Tengo calambres en el vientre como si hubiera hecho un centenar de abdominales. No recuerdo cuándo fue la última vez que me divertí tanto, la última vez que me sentí tan ligero como me siento ahora.

De hecho, no sé si alguna vez me había sentido así.

—Imbécil —resopla, y se retuerce diferentes partes de la ropa para escurrir el agua.

Me echo hacia atrás y me apoyo sobre los codos para mirarla.

Se deja caer a mi lado y suspira, sin dejar de mirarme de reojo con una sonrisa. Luego me da un golpe en el hombro con el suyo. Es agradable esta sensación de… amistad, y me veo capaz de que lo nuestro siga así. Solo tengo que ignorar la embriaguez que me provoca, igual que ignoro todos los problemas que no puedo resolver.

El sol se pone por completo tras el horizonte y nos quedamos en silencio, viendo cómo la luna ocupa su lugar entre los miles de estrellas que salpican el cielo negro.

—Cuando era pequeña, antes de que mi madre muriera, me daban envidia los otros niños del colegio —dice tras un rato de silencio—. Mientras estábamos sentados en clase, me resultaba fácil fingir que éramos iguales, sí. Pero en cuanto nos metíamos en el autobús ya no podía seguir fingiendo. Eran todos amigos, se tiraban bolas de papel, se pasaban notas. Yo estaba sola.

—¿No tenías amigos?

—No. A veces me invitaban a las fiestas, pero mi madre no se tomaba la molestia de llevarme, así que para qué. Pronto dejaron de hacerlo.

—Qué mierda —digo.

Coge una concha de la arena y pasa el pulgar por los surcos.

—Sí, era una mierda. Siempre estaba muy ocupada con el trabajo o tratando de tener contento a mi padre; no tenía tiempo de proporcionarme una infancia que pudiera recordar.

No sé qué decir; no sé ni si quiere que diga algo, así que me quedo en silencio y escucho. Además, esto es lo que quería. Conocerla. Y está compartiendo conmigo su alma. Me siento egoísta porque yo no le doy nada, pero acepto lo que me ofrece porque soy codicioso.

Suspira y tira la concha al agua.

—Así que entiendo que miraras a esa familia como lo hacías.

Noto un nudo en la garganta y me cuesta tragar saliva.

—Siento que lo entiendas.

Me dedica una sonrisa triste.

—No lo sientas.

Dos personas pasan ante nosotros. Son mayores y van cogidas de la mano. Espero a que se alejen antes de responder.

—No es que no tuviera niñez. Es que… el niño de antes era tan feliz, tan libre… Yo no sé lo que es sentirse así. Solo recuerdo cuánto deseaba la aprobación de mi padre. Quería ser como él, y me pasé los primeros años de mi vida tratando de comportarme como si fuera un adulto. Luego, cuando me convertí en adulto, me di cuenta de lo que me había perdido, pero ya era demasiado tarde. Y esta vida… —Sacudo la cabeza, flexiono las piernas y apoyo los codos en las rodillas—. Me encanta mi vida, no te voy a decir que no. Pero mi madre no pudo con ella. Cuando yo tenía quince años y el amor de su vida empezó a maltratarla, le dio por tomar pastillas y bajarlas con vodka. —El pecho me duele. Es por el gigantesco agujero que me palpita en el centro: el espacio que antes ocupaba el amor de mi madre—. Cuando tienes que cuidar de tu madre, tu mundo cambia.

Venesa asiente.

—Mi padre era alcohólico.

Siento un alivio inmenso cuando lo menciona. Puede que sea un canalla, pero le acabo de decir algo que no he dicho a nadie, he expuesto mi vulnerabilidad ante ella, y lo entiende. Sabía que lo iba a entender.

—¿Por eso no bebes?

Me lanza una mirada.

—¿Quién te ha dicho que no bebo?

Me encojo de hombros.

—Lo he observado.

Venesa asiente.

—Le encantaba el aquavit, pero como en Carolina del Sur no hay, se bebía lo que pillaba. De todas formas, lo que más le gustaba en esta vida era el juego. Se iba de juerga y desaparecía días enteros, y cuando volvía, sin dinero y con resaca, nunca asumía su responsabilidad.

Suelta un bufido y sacude la cabeza con gesto asqueado.

—¿A quién hacía responsable? —pregunto, aunque me temo que ya sé la respuesta.

—Por lo general, a mi madre. A veces, a mí.

—¿Te hizo daño? —Trato de mantener la voz firme, pero la sola idea de que alguien le pusiera la mano encima, de que la agrediera, hace que la rabia me recorra el cuerpo como si fuera lava.

Me mira, flexionando los dedos, y se rasca la uña del anular con el pulgar.

—Depende de lo que entiendas por hacer daño.

—Aria dice que mató a tu madre.

Contengo la respiración a la espera de su reacción. Joder, igual no debería haber dicho eso.

Asiente y se queda mirando el cielo negro, las aguas oscuras.

—Y se salió con la suya. ¿Te lo puedes creer? Ni siquiera lo buscaron. Fue como si a nadie le importara.

Me muero de ganas de decirle que lo buscaré hasta debajo de las piedras, pero no lo digo. Puede que no sea eso lo que quiere.

Pero lo haría. Por ella, daría con ese hombre.

—Mi madre no se ocupó de mí —sigue Venesa—. Trabajaba todo el día y estaba loca por un hombre que no sabía querer a nadie que no fuera a sí mismo, pero era mi madre, ¿entiendes? Hizo lo que pudo con la vida que había elegido. Tal vez yo no fuera lo primero para ella, pero ella sí era lo primero para mí.

—Con todo el respeto a tu madre, eso no es excusa.

Deja escapar una risita irónica.

—No, la verdad es que no.

—¿Siempre disculpas así a la gente a la que quieres cuando te trata mal?

Es una pregunta retórica. Aunque la conozco desde hace muy poco, sé que es lo que Venesa suele hacer. Todas las personas de su vida la tratan como si fuera alguien de segunda categoría, como si no importara.

Se encoge de hombros y se echa hacia atrás para, como he hecho yo, apoyarse en los codos. Roza la arena con el pelo cuando alza la vista hacia las estrellas.

—Sí, puede que sí.

Yo echo la cabeza hacia atrás para mirar el cielo.

—Eso me había parecido.

—¿Sabes que no puedo llorar? —me dice de repente.

—¿Quieres decir que no te gusta llorar?

—No, que soy físicamente incapaz. Desde hace años.

—¿En serio? —Arqueo las cejas tanto que casi me rozan la línea del pelo—. No sabía que algo así fuera posible.

—Otra cosa que le debo a mi «adorable» padre. —Deja escapar una risita carente de alegría—. No le gustaba nada que llorara. Si lo hacía, sacaba a mi madre a rastras de su habitación y empezaba a pegarle delante de mí. No paraba hasta que yo dejaba de llorar. —Me mira—. Es increíble lo deprisa que se aprende a poner las emociones bajo llave cuando se trata de proteger a una persona que quieres.

Tengo el estómago revuelto, pero no sé qué decir. No puedo responder nada que pueda borrarle esos recuerdos, que le quite de la cara la expresión de dolor. Y daría lo que fuera por poder hacerlo.

—Bueno… —Se incorpora y se sacude la arena de los brazos—. No sé por qué te he contado todo eso. Nunca se lo había dicho a nadie. Como se te ocurra contarlo, te mato, en serio.

Está tratando de bromear, de despejar la atmósfera cargada, lo entiendo. A veces, cuando se abre una herida antigua, su peso nos hunde como si estuviéramos sobre arenas movedizas. El humor es la manera de tratar de salir, de buscar un resquicio de esperanza cuando todo lo que te rodea te está oprimiendo.

—Oye, gracias. —Me inclino hacia ella y le doy un golpe en el hombro con el mío, igual que hizo ella antes—. Ha estado muy bien ser un niño durante un rato.

Me sonríe y se me corta la respiración.

—A tu servicio. Amigos, ¿eh?

La palabra hace que se me encoja el corazón; me gustaría rechazarla antes de que eche raíces, pero sé que lo que quiero es imposible.

Ya me he comprometido.

Estoy sujeto a la voluntad de mi padre, y en deuda con Aria por salvarme la vida. Tengo que casarme con ella, como exige mi padre, o morir. Así de fácil. No hay más.

—Claro —entono—. Amigos. —La palabra me deja un mal gusto de boca—. No he tenido muchos en mi vida —reconozco.

Venesa no responde de inmediato, sino que flexiona las rodillas contra el pecho y se las abraza mientras mira el agua.

—Yo tampoco.

Se levanta de un salto y empieza a sacudirse la arena, pero sigue empapada y la tiene pegada a la ropa.

Me levanto yo también y sonrío.

—Pareces una rata ahogada.

Entrecierra los ojos y da una patada al suelo. Es tan adorable que el corazón se me sube a la garganta.

—Por lo menos deja que te compre algo de ropa seca —digo, y echo a andar tras ella.

Se agacha al llegar al lugar donde dejamos los zapatos y memorizo con los ojos la curva de su cadera, el arco de su espalda, el brillo de su piel…

—Vaya si me vas a comprar ropa. Es lo menos que puedes hacer.

Sonrío.

—Y no me mires así. —Se sacude un poco de arena, se pone los zapatos y se yergue.

—¿Así? ¿Cómo?

—Como si no te importara que esté cabreada contigo.

—¿Esta es tu cara de cabreo? —Arqueo las cejas—. Qué miedo.

—Eres un cretino, ¿lo sabes? —dice, pero me está sonriendo.

—Claro que me importa, *piccola sirena.* Por favor, perdóname. —Junto las manos en gesto de plegaria—. Si no me perdonas, no sé qué voy a hacer.

Me mira a los ojos como si tratara de sopesar si debe confiar en mí o no.

Y es posible que, solo por esta vez, la esté engañando.

Porque lo cierto es que puede seguir cabreada conmigo el resto de mi vida con tal de que no se aparte de mi lado.

Ella me hace… sentir. Y parece una tontería, pero es lo que es.

«Amigos».

CAPÍTULO 18

Enzo

Venesa lleva una camiseta rosa intenso, carísima, con el lema Es LA HORA DE LAS SIRENAS y un short de baño de hombre con pequeñas conchas estampadas que imitan el tipo de decoración del arco del paseo marítimo.

Tiene el pelo echado hacia atrás, lleno de sal y recogido de cualquier manera; el agua le había corrido el maquillaje, así que se lo ha quitado y ahora tiene la cara limpia.

Así parece diferente, más joven.

Pero igual de hermosa.

Estoy sentado en un incómodo banco de pícnic, en una zona del paseo marítimo decorada con enormes bombillas colgantes que proyectan una luz amarillenta, y observo a Venesa mientras hace cola ante una camioneta que vende churros.

Recoge el pedido y se vuelve con dos enormes papelinas llenas de churros. Su sonrisa es tan deslumbrante que siento como si mi corazón hubiera saltado desde lo más alto de un precipicio hasta el estómago.

Me paso una mano por el pelo y empiezo a dar golpecitos nerviosos con la rodilla en la parte baja de la mesa.

Cuando llega a mi lado, alza las grasientas papelinas como si fueran trofeos.

—¡Churros! —proclama.

Miro con desconfianza ese horror grasiento.

—No los he probado nunca.

Se sienta en un banco delante de mí y abre la boca, sorprendida.

—¿Cómo que no los has probado nunca?

—¿No se me entiende bien?

—Enzo —me regaña—, eso es inaceptable.

Me encojo de hombros.

—¿Qué quieres que te diga?

—Bueno… —Me tiende una de las papelinas—. Tu vida va a cambiar.

Acepto el paquete azucarado de mala gana y lo examino. No me permito decir lo que estoy pensando: que mi vida ya ha cambiado desde que la conozco.

Ella coge un churro y se lo mete en la boca, cierra los ojos y deja escapar un gemido… Joder, deja escapar un gemido.

Carraspeo. Ha hecho que se me tensaran los abdominales y que la sangre se me concentrara en la polla.

Vuelve a abrir los ojos.

—Está buenísimo.

—Me voy a pringar. —Me señalo la ropa.

—Pues come con cuidado —replica, y se mete otro churro en la boca, y vuelve a gemir.

Me la quedo mirando. Verla comer es como oír por primera vez tu sinfonía favorita: una experiencia trascendental que no sabías que te estabas perdiendo, pero sin la que ya no podrás vivir.

Nunca había oído a nadie comer de manera tan sensual.

Miro a mi alrededor por si hay alguien más oyéndola, porque la sola idea de que otra persona la escuche, aunque sea de manera inocente, me vuelve loco de celos.

Esos gemidos son míos.

Bueno, no…

—Enzo. —Me chasquea los dedos delante de la cara—. Prueba uno. No es tan difícil.

Arqueo una ceja y miro el dulce.

—No los has envenenado, ¿verdad?

Sonríe.

—No, pero les he echado un encantamiento.

—No sé si lo dices en serio o no.

Venesa se ríe.

—Es broma. La brujería no funciona así. Además, matarte con un churro envenenado en medio de tanta gente no es una de mis prioridades, así que venga, prueba. —Alarga el brazo para empujar el cucurucho de papel hacia mí y me observa, expectante—. ¡Come!

—¿Por qué me miras así?

—Quiero ver cómo disfrutas.

«Se va a llevar una decepción». Pero accedo para complacerla, cojo un churro y me lo meto en la boca. Sabe a masa azucarada frita. Se me debe de notar en la cara que no me gusta, porque se le borra la sonrisa.

—No te gusta.

—No está mal.

Resopla.

—Dios, qué mal mientes.

—Es que no soy de dulces.

Se levanta, me quita la papelina de la mano y tira la suya y la mía en una papelera. Voy tras ella riéndome y me inclino para hablarle al oído.

—Tranquila, *piccola sirena.* No me tienes que impresionar con dulces. Eres impresionante por ti misma.

Se da la vuelta y, al hacerlo, nuestros cuerpos se rozan. He de hacer un gran esfuerzo para contenerme y no atraerla hacia mí agarrándola por la cintura.

—Pues tú eres todo lo contrario de impresionante —replica.

—¿Cómo dices? —Arqueo las cejas.

—¿A qué clase de persona no le gustan las cosas dulces? —pregunta, acusadora.

—A una persona de gustos refinados, evidentemente.

—Y ahora, encima grosero.

Se cruza de brazos y echa a andar hacia la noria. La sigo a toda prisa.

—Eh, que tú eres la que me siguió hasta aquí y no me dice por qué. Eso sí que es grosero.

Si estuviéramos en Nueva York y alguien me estuviera espiando, lo metería en un sótano, lo ataría y lo torturaría hasta que me dijera lo que necesito saber.

Pero eso es algo que nunca le haría a ella.

No me puedo ni imaginar la posibilidad de hacerle daño.

Me mira de reojo mientras caminamos.

—Eres un chico listo. Seguro que ya te imaginas por qué te he seguido.

Chasqueo la lengua y asiento. «Su tío». Justo lo que pensaba.

Si de verdad fuera un chico listo, sopesaría la posibilidad de que me esté engañando, de que quiera pasar tiempo conmigo para luego ir a contárselo todo a Trent. Pero no es Trent el que me preocupa, lo que sí sería un problema para mí es que esto que estamos haciendo llegara a oídos de mi padre.

Pero después del rato que hemos pasado juntos, confío en ella. Todo es demasiado auténtico; no puede ser parte de ninguna artimaña.

Me mira con una sonrisa traviesa.

«¡Dios, qué hermosa es!».

Se detiene tan de repente que casi tropiezo con ella.

—¿Qué pasa? —pregunto.

Señala hacia una caseta que hay entre dos tenderetes. Dentro hay una hilera de dianas rojas, blancas y azules, a un par de metros del mostrador, sobre las que cuelgan cientos de animales de peluche de todos los tamaños imaginables. En un estante bajo, detrás del encargado, hay unas cuantas bolsitas llenas de agua con peces de colores.

Arqueo una ceja.

—¿Es un desafío?

Se mira las uñas.

—¿Y si lo es? ¿Te da miedo o qué?

Me desabotono la chaqueta del traje y le dejo ver la cartuchera que llevo a un costado para que sepa dónde se mete.

—No, pero no sabía que te gustaba tanto perder.

—¡Ja! —replica—. ¡Eres un fanfarrón!

Nos dirigimos hacia la caseta, pero al acercarnos empieza a titubear.

—¿Todo bien? —Yo también aminoro el paso.

—Sí. Es que conozco al de la caseta, fui al instituto con él.

—¡Eri! —chilla el muchacho con voz chirriante.

Venesa se tensa. «Eri». No sabía que fuera de la familia la llamaban con ese apodo, y de pronto quiero saber por qué se lo pusieron. Las náuseas que siento en la boca del estómago me dicen que fue cosa de la mujer con la que me voy a casar.

—Hola, Rusty. —El tono es neutro.

El chico sonríe y la mira con los ojillos brillantes como si Venesa fuera un espectáculo de feria.

—Caray, me alegro de verte.

Me encrespo. Ya sé que no me pertenece y no puedo ponerme protector, pero él no lo sabe, y estoy aquí, delante de él, joder.

—Eh. —Le chasqueo los dedos ante la cara, saco un billete y lo agito—. Menos mirar y más trabajar.

Vuelve los ojos hacia mí y es obvio que se da cuenta de que está en una posición precaria, porque carraspea e imposta una sonrisa de atención al cliente.

—Claro, claro, tío.

Coge el dinero y nos da dos pistolas de agua color verde fosforescente. Vuelve a mirar a Venesa y se humedece los labios.

Me controlo para no sacar la pistola de verdad y pegarle un tiro.

—Me han dicho que tu prima ha vuelto —comenta en vez de empezar el juego—. Ella sí que sabía cómo divertirse. —Me mira un momento y no le debe de gustar mucho la vida, porque el hijo de puta se acerca más a Venesa—. Igual me puede hacer un favor, como en el instituto, para que tú y yo… volvamos a quedarnos encerrados.

—Rusty —canturrea Venesa—, como no te calles, me voy a meter en la caseta y te voy a explicar con toda claridad lo que pienso de cómo me trataste hace años. Y no te conviene, de verdad, porque ahora soy mucho más capaz de defenderme que por aquel entonces.

«¿Qué cojones quiere decir?».

—Venga ya, Eri. Solo nos divertíamos un rato.

—Es verdad, tienes razón —dice ella—. ¿Te apetece que hagamos lo mismo, pero intercambiando los papeles?

Clavo los ojos en Rusty, que se ha puesto pálido, y veo que el pánico se refleja en su mirada. La ira amenaza con dominarme. «¿Por qué cosas tuvo que pasar Venesa cuando era adolescente?».

—Sabéis cómo va esto, ¿no? —Ya no nos mira a los ojos—. Cuando salga un calamar, disparadle. Cuantos más cacéis, más deprisa subirá vuestra sirena a la superficie. —Señala la alarma roja de la pared—. Y, cuando suene, se acabó la partida.

Aparco la ira para ocuparme de ella más tarde y sonrío a Venesa.

—¿Lista para perder?

Me sonríe y me da un golpe con la cadera.

—Subestimas mis habilidades, que lo sepas.

Suena el pitido que marca el inicio, y es un juego de niños, de verdad, lo rápido que consigo hacer subir la sirenita. La alarma suena y me vuelvo con la pistola en la mano. Soplo en la punta del cañón como si fuera la leche, porque lo soy, ¿para qué vamos a negarlo?

Venesa suelta un bufido.

—No ha sido justo.

—Oh, vaaamos, hay que saber perder. —Sin poder contenerme, le paso el pulgar por la mejilla—. He ganado para ti. Elige el premio, Venesa.

Ahoga una exclamación y se me para el puto corazón como si fuera un crío enamorado. La verdad es que es así como me siento ahora mismo.

Se vuelve hacia la caseta y señala un calamar gigante de peluche.

—Ese.

—¿Un calamar? ¿Con lo que acabamos de hacerles a los pobres calamares metálicos? Cuánta crueldad.

Hace una mueca.

—Me gustan los que siempre pierden. ¿Pasa algo?

Rusty la está mirando embobado, cruzado de brazos y apoyado en el mostrador. Chasqueo los dedos.

—Eh, tío, baja el peluche y deja de mirarla si no quieres que te enseñe modales.

Pega un respingo y me lanza una mirada asesina, pero obedece. Coge el peluche y nos lo acerca.

Es enorme, así que le mando un wasap a Scotty para quedar con él en la noria y se lo lleve al coche. Luego vuelvo a concentrarme en el gilipollas de la caseta. Cojo el peluche que me tiende, y con la mano libre lo agarro de la muñeca y doy un tirón brusco. Choca con el borde del mostrador y deja escapar un gruñido.

—Lo poco que he visto me ha bastado para saber que eres un mierda —le digo en voz baja—, así que te quiero dejar una cosa muy clara: como se te ocurra siquiera respirar en dirección a Venesa, me voy a enterar, voy a volver aquí y me voy a encargar de que no vuelvas a ser capaz de sacar aire de tus putos pulmones. ¿Entendido?

Traga saliva y tiembla, pero asiente. «Cobarde».

—Bien. Me alegro, tío. —Sonrío y lo suelto. Luego me vuelvo hacia Venesa para decirle que he quedado con Scotty.

Me mira con extrañeza. Estoy seguro de que ha oído lo que le he dicho a ese pardillo, pero no dice nada al respecto. Me parece detectar en su mirada cierto asombro al ver que alguien la defiende.

El trayecto hasta la noria es corto, y me muero por preguntarle qué le hizo exactamente el hijo de puta de Rusty, pero me contengo porque ya hemos tratado demasiados temas intensos por una noche. No quiero presionarla, y menos ahora que lo estamos pasando bien. Y si quisiera que lo supiera, me lo diría, igual que hizo cuando me habló de sus padres.

Pero archivo la información para más adelante. Puede que se lo «pregunte» a Rusty.

Cuando llegamos a la noria, Scotty ya nos está esperando, apoyado en la valla blanca de metal, y sonríe de oreja a oreja cuando nos ve llegar.

—¿Cómo se llama tu amiguito, Enzo? —señala al calamar gigante. Luego apunta con el teléfono y saca una foto.

—Borra eso ahora mismo —ordeno al tiempo que le pongo el peluche en las manos.

Se echa a reír y lo coge, se guarda el móvil en el bolsillo y le guiña el ojo a Venesa.

—Claro, jefe. Dicho y hecho. Borrado. Ya no existe.

—Ve a poner el coche en marcha.

Se da un golpecito en el sombrero imaginario y le hace una reverencia teatral a Venesa antes de darse media vuelta y volver al auto.

—Venga, vamos a subir a la noria —dice Venesa, señalándola. Es muy muy alta y muy muy vieja.

El corazón me da un vuelco.

—¿No decías que no te gustaban las mierdas para turistas? —consigo decir mientras el pánico se apodera de mí.

«Por Dios, contrólate», me digo.

—He cambiado de idea. Me gusta verte hacer las mierdas que hacen los turistas —replica.

Noto que el sudor me corre por la frente y tengo las manos pegajosas.

—Estoy cansado.

Frunce el ceño mirando la gigantesca trampa mortal y luego me mira a mí.

—¿Te encuentras bien?

No sé qué decirle. Titubeo mientras busco alguna buena excusa para evitar tener que reconocer que prefiero morir antes que subirme a ese trasto.

—Ah, claro. Estabas reservando lo de subirte a la noria para hacerlo con Aria. —Se recoge un mechón de pelo detrás de la oreja y se ruboriza de vergüenza—. Perdona… No se me había ocurrido…

—No, nada de eso —la interrumpo.

Pensar que cree que preferiría estar aquí con otra persona me pone más enfermo que la idea de subir a esa noria ridícula o la de que en realidad sí que debería estar aquí con Aria.

Me mira unos segundos.

—¿Tienes… miedo?

Aprieto los dientes al saberme descubierto. No pienso admitir que tengo miedo.

—Qué tontería.

—Tienes miedo, ¿verdad? —Se le dibuja una sonrisa en la cara—. ¿Es por la altura?

—No tengo miedo —insisto.

—No pasa nada, de verdad. Es normal. —Extiende la mano para acercármela al brazo como si quisiera reconfortarme, pero la aparta en el último momento.

Puede que sea lo mejor. Hemos de hacer lo posible por no tocarnos.

—¿Qué es lo que es normal? —Trato de aparentar indiferencia, pero sé que no lo consigo.

—Ser humano, Enzo. —Se encoge de hombros—. Cada uno tenemos nuestras cosas.

—Ya, vale, pero esto no es una de mis cosas.

Se echa a reír.

—Tienes miedo, y no pasa nada. No tenemos por qué subir.

—No tengo miedo. ¿No me oyes? ¿Cuántas veces te lo tengo que decir?

—Vale. —Frunce el ceño—. No es para que te pongas así.

—Pues tampoco es para que te pongas tan mandona. No dejas de decirme lo que tengo que hacer.

Se le acentúa la sonrisa e imita mi acento neoyorquino.

—Uuuy, el gángster malo tiene miedo de una noria. ¿Quién lo iba a decir?

Casi se me escapa la sonrisa; noto que una parte de la ansiedad se evapora como agua al sol.

—Calla de una vez. —Trato de parecer enfadado, pero se me nota que me estoy aguantando la risa—. No pasa nada. No pasa nada. Vamos a subir a ese trasto.

Me pongo en la cola y miro a los que van delante de nosotros para subir a la trampa mortal. Venesa me sigue y me observa con atención.

Extiendo el brazo sin pensar para cogerla de la mano, y al instante se me afloja la tensión en el pecho y disminuye la ansiedad. «Adiós a lo de no tocarnos».

Baja la vista hacia nuestros dedos, pero estoy demasiado concentrado en dar un paso tras otro y en respirar de manera acompasada, no puedo pensar en otra cosa.

—El siguiente —grita el encargado.

Las palabras me atenazan el pecho y me lo oprimen como una boa constrictor hasta que se me entrecorta la respiración y lo veo todo borroso.

«Mierda».

A Venesa se le borra la sonrisa y un gesto de preocupación sustituye a la expresión desafiante. Me aprieta los dedos.

—Oye, mejor lo dejamos.

—No. No pasa nada. —Trato de relajarme, de quitarme los nervios, pero tengo los pies clavados en el suelo como si llevara unos zapatos de cemento.

—Enzo…

—Por favor, es para hoy —nos dice el encargado de la noria.

Los ojos de Venesa centellean con un brillo peligroso. Se vuelve hacia él y le apunta con un dedo.

—Cierra el puto pico.

—Oiga, señora… —empieza el chico.

—Te he dicho que esperes.

El tono es imperioso, y tiene un sustrato de algo siniestro, algo que me provoca un escalofrío. Sea lo que sea lo que palpita en su voz, el tipo también lo ha percibido, porque se tensa de la cabeza a los pies, aprieta los labios y asiente.

Venesa se vuelve hacia mí.

—No me tienes que demostrar nada, ¿entendido? Esto es una tontería y ya no me apetece subir.

Niego con la cabeza y me obligo a esbozar una sonrisa aunque tenga el corazón acelerado y me tiemblen las piernas. El pánico me revuelve el estómago.

—Tú me protegerás, ¿verdad?

Me clava los ojos y asiente mordiéndose el labio inferior. ¡Dios, cómo me gustaría ser yo quien mordisqueara esa boca!

—Claro, Romeo. Te protegeré. Prometido.

CAPÍTULO 19

Venesa

Nunca me hubiera imaginado que Enzo tiene miedo de las alturas. Parece uno de esos hombres que no tienen miedo de nada. Aunque, con lo que llevo visto, poco debería sorprenderme.

Todo el mundo tiene un punto débil. Lo que pasa es que a algunos se nos da bien ocultarlo bajo una capa de bravuconería.

Es difícil reconocer las propias debilidades, y hacerles frente es más difícil todavía; así que el hecho de que esté dispuesto a subirse a la noria pese al miedo que tiene me dice mucho sobre él. Lo hace aún más atractivo.

Y lo de que amenazara a Rusty, el gilipollas del instituto que, con la ayuda de Aria, me encerró en mi habitación para violarme… Bueno, eso ha sido la guinda del pastel.

Bajo la vista hacia la mano con la que Enzo me tiene aún agarrada. Su contacto es tan eléctrico que se me eriza el vello. Sigue la dirección de mis ojos y debe de interpretar que me incomoda, porque aparta la mano y carraspea para aclararse la garganta al tiempo que se pasa los dedos por el pelo.

Trato de calmarlo.

—Imagínate que es tu sombra.

Me mira con curiosidad.

—¿Mi sombra?

—Sí, la parte de tu personalidad que no coincide con tu ego.

—¿De qué leches hablas?

Avanzamos hacia la plataforma, ocupamos los asientos y bajamos la barra de seguridad hasta nuestros regazos.

—Te lo acabo de explicar. —¿Qué es lo que no se entiende?—. Es obvio que tienes en el alma algún trauma que hace que te den miedo las alturas. Te sentará bien hacer frente a tus miedos.

—Eh…, vale. —Toca la barra de metal como si quisiera comprobar que va a resistir.

—¿Te has planteado utilizar cristales?

Me mira con desconcierto.

—No.

—Ah, pues deberías. Te ayudarían.

—Oye —llama al encargado al tiempo que sacude la barra—. ¿No tendrías que comprobar esto?, ¿confirmar que todo está bien?

Parece tan tranquilo y atractivo como siempre, pero no se me escapa que tiene blancos los nudillos con los que agarra la barra.

El empleado gruñe algo, viene y sacude la barra sin miramientos. Al ver que no se mueve, arquea las cejas con gesto burlón antes de volver al cuadro de mandos.

Enzo lo mira, inexpresivo, y no dice nada.

Me embarga la necesidad de protegerlo, y estoy a punto de saltar y estrangular al encargado por gilipollas.

La noria empieza a moverse y Enzo suelta la barra para agarrarme el muslo.

Se me corta la respiración. Los dedos fuertes, callosos, me aprietan con fuerza. Veo cómo se le marcan las venas en el dorso y sé que, bajo el traje, los tendones del antebrazo están haciendo que se muevan los tatuajes que le cubren la piel.

La excitación se me clava como un rayo en lo más hondo.

El ascenso de la noria es lento, se para y vuelve a arrancar cada pocos segundos para que suban y bajen más personas. Trato de sopesar cómo lo lleva Enzo.

Me mira fijamente, casi como si le diera miedo mirar otra cosa. No aparta la mano de mi pierna, y tampoco le pido que lo haga.

—No pasa nada por tener miedo —le recuerdo.

No responde de inmediato, pero baja la vista hacia la mano que todavía tiene en mi muslo y luego me mira a los ojos otra vez. Por fin, deja de apretar los dientes y asiente con la cabeza.

—Es lo que nos hace humanos. Lo que nos hace reales —sigo.

—Algunos no podemos permitirnos ese lujo.

—¿Por lo que eres?

—Por lo que tengo que ser.

Dejo que las palabras me calen porque, para mí, tienen todo el sentido del mundo. A veces no conviene mostrar debilidad: si los demás te ven humano, se dan cuenta de que eres frágil, falible. Sospecho que, en ese sentido, el mundo de Enzo no es tan diferente del mío.

—Bueno. —Titubeo, pero al final pongo la mano sobre la suya, encima del muslo—. ¿Qué te parece si, cuando estemos a solas, nos olvidamos de las expectativas?

—Eso no es el mundo real.

—Pues hagamos como si fuera nuestro mundo.

Una emoción oscura le cruza la mirada. La noria se vuelve a poner en marcha con una sacudida.

Mira hacia el suelo y veo que se pone pálido.

Cada vez me siento más culpable por haberlo retado a subir y haberme burlado, cuando salta a la vista que lo suyo es una fobia grave. Le pongo los dedos en la mejilla para que vuelva el rostro hacia mí.

—No mires abajo —ordeno—. Mírame a mí.

Me sorprende que me haga caso. Clavamos los ojos el uno en el otro y nuestros rostros están inapropiadamente cerca. Pero eso, ahora mismo, no me importa; si Enzo se concentra en mí, en lo que sea que hay entre nosotros, no se dejará llevar por el pánico.

Nuestra respiración se sincroniza. Sigo con los dedos en la barbilla de líneas duras, y él sigue con los suyos clavados en mi muslo.

Cojo aire. Él lo suelta.

Ninguno de los dos apartamos la vista.

Noto que se relaja y, antes de que me dé tiempo a interrumpir el momento, la tensión cambia, me mira a los labios.

Sé que me quiere besar. Y yo quiero que me bese. Es una locura, porque nunca he besado a nadie.

Es demasiado íntimo. Demasiado personal.

Y seguro que se me da de pena.

—¿Estás mejor? —digo, y carraspeo, porque me ha salido la voz ahogada, rota.

Otra sacudida de la noria hace que casi me caiga sobre él. Trato de apartarme, pero me agarra por la cintura con su otra mano y, cuando se echa hacia delante, me roza la nariz con la suya. Entreabro los labios y siento su aliento en la lengua. El corazón me late enloquecido.

—¿Vas a decir algo? —murmura con voz queda sin dejar de mirarme; es como si quisiera memorizar cada rasgo de mi rostro.

Me humedezco los labios, pero no me salen las palabras.

Me suelta la cintura y me pone la mano en la nuca.

Parpadeo, cierro los ojos ante la sensación.

Los abro de nuevo porque no puedo permitir que esto siga adelante.

Por mucho que parezca que aquí arriba estamos en un mundo aparte, lo cierto es que abajo, en cuanto la noria deje de girar, volveremos a nuestro mundo de siempre, ese en el que él está comprometido con mi prima y yo solo soy un divertimento. No, aún peor. Una mentira. Aunque él no lo sepa.

—Di algo. —Esta vez es una orden.

—¿Por qué? —consigo responder, y noto un calor tan abrasador que es como si me estuviera quemando por dentro.

—Porque, si no, te voy a besar.

Las palabras me golpean como un misil.

—Te lo puedo impedir —susurro. Nuestras bocas están tan próximas que noto un millar de alas en el estómago.

—Pero no lo harás —dice con voz ronca.

Cierro los ojos y me obligo a pensar en Aria: en Aria besando a Enzo, en Aria recorriendo con él el pasillo de la iglesia, y él sonriendo, mirándola como creo que a veces me mira a mí.

En Aria enterándose de esto y contándoselo al tío Trent.

En mi destino inevitable si eso ocurre.

El pánico me corre por las venas, lucha con la necesidad que me llena el pecho como un veneno.

Lo perderé todo, y quién sabe qué le pasaría a Enzo si se negara al matrimonio decidido por su padre.

Él también podría perderlo todo.

O algo peor.

Así que, aunque me duele, aunque va contra todo lo que me pide el cuerpo, la intuición, el alma misma, le pongo las manos en el pecho para apartarlo e interrumpo el momento.

Porque, por mucho que lo desee…, Enzo no es para mí.

Y yo no valgo el precio que él tendría que pagar si ahora nos dejáramos llevar.

CAPÍTULO 20

Enzo

Han pasado tres días desde que estuve con Venesa en el malecón y no me la puedo quitar de la cabeza.

Además, es 18 de agosto.

Su cumpleaños.

Un día que ella preferiría olvidar.

Estoy paseando por la orilla de la playa privada de los Kingston, tratando de alejarme lo suficiente para tener la certeza de que las cámaras ya no me vigilan y de que nadie me ha seguido.

—A ver, ¿cuál es el problema? —me gruñe Gio al otro lado del teléfono.

Me lo pego más a la oreja y miro a mi alrededor una última vez antes de responder.

—¿Por qué te parece que hay algún problema?

Se ríe.

—Llevo veinte minutos hablándote de chorradas. ¿Cuándo me has permitido algo así?

—Yo no tengo la culpa de que hables demasiado.

—Me quieres. No lo niegues.

Localizo un buen lugar en la arena y me siento al tiempo que exhalo profundamente para vaciar de aire los pulmones y así poder decir lo que llevo dentro. Una vez que lo diga, no podré borrar mis palabras, y me cuesta mucho pronunciarlas, aunque quien va a oírlas sea Gio.

Porque verbalizar lo que llevo días pensando es peligroso.

—¿Qué posibilidades hay de que mi padre me permita cancelar la boda? —suelto al final.

Gio se queda en silencio.

Pongo los ojos en blanco y echo la cabeza hacia atrás para mirar al cielo, al sol, con los ojos entrecerrados.

—Ya. Justo lo que pensaba.

—Oye, ya me gustaría a mí que te libraras de la tía esa, pero sabes tan bien como yo que tu padre no va a permitírtelo. A menos que le puedas ofrecer algo mejor. Algo más.

Cierro los ojos y apoyo los codos en las rodillas. Siento que no soy capaz de respirar. Siento un cosquilleo de incomodidad en la espalda y abro los ojos de golpe. Tengo la extraña sensación de que me están observando. Miro a mi alrededor, pero no veo a nadie.

«Lo que pasa es que me estoy volviendo loco, joder».

—¿Es así? —insiste Gio—. ¿Tienes algo mejor?

«¿Mejor? Sí. ¿Le gustaría a mi padre? Ni de coña».

Además, no es cierto. No es que quiera casarme con Venesa. Es una locura. Ni siquiera la conozco. Solo que… me siento como si la conociera desde siempre.

Pero eso no importa. Esta conversación es una idiotez. Yo soy idiota.

—No sé, tío. Es que… las cosas no son tan cómodas como pensé que iban a ser, no sé si me entiendes.

—Ah. —Gio se queda en silencio un momento. Cuando vuelve a hablar, detecto cierta cautela en su tono de voz—. Voy a ser sincero contigo, Enzo. No creo que a tu padre le importe una mierda si estás cómodo o no. Esto es un acuerdo con el padre de Aria, así que, si quieres saltártelo, si de verdad quieres saltártelo, calcula con mucho cuidado cada paso que vayas a dar.

—El padre de Aria me importa una mierda.

—Ya, pero el tuyo, no. —Hace una pausa—. Mira, tío, estoy contigo al cien por cien, pero no va a ser fácil. ¿Me entiendes?

Trago saliva para aliviar el nudo que siento en la garganta y asiento a pesar de que sé que no me ve.

—Sí, claro.

—Vale. Bien. *Cazzo*, tienes que volver a Nueva York. El calor del sur te está afectando a la cabeza.

Se ríe y hago un esfuerzo por imitarlo, pero siento algo que se me agita por dentro y, ahora que ha empezado, no sé cómo pararlo. La semilla está sembrada, aunque Gio no lo ha dicho con palabras. Sé leer entre líneas: la única manera de escapar de este matrimonio es que mi padre no esté al mando.

La sola idea me revuelve el estómago, pero… ¿de verdad sería tan grave?

—¿Se sabe algo de Frankie? —digo para cambiar de tema.

—Absolutamente nada.

Frunzo el ceño.

—¿Y eso?

—El tío es un fantasma.

Eso sí que no es normal. Todo el mundo deja rastro. Su ausencia delata algo intencional, como si quisiera ocultarse. Pero ¿qué motivo puede tener para ocultar su relación con una familia tan poderosa y conocida como los Kingston?

—Sigue investigando.

Una hora más tarde, mientras miro a Aria, que está de pie junto al tocador poniéndose las joyas, sigo pensando en la conversación que he tenido con Gio.

—¿Qué tal si nos vamos nosotros por nuestra cuenta esta noche? —dice.

Viene hacia mí y se me sienta en el regazo para echarme los brazos al cuello. Hago un esfuerzo por no poner mala cara.

—¿No teníamos una cena en el yate de tu padre?

Aria pone los ojos en blanco.

—¿Y qué? Es una tontería que monta por el cumpleaños de Venesa. Mejor nos lo saltamos.

—Deberíamos ir —la contradigo.

—¿Por qué? ¿Qué te ha dicho esa? —resopla. De pronto, noto que se pone muy tensa—. No muerdas el anzuelo. Es igual que su madre, una ignorante que no vale para nada. ¡Es tan mentirosa como lo era su madre! ¡Una mentirosa!

Me acomodo en el asiento, conmocionado, y la miro.

—Pero, bueno, Aria, cálmate.

Deja escapar una risita, se pone una mano en el centro del pecho y cierra los ojos durante un largo momento. Cuando los vuelve a abrir, en su mirada no hay rastro de la ira presente hace unos segundos. Son unos ojos inocentes, de cervatillo.

—Estoy de lo más calmada, cielo. Pero recuerda que llevo tu anillo en el dedo, así que eres mío.

La miro. Su comportamiento no se parece en nada al de la Aria que conozco. Nunca había visto a alguien cambiar así de personalidad, y ahora ya no sé cuál es la verdadera.

Me pone una mano en la mejilla.

—A veces, cuando te miro, pienso que cuesta creer que el día que te encontré estabas al borde de la muerte. ¿Te acuerdas?

Aprieto los dientes ante el latigazo de culpa repentina, y asiento.

—Me acuerdo de lo que me contaste.

—Estabas destrozado. —Se le entrecorta la voz—. Eras tan vulnerable… Pero, en aquel mismo momento, supe que sin duda eras para mí.

Algo se agita en mi mente.

—Oye, nunca me has contado qué hacías allí aquella noche.

Le relampaguean los ojos.

—El destino me llevó a aquel lugar tras una cita desastrosa. Me llevó contigo. El destino nos unió, Enzo. No lo olvides nunca.

Tiene razón. Me salvó la vida. No solo le debo lealtad: se lo debo todo.

Si sigo con vida, es gracias a Aria, que me quiere.

Que no es complicada.

Que no me nubla el juicio.

Con ella, las cosas pueden seguir tal como están, y no tendré que provocar la ira de nadie. No tendré que poner en tela de juicio a mi padre, algo que, solo pensarlo, hace que me suba la bilis a la garganta.

—Ahora que estás aquí, tendrías que intentar arreglar las cosas con tu prima —digo.

Suspira, se baja de mi regazo y frunce los labios.

—Pídele que sea una de tus damas de honor o algo así. Tiéndele una rama de olivo.

—¿Una de las damas de honor? —Pone cara de asco y me escudriña el rostro—. ¿Eso quieres?

Trago saliva porque no, no es lo que quiero, y sé que Venesa tampoco querría, pero tengo que poner límites, tengo que recordar quién cojones soy. No puedo permitirme el lujo de ir a por lo que quiero, eso conlleva el riesgo de poner patas arriba todo un imperio; no importa lo que me haga sentir Venesa, no puedo actuar por impulso.

—Exacto, eso es lo que quiero —miento.

Las palabras me saben a hiel, pero las he dicho. Ya no las puedo retirar.

«No las quiero retirar», me digo.

Pero sé que es mentira.

CAPÍTULO 21

Venesa

El día de mi cumpleaños nunca pasa nada bueno.

Cuando era pequeña, mi madre me llevaba al malecón a ahogarme en su amor, y fue en mi cumpleaños cuando mi padre la mató de una paliza mientras yo estaba escondida en el armario de debajo del fregadero de la cocina.

Es una verdad que he mantenido bien oculta dentro de mí, y dentro de mí la he desmenuzado en mil trocitos para esconderlos. De hecho, solo hay una persona en el planeta que sabe parte de esa verdad, y su prometida está en la puerta de La Guarida.

—No pongas esa cara de sorpresa —me espeta Aria.

—Pues no te quedes merodeando en la entrada de mi local —replico—. Da cosa.

Entra en La Guarida y va pasando el dedo por los tanques de agua salada que flanquean la entrada; luego flexiona las rodillas para ver los peces que nadan dentro.

Lo cierto es que me sorprende verla. Es domingo por la mañana, antes de mediodía, y La Guarida todavía está cerrada.

Aria mira a su alrededor. Lleva su pelo rojo vivo cuidadosamente ondulado; parece un dibujo animado que hubiera cobrado vida.

—Esto es un horror, Eri.

—Gracias por la crítica constructiva. ¿Qué quieres?

Se encoge de hombros y empieza a balancear el último bolso de marca que ha comprado. Noto una punzada de envidia porque llevo un año en la lista de espera por ese bolso, aunque dudo que pudiera pagarlo si llegara mi turno. Pero qué bonito es.

Aria se lo quita del hombro y, cuando entra en el bar, lo deja sobre la barra como si fuera una servilleta usada, y no una obra de arte de tres mil dólares.

—Nada, venía por curiosidad —dice. Se acomoda en un taburete y cruza una pierna flaca sobre la otra—. Puro aburrimiento.

Se me escapa un bostezo y me tapo la boca. Paso detrás de la barra y pongo en marcha la máquina de café que hay en una esquina.

—¿Quieres tomar algo? ¿Un café? —pregunto.

Tamborilea con las uñas sobre la mesa y asiente.

—Claro. Si tienes algo que no sea agua sucia.

—Pues no, lo siento.

Sonrío, burlona, y me acomodo contra la pared, bajo las botellas de marcas caras. Me cruzo de brazos y la miro. No está concentrada en nada concreto, pero de cuando en cuando mira en todas direcciones como si buscara algo.

O a alguien.

El pánico me asalta por un instante al pensar que tal vez busca a Enzo y cree que está aquí conmigo, pero desecho la idea por ridícula. De todos modos, decido sondear las aguas.

—Fisher no está aquí —le digo—. Si es que lo estás buscando.

Me clava los ojos y se echa a reír mientras se pasa los dedos por el pelo y tira de las puntas al tropezarse con un nudo. Frunce el ceño y trata de deshacerlo, pero no lo consigue, así que coge un rollo de cubiertos, desenrosca la servilleta, saca el tenedor y se peina con él.

Ahora soy yo la que se la queda mirando.

—Si te hace falta, tengo un peine.

Me mira sin dejar de peinarse.

—¿Por qué? Este artilugio funciona muy bien.

—¿Porque da mucho asco?

Me mira con el ceño fruncido.

—Tú sí que das mucho asco. De toda la vida. Si no te soportas a ti misma, no proyectes, que a mí no me pasa. Mi madre siempre me deshacía los nudos así.

Vuelve a peinarse las puntas.

—Qué cosa más rara.

—Y lo dice la tía que le canta a la luna —replica.

Se me escapa una sonrisa.

—Te has enfadado porque me he dado cuenta de que estabas buscando a Fisher.

El tenedor se le queda enredado en el pelo y ella se lo saca de un tirón.

—¡No lo estoy buscando!

—Claro que sí. —Voy hacia la cafetera y cojo dos tazas—. ¿Lo sigues tomando sin leche y con dos azucarillos?

—Sí —responde.

Preparo los cafés y le doy uno antes de acodarme en la barra. Me llevo la taza caliente a los labios y bebo un largo sorbo.

—¿Qué haces aquí, Aria?

Bebe del suyo, suspira y deja la taza.

—Ya te lo he dicho, he venido a curiosear. Me acordé de que, cuando éramos pequeñas, hablabas sin parar de este lugar, pero mi padre nunca me dejaba venir a verlo.

—Lo entiendo. Este no es un lugar apropiado para una niña.

—Pero tú sí venías.

—Y mira cómo he salido. —Sonrío.

—¿Y ahora? ¿Es lugar para niños?

—Ahora es aún peor. —Bebo otro sorbo de café.

Un atisbo de sonrisa le pasa por la cara. Todo esto es muy raro. Hace… hace años que no hablábamos así. De hecho, solo hablamos así al principio de que yo viviera en su casa. Cuando nos conocimos, entró en mi habitación dando saltitos y dijo que yo era su hermana y que seríamos las mejores amigas del mundo.

Aquello duró poco.

Ahora hay de por medio demasiados años de dolor. Me ha hecho demasiadas cosas imperdonables que no puedo pasar por alto.

—La otra noche vi a Rusty —le digo.

Se queda rígida, con la taza pegada en sus labios.

—Ya veo que eso te incomoda. —Inclino la cabeza a un lado—. ¿Te trae recuerdos de algunos de tus peores momentos?

Resopla por la nariz, levanta la barbilla y deja la taza de café en la barra.

—No sé a qué te refieres.

—Sabes perfectamente a qué me refiero.

Era el día de su decimosexto cumpleaños. Lo metió en mi cuarto y atrancó la puerta para que yo no pudiera salir. Las imágenes de aquella noche me vuelven a la mente, me desgarran por dentro, me dejan abierta y sangrante.

Mis gritos.

El momento en que me metió una camisa en la boca, me bajó los pantalones del pijama y me penetró con su sucia polla.

Fisher me encontró más tarde, cuando abrió la puerta y me vio llorando en un rincón. Se lo dijo a Bastien, y él llamó al médico de la familia. Me hicieron quedarme en casa una semana entera hasta que me repuse.

Un escalofrío me recorre la columna y noto que se me revuelve el estómago, así que sonrío a Aria y aparco los recuerdos para evitar agarrarla por el cuello y estrangularla.

El tío Trent me mataría; es mejor que contenga la rabia, como he hecho siempre.

—¿Por qué sonríes así? —me pregunta.

Se me borra la sonrisa de la cara.

—¿Qué pasa, tampoco puedo sonreír?

Arruga la nariz y siento una punzada de nostalgia. Siempre ha hecho eso, esos gestos inocentes que atraían a todos. Cuando éramos estudiantes, Fisher la observaba desde la otra punta de la cafetería con una expresión de anhelo en la cara.

Como si Aria fuera lo mejor del mundo. Tal vez lo fuera para él.

Ahora, al fijarme en ella, trato de percibir ese atractivo, aunque no es a Fisher a quien me imagino mirándola así.

Es a Enzo.

Los celos se abren paso dentro de mí y me atenazan el corazón.

—Mira, necesito que me hagas un favor —dice Aria.

Me pilla por sorpresa y me echo a reír. Que me pida un favor es hilarante.

—La respuesta es no.

—Si aún no te he dicho de qué se trata.

Tiro por el fregadero el poco café que me queda en la taza.

—No hace falta que me lo digas; no te quiero ayudar en nada.

—Quiero que seas una de mis damas de honor.

Empiezo a toser y noto que me lloran los ojos del escozor. Casi me atraganto con mi propia saliva.

—Perdona, ¿cómo dices? —pregunto cuando recupero el control—. ¿Por qué demonios iba a hacer algo así?

No me mira a los ojos.

—¿Y por qué no? Somos familia. A papá le gustaría.

—¿Y desde cuándo te importa lo que le guste a tu padre?

Resopla y tamborilea con los dedos sobre la barra del bar.

—Siempre me ha importado.

—Pues vaya manera de demostrarlo.

—No sabes de qué hablas —replica. Da vueltas entre los dedos al tenedor que se ha estado metiendo en el pelo y luego lo suelta. El cubierto cae con un tintineo—. Es asfixiante. Ya sabes cómo se pone.

No, no lo sé. Al menos, no personalmente. El tío Trent siempre me ha dado tanto espacio que no he sabido qué hacer con él, porque yo lo único que quería era importarle tanto como para que fuera asfixiante.

Aria no sabe la suerte que tiene, así que se lo digo. Niega con la cabeza.

—Tú no lo entiendes.

—No, me imagino que no. Oye, me encanta esta visita inesperada, pero ¿vas a decirme qué quieres o no? Si no piensas decírmelo, entonces ya te puedes marchar. Las dos sabemos que prefieres la muerte a tenerme como dama de honor en tu boda.

Respira hondo y mira a su alrededor mientras se retuerce las puntas del pelo con los dedos de manicura perfecta.

—Vale. La verdad es que Enzo me ha dicho que te lo pidiera, y quiero complacerlo, así que por eso he venido.

Las palabras me perforan el pecho y me sacuden a nivel emocional.

«¿Enzo quiere que yo sea dama de honor de Aria? ¿En serio?».

No sé por qué duele, pero duele.

¡Vaya con el señor Siempre Te Veo!

La rabia me retuerce por dentro y llena cada rincón oscuro de mi alma. Dejo que me impulse, que me recuerde con precisión quién soy, qué soy.

A la mierda con Enzo. ¿Quién se cree que es para mandar a Aria aquí a refregarme su matrimonio por la cara?

Como si me hiciera falta que me lo recordaran.

Yo soy la que siempre dice que no, cretino de mierda.

—Vale, de acuerdo —respondo con una sonrisa.

Me mira con cara de sorpresa.

—Pero a cambio de algo —sigo, y me miro las uñas con indiferencia.

Aria deja escapar un gemido.

—Contigo nada es fácil. Se lo dije a Enzo, le dije que era una pérdida de tiempo, pero se empeñó…

—La vida es dura. —Me encojo de hombros.

—¿Qué quieres?

Sonrío.

—Seré tu dama de honor a cambio de que me consigas el cuadro de la familia.

Hace una mueca de asco.

—Nunca he entendido la obsesión que mi padre y tú tenéis por ese horror de cuadro.

—Es por su valor sentimental. —Le tiendo la mano—. ¿Trato hecho?

—No creo que pueda conseguírtelo —dice. Parece nerviosa, insegura—. A papá le encanta.

—Estoy segura de que tú puedes convencerlo —ronroneo.

No es mentira. Si alguien puede convencer al tío Trent para

que me dé el cuadro, es ella. Haría lo que fuera por su hija: mover montañas, matar a quien sea, crear un ejército para aniquilar a la oposición…

—¿Y si no lo consigo?

—Quedará muy claro que no tienes tantas ganas de complacer a tu hombre.

No sé por qué, se me contrae el corazón al llamarlo «su hombre», y tengo que controlarme para no frotarme el pecho ante el dolor inesperado.

Aria se suelta el mechón de pelo que se estaba retorciendo con el dedo, tiende la mano y estrecha la mía.

—Trato hecho —responde.

Sonrío de oreja a oreja.

—Excelente.

CAPÍTULO 22

Venesa

Cuando yo tenía trece años, el tío Trent compró un yate y lo llamó Aquata. Una vez al mes, metía a su familia en alguno de sus elegantes coches y la llevaba a cenar en altamar. Casi siempre iba con más gente: se trataba de exhibir lo que a él le parecía más importante, sus mujeres, como si fueran gemas de gran valor sacadas de un tesoro hundido.

A mí nunca me llevó, creo que porque nunca pensó que valiera la pena lucirme como una posesión valiosa. Era demasiado basta para brillar como brillaba Aria. Y acepté que las cosas eran así. Puse todo de mi parte para tener la apariencia perfecta con la esperanza de que también quisiera mostrarme a mí al mundo, pero no lo conseguí.

Y cada vez que me dejaba de lado, yo perdía un fragmento de mi espíritu herido ante la demostración de que no importaba con quién viviera ni cuál fuera mi familia. Solo era una versión diferente de la misma situación que ya había vivido.

Yo siempre era una carga. Una obligación.

De hecho, hasta que no fui una «empleada» de pleno derecho, aunque no firmáramos ningún papel, nunca me invitó a subir a bordo. Y en mis veinticinco años de vida, quince de ellos bajo su techo, ni una vez me organizó una fiesta de cumpleaños.

Así que es fácil entender por qué desconfío.

Por qué me muero por marcharme.

Estoy sentada con Bastien en la cubierta de proa del yate y los cojines del asiento me envuelven reconfortantes. El sol de Carolina del Sur me cae de plano sobre la piel blanca. Me siento como en un horno y tengo miedo de quemarme, aunque me he untado de protector solar de la cabeza a los pies. Bastien está leyendo una novela delante de mí, ante una mesa rectangular que nos separa mientras esperamos a que aparezca mi tío.

Nos dijo que estuviéramos aquí a las tres, pero ya son las tres y media, y ni rastro de él.

—¿Vas a venir mañana a la reunión con el Club de Motociclismo Atlántida para la entrega?

—Ajá. —Asiente con la cabeza y pasa una página del libro—. No habrá problemas.

—Bien. ¿Crees que Johnston sospecha que fui yo?

No digo más porque los dos sabemos que me refiero a que dejé a su cuñado en el hospital. Lo último que he sabido es que sigue con vida, pero por los pelos.

Bastien me lanza una mirada.

—Si lo supiera, tu tío no te metería en esto.

—Cierto —respondo, aunque últimamente no tengo la sensación de que mi tío tenga en cuenta mi seguridad, lo que es un problema completamente nuevo para mí.

Me muerdo el labio y quiero contárselo todo a Bastien para ver cómo reacciona, por si él también ha percibido que mi tío se comporta de un modo diferente o son cosas mías, porque ahora estoy descentrada y mi mundo se ha puesto patas arriba.

—Mientras esperamos, ¿por qué no me cuentas qué hiciste al final con el tal Sean? —pregunto por cambiar de tema.

Bas vuelve a pasar una página.

—Ese tema está zanjado.

Asiento y tamborileo con las uñas sobre la mesa.

—¿Vas a decirme algo más?

Con eso consigo que me preste atención. Clava en mí los ojos ambarinos por encima del libro.

—No te preocupes por eso.

—No me digas por qué tengo que preocuparme. —Lo señalo con el dedo—. Estoy preocupada. Se metió en mi local y quiso robarme mi dinero.

No añado el hecho de que confesó que estaba siguiendo a Enzo, tal vez porque una parte de mí tiene la esperanza de que Bastien lo sepa y lo vaya a reconocer.

—Técnicamente, es el dinero de tu tío —señala, inexpresivo.

Entrecierro los ojos.

—Ya me entiendes.

Suspira y me vuelve a mirar.

—Y tú me entiendes cuando digo que el tema está zanjado.

—Entiendo que eres un cretino.

Sonríe de medio lado. Me lo quedo mirando unos segundos, pero no añade nada.

—¿No me lo vas a decir?

Arquea las cejas.

—Ese tío carecía de importancia, Venesa. No tenía el menor valor. Era un idiota que pensó que se podía colar en el negocio porque había oído rumores. Yo lo maté, se acabó.

Noto un sabor agrio en la boca. Sé que está mintiendo.

—¿Qué rumores?

Abre la boca para responder, pero de pronto mira detrás de mí. Sigo con los ojos la dirección de su mirada.

El tío Trent se acerca por el muelle, y no viene solo, claro que no.

Lo acompañan Enzo y Aria, y qué a gusto se los ve. Aria lo lleva cogido de la mano con tanta fuerza que los brazos parecen fundidos. Una sensación de pesadez se me instala en el vientre, una especie de barro verde, espeso, que me cubre las entrañas y me lastra. Cuando Enzo alza la vista, nuestras miradas se cruzan en la distancia y noto que se me hace un nudo en la garganta. La envidia se mezcla con la ira.

Me los quedo mirando. Aria se vuelve hacia él y le dice algo al oído. Enzo deja de mirarme y se ríe.

Claro. Le presta atención a ella, no a mí.

Al fin y al cabo, yo solo soy una dama de honor.

Resoplo y me cruzo de brazos. Bastien me mira, extrañado.

—¿No íbamos a estar los tres a solas? —murmuro sin dejar de mirarlos mientras suben por la escalerilla que lleva a la cubierta.

Bas suspira, dobla la esquina de la página del libro y lo cierra para dejarlo sobre la mesa.

—Esa era la idea. —Se da cuenta de que lo miro con expresión de espanto—. ¿Qué pasa? —Yergue la espalda, en guardia.

—¿Cómo que qué pasa? ¿Por qué haces eso?

Se frota la barbilla y frunce el ceño, confuso.

—¿El qué?

—Eso. —Señalo en dirección al libro—. Búscate un marcapáginas, por Dios santo. ¿Te criaste entre lobos o qué?

—Ah —responde. Coge el libro y lo abre—. ¿Te refieres a esto?

Elige otra página y con movimientos lentos, deliberados, dobla la esquina del papel. Se me eriza el vello.

—Qué espanto —digo, horrorizada.

Sonríe de oreja a oreja.

—Pues a mí me gusta.

Me quito la goma que llevo en la muñeca y me hago una coleta suelta para quitarme el pelo de la cara. Suspiro aliviada cuando la brisa del mar me refresca el cuello ahora descubierto.

—Sabes que Trent es incapaz de negarle nada a Aria. Seguro que ha dicho que quería venir —señala Bastien—. Últimamente está muy metida en las cosas de la familia.

—Es mi cumpleaños, Bas. De regalo, me gustaría tirarla por la borda y no volver a escuchar su voz nunca más.

Se le ensombrecen las facciones.

—Que no te oiga Trent hablar así de ella, ¿entendido? De hecho, que ella tampoco te oiga.

—Venga ya —bufo—. Aria no me da miedo. Puede que mi tío la esté introduciendo en el negocio de la familia.

Sonrío y los ojos ambarinos de Bastien se pasean entre los tres que se acercan por la cubierta y yo.

—Ah, estáis aquí —dice mi tío con tono ligero y jovial cuando se detienen ante nosotros.

—Hola, tío Trent.

Sonrío y me levanto a medias para darle un abrazo. Él me besa la cabeza y me da unas palmaditas en la espalda como si fuera un perrito. No establezco contacto visual con los otros dos porque hoy no estoy de humor para fingir. Y qué demonios, es mi cumpleaños. Puedo ser todo lo gélida que me dé la gana.

Tampoco es que me estén deseando feliz cumpleaños ni nada por el estilo.

Da igual, no quiero que lo hagan.

Pero no estaría mal que fingieran un poco.

Me vuelvo a sentar, apoyándome en el respaldo, y pongo los pies en el asiento que tengo delante de mí como si no me hubiera fijado en ellos. Es un desaire sin disimulos que espero que note Enzo.

—Venesa. —Una voz aterciopelada se me desliza por la piel como mantequilla fundida y una sombra cae sobre mí; el rostro estúpido de Enzo me tapa el sol—. Feliz cumpleaños.

Trago saliva pese al nudo en la garganta y me obligo a asentir con el cuello rígido.

—Si tú lo dices…

—Bas, vamos a mi despacho —ordena el tío Trent.

Espero que me diga que vaya con ellos, pero la decepción se impone. Como empieza a ser costumbre, me quedo al margen mientras mi tío dirige el negocio sin contarme nada.

Me duele el pecho. «¿Seré yo la que ha cambiado?».

Desecho el pensamiento. Todo es porque Aria ha vuelto y se ha traído al imbécil de su prometido, que no para de hacerme sentir cosas. En cuanto se vayan, todo volverá a la normalidad.

Suspiro, cierro los ojos con fuerza para tratar de no oír la conversación de Aria y Enzo. No puedo escapar, pero al menos fingiré que lo que me rodea no existe.

Las pisadas delicadas se alejan y oigo cómo se abre y se cierra la puerta deslizante que lleva al interior del barco. Y, aunque me sobraba con el sonido para darme cuenta, sé que el que se ha ido no ha sido Enzo, porque siento su mirada, igual que la siento siempre.

Los cojines se mueven junto a mí, contra mis piernas.

—Hola —dice.

Abro un ojo y miro a Enzo, tratando de ignorar cómo se me acelera el corazón. No respondo.

—¿Cómo estás? —prueba de nuevo.

Esbozo una sonrisa desganada.

—De maravilla, ¿y tú?

—De maravilla.

Asiento, meto la mano en el bolso que tengo sobre la mesa y saco las gafas de sol para ponérmelas y que no me vea los ojos. Él estira los brazos sobre el respaldo del asiento y mira hacia las puertas de cristal que separan los dos niveles de las cubiertas exteriores y el interior del yate.

—Bonito día.

—Ajá —respondo sin ganas de entablar conversación.

—¿Hoy no trabajas? —insiste—. Pensé que irías con tu tío y con Bas.

Tenso la barbilla y echo la cabeza hacia atrás sobre el cojín sin prestar atención a la punzada de dolor que me provoca saber que están hablando sin mí.

—Pues te has equivocado.

Se recuesta y me roza la pantorrilla con el dorso de la mano. Me muerdo la cara interna de la mejilla con tal fuerza que noto el sabor a sangre en la boca.

—¿Qué tal llevas el día?

Algo se me desmorona dentro del pecho, porque es la única persona a la que le importa y porque me está transmitiendo que sabe que hoy es un día duro para mí.

«¿Cómo se atreve?».

Me bajo las gafas de sol a la punta de la nariz para mirarlo por encima de la montura.

—No sigas con esto.

—¿Con qué? —Aparta la mano y se incorpora.

—Con esto. —Hago un gesto señalándonos a los dos—. Con lo de «Sé más que nadie sobre ti y me importas, hablemos con sinceridad».

Frunce el ceño y la confusión le nubla el rostro. Noto que la ira se agita dentro de mí como un mar tormentoso. Si no se da cuenta de lo que ha hecho, no voy a ser yo quien se lo explique.

Las puertas se deslizan y Aria sale a la cubierta con un suéter de malla beige y una pamela enorme que le oculta casi todo el rostro. Las pulseras de oro de Cartier le tintinean en el brazo y, cuando se lleva la mano al ala del sombrero para ajustársela, el destello del diamante en el anillo de compromiso casi me deja ciega.

—Mira, hazme un favor, ocúpate de quien te tienes que ocupar y a mí déjame en paz, ¿vale? —le espeto.

Frunce el ceño y sigue la dirección de mi mirada hasta Aria. No soporto ver en sus ojos algo que parece adoración al verla.

Y menos aún soporto que me importe.

—Por si no lo sabes, estás confraternizando con el enemigo solo por hablar conmigo —sigo.

Me mira.

—¿Eso crees que eres para mí? ¿Una enemiga?

—Amigos no somos, eso seguro.

—Aaay. —Se frota el pecho y hace una mueca—. ¿Por qué no?

Me río entre dientes mientras me recuesto de nuevo en el asiento y cierro los ojos; la verdad es que no importa.

—Los dos sabemos por qué no.

Se le dibuja en el rostro una sonrisa descarada.

—Con lo bien que se nos estaba dando lo de ser amigos.

—Pues me han dicho que también crees que a mí se me daría bien ser dama de honor —replico, y lo miro fijamente.

Se le borra la sonrisa y veo cómo lo comprende todo de repente.

—Venesa…

Niego con la cabeza.

—Déjalo. Da igual.

—¿Qué pasa aquí? —interrumpe Aria, y me contengo para que no se me escape un suspiro.

—Nada, aquí, conociendo a mi futuro primo —respondo.

Se dirige hacia Enzo y se sienta tan cerca de él que solo le falta instalarse en su regazo. Luego le mete los dedos entre el pelo oscuro y sedoso. Y él no la aparta. Claro, ¿por qué iba a hacerlo?

—Espero que no mucho —me reprende—. Que ya sabemos lo que pasa cuando te acercas demasiado a un hombre, Eri. Sin ánimo de ofender.

Se me encoge el corazón, pero le guiño un ojo.

—No solo me pasa con los hombres, nena.

—Qué asquerosa —gruñe.

La confianza me hace levantarme con una sonrisa en la cara.

Aria siempre ha sido una bruja celosa, aunque nunca ha tenido por qué sentir celos de mí. Yo solo me limito a divertirme incomodándola, porque, si le hiciera daño, si la cabreara de verdad, el tío Trent me echaría de la familia Kingston con un simple chasquido de dedos. Ni se me pasa por la cabeza la posibilidad de que me defendiera a mí. Elegiría a Aria mil veces y de mil maneras.

Ella es su hija; yo soy un desafortunado subproducto del árbol familiar.

Y es obvio que Enzo opina lo mismo.

Es natural. Pero ¿por qué querría yo que me eligiera a mí y no a ella? Yo no tengo nada que ofrecerle.

Pero… verlos juntos me revuelve el estómago.

Aria le pasa los dedos por el pelo una vez más y se me revuelve el estómago, los celos se apoderan de mí.

Enzo me mira, coge a Aria por la muñeca y le aparta la mano. Ella le clava los ojos y frunce el ceño, le coge la mano y se la pone sobre el regazo. Enzo cambia de postura, incómodo, como si lo hubieran pillado robando. Qué cosa tan ridícula, ¿no?

Sigo el movimiento con la mirada porque, pese a que intento convencerme a gritos de que no me importa, no lo puedo evitar. Cuando por fin consigo apartar la vista, preocupada por si Enzo ha visto hasta qué punto me afecta verlos juntos, me doy cuenta de que no había nada que temer.

Porque Enzo ni siquiera me está mirando.

Está mirando a Aria.

Igual que todo el mundo.

Vuelvo la cara y me encuentro con otro par de ojos, estos son de un castaño oscuro, y me están mirando fijamente. En ese momento el corazón se me sube a la boca.

CAPÍTULO 23

Enzo

Hago todo lo que puedo por apagar este sentimiento que se cuece entre Venesa y yo, pero lo único que quiero es estar cerca de ella, conocerla, recrear las sensaciones del otro día en el malecón, cuando yo no era Enzo Marino, alias Romeo, ni un temible mafioso, ni un hombre de negocios.

Era solo Enzo.

Y no recuerdo haberlo sido nunca antes de conocerla. Incluso ahora mismo, sentado en este yate pretencioso en el que tengo que fingir y fingir, no dejo de preguntarme si a Venesa le pasa lo mismo.

Está cabreada conmigo, eso es obvio, pero tenía que poner una barrera entre nosotros; algo que a los dos nos viene bien.

Porque la deseo, pero eso no importa.

No importa lo que yo quiera. Tengo compromisos, y si no los cumplo…

No, no hay más opciones para mí.

Se me van los ojos hacia el lugar por donde se fueron Bastien y Trent, más allá de las puertas de cristal que bordean la entrada al salón del yate, y luego hacia Aria, que me ha quitado las manos del regazo y ahora me roza las piernas con las uñas de los pies pintadas de color melocotón.

Cojo aire y, por fin, me rindo y miro a Venesa. Casi me espero encontrarla mirándome, y noto un aguijonazo de decepción al ver que no es así.

Aunque… ¿por qué iba a hacerlo?

Sigo la dirección de sus ojos hasta un desconocido que acaba de llegar a la cubierta del yate. Tiene el pelo rubio repeinado hacia atrás y las puntas le llegan al cuello.

Está mirando fijamente a Venesa, que se ha puesto tan pálida como si hubiera visto un fantasma. Es muy alto, puede que más que yo, y al mirarlo me parece reconocer en él algo que no termino de distinguir.

Puede que sea el aura de violencia que lo envuelve.

Los iguales se atraen, y este hombre es brutalidad incontrolable. Lo percibo en su manera de moverse. Si entrecierro los ojos, casi distingo las oleadas de energía que emanan por sus poros. Vibra como una bola de rabia apenas contenida.

Su presencia me pone en alerta de inmediato.

Venesa está rígida como un cable; tiene una sonrisa en la cara, pero le veo los ojos entrecerrados, a la defensiva, y los labios tensos.

El hombre, sin dejar de mirarla, empieza a avanzar hacia donde estamos.

Venesa está a la defensiva. Se pone en pie despacio, y noto que el pánico se abre paso dentro de mí.

«¿Lo conoce?».

Esta inquietud que siento es nueva para mí, no sé explicarla; sobre todo, no sé por qué me preocupa ella, de todas las personas del mundo, cuando sé muy bien que sabe cuidarse sola.

Debe de ser que a las emociones les importa un comino la lógica.

Aria levanta una mano, se aparta de la cara el ala del sombrero y deja escapar una exclamación de sorpresa.

—Ha venido.

Venesa se vuelve como un resorte hacia ella. Su rostro es una máscara de incredulidad. Entreabre los labios rojos, pero los vuelve a cerrar; no tiene palabras.

Nunca había visto a Venesa sentirse indefensa.

Nunca la había visto quedarse sin palabras. Es una mujer de lengua afilada. Lo que estoy presenciando ahora mismo… no me gusta.

El hombre camina hacia ella sin dejar de mirarla hasta detenerse justo delante de nosotros.

—Hola, Yrsa.

Una puñalada de celos se me clava en el estómago ante la facilidad con la que se dirige a ella. «¿Quién cojones es este tío?».

Venesa parece aturdida, como si no supiera qué hacer con las manos, otra cosa que no es típica de ella; luego se pone tensa y clava una mirada en ese tipo.

—Harald. ¿Qué demonios haces aquí?

Sonríe con tristeza.

—Me han invitado.

—¿Quién?

—Yo —interrumpe Aria con una sonrisa—. Se me ocurrió darte una sorpresa. Una reunión familiar, por fin. ¡Feliz cumpleaños, Eri!

Venesa cierra los ojos despacio y también despacio los vuelve a abrir antes de volverse hacia Aria. Tiene los puños cerrados y los nudillos muy blancos, como si le diera miedo lo que puede hacer si los relaja.

—¿Lo…? —Se detiene y se aclara la garganta—. ¿Lo sabe el tío Trent?

Ha bajado el tono de voz, y es casi inaudible.

Harald mira a Aria, inseguro.

—Pues claro que sí —replica Aria—. ¿Quién te crees que lo ha localizado y lo ha traído aquí?

Es entonces cuando lo veo: veo en el desconcierto de Venesa que en realidad se siente traicionada. Es sutil, y lo disimula bien, pero cuando estás tan obsesionado con conocer a alguien como yo lo estoy con conocer a Venesa, algo así te resulta evidente.

Dios, qué no daría yo por llevármela a algún lugar donde nadie pudiera encontrarla.

No sé quién es este hombre, pero sé que ella no lo quiere ver aquí. Si fuera mía, me levantaría, agarraría al muy canalla por el cuello y lo tiraría por la borda para hacerla feliz.

Pero no es mía. No me corresponde a mí hacer eso.

Venesa respira hondo y luego se mueve con pasos cortos, controlados, como si estuviera a punto de estallar.

Harald la sigue.

Aria tiene los labios retorcidos en una mueca mientras mira al desconocido alejarse con su prima; yo casi tiemblo de la necesidad de levantarme y seguirlos.

—¿Quién es ese? —pregunto.

—El padre de Venesa.

La conmoción me paraliza; la incredulidad me envuelve por completo.

—¿Qué?

Aria me mira, confusa.

—¿Qué te pasa a ti?

—¿Y lo has invitado a venir aquí?

Miro en dirección a Venesa y al hijo de puta que va con ella, y la violencia ruge bajo mi piel como el motor de un coche. Siento la necesidad desesperada de hacerle daño. De torturarlo. De hacerle sufrir aunque sea un instante todo lo que él ha hecho sufrir a su hija.

—Pensé que sería un buen regalo de cumpleaños.

Aria pone morritos como si le sorprendiera que Venesa no quiera ver al hombre que la abandonó hace tantos años.

Resoplo y me quedo mirando a la desconocida que lleva mi anillo en el dedo.

—Debes de ser la arpía más cruel que he conocido en mi puta vida.

Esto ha sido una maldad.

Una canallada.

Sin precedentes.

Aria se queda boquiabierta.

—¿Qué? ¿Cómo te atreves a decir eso? ¡Soy tu mujer!

Me sacudo sus pies del regazo y me levanto de golpe.

—No, todavía, no. ¡Dios santo, Aria! ¿Cómo has podido traerlo aquí? ¿No sabes lo que hizo?

Se le llenan los ojos de sospecha.

—¿Acaso lo sabes tú?

Aprieto los dientes y trato de controlar el huracán de ira que me abrasa por dentro.

—¡Fuiste tú la que me dijo que mató a su madre!

Me observa con atención.

—Que tampoco era ningún ángel. Venga ya, es hora de que entierre el pasado. Pensé que se alegraría.

Me mira con los ojos enormes muy abiertos, como si estuviera agitando una bandera blanca; solo que, a diferencia de las otras ocasiones en que ha hecho eso mismo, ahora no me la creo.

No sé ni qué decir.

—También hemos intentado que viniera mi tío Frankie —añade al tiempo que me mira con el rabillo del ojo.

Ahora soy yo el que desconfía. Noto una sensación incómoda

instándome a prestar atención. Estoy oyendo señales de alarma, pero nada tiene sentido. ¿Quién podía saber que yo estaba buscando información sobre Frankie? Desde luego, Trent no. Y tampoco Aria; es imposible.

La única persona que lo sabe es Gio, y solo nos hemos comunicado con mensajes de texto, apenas su nombre y referencias vagas acerca de vigilar bien lo de Nueva Jersey.

Frunzo el ceño y me miro el bolsillo donde llevo el teléfono. «Imposible».

—Bueno, ¿y dónde está? —Miro a mi alrededor con fingida indiferencia, pero estoy cada vez más tenso.

Tararea entre dientes y me mira como si tratara de leer lo que me pasa por la cabeza.

—No ha podido venir.

—Dices que está en Jersey, ¿no? Pues invítalo a la boda, igual viene.

Sonríe y relaja los hombros.

—Sí, igual.

Se me van los ojos hacia el lugar por donde ha desaparecido Venesa. Siento la necesidad de ir a ver cómo está, de darle mi apoyo, de respaldarla, porque estoy seguro de que nadie más lo hará en este barco.

Pero, aunque fuera detrás de ella, no tengo nada claro que quiera verme después de lo que he hecho, pedirle a Aria que la eligiera como dama de honor.

«Eres imbécil, Enzo».

Tenía la esperanza de que…

No, da igual lo que esperara.

Venesa no necesita que la salven.

Y yo no soy su caballero de la brillante armadura.

CAPÍTULO 24

Venesa

En toda mi vida no había sentido la rabia que siento ahora mismo. Me corre por el cuerpo como magma al rojo, tan espeso que los brazos y las piernas me resultan pesados como el plomo.

Muchas veces a lo largo de los años me he imaginado cómo sería hacerle daño a Aria.

Cuando me pateó mientras estaba en el suelo mi primer día de colegio. Cuando planeó que Rusty me violara, algo que todavía no he procesado a nivel emocional.

Y la lista es larga.

Pero nada, nada de todo eso tiene comparación con lo que siento ahora mismo al ver a mi padre, al hombre con el que todavía tengo pesadillas, de pie frente a mí en el salón del Aquata.

Necesito salir y hacerle daño a esa zorra.

Darle una paliza como las que mi padre le daba a mi madre, para que así experimente algo de dolor en su vida.

Siempre se hace la inocente, pero es imposible que no se dé cuenta de hasta qué punto me afecta que haya hecho venir a mi padre aquí, hoy. Puede que no conozca los detalles más escabrosos de mi pasado, pero sabe lo suficiente, y esto lo ha hecho por pura crueldad, su crueldad de siempre.

Solo que yo no soy la de siempre.

Tener delante a mi padre el día de mi cumpleaños es como encontrarme en un vórtice temporal, arrancada del sitio, lanzada hacia el pasado.

—Sal, sal de donde estés. —La voz de mi madre es un canturreo que me llega desde la sala de estar.

Me tapo la boca para ahogar la risa que se me quiere escapar.

Estoy metida en un armario, a la derecha del fregadero de la cocina, y hace tanto calor que los mechones de pelo castaño se me pegan a la cara.

—Yyyyrsaaaaa. —Mamá sigue con su tono cantarín—. ¿Dónde está Yrsa, dónde está mi niña?

Se me duerme un pie y, al mover la pierna, le doy un golpe sin querer al revestimiento de madera.

Rayos, ahora seguro que me ha oído.

Y sí, unos segundos más tarde, la puerta se abre y la hermosa sonrisa blanca de mi madre le ilumina la cara cuando se acuclilla y tiende los brazos para hacerme cosquillas.

—¡Te pillé!

—¡Mamiiiiii! —chillo—. ¡Que me voy a dar en la cabeza!

Una puerta de coche se cierra de golpe y de pronto la atmósfera cambia; los ojos de mi madre se llenan de cautela cuando mira hacia la puerta de la estrecha cocina que da al exterior.

—¿Quién es? —susurro, pero el corazón se me ha encogido porque sé la respuesta antes de que me lo diga.

Es mi papá. Bueno, así lo tengo que llamar, aunque no pasa tanto tiempo en casa como para que lo parezca de verdad. Casi no lo conozco porque desaparece a menudo, y cuando está aquí, le hace daño a mamá, así que no quiero verlo.

Ojalá mamá tampoco quisiera verlo.

Se levanta y mira por la ventanita cuadrada que hay sobre el fregadero. No sé qué ve, pero coge aire bruscamente.

El nudo en el pecho se me baja al estómago.

Si él ha vuelto, voy a perderme estos momentos con mi madre. Otra vez.

Nunca me quiere en voz alta mucho tiempo, aunque cada vez me promete que será diferente.

Pero nunca lo es.

Mi padre es como una droga para ella. Es capaz de hacer cualquier cosa por él, aunque eso signifique dejarme sola.

Tiene los labios apretados y se ha puesto muy pálida. Es una reacción extraña. Por mucho que él le haga daño, ella siempre se alegra de verlo.

—¿Es papá? —pregunto, insegura de repente.

Me mira, se muerde el labio y asiente. Luego vuelve a acuclillarse junto a mí para mirarme a los ojos.

—Necesito que me hagas un favor, ¿vale? Te tienes que quedar escondida aquí, sin moverte, hasta que yo venga a buscarte. Aunque tarde mucho. ¿Lo harás?

Frunzo el ceño.

—Pero si ya sabes dónde estoy.

—Sí, pero… —Se me acerca más—. Papá no lo sabe, y te va a querer encontrar. Porque es tu cumpleaños.

Siempre hace cosas como esa, trata de hacer que mi padre parezca mejor persona, mejor padre de lo que es. Y yo soy una niña, pero no soy tonta. No me creo ni una palabra.

Las frases dulces no bastan para borrar los recuerdos, y hasta la capa más gruesa de maquillaje acaba por desaparecer y dejar a la vista la fea verdad.

Eso lo aprendí la primera vez que mi padre volvió a casa, me sacó de la cama en mitad de la noche y me hizo mirar mientras le daba una paliza a mi madre. Me dijo que la estaba castigando. Que, si se hubiera portado mejor, no habría tenido que enseñarle una lección.

Lloré y corrí hacia ellos, le pegué en el brazo con los puñitos, le supliqué que la dejara en paz.

Se detuvo. Un instante.

Lo justo para tirarme al viejo sofá de tela escocesa y decirme que me callara. Que solo los débiles lloraban, que los Andersen éramos fuertes.

Así aprendí enseguida que, si no lloraba, dejaba de pegar a mi madre antes.

De modo que trato de quedarme callada cuando los oigo discutir en la habitación contigua. Creo que es él, sí.

Está borracho, lo sé. Siempre está borracho. Tal vez por eso le suena diferente la voz.

Trato de hacer memoria, de recordar cuándo fue la última vez que vino a casa en lugar de pasarse la noche apostando y bebiéndose las propinas que le dan a mamá, pero ha pasado demasiado tiempo, he perdido la cuenta.

El miedo que siento por mamá hace que el corazón me palpite a toda prisa. Y también temo por mí, porque no quiero que entre y me saque de aquí y me obligue a mirar, como siempre.

Los gritos se prolongan unos minutos. Luego lo oigo.

El sonido de los golpes, la carne contra la carne.

Cierro los ojos con todas mis fuerzas, doblo las piernas para estrecharlas contra mi pecho, escondo la cabeza entre ellas hasta que me tapo las orejas con las rodillas para tratar de amortiguar los sonidos.

Él no me encontró.

Y madre no volvió a buscarme, porque fue la noche en que murió.

Cuando por fin salí a rastras del armario diminuto, la encontré en el suelo de la sala de estar, desangrada, con los ojos abiertos, sin vida. Recuerdo que intenté llorar. Fui muy despacio hasta el cuerpo ensangrentado, me acurruqué bajo el brazo inerte y me quedé mirando fijamente el papel pintado azul con flores blancas, lleno de manchas amarillas por los años de humo de cigarrillos. Allí traté de invocar las lágrimas y, al no conseguir derramar ni una, me sentí culpable.

Tres días más tarde me llevaron a vivir con el tío Trent.

Todos me preguntaron qué había pasado, pero no se lo conté a nadie.

Estuve horas con la policía, intentaron seducirme con caramelos y refrescos. Pero no dije nada a nadie.

Solo se lo conté… a Aria.

No todo. Únicamente que fue mi padre quien mató a mi madre.

Durante todos estos años, a pesar de todo lo que me ha hecho, de lo cruel y odiosa que ha sido conmigo, me he contenido y la he tolerado porque hasta ahora, al menos con este tema, había respetado mis límites.

Me había guardado este secreto tan oscuro. Mientras lo ha hecho, ha seguido siendo mi familia.

Pero eso se acabó.

No tengo fuerzas para odiar al tío Trent por haber localizado a mi padre y haber organizado su viaje hasta aquí, porque él no sabe lo que ese monstruo hizo. Quiero creer que lo ha hecho pensando que ver a mi padre me haría feliz.

Quiero creerlo. Si no, ¿en qué puedo creer?

Aun así, mientras lo pienso, la duda desliza sus tentáculos, me rodea con ellos y me roba la seguridad.

No me gusta.

Estar con mi tío, ser su ayudante, la persona en la que confía cuando necesita hacer algo, me ha dado los cimientos que necesitaba. Me ha proporcionado un objetivo. Si pierdo eso, no sé qué voy a hacer.

Es lo único que he conocido.

Ahora Harald está aquí. Aria lo ha organizado todo, aunque ha debido de requerir una planificación muy elaborada, y siento que he perdido el control.

Pero hay una cosa sobre la que sí tengo control: y es sobre si quiero quedarme aquí con él.

Nada me obliga a hacerlo.

Y no quiero.

Sin decir nada, me doy la vuelta, abro la puerta de cristal y salgo al exterior.

CAPÍTULO 25

Enzo

Daría cualquier cosa por marcharme, pero me quedo el resto de la cena.

Esta gente me repugna. Me repugna que digan ser la familia de Venesa cuando son incapaces de apoyarla, pero me repugna aún más seguir aquí sentado y fingir que quiero tener algo que ver con la mujer que ocupa la silla contigua a la mía. Lo malo es que no sé cómo escapar de esta boda. Solo se me ocurre matar a mi padre, y no sé si estoy dispuesto a hacerlo y a aceptar lo que algo así conlleva.

Le prometí a mi madre que no me enfrentaría a él, y ahora...

El día ha hecho que mi decisión se tambalee, porque no sé si soy capaz de casarme con Aria.

La cena es tensa, forzada, o tal vez se trate de imaginaciones mías. Bastien y yo parecemos las dos únicas personas a las que parece importarnos que Venesa, la persona cuyo cumpleaños estamos celebrando, se haya marchado.

Aria, Trent y el hijo de puta de Harald se muestran joviales, ríen y beben como si fuera la mejor noche de su vida, como si fueran amigos desde hace años.

Sé que no se conocían siquiera, que los Kingston renegaron de la madre de Venesa por haberse casado con él, y míralos ahora. Una gran familia feliz.

Sin Venesa.

La rabia que me corre por las venas es tan potente que me cosquillea la piel. Parece como si ninguno se diera cuenta de su ausencia.

—Lo siento. —Bastien interrumpe la conversación, suelta el tenedor y se apoya en el respaldo de la silla—. ¿Vamos a quedarnos aquí sentados y hacer como si no pasara nada porque este canalla esté a la mesa?

Antes aceptaba a Bastien; ahora lo respeto.

—Yo no —respondo, y lanzo una mirada a Harald.

Se hunde bajo el peso de mis ojos. Carraspea y apura la copa de vino.

Querría decirle muchas cosas, pero luego tendría que dar explicaciones a Trent y a Aria acerca de cómo las sé. Y no soy idiota. Sé cuándo jugar una carta y cuándo mantenerla oculta.

—Bas, un poco de educación —lo reprende Trent.

Bastien se ríe, se aparta de la mesa y se levanta.

—Esta vez no, Trent. Hago muchas cosas por ti, y en otras cosas me muerdo la lengua. Pero esto es una cabronada hasta viniendo de ti.

Trent aprieta los labios.

—Esa chica te quiere más que a nadie. Lo único que ha buscado siempre es que la trates como parte de tu familia —sigue Bastien.

Asiento para darle la razón.

—Y mira cómo se lo pagas.

—Tú no lo entiendes —dice Trent.

Bastien aprieta los nudillos contra la mesa al inclinarse hacia delante.

—Pues explícamelo, jefe.

Los ojos de Trent relampaguean y yergue los hombros como si tratara de parecer lo más grande posible. En Nueva York decimos que se está haciendo el pavo real, adoptando una postura para aparentar lo que no es.

—No tengo por qué darte explicaciones —responde—. Y cambia ahora mismo ese tono de voz. No me obligues a ponerte en tu sitio.

Bastien deja escapar un suspiro, suelta la servilleta y sale por la puerta.

Daría cualquier cosa por ir tras él, pero no puedo.

Tal vez soy un cobarde. Eso parece.

—Lo siento mucho, Harald. —Trent bebe un sorbo de vino.

El hijo de puta niega con la cabeza y deja escapar una risita.

—No pasa nada. Tengo que darle muchas explicaciones a mi hija. Tengo que compensarla por muchas cosas. No es culpa suya que crea que soy un cerdo cuando me he portado como un cerdo.

Arqueo las cejas. ¿Este es su argumento? ¿Esto es lo que tiene que decir a su favor?

Me muerdo la mejilla por dentro para no responder o levantarme de la mesa y darle una paliza, igual que hacía en las peleas organizadas cuando podía tomar parte en ese tipo de actividades. Ahora, dado el puesto que ocupo en la organización, no se me permite hacerlo.

—A ver, Venesa tampoco es un dechado de virtudes, la verdad —aporta Aria—. En mi opinión, es una desagradecida.

Respiro hondo, flexiono los dedos para mantener la calma, pero no sirve de nada. Tengo que salir de aquí o voy a estallar.

—Perdonad —digo.

Aparto la silla, me levanto y salgo sin decir una palabra más, igual que ha hecho Bastien.

Me muero de ganas de esfumarme y dejar que Aria vuelva a casa como pueda, pero me contengo porque no puedo permitirme el lujo de enfrentarme a todo el mundo sin antes tener un plan.

Pero lo cierto es que he sido idiota. Pensé que podría dejar de lado esto, que podría casarme con Aria, hacer feliz a mi padre y conformarme con la vida que me han diseñado los demás, pero… es evidente que no puedo hacerlo si implica ligarme a una mujer tan cruel y no poder defender a alguien que se lo merece. No, no soy capaz.

Al comprenderlo, por fin la ansiedad que tenía instalada en el pecho se relaja, se evapora en el aire.

Las cosas tienen que cambiar.

Salgo a la cubierta y contemplo las estrellas; he de decidir lo que quiero hacer. Sea lo que sea, tendrá que esperar a que vuelva a Nueva York. Después de que Aria me mencionara a Frankie, ya no me fío del teléfono. No estoy seguro de que esa mujer sea tan inocente como aparenta.

Aquí están pasando muchas cosas que no encajan, cosas que hacen que se me erice el vello. Ahora mismo no sé en quién puedo confiar.

«En Venesa».

Su nombre me viene a la cabeza tan deprisa que ni siquiera parece un pensamiento. La conozco desde hace nada, pero es innegable que tengo una conexión con ella que nunca he sentido con nadie. Sé que ella conmigo es auténtica, ella misma.

Es una de las pocas personas en las que confío.

Me siento en el lugar donde vi a Venesa cuando llegamos y cierro los ojos, tratando de percibir su energía o… algo. No sé bien qué estoy haciendo, pero el recuerdo de su presencia aquí, hace pocas horas, es como un bálsamo para la ira que siento, y no me voy a resistir. Le van esas cosas de las vibraciones, así que igual se me ha pegado algo.

No sé cuánto tiempo llevo aquí, con los ojos cerrados y recordando el rostro de Venesa, cuando veo salir a un tambaleante Harald, obviamente borracho. Parece que se dispone a marcharse del barco. Si yo pensara con claridad, volvería al interior del yate y me inventaría una excusa para explicarle a Aria que tengo que irme, ya que lo que menos falta me hace ahora mismo es otro puto dolor de cabeza, y no quiero que mi padre sepa nada antes de que yo mismo me aclare. Pero no quiero perder de vista a Harald ni por un momento.

Porque se me acaba de ocurrir el regalo de cumpleaños ideal para Venesa.

CAPÍTULO 26

Venesa

Ojalá pudiera decir que los golpes en la puerta del apartamento a medianoche me despiertan, pero la verdad es que llevo horas paseando de un lado a otro con el pijama de pantalones cortos y la camiseta de tirantes, imaginándome la manera de matar a Aria sin perder todo lo que tengo.

Por ahora no se me ha ocurrido ninguna.

Tampoco se me ha ocurrido cómo librarme de la rabia que siento, una rabia que me inunda y que apenas puedo contener con una presa que se desmorona por momentos.

Solo hace falta una sacudida mínima para que todo se venga abajo.

Así que, sea quien sea quien llama a mi puerta a las tres de la madrugada, confirmo tras consultar el reloj, tiene que tener un buen motivo.

Si es Fisher, lo voy a estrangular.

Antes he intentado llamarlo, pero las manos me temblaban demasiado, y explicarle a alguien por qué estoy tan alterada me obligaría a hablar del tema, que es lo que menos quiero hacer.

Fisher no sabe nada de mi infancia.

Es mi mejor amigo, pero nuestra amistad es más bien del tipo de sentarnos en silencio y respetar los límites. Evitar hablar del pasado ha sido siempre importante para que podamos estar a gusto juntos. Los dos venimos de familias rotas y tenemos traumas sin resolver que no gestionamos de una manera sana. Por eso conectamos. Hablar de las cosas solo serviría para empeorarlas. Si gravitamos el uno hacia el otro, es porque no nos presionamos como hacen los demás, ni nos juzgamos mutuamente.

Y ahora que han pasado tantos años hemos establecido una frontera de silencio que nos obliga a no abrirla demasiado para no echar a perder los años de aceptación silenciosa.

Aparto las mantas de malhumor y voy hacia la puerta. Cuando la abro de golpe, me encuentro con Enzo.

«¿Quién iba a ser, si no?».

Tiene la vista clavada en el suelo y el brazo apoyado en el marco de la puerta. Lleva el pelo revuelto, con un mechón sobre el ojo, como si hubiera tenido una pelea y no le hubiera dado tiempo a recomponerse.

No lleva el traje habitual, sino solo la camisa arremangada, lo que deja a la vista los tatuajes.

Las mariposas me revolotean en el estómago al verlo, cosa que no soporto.

—¿Qué haces aquí? —Suspiro—. No estoy de humor.

Alza la vista y sus ojos azules se clavan en los míos.

—Te he traído una sorpresa.

—Pues no la quiero —replico con tono firme.

Frunce el ceño y trato de cerrar la puerta, pero mete el pie para impedírmelo. Y, bueno, aunque estoy cabreada, no quiero hacerle daño.

—No aceptar un regalo es de mala educación. —Chasquea la lengua.

—Vete a tomar por culo. —Le sonrío con dulzura—. ¿Eso también es de mala educación?

—Quiero pedirte perdón —dice.

Me encojo de hombros y apoyo la cabeza en la puerta sin hacer caso de la opresión que siento en el pecho.

—¿Por qué?

Se humedece los labios.

—Por decirle a Aria que te pidiera ser una de sus damas de honor. Soy un gilipollas.

—Es tu prometida. No tienes ninguna obligación para conmigo.

—¿Me dejas que te explique la razón?

Inclino la cabeza hacia un lado.

—¿Qué va a cambiar eso?

Se me queda mirando mientras sopesa si darme explicaciones puede realmente servir de algo, pero al final sacude la cabeza todavía con el brazo apoyado en el marco e, inclinándose hacia mí, dice:

—¿Puedo pasar? Por favor.

Me muerdo el labio inferior mientras lo pienso. Quiero que entre, sobre todo porque me pregunto qué me ha traído.

—No me gustan los regalos. Eso es más de tu prometida. Sea lo que sea, ¿por qué no se lo das a ella?

Solo de pensarlo hace que la cólera me vibre por toda la espalda.

Enzo sonríe de medio lado.

—Es una sorpresa muy específica para ti.

Arqueo las cejas. La curiosidad se está apoderando de mí, y trato de quitármela de encima.

—Gracias, pero no me gusta.

—Si ni siquiera sabes lo que es.

—¿Y qué?

Resopla, se frota la cara con las manos y luego vuelve a erguirse con un gesto decidido. Abre la puerta del todo y entra en el apartamento.

Me pongo tensa. ¿Quién se cree que es?

—Hará que te sientas mejor —me promete.

Se me dibuja una sonrisa traviesa en la cara.

—¿Es la cabeza de Aria en una bandeja?

Me mira.

—Casi, pero no.

Ahora sí que me muero de curiosidad. Aprieto los labios y sopeso las opciones.

—Sigo diciendo que no, pero gracias.

Me doy la vuelta con intención de volver a la cama, pero Enzo me agarra por el brazo y me detiene. No le cuesta nada girarme hacia él.

Todo lo que hace parece que le sale natural, sin esfuerzo.

Me pasa los dedos por el brazo, lo que me eriza el vello, y luego me coge por la barbilla.

—No te lo estaba pidiendo, *piccola sirena.*

Su voz me retumba por dentro con la vibración de la electricidad estática.

—No pienso ir a ninguna parte contigo —replico—. Y la verdad, es muy presuntuoso por tu parte, muy de tío, decirme lo que tengo que hacer, encima de que…

Lanzo un grito cuando Enzo me coge por las caderas y me carga sobre un hombro antes de agarrarme las piernas y darse media vuelta para salir por la puerta del apartamento y bajar por la escalera de caracol.

La sangre se me baja a la cabeza. Le golpeo la espalda con los puños y no soporto cómo se le nota el movimiento de los músculos con cada paso que da. Forcejeo mientras recorre el vestíbulo y abre el panel de madera que lleva al sótano.

«¿Mi sorpresa está aquí abajo?».

—Deja de moverte.

Me da un palmetazo en la parte superior del muslo y se me escapa el aire de los pulmones al tiempo que noto en el sexo una llamarada de excitación.

Paro, pero no porque le quiera obedecer, sino porque tengo miedo de que, si me da otro cachete, va a notar la humedad que me empapa la entrepierna de lo mucho que todo esto me está excitando. Estoy cabreada con él, no muerta.

Cuando llegamos al sótano, tengo el codo apoyado en el hombro de Enzo, con la barbilla en la mano.

Scotty está ante la puerta de la habitación del acuario. Le lanzo una sonrisa.

—Hola, monada.

Se ríe, se aparta de la pared y abre la puerta. Enzo es el primero en entrar.

Solo me vuelve a dejar en el suelo cuando estamos dentro de la habitación, y lo hace con una parsimonia que es pura tortura: desliza la parte delantera de mi cuerpo contra el suyo, conectados centímetro a centímetro, con solo una fina capa de tela separándonos.

El aire se vuelve denso y el calor me invade. Clavo los ojos en los suyos y la manera en que me está mirando hace que se me contraigan las entrañas.

No digo nada porque tengo miedo de lo que pasará si hablo, sobre todo porque se supone que estoy enfadada con él. Así que me doy la vuelta… y veo mi regalo. Es perfecto.

Enzo se alza detrás de mí, a mi espalda. El calor de su cuerpo me envuelve y de pronto ya no estoy enfadada con él.

—Sorpresa —susurra.

Mi padre está atado a la mesa de tortura, amordazado, magullado, ensangrentado.

—Era verdad que me traías un regalo —murmuro, y doy un paso al frente.

—Feliz cumpleaños.

Sonrío.

—Hola, papá —saludo con voz animada de repente—. Te quiero presentar a mis pequeñines, Jack y Flora.

Me tomo todo el tiempo del mundo para preparar las cosas porque llevo muchos años soñando con este momento, y no pensé que llegaría. Daba por hecho que mi padre había huido, o que estaba muerto en una zanja en cualquier lugar. Pero ahora que está aquí, aunque sé que no es lo más saludable del mundo y no me devolverá la paz, quiero saber por qué ha regresado.

La adrenalina me corre por las venas cuando cojo el cuchillo y se lo paso por el antebrazo. La piel se abre como si fuera de mantequilla y una fina línea roja sale a la luz.

Se le oye un gruñido y no hay nada más satisfactorio que ver las lágrimas que le asoman a las comisuras de los ojos y le corren por la cara.

—¿Estás llorando? —Chasqueo la lengua y la emoción me aletea como un pájaro en el pecho—. Pero, papá, los Andersen no lloramos. Los Andersen somos fuertes. —Me inclino sobre él y le pongo el cuchillo contra la pierna mientras le hablo al oído—. Solo los débiles lloran, ¿no? Es lo que tú me enseñaste.

Los gritos de mi padre son el sonido más bello del mundo porque los provoco yo. Le clavo el cuchillo en el muslo y disfruto de los sonidos amortiguados que escapan de la mordaza. Suspiro de satisfacción y voy hacia donde guardo el veneno de pez piedra; luego vuelvo a la mesa de tortura.

Soy hiperconsciente de la presencia de Enzo, apoyado contra la pared del fondo, igual que estaba la otra vez que bajó aquí conmigo. Y puede que sea una pervertida, pero su presencia me resulta muy erótica.

Me siento vulnerable.

Hace que me cosquillee la piel y que se me agudicen los sentidos.

Y esta sorpresa... es el mejor regalo de cumpleaños que me han hecho en mi vida. Nunca he tenido a nadie que me entendiera como Enzo Marino. Él me entiende de una manera que trasciende lo puramente físico.

Vuelvo a concentrarme en el canalla de mi padre y voy hacia la parte de arriba de la mesa, me inclino sobre él hasta que mi rostro queda suspendido sobre el suyo.

Tiene la cara reventada, llena de magulladuras, con contusiones gigantescas en ambas sienes. A juzgar por las pupilas dilatadas, me extrañaría mucho que no tuviera una conmoción. Miro a Enzo y me fijo en que tiene los nudillos enrojecidos, hinchados.

«Lo ha hecho por mí».

Nadie se había puesto de mi lado así, nunca. Una ola de calidez me recorre el cuerpo, pero me sacudo las emociones y vuelvo a concentrarme en mi padre.

—Vamos a hacer un trato, Harald. —Le sonrío con dulzura al ver cómo le sube y le baja la nuez al tragar saliva—. Te voy a quitar la mordaza para que digas tus últimas palabras. Pero me tienes que contar por qué has venido. Si no, te mantendré con vida muchos días. Te inyectaré este veneno una y otra vez. —Señalo la jeringuilla—. Hasta que me supliques que te mate. —Entrecierro los ojos y me sumerjo en el momento como en una densa nube negra—. Igual que suplicó mi madre justo antes de morir.

Con la otra mano, le arranco el precinto de los labios y le saco la camisa llena de saliva sanguinolenta de la boca.

Reconozco que tiene mérito que no grite y pida ayuda. Solo mueve la mandíbula magullada.

—Habla. —Le pongo la aguja en el nudillo.

—He venido porque me lo ha dicho Trent Kingston.

—Con eso no basta. —Niego con la cabeza—. Tú mataste a mamá. ¿Cómo te atreves a asomar la cara por aquí, como si los años me hubieran hecho olvidar y perdonar? —Me inclino hacia delante, clavo la aguja en la piel y le inyecto el veneno—. Nunca olvidaré lo que nos hiciste. Lo que me hiciste. Y nunca te perdonaré.

Harald abre mucho los ojos castaños y sacude la cabeza.

—Yrsa, no… no soy una buena persona, lo reconozco. Pero no maté a tu madre. No fui a casa aquella noche.

—¡Mentiroso! —Le doy una bofetada con tal fuerza que el otro lado de su cara se golpea contra la mesa de metal; un diente le sale volando de la boca y va a parar al suelo—. ¡No se te ocurra mentirme!

Gimotea y se le llena la boca de sangre, pero vuelve a concentrarse en mí.

—No te estoy mintiendo. Tuve que huir. Había… había perdido el control de las apuestas, Yrsa.

—No me llames así —le digo con los dientes apretados. La rabia me hace ver borroso.

—Te estoy diciendo la verdad.

—No te creo.

El sudor le perla las sienes y el pelo rubio, un estertor le sacude el cuerpo. El veneno está haciendo efecto, pero quiero respuestas antes de que pierda el conocimiento o no podré controlarme y lo mataré.

—Llevaba un par de meses sin aparecer por casa, ¿no te acuerdas? Tenía deudas de juego que no podía pagar y la gente que iba detrás de mí me iba a matar antes de que consiguiera el dinero. No fui a casa.

Enderezo la espalda y trato de digerir las palabras, de separar los hechos de la ficción.

—Cuando le pregunté a mamá quién había llegado, ella me dijo que eras tú. —Retrocedo un paso y dejo caer la jeringuilla en la mesita de ruedas—. Me lo dijo.

Pero vuelvo a ver su imagen, los labios apretados, la expresión de miedo.

Mi padre tose y gruñe; el brazo izquierdo se le está hinchando, se le está poniendo rosado.

—Te mintió.

Resoplo.

—Qué conveniente para ti. Si no fuiste tú, ¿quién fue? —Cojo el cuchillo que había dejado y se lo pongo contra el cuello—. Y no finjas que no lo sabes. Dímelo y te daré una muerte rápida, aunque no te lo merezcas.

—No tengo certezas. —Vuelve a toser y la sangre le corre por las comisuras de la boca—. Pero imagino que fue la persona a quien le debía dinero.

Aprieto más con la hoja del cuchillo.

—¿A quién le debías dinero, Harald?

—A tu tío. A Trent Kingston.

CAPÍTULO 27

Enzo

Harald Andersen está muerto.

Buen viaje.

Vuelvo a estar en la puerta del estudio de Venesa, detrás de ella, y lo que Harald ha dicho antes de morir me da vueltas en la cabeza.

Venesa titubea antes de entrar, se da la vuelta para mirarme. Tiene una expresión atormentada en la cara, como si le hubieran quitado el suelo de debajo de los pies y no supiera dónde se encuentra.

—¿Crees que decía la verdad?

Ni siquiera me mira a los ojos, está concentrada en sus pies descalzos.

La cojo por la barbilla y le levanto la cara, pero sin soltarla para que no pueda dejar de mirarme. Daría cualquier cosa por poder borrar la confusión, la tristeza que siente, cargar yo con ese peso para darle la paz que se merece.

—No lo sé —respondo con sinceridad—. Con esta gente nunca se sabe. —Titubeo, pero tengo que decirlo—. Aunque no sé por qué iba a mentir.

Traga saliva y asiente. Levanta la mano para cogerme por la muñeca y, cuando me rodea la piel con los dedos, juro que noto cómo arden.

—Tendría que haberle hecho sufrir más.

—Esto no se trataba de él —respondo—. Se trataba de poner un cierre al pasado. Para ti.

Me sonríe con tristeza y aprieta la mano con la que está conectada a mí.

—Gracias. No sé cómo te… Mira, nadie había hecho nada así por mí.

Le miro la boca perfecta que he imaginado un millón de veces de un millón de maneras y le paso el pulgar por el labio inferior. Daría cualquier cosa por hacer eso mismo con mi lengua.

Deja escapar el aliento contenido. El aire se vuelve tenso, cargado de electricidad, y nos acerca hasta que el calor de su cuerpo me caldea la piel.

—Enzo…

El corazón me late a toda velocidad.

—En una vida diferente… —la interrumpo; me acerco todavía más hasta que tiene que echar el cuello hacia atrás—. En una vida diferente, te besaría. —La miro a los ojos mientras le sigo recorriendo el labio inferior con el pulgar—. Te llevaría adentro y me pasaría la noche borrando el dolor que ese hombre te causó.

—No digas eso —empieza, pero le presiono la boca con más fuerza para interrumpirla.

Tengo que decir esto, sacármelo de dentro, o no podré respirar. Y, aunque no pueda hacer nada, se merece saberlo. Quiero que lo sepa.

—Te explicaría que si le pedí a Aria que fueras su dama de honor fue porque tenía que hacer algo, lo que fuera, para devolverte a la categoría en la que tienes que estar para mí, en vez de permitir que llenes cada puto espacio que tengo en la cabeza.

Coge aire bruscamente. Noto su aliento ardiente en los dedos, pero no dice nada.

—En una vida diferente… —me inclino hasta que tengo la boca a pocos centímetros de la suya—, haría cualquier cosa por conseguirte, traería ante ti a cada persona que te ha hecho daño y las obligaría a rogar la muerte a tus pies. Solo tendrías que decirlo.

—Enzo… —Tiene la voz ronca, rota, a unos segundos de ceder y ser mía de todas las maneras que he soñado.

—Chisss… —La hago callar—. Sé lo que vas a responder, y sé que no podemos…, pero te lo tenía que decir al menos una vez.

Le suelto la cara, me meto la mano en el bolsillo, saco el auténtico regalo y se lo entrego. Me inclino para darle un beso en la mejilla, pero en ese momento mueve el rostro y le rozo con los labios la comisura de los suyos. Mi cuerpo estalla en llamas y el corazón se me acelera contra las costillas como si tratara de escapar del pecho para caer en sus manos.

—Buenas noches, *piccola sirena.* Feliz cumpleaños.

Aria, a mi lado, deja escapar un sonoro suspiro mientras Scotty nos lleva de regreso a casa, tras asistir a un evento al que ella se había empecinado en ir.

No le hago caso porque no puedo dedicar fuerzas a que me importe una mierda. Tengo la cabeza llena de imágenes de Venesa, anoche, de su manera impecable de gestionar la venganza, de mi incapacidad para librarla de tanto dolor.

—¿Estás bien, cielo? —me pregunta, pasándome una mano por el brazo.

Me aparto de ella y resopla.

—Estás inaguantable desde la otra noche en el yate.

—Pues cancela la boda —replico.

Se encoge de manera visible.

—No... no sé ni qué responder.

Me paso una mano por el pelo, me tiro de las raíces.

—¿Por qué estás enfadado conmigo?

Vuelve a tener esa vocecita dulce, mansa, y por primera vez detecto en ella el tono manipulador. Dios santo. ¿Voy a vivir así el resto de mi vida?

—¿Cómo pudiste hacer lo que hiciste? —le espeto.

Me lanza una mirada de confusión.

—¿El qué?

—Traer aquí a Harald Andersen.

Una sombra le cubre los rasgos; la chica guapa e inocente con la que me comprometí desaparece como espuma que se llevan las olas.

—¿Todo esto es por Venesa?

Pongo los ojos en blanco.

—De verdad, tienes que superar de una vez lo que sea que tienes contra tu prima. A la familia no se la trata así.

—¿Cuántas veces te lo tengo que decir? ¡No es mi familia!

Me río.

—Te portas como una niña.

—Y tú te portas como un gilipollas.

El escaso autocontrol que me quedaba salta por los aires. La agarro por la cara sin contemplaciones.

—Ten cuidado. No olvides con quién estás hablando. Soy tu prometido, no tu criado, y estoy harto de este comportamiento de princesita malcriada con el que te ha educado tu padre. A él le puedes hablar como quieras, pero a mí no me vuelvas a faltar al respeto.

Se le llenan los ojos de lágrimas y unas cuantas se le escapan y me humedecen los dedos. Le doy unas palmaditas en la mejilla antes de soltarla y volver a acomodarme en el asiento.

No decimos una palabra más durante el resto del trayecto. En cuanto Scotty para el coche, Aria abre la puerta y sale. La cierra de golpe y se va directamente hacia la casa. Tiene gracia, me he pasado mucho tiempo soñando con ver en ella ese fuego que acaba de mostrarme, y ahora me parece tan fuera de lugar y tan incómodo como un zapato en el otro pie.

Empiezo a preguntarme si alguna vez he sabido en realidad quién era Aria. Tengo la sensación de que ha estado actuando desde el principio... En realidad, yo también. Solo que ella no sabe que este matrimonio es un acuerdo de negocios.

Bueno, es lo que yo pensaba. Ahora ya no sé en quién confiar.

Le digo a Scotty que se lleve el coche porque no estoy de humor para charla insustancial, pero, en lugar de entrar en la casa, me voy a dar un paseo por la propiedad. Tengo que despejarme la cabeza antes de volver a ver a Aria. Por desgracia, en esta vida, hay que jugar las cartas con sumo cuidado, y no puedo permitirme cabrearla demasiado hasta tener bien claro lo que voy a hacer.

«Tengo que volver a Nueva York».

Pasa una hora y me dirijo hacia la entrada de la casa sin haber conseguido aclarar mis ideas, pero aminoro el paso y me detengo antes de doblar una esquina porque oigo voces.

—¿Cómo que no vienes?

Se me para un instante el corazón. «Venesa». Avanzo un poco y la veo en los escalones de la entrada, hablando con Bastien.

—Tengo turno de niñera. Órdenes de su majestad —responde él al tiempo que se cruza de brazos y se apoya en una columna blanca del porche de entrada.

Venesa suspira y no me hace falta verla para imaginarme cómo se mordisquea ese deseable labio inferior con los dientes.

—¿Turno de niñera?

Bastien asiente.

—Sí, Aria está… fuera de sí. Entró corriendo en el despacho llorando a lágrima viva y le dijo a gritos a tu tío que estaba perdiendo a Enzo.

Tengo un momento de pánico porque lo que menos falta me hace es que le empiecen a contar cosas a mi padre, sobre todo ahora que llevo días sin hablar con él mientras trato de averiguar qué quiere de mí la familia De Luca.

Venesa se echa a reír sin ganas.

—Claro, y quiere que la vigiles tú, no yo. —Mira hacia la entrada de la casa—. Debería ir a preguntarle por qué. De hecho, hay varias cosas de las que quiero hablar con él.

Bastien la agarra por el brazo y la detiene.

—Nosotros no hacemos preguntas, Venesa. Lo sabes muy bien. La cosa no funciona así, nunca ha funcionado así.

—¿Y qué quieres que haga, ir sola a reunirme con esos tíos? Ya sabes cómo se ponen, y encima no sé si Johnston sabe lo que le hice a su cuñado.

Aguzo el oído con interés y salgo de donde estoy, tras el edificio, para verle la cara a Bastien. «¿Qué quiere decir Venesa con lo de "ir sola"?».

Él tiene el ceño fruncido y la preocupación se le refleja en la cara.

—¿Llevas la pistola?

Venesa resopla.

—No te empeñes. No me gusta nada ese trasto.

—Y a mí no me gusta nada pensar que te van a matar.

—No me matarán.

Se encoge de hombros.

—Pero pueden intentarlo.

—Entonces ven conmigo, Bas.

Sacude la cabeza, frustrado.

—No puedo, ya te lo he dicho.

Doy un paso adelante y piso los guijarros, que crujen bajo mi peso. Venesa no se vuelve, pero los ojos de Bastien se clavan en los míos un instante. Luego levanta la barbilla y se le dilatan las aletas de la nariz.

—Pero ojalá te acompañara alguien.

CAPÍTULO 28

Venesa

Todavía no me puedo creer que Bas no haya venido conmigo a la entrega de armas.

Me duele el pecho de pensar que tal vez mi tío no es quien yo creía. Las palabras de mi padre aún me resuenan en los oídos, pero las desecho: creerlas sería como poner patas arriba todo lo que siempre he pensado del tío Trent.

Además, ¿qué motivo podía tener? ¿Cobrar una deuda? ¿Mataría a su propia hermana para presionar a mi padre y que le pagara?

No puedo entrar en su despacho así, como si tal cosa, y preguntárselo. Eso no me llevaría a nada. Además, si mi padre me ha mentido, nuestra relación quedaría aún más dañada de lo que ya está. Antes pasaba por alto mis arrebatos de rabia y también que a veces hiciera las cosas a mi manera en lugar de a la suya, pero últimamente todo ha cambiado, y no sé por qué tengo la sensación de que sacar el tema de la muerte de mi madre sería la gota que colma el vaso.

Estoy en los muelles de la zona sur, donde el Club de Motociclismo suele reunirse con nosotros para las entregas. El Club de Motociclismo Atlántida y los Kingston mantienen una relación mutuamente beneficiosa desde hace décadas: una mano lava la otra. Nosotros les proporcionamos armas y ellos las venden y nos dan el sesenta por ciento. Ha sido así desde años antes de la presidencia de Johnston, cuando su padre estaba al mando.

Pero todos sabemos quién dirige las cosas, y no son ellos.

Los muelles de la zona sur son territorio del tío Trent, pero están en la zona chunga de la ciudad, apartados, así que son el lugar perfecto para una reunión. Aparte de unos cuantos almacenes vacíos y los fletes de mi tío, a estas horas de la noche ahí no hay nada ni nadie, y está suficientemente lejos de la civilización como para que Johnston pueda probar las armas sin que nadie llame a la policía para denunciar los disparos.

Ojalá llegaran cuanto antes. Ya pasan treinta minutos de la hora a la que teníamos que reunirnos, y cada segundo que transcurre estoy más nerviosa. El cerebro me va a cien por hora y la ansiedad es tal que siento como si me corretearan bichos por debajo de la piel.

Por fin, se oye el rugido de las motos. Siento un escalofrío que me recorre la columna y se me eriza el vello.

«Empieza la función».

Llegan cinco motos y los motores se detienen uno tras otro. Los hombres se bajan. Las chaquetas de cuero que visten están descoloridas; nunca he sabido si es de tanto ir bajo el sol o si las compran ya así.

Las armas están en cajones para el transporte. Cuando Johnston se acerca con el ceño fruncido en ese rostro casi oculto por la barba larga, negra y recia, noto que la ansiedad me aguijonea la espalda.

—Tú —dice. Su voz es un gruñido ronco.

Me cruzo de brazos y me apoyo en uno de los cajones.

—Yo.

—¿Dónde están los hombres?

—A saber, por cualquier lugar, cagándola.

Frunce aún más el ceño.

—¿Trent te manda aquí desprotegida?

Me miro la mano, curvo los dedos, me examino las uñas como si no tuviera un problema en el mundo, aunque el corazón me late a toda velocidad.

—Por lo visto, cree que sois vosotros los que necesitáis protección. —Sonrío.

En serio, tío Trent, joder, me has mandado aquí sola.

Johnston inclina la cabeza a un lado.

—Tú haces buena parte del trabajo sucio de tu tío, ¿no?

Sé muy bien que lo que en realidad está preguntando es: «Fuiste tú la que jodió a mi cuñado, ¿verdad?».

—A veces —respondo.

Me mira con atención unos segundos, saca un cigarrillo, lo enciende y me echa el humo a la cara.

Me lloran los ojos, pero disimulo.

Él sonríe.

—Tienes carácter, pequeña. Me gusta eso en una mujer.

Me echo a reír. ¿Qué demonios…?

—Sin ánimo de ofender, cariño, tú no sabrías qué hacer con una mujer como yo.

Me mira de arriba abajo, y es repulsivo, es como si me desnudara con la mirada y me dejara expuesta. Sé que es extraño, pero en ese momento me doy cuenta de lo mucho que me gusta cuando lo hace Enzo, y de hasta qué punto cambia todo cuando la intención es diferente.

—Ya verás si sé qué hacer o no.

Doy unas palmaditas en el cajón.

—Lo único que tienes que saber es dónde vas a meter esto, Johnston.

Me mira, se le acentúa la sonrisa y a mí se me revuelve el estómago. Puaj. El tío es asqueroso.

Estas entregas siempre se hacen con el mismo método. Miran el contenido de los cajones, pueden sacar las armas y disparar si quieren, luego las cargan en los vehículos y yo me marcho.

En teoría, todo muy sencillo.

—La mayor parte están en la parte de atrás. —Hago un ademán hacia el almacén ante el que nos encontramos.

Con un gesto, él me indica que vaya yo delante.

Y lo hago, hiperconsciente de que me sigue de cerca.

Cuando llegamos a donde están las armas, Johnston se sitúa detrás de mí, saca la pistola y señala un cajón.

—Ábrelo —ordena.

Tengo las manos sudorosas y siento la necesidad de limpiármelas en la ropa, pero me contengo. No quiero mostrar el menor indicio de debilidad.

—¿Tienes que pedirle a una chica que haga el trabajo duro, John? —comento—. ¿Qué van a pensar de ti tus hombres?

Tira el cigarrillo al suelo y se mueve a toda velocidad, se me acerca mucho, demasiado; la violencia se mezcla con el olor rancio a tabaco y a whisky. Apesta a sueños rotos, a hombre que no es tan hombre como para enfrentarse a sus problemas.

Me roza el culo con una mano y noto su aliento pegajoso en el cuello, así que de pronto estoy en alerta roja.

—Déjame aire si no quieres que llame a tu madre y le diga que no tienes modales.

Me agarra el culo con fuerza.

—Mi madre sabe cuál es su lugar.

Se oye el chasquido del seguro de una pistola y me pongo tensa porque creo que es la de Johnston, pero este también se ha detenido bruscamente.

—Y a mí me encantaría enseñarte cuál es el tuyo.

«Enzo».

—Quítale las manos de encima. Ahora mismo.

Johnston obedece de inmediato. Levanta las manos y muestra las palmas, con la pistola colgada del pulgar. Cuando me vuelvo, veo a Enzo, que le ha puesto la nueve milímetros contra la nuca y tiene llamas en los ojos.

«¿Qué demonios pasa aquí?».

Siento a partes iguales fastidio por verlo y alivio al saber que no estoy sola.

Johnston me lanza una mirada acusadora. Luego se vuelve de nuevo hacia Enzo.

—¿Y tú quién cojones eres?

—El tipo que te matará si vuelves a tocarla. —La voz de Enzo es baja, letal. El calor se me acumula entre las piernas en el momento más inadecuado—. De hecho, no te atrevas siquiera a mirarla.

Johnston deja escapar una risita, pero no baja las manos.

—Tengo a cuatro hombres ahí al lado, tío, y esto no les va a hacer gracia. Me parece que no sabes con quién te estás metiendo.

El rostro de Enzo es pura oscuridad y amenaza, destila peligro a un nivel desconocido. No queda ni rastro del «amigo» divertido y tranquilo con el que he pasado muchas horas. Ahora estoy viendo al Enzo del que he oído hablar en susurros.

No sé qué versión me resulta más atractiva.

Sonríe, y siento un escalofrío que me baja por toda la espalda.

—Pregúntame si me importa una mierda quién eres. —Se inclina hacia delante—. Venga, pregúntamelo.

Johnston tensa la barbilla. Enzo levanta el arma y le da un golpe en la cabeza con la culata. El motero cae y su pistola se le escapa de la mano y va a parar a la hierba, a un par de metros.

Abro mucho los ojos. ¿Qué demonios está haciendo? Pero, antes de que me dé tiempo ni a parpadear, Enzo le pone el zapato en la mano y retuerce el pie al tiempo que descarga todo su peso. Johnston grita de dolor.

La exhibición de tanta violencia, una violencia que tiene lugar por mí —no, aún mejor: para mí—, hace que me invada la emoción y que la adrenalina me recorra todo el cuerpo como una droga.

—Ay, vaya, lo siento —dice Enzo—. ¿Duele, cariño?

—Vete a… la mierda. — Johnston escupe un salivazo sanguinolento.

Enzo se echa a reír.

—Naaa. Vete a la mierda tú.

Levanta el pie de la mano de Johnston y se acuclilla para pasarle el arma por un lado de la cara.

—Quiero dejar una cosa muy clara: si te mato ahora mismo, le causaré un problema a ella, y solo por eso soy generoso y te dejo con vida. —Vuelve a pegarle la pistola a la sien—. Pero si me entero de que te has ido de la lengua como un cobarde y le cuentas a alguien lo que ha pasado, te daré caza como a un perro y te arrancaré a tiras hasta el último centímetro de piel antes de matarte. Durará toda la noche, le haré el amor a tu muerte. Te lo prometo.

Su voz es grave, baja, todo sensualidad y dulzura mezcladas con violencia. ¿Será por eso que lo llaman Romeo? ¿Porque susurra palabras dulces al oído de sus víctimas mientras las hace sufrir?

—No sabes con quién te metes —escupe Johnston.

—No me hace falta —sigue Enzo—. Soy un Marino. Si quiero verte muerto, vas a morir.

Pese a lo precario de su posición, Johnston abre mucho los ojos al escuchar el apellido.

—Ahora, deja de hacer el imbécil, levántate como un hombre y pide perdón.

Johnston obedece, con la mano destrozada en el pecho, los ojos llenos de rabia y la sangre corriéndole por la cara.

Y yo siento… gratitud. Nadie me ha defendido nunca como me defiende Enzo. Me ha demostrado más de una vez que le importo. Sé que el tío Trent no estará contento, pero cada vez me cuesta más dar valor a lo que diga mi tío cuando estoy con Enzo.

Que le sirva de lección. Esto le pasa por no cuidar bien de su «mejor activo».

Enzo le pone la pistola en la cabeza a Johnston.

—¿No me has oído? Pide perdón.

El tipo se aclara la garganta.

—Perdón.

Sonrío y me pongo una mano en la oreja como para oír mejor.

—No te oigo, Johnston. Más alto.

—He dicho que perdón.

—¿Por qué? —Arqueo las cejas y me cruzo de brazos.

Veo que Enzo sonríe.

—Dilo. —Le mueve la pistola contra la nuca—. Di: «Perdón por ser un gilipollas, Venesa».

Johnston aprieta los dientes y sonríe.

—Perdón. —Se limpia la sangre que le ha hecho el golpe con la pistola y que se le está metiendo en el ojo—. Por ser un…

Me acerco a él con fuego en los ojos. No queda ni rastro del miedo.

—Un gilipollas, Johnston.

Se le dilatan las aletas de la nariz y levanta la barbilla. Veo en sus ojos que buscará venganza.

—Perdón por ser un gilipollas, Venesa.

Asiento y me llevo una mano al corazón.

—Gracias, cielo. No sabes cuánto significan tus palabras para mí.

Enzo se ríe y baja el arma como si no tuviera el menor temor de que Johnston reaccionara, pese a que estamos rodeados de armas y el tipo tiene a cuatro de sus hombres al otro lado del edificio. Sabe que no va a intentar nada.

Y seguro que tiene razón. Tocar al príncipe de la mafia italiana sería una sentencia de muerte.

Enzo me mira.

—¿Ya tienes todo lo que necesitas? Nos vamos.

Por lo general, diría que no, pero me muero de ganas de marcharme de aquí y sigo sus instrucciones. Lo sigo para dar la vuelta a la esquina, hacia los atracaderos, pasando ante los hombres de Johnston.

Enzo sigue actuando como si no fueran el menor problema.

La manera en que lo miran todos, intranquilos, me hace pensar que, antes de que lo viera yo, ya había pasado algo.

Nos metemos en el coche, un coche que esta vez no conduce Scotty, y solo cuando ya estamos en La Guarida, vuelve a hablar conmigo.

—¿Todo bien? —Me apunta con la barbilla.

Me humedezco los labios y asiento con la cabeza. Clava los ojos en el movimiento de mi lengua.

—Me sé cuidar sola —digo, como hago siempre.

Me coge por el mentón y me levanta la cara para que lo mire a los ojos.

—Ya lo sé. Pero que puedas cuidarte sola no quiere decir que tengas que hacerlo.

Esas palabras, su manera de decirlas, hasta el hecho mismo de decirlas…, abren dentro de mí algo, una sensación que es nueva, tan abrumadora que casi no la puedo soportar.

Siempre me he enorgullecido de mi independencia, de no necesitar a nadie que no fuera mi tío, en quien hasta ahora he confiado a muerte. No sé cómo ha sabido Enzo dónde estaba, ni por qué venido a defenderme, pero ahora mismo siento tal gratitud que me dan ganas de llorar.

Hipotéticamente, me resulta imposible hacerlo.

Solo puedo mirarlo a los ojos.

—Vale.

Me suelta la barbilla y baja los dedos por mi cuello.

—¿Has abierto el regalo? —me pregunta.

Me muerdo el labio y niego con la cabeza.

—Todavía no.

Asiente y aparta la mano. Me siento vacía por la pérdida del contacto.

Me inclino para rozarle la mejilla con los labios, pero en ese momento se vuelve y me aparto a toda prisa, aunque no antes de que nuestras bocas se rocen. Igual que anoche.

El contacto más leve.

Apenas un atisbo.

Un susurro.

Pero basta para que todo me dé vueltas.

Traga saliva y agarra el volante con tanta fuerza que me da miedo que lo rompa.

—Gracias —susurro.

Luego abro la puerta del coche y me marcho, porque, si no…, no sé si podré sobrevivir a la fiesta de compromiso, mañana por la noche.

No sé si podré resistir verlo con otra mujer cuando debería ser mío.

CAPÍTULO 29

Venesa

Voy con Athena a casa de mi tío, que es donde se va a celebrar la fiesta de compromiso. Antes la muerte que ir sola, y Fisher me ha dicho que nos veremos allí, cosa rara en él, así que me he visto entre la espada y la pared.

Por lo menos, Athena hace bonito y distraerá a todo el mundo.

Es justo lo que necesito. Un escudo. Algo que me ayude a superar la noche hasta que Enzo y Aria se marchen y yo pueda hacer como si no existieran.

Y buen viaje.

Si con eso no basta, tengo en casa un hechizo de desatadura para cortar cualquier conexión que quede con Enzo.

Creo firmemente que el tiempo es una ilusión y no significa gran cosa, pero no por eso dejo de estar incómoda al ver que alguien a quien conozco solo desde hace un par de semanas tiene un impacto tan enorme en mi vida. Y Enzo me ha impactado tanto que no sé si podré recuperarme.

De hecho, por primera vez, comprendo a mi madre. Tal vez lo que yo siento por Enzo es lo que ella sintió por mi padre: una atracción arrolladora que no pudo controlar por falta de disciplina. Tal vez por eso siempre lo aceptaba cuando volvía y lo recibía dibujando una sonrisa en su rostro recién recuperado de los últimos golpes.

Tal vez por eso siempre lo eligió a él antes que a mí.

Antes que a cualquiera.

Antes que a sí misma.

La fiesta de compromiso es preciosa, digna de una reina o, en este caso, de la princesa de Atlantic Cove. El tío Trent se ha asegurado de que todo el que es alguien aquí acuda para llenar de regalos y halagos a la feliz pareja.

Me dan ganas de vomitar.

El tema de la fiesta es la ciudad perdida de la Atlántida, idea del tío Trent, no de Aria, que nunca se ha interesado por la historia y las tradiciones de la familia Kingston, o no tanto como su padre.

La fiesta se celebra en la sala de baile, en el sótano de la mansión, y la hermosa iluminación azulada da la impresión de que nos encontramos bajo el mar. Por todas partes hay columnas blancas y la sensación imperante es de belleza etérea, clásica… Estoy segura de que para lograr este efecto ha tenido que invertir una cantidad desorbitada de dinero.

Un camarero con una bandeja de champán pasa junto a nosotras. Athena coge una copa y me da otra a mí.

Niego con la cabeza y la dejo detrás de mí, en la barra.

—No bebo.

Me mira, extrañada.

—Ah, perdona. No… no lo sabía.

¿Por qué lo iba a saber? No comparto mi vida con Athena. Solo estoy con ella porque sabe hacer que me corra.

—Esto es precioso —dice una mujer que no conozco, junto a mí, ante la barra.

Athena me rodea la cintura con el brazo y me roza la oreja con la nariz.

—Casi tanto como tú.

Se lo agradezco, pero la verdad es que no estoy de humor para sus coqueteos. De todos modos, hablar con ella es mejor que la alternativa: hacer frente sola a esta noche. Sobre todo cuando veo a Johnston que se acerca seguido por el tío Trent, Enzo y Aria.

Abro mucho los ojos y miro a Enzo, que asiente con un movimiento rápido. Puede que me esté diciendo que no hay nada de lo que preocuparse, pero… ¿qué demonios hace Johnston aquí?

Es obvio que vienen hacia mí. Se me para el corazón por un instante. Adiós a mis esperanzas de pasar la velada escondida en un rincón.

—¿Quién es ese? —pregunta Athena, y noto que se le tensan los dedos en torno a mi cintura.

—Nadie, cariño. Tú quédate aquí. —Le sonrío.

Enzo echa llamas por los ojos cuando me mira y ve la mano de Athena en mi cadera. Como si fuera yo la que está haciendo algo malo. Tengo que contenerme para no resoplar ante tamaño descaro, porque, perdona que te lo diga, pero ¿no estamos en tu fiesta de compromiso?

—Venesa —dice Johnston cuando llega ante nosotras—, qué suerte volver a verte tan pronto.

Aquí hay algo que va mal.

—Hola, Johnston. Te veo un poco magullado… —Hago un movimiento en dirección al ojo morado—. Espero que no te duela mucho.

No hago ni caso a Aria, a la mierda con ella. Y a la mierda también con el tío Trent. Desde la que se lio en mi cumpleaños ni siquiera se ha molestado en averiguar cómo estoy.

Aria sonríe burlona como si supiera algo que yo no sé y mi tío me da un beso en la mejilla. Enzo, por su parte, me mira con cara de querer follarme o querer matarme, no sé cuál de las dos cosas.

Mi prima dirige la vista entonces en todas direcciones y, finalmente, me pregunta arqueando una ceja:

—¿No has venido con Fisher?

Sale a la luz mi vena protectora y me encrespo.

—Fisher no es asunto tuyo, Aria. Ocúpate de tu hombre.

Me mira con los ojos entrecerrados.

—¿Y quién es esta? —interviene Enzo, mirando a Athena.

—Mi acompañante. —Sonrío de oreja a oreja—. Athena.

—Así que por fin lo reconoces —dice Aria—. Eres lesbiana.

—Mira, primita, te voy a contar un secreto. —Me rodeo la boca con la mano y me inclino hacia ella—. Con las mujeres me corro mejor, pero los hombres son más fáciles de entrenar. Así que me gustan los dos, pero por razones diferentes.

Mi tío se pone rígido porque es un intolerante y prefiere hacer como si no supiera que soy bisexual, y Aria se atraganta con el champán. Pero Enzo, que tiene una sonrisa bien ensayada en la cara, le frota la espalda y le da un beso en la sien.

—Cuidado, princesa.

Una puñalada de celos me atraviesa cuando le roza la piel con los labios.

—Bueno —salto—, encantada de veros a todos, pero ¿no tenéis que hacer vida social y todo lo que se hace en estas fiestas?

Hago un ademán genérico hacia los cientos de personas que fingen que el compromiso les importa una mierda, pero veo el brillo en los ojos de Aria.

Es su momento. Le gusta ser el centro de atención, siempre le ha gustado. Por eso está hoy aquí con Enzo. Por eso hemos llegado a donde estamos.

—Qué buena idea —dice el tío Trent—. Aria, ¿por qué no vas a saludar al alcalde? Lo he visto llegar con su mujer. —Me mira—. Tengo que hablar contigo. —Se vuelve a Enzo—. Con los dos.

—¿Tiene que ser ahora, papá? —protesta Aria—. ¡Es mi fiesta!

—Lo siento, nena, no puede esperar. —Le sonríe, se vuelve a Johnston y le da una palmada en la espalda—. Bas te va a acompañar a mi despacho. Enseguida voy yo.

El tío Trent hace un gesto hacia la gente y Bastien, que aparece de la nada, se abre camino por la sala y se lleva a Johnston con él. Ni siquiera me mira a los ojos. «Qué raro —pienso—. ¿Qué le pasa?».

Aria se pone de puntillas para darle un beso en los labios a Enzo y noto cómo se me revuelve el estómago y cómo la envidia me serpentea por la columna vertebral y se me enrosca en el pecho de una forma que hace que me resulte difícil respirar.

«Esto es ridículo».

Suspiro y me vuelvo hacia Athena.

—Discúlpame, cariño. Te vas a tener que entretener sola hasta que vuelva.

Sonríe y me da un beso en la mejilla antes de ponerme la boca junto a la oreja.

—No me dejes mucho tiempo con esta gente. Prefiero estar en tu casa, contigo tumbada en la cama.

Se me va la vista hacia Enzo y veo que tiene los dientes apretados y que mira a mi chica con los ojos entrecerrados.

Seguimos al tío Trent para salir del salón de baile y nos detenemos en un recibidor. Enzo está tratando de atraer mi atención, pero lo ignoro de manera deliberada: si mi tío nos ha hecho venir con él, es porque sabe que nuestro comportamiento no ha sido óptimo o quizá, y eso es lo más probable, porque Johnston se ha chivado.

¿Qué otra razón puede haber?

Nos llega el tintineo de las copas de champán junto con los murmullos ininteligibles de la gente en el salón de baile. Me cruzo de brazos, me apoyo en la pared y espero a que mi tío se explique.

Al final, carraspea para aclararse la garganta.

—¿Os importaría explicarme qué sucedió anoche con Johnston Miller?

—No dejaste que Bas viniera conmigo —señalo.

El tío Trent me mira con incredulidad.

—¿Y eso te parece excusa para llevarte a Enzo?

—¿Perdona? Yo no me llevé a Enzo. No sé ni qué hacía allí. Ya me estaba encargando yo de todo.

Enzo suelta un bufido. Le lanzo una mirada.

—¿Qué pasa?

—No, nada.

Mi tío clava en él los ojos airados y lo señala con un dedo.

—Empieza a parecerme que me quieres joder el negocio.

—Estaba salvando a tu sobrina de una agresión —responde con tono gélido. Da un paso hacia él y parece que crece en altura con cada movimiento—. Cosa por la que deberías darme las gracias en lugar de darme una charla como si fuera un imbécil cualquiera que has sacado de las calles.

La tensión va en aumento.

—Se sabe cuidar sola —replica mi tío.

—Fue un momento incómodo —reconozco.

Hasta decirlo me resulta bastante difícil, pero no retiro las palabras.

El tío Trent arquea las cejas y se cruza de brazos como si esperase que me explicara mejor.

—Siempre que ha habido una entrega de armas, has mandado a Bas conmigo, pero esta vez no. Y te había dicho que estaba preocupada por si Johnston quería vengarse por lo que le hice a su cuñado, así que cuando me mandaste sola me… me pareció que no te importaba mi seguridad.

Mi tío suelta un bufido, pero no me lleva la contraria.

Duele. Es como agua salada en una herida abierta.

—¿Por qué lo hiciste? —insisto.

—Bas tenía cosas más importantes que hacer.

Me contengo para que no se note lo que ha dolido eso.

«Más importantes».

El tío Trent se me acerca un paso.

—Tienes suerte de que la relación con el Club de Motociclismo sea tan buena. Si no tendría que estar arreglando los problemas que has causado con tu interferencia. Sabes de sobra lo importante que son para el negocio. Anoche podrías haber jodido décadas de trabajo si no fuera porque he conseguido arreglar las cosas.

—No hubo ninguna interferencia por parte de Venesa —interrumpe Enzo—. Fui yo.

Se adelanta hasta situarse delante de mí como si me protegiera. Por mí se enfrenta al hombre al que nunca he tenido valor de enfrentarme yo más allá de lo simbólico.

—Y no me voy a quedar mirando mientras insultas a esta mujer, que no hace más que esforzarse por complacerte aunque la tratas como a la mierda.

El tío Trent se pone rígido, se yergue, pero da igual: aunque Enzo no fuera más alto que él, su aura se impone a la de mi tío.

Este hombre eclipsa todo lo que lo rodea.

—Creo que estas últimas semanas te has olvidado de con quién estás tratando —dice con voz grave, peligrosa; es la misma voz de anoche.

Mi tío aprieta los dientes.

—Trato con tu padre, chico. No contigo.

Enzo se ríe.

—Es posible. Pero hace mucho que sé que es mejor pedir perdón que pedir permiso.

Un relámpago de miedo se le pasa por la cara al tío Trent, y mis emociones se desbocan. Nunca lo había visto atemorizado, y una parte de mí sigue sintiendo lealtad, como si lo traicionara al permitir que me defienda un hombre que no tiene por qué defenderme.

Pero otra parte se siente reivindicada.

Enzo le pone una mano en el hombro al tío Trent y se lo aprieta.

—Tienes suerte de que no vaya a tu despacho, donde te está esperando ese mierda, y le haga arrepentirse de haberte contado lo de anoche.

—Cuando le diga a tu padre…

—Ya me ocuparé yo de eso. Te sugiero que vuelvas con los invitados a los que has traído a esta… celebración. Este no es el momento ni el lugar.

—Te estás metiendo en asuntos que no te corresponden, hijo.

Enzo se ríe y una expresión peligrosa se le dibuja en la cara.

—No soy tu hijo, Trent. Y te aseguro que no te conviene convertirme en tu enemigo.

Mi tío levanta la barbilla y nos mira alternativamente a los dos, hasta que se detiene en mí y me dedica una mirada asesina.

Me sorprendo cuando se da media vuelta y se aleja, pero no soy idiota. No va a tolerar que Enzo lo insulte. Solo se ha dado cuenta de que no puede enfrentarse de manera abierta al segundo al mando de la familia Marino sin consecuencias graves, consecuencias a las que ni él puede hacer frente.

Estoy tan inmersa en mis pensamientos que tardo un minuto en darme cuenta de que Enzo y yo volvemos a estar a solas en un vestíbulo a oscuras.

Me vuelvo para alejarme.

—¿No me dices nada, *piccola sirena*?

Su voz me detiene en seco y cierro los ojos.

—No puedo, Enzo.

Se acerca a mí, a mi espalda, y el calor de su cuerpo me envuelve, hace que un cosquilleo de placer me recorra los brazos, las piernas.

—¿Qué es lo que no puedes?

—Sabes a qué me refiero —respondo.

Se acerca todavía más, y más, hasta que su presencia me asfixia. Pero no llega a tocarme. Me vuelvo hacia la pared. Necesito espacio.

Enzo me sigue.

—Has venido con otra persona —me acusa.

—Y tú estás prometido —replico—. No tienes ningún derecho a echarme nada en cara.

Pone las manos en la pared, a ambos lados de mí, inmovilizándome. Aprieto los puños.

—No me toques —suplico.

Se queda en silencio un momento.

—No lo haré —dice.

Pero se acerca más, me roza la espalda con el pecho.

Nos llegan los sonidos del salón de baile. Tengo el corazón en la garganta y la ansiedad desbocada. Cualquiera podría salir y vernos, en cualquier momento, y estoy tratando por todos los medios de contenerme para no cometer un error.

Si nos dejamos llevar…

No, lo nuestro no puede ser. Aunque no soporte a Aria. Aunque me parezca que Enzo es la única persona del mundo que me ha entendido en toda mi vida.

Aunque sea el único al que le importo.

No es mío y nunca lo será.

Baja la cabeza hasta mi nuca y se mece. Me pongo rígida, estoy paralizada.

—No lo haré —repite—. Pero es lo único que quiero hacer. Es lo único que quiero con tantas ganas que no puedo ni respirar.

—A veces, lo que queremos no importa. —Trato de que me salga la voz firme, pero no lo consigo.

Enzo baja la cabeza hasta que me habla al oído.

—A veces siento que lo único que importa eres tú.

CAPÍTULO 30

Venesa

—¿Estás bien? —me pregunta Athena, que está conmigo al fondo del salón de baile.

—Sí —respondo, distraída. No estoy bien, ni de lejos, pero no hace falta que se entere—. Es que tengo muchas cosas en la cabeza.

La miro, pero me parece que no me cree, porque entrecierra los ojos y se inclina hacia mí hasta quedar tan cerca como para susurrarme al oído las cosas que piensa hacerme. Por lo general, soy muy partidaria del apetito sexual de Athena, y de hecho es el único motivo de que tenga una cierta relación con ella, pero no dejo de pensar en la diferencia de lo que siente mi cuerpo cuando estoy con ella y cuando estoy con Enzo. Tal vez por eso no oigo lo que me ha dicho. Estoy demasiado concentrada en otra persona.

—Está bien. —La voz de Fisher interrumpe el momento de tensión cuando se acerca y se bebe de un trago una copa de carísimo champán. La deja en la barra y nos guiña el ojo—. ¿Verdad, enana?

El alivio me inunda y siento cómo se me relajan los hombros.

—Por fin llegas. Ya pensaba que no ibas a venir.

Me dirige una sonrisa bobalicona y se tambalea antes de recuperar el equilibrio.

—¿Estás borracho, pequeñajo? —Trato de ocultar la sonrisa.

No bebe a menudo, pero, cuando lo hace, se convierte en el alma de la fiesta o en el que lo echa todo a perder. He tratado de decirle que tiene que controlarse mejor, pero lleva mucho tiempo enfrentado a estos demonios de los que no hablamos, así que al final lo único que hago es capear el temporal con él.

—Estoy perfectamente. —Se lleva una mano al pecho.

Se ha engalanado con traje y pajarita y, aunque valoro el esfuerzo, sigue pareciendo muy fuera de lugar.

—Te veo muy guapo, Fisher. —Le enderezo la pajarita—. Y tú que decías que no te iba la ropa formal…

Me sonríe, pero le veo algo, no sé qué, en los ojos.

—Ya, bueno…

El pitido agudo del micrófono interrumpe lo que sea que va a decirme y se me clava en los oídos. A mi alrededor, todos hacen muecas, pero el tío Trent ocupa el escenario con una sonrisa radiante y el salón se queda en silencio. Todo el mundo aguarda atento para escuchar al Rey del Mar.

O quizá a ninguno nos importa, pero tenemos que fingir que no hay nada más importante en el mundo.

Vaya. Es obvio que la amargura se está imponiendo al amor que siento por él.

—Aquí viene nuestro señor y salvador —masculla Fisher con otra copa de champán en los labios—. Escuchad todos con atención si no queréis que os destroce la vida.

Le dedico una sonrisa sarcástica y vuelvo a mirar hacia el estrado.

El tío Trent parlotea largo rato acerca de lo mucho que Aria significa para él y cuánto tiempo lleva esperando este momento. Hago un verdadero esfuerzo por no poner los ojos en blanco porque sí, ya, que ya lo hemos pillado.

Ella es su joya, su diamante.

Con un montón de imperfecciones, en mi opinión, pero también puede ser que yo la mire con más atención que la mayoría.

Solo empiezo a prestar atención de verdad a lo que ocurre en ese estrado cuando llama a Aria y a Enzo. Cambio de postura, incómoda, y noto que Fisher hace lo mismo. Lo miro, extrañada, y su torpeza hace que me olvide por un momento de que he hecho lo que me prometí a mí misma que nunca haría: colarme por un hombre.

Es… decepcionante.

—La familia Kingston tiene una larga tradición que ha ido pasando de generación en generación —sigue el tío Trent.

Esas palabras atraen mi atención.

—El abuelo de mi abuelo de mi abuelo, y probablemente debería remontarme algunos abuelos más… —Hace una pausa y sonríe, todos se ríen, obedientes—. Bueno, llevaba un diario. Y en ese diario hablaba de la estirpe real de nuestra sangre, que según él se remontaba a los tiempos de la Atlántida.

Hay más risas en la habitación, pero yo no me río. Lo estoy mirando con los ojos entrecerrados.

—Qué tontería —masculla Fisher al oído de Athena—. ¿Cómo se puede remontar una estirpe a una ciudad que desapareció?

—Ya sé que suena a cuento de hadas. —El tío Trent hace un ademán como si eso no le importara—. Y puede que lo sea. Pero se ha convertido en una tradición importante, y para mí… —Se pasa una mano por la barba—. Para mí lo es todo.

Hace un gesto con la cabeza y Bastien sube al escenario. Me busca con los ojos desde allí.

Estiro la espalda, tensa como un cable. El corazón me late tan deprisa que oigo los latidos en las orejas.

—La familia tiene un cuadro que lleva con nosotros casi un siglo.

El tío Trent hace una pausa y me clava la mirada.

Un escalofrío gélido me recorre la columna porque sé lo que va a hacer. Y sé que lo hace para castigarme.

—Hoy, amigos míos, es una gran ocasión —declara—. Porque hoy es el día en que se lo entrego a mi tesoro, a la única persona que se merece este hito de nuestra historia: ¡a Aria!

Mi prima se aparta de Enzo y se dirige hacia su padre. Se me desgarran las entrañas cuando le da un abrazo, coge el micrófono y se vuelve hacia la gente.

—Gracias por tu apoyo constante, papá. —Pasea la mirada por el salón y solo se detiene cuando sus ojos se posan en mí. Y entonces, sonríe, victoriosa—. Hay gente que dice ser de la familia y que le tiene el ojo echado a este cuadro tan valioso. Pero no se lo merecen. La tradición es la tradición. —Se vuelve hacia su padre y lo coge de la mano—. Esto es para los Kingston, los Kingston de verdad. Aunque, bueno, me queda poco tiempo para seguir llevando ese apellido.

Se oyen risas y Aria continúa hablando, pero ya no la escucho. Todos los sonidos me llegan amortiguados. Lo veo todo borroso y me tengo que agarrar al hombro de Athena para no caerme.

El tío Trent me observa desde el escenario con deliberación, y noto el momento exacto en el que se rompen los últimos hilos de lealtad y solo me queda odio y un oscuro y denso sentimiento de haber sido traicionada.

—¿Estás bien, Venesa? Parece que hayas visto un fantasma. —Athena me pone una mano en el brazo, pero apenas noto el contacto.

—Mierda. —Es Fisher. Me mira con pánico en los ojos, luego mira a Aria.

No sé qué hacer.

Toda mi vida me he concentrado en una sola cosa: en complacer a mi tío. Pero el cuadro del tridente, por tonto que parezca, era lo último que me ataba a mi madre. Y puede que no fuera una gran madre, pero era la mía.

Lo único que se sabe a ciencia cierta de un hombre es que al final te fallará.

Nunca debí pensar que mi tío sería la excepción.

Enzo formula cualquier disculpa y se baja del estrado. Lo sigo con los ojos mientras sale del salón de baile. Y tras todas estas semanas, tras la tortura de contenerme, de esforzarme por ser una buena persona, de complacer a mi tío y no traicionar a Aria, ya nada me importa.

Así que salgo de la estancia detrás de él.

Porque puede que sea hora de pensar en mí misma, de ir a por lo que quiero.

Empezando por el prometido de mi prima.

CAPÍTULO 31

Enzo

Me he marchado porque no aguantaba ni un segundo más la lluvia de poéticas alabanzas de Trent a su hija ni los elogios que vertía sobre nosotros.

¿Y qué ha sido esa chorrada de que sus antepasados provienen de la ciudad perdida de la Atlántida? ¿Por qué le ha dado a Aria ese cuadro como si fuera un don divino? El cuadro no me importa. Lo que sí me importa es la cara de Venesa cuando Aria ha hecho esos comentarios canallas sobre «los Kingston de verdad». Soy hiperconsciente de todo lo que tenga que ver con Venesa, hasta un punto que no lo he sido nunca con nadie.

No puedo seguir adelante con esta parodia de boda, así que tengo que convencer a mi padre de que esto no es lo que nos conviene o tengo que matarlo y ocupar su puesto, cosa que no sé si es logísticamente posible… ni si es lo que quiero.

Pase lo que pase, después de esta noche, voy a verme inmerso de nuevo en el fuego.

En la realidad. En la vida que se diseñó para Peppino y yo tengo que ejecutar.

Me lavo la cara en el cuarto de baño y se me escapa la risa.

«Joder, no puedo ser más patético».

Me lavo las manos y voy a salir, pero nada más abrir la puerta me dan un empujón para que vuelva a entrar de nuevo en la diminuta estancia.

Es Venesa y me está mirando con determinación. Me sonríe y avanza hacia mí como si fuera su presa.

—¿Estás bien? —le pregunto.

—Cállate —ordena.

Me callo al instante y hago el gesto de cerrarme los labios con una cremallera. No volveré a decir ni una palabra en la vida con tal de que me siga mirando como me mira ahora mismo.

Es mágica. Tiene las mejillas arreboladas y un precioso vestido negro y púrpura que le llega a los pies, el pelo recogido y…

Y yo estoy perdido en ella. Como siempre.

Titubea al llegar hasta mí, me pasa los dedos por el pecho y los mete bajo las solapas del traje. Miro hipnotizado cómo se humedece el labio inferior con la lengua. Se me hace la boca agua solo de pensar cómo debe de saber.

—Quiero fingir… solo por una noche que tenemos esa vida diferente.

Tardo un segundo en entender lo que dice, pero cuando lo asimilo, las brasas se convierten en llamas.

Si es la única oportunidad que voy a tener de estar con ella, la aprovecharé.

No me importa que sea mi fiesta de compromiso con otra mujer. No me importa si esto me convierte en infiel. Viviré con esa culpa el resto de la vida con tal de tener a Venesa aunque sea un segundo.

—¿Qué quieres? —le pregunto en voz baja para no romper el momento.

—A ti.

Esas dos palabras avivan las llamas y las convierten en un incendio desbocado. Inclino la cabeza y trato de capturar sus labios con los míos, pero aparta la cara en el último momento. Siento una punzada en el corazón, pero la aparto a un lado y sigo adelante, rodeo su cuerpo con las manos, fundo sus curvas suaves contra mis líneas duras como si fueran dos piezas de un rompecabezas que encajan por fin, y se me escapa un gemido ante la sensación de tenerla pegada a mí.

Es tan suave y perfecta como me imaginaba.

Y es obvio que está afectada, así que, si me necesita para ser su ancla, ahí estaré para ella, y si se nos va de las manos, si hay repercusiones, me haré cargo de todo.

Me clava los dedos en el traje.

—Solo… solo quiero que, durante un rato, me hagas olvidar, ¿vale? Por favor.

Frunzo el ceño. Noto el sabor a desesperación en el aire, y es tan impropio de ella que estoy a punto de detenerme y preguntarle si no prefiere hablar. Pero sé que eso hará que escape de mí.

—De acuerdo —le digo.

Y pese a ser una mujer fuerte, pese a ser todo lo que es y que nadie más sabe ver, me está pidiendo que tome el control. Que le quite de encima el peso de ser siempre la que se ocupa de todo, porque si no lo hace ella no lo hará nadie.

La agarro con fuerza por las caderas y le doy la vuelta de forma que su culo queda presionado contra mí. Se me agita la polla.

—Pon las manos en la pared —ordeno en voz baja.

Contiene la respiración y titubea un momento, pero no desobedece y, muy despacio, desliza las manos por la pared hasta que las uñas de color rojo sangre quedan al nivel de mis ojos, y las palmas, contra las baldosas.

El corazón me aletea como si fuera un adolescente; me tomo mi tiempo para tocarla, disfruto de sus curvas, le acaricio los costados, le paso las manos por el pecho, le rozo la base de los senos.

—Quiero…

—Sé lo que quieres —la interrumpo, y le pongo los labios en la oreja—. Yo me ocupo de ti.

Y lo digo de verdad, aunque sé que no debería.

Porque lo único que importa es ella.

Deja escapar el aliento y asiente. Percibo su rendición, su cuerpo se vuelve arcilla contra el mío.

—Así me gusta. —La rodeo con las manos, le cojo los pechos; su peso hace que la polla se me vuelva a estremecer—. He soñado con tocarte así.

Gime y se presiona contra mí, y la sangre me corre hacia el miembro, que palpita contra ella, y, joder, lo que me gustaría subirle el vestido y metérselo para que se olvidara del mundo, pero no lo voy a hacer.

No.

No se trata de mí. Se trata de lo que necesita Venesa, y no sé qué la ha empujado a esto; pero sí sé que, si es la única vez que voy a estar con ella, voy a hacer que lo recuerde.

Quiero que se sienta adorada. Comprendida.

Aunque solo sea por una vez.

Y si alguna vez tengo ocasión de estar con ella plenamente, no será en el cuarto de baño de su tío, durante mi fiesta de compromiso con otra mujer. Además, si cedo y le echo un polvo rápido aquí y ahora, sé que reducirá a eso todo lo nuestro, que querrá creer que es menos de lo que es.

Y no, joder; eso no.

La acarició apasionadamente, clavándole los dedos en los pechos, rozándole donde sé que se esconden los pezones bajo la tela del vestido.

—No te voy a follar —le susurro al oído.

Su cuerpo se tensa, pero deslizo la mano por el escote y rozo la piel, cada vez más abajo, hasta que solo toco carne.

Pongo los ojos en blanco ante la sensación de la piel contra la piel; deja escapar un gemido como si no le estuviera dando suficiente y embisto con las caderas, para iniciar una fricción que es una lenta tortura contra la curva de su culo.

Está pegada contra la pared. Alzo una mano para entrelazar los dedos con los suyos y luego, despacio, muy despacio, bajo las manos unidas por su cuerpo.

Con la otra mano, le subo el vestido por el muslo hasta que la tela le queda recogida en torno a la cintura. Joder, estoy tan caliente que podría estallar sin que me tocara siquiera.

Y yo no la estoy tocando.

No la estoy tocando de verdad, como me gustaría.

—No te voy a follar —repito—. Porque, cuando lo haga, quiero tomarme mi tiempo, quiero idolatrar cada centímetro de tu cuerpo, quiero beberme tus gritos y ahogarme en tus gemidos. Dime que lo has entendido.

Se atraganta y asiente, vuelve la cara hasta que tiene la mejilla apoyada contra la pared.

—Lo entiendo.

—Eres perfecta —murmuro contra su piel.

Nuestras manos entrelazadas se mueven bajo la tela arrugada del vestido y la excitación hace que me gotee la polla al notar el calor de su coño en los dedos. No lleva ropa interior.

—Quiero ver cómo te corres sola —exijo, y me tengo que

morder la mejilla para no joder esto, para que no acabe demasiado pronto.

—Enzo… —suplica.

Esa manera de decir mi nombre me vuelve loco. Se me escapa un gemido y le agarro con fuerza el vestido a la altura de la cadera.

—Quiero verlo —repito—. Así, cuando esté solo, de noche, cerraré los ojos y me lo imaginaré, y sabré que tú te estás tocando y pensando en mí.

—Necesito que me folles.

—Necesitas que me ocupe de ti —la corrijo—. Necesitas sentirte cuidada. No voy a permitir que esto sea un polvo de una noche. Es mucho más, y lo sabes. Vamos, tócate, enséñame cómo te corres.

Gime y lleva nuestras manos hacia abajo, hacia la humedad de su coño y roza apenas la entrada del sexo con los dedos entrelazados.

—Así, nena, así. Enséñame cómo te gusta darte placer —insisto.

Echa la cabeza hacia atrás para ponérmela en el hombro y me pego a ella. Cuando le abrazo el vientre, se me estremecen los dedos de necesidad de tomar el control por completo, de mostrarle lo que es que la lleve yo al orgasmo.

—Enzo… —gime, y lleva nuestros dedos adentro, solo un poco, solo la punta.

«Joder».

—En una vida diferente —digo, y me tiembla la voz con la tensión de contenerme—, me pasaría el resto de mis días de rodillas delante de ti, devorándote.

Gime, sacude la cabeza, tiene la respiración entrecortada. Mete nuestros dedos más adentro, los aprieta con el sexo, sube, baja, mientras mueve la palma en movimientos circulares contra el clítoris.

—En una vida diferente, te llevaría del brazo al altar y me casaría contigo, y luego iríamos a casa, te follaría en nuestra cama y te clavaría la polla tan profundamente que no podrías sacarme de dentro de ti.

Mueve la mano más deprisa; sus jugos se deslizan por nuestras palmas.

Las gotas de semen me bajan por la polla y me empapan el pantalón. Me presiono más contra su culo, nuestros cuerpos están contra la pared, el peso añadido aplica más presión al clítoris.

—En una vida diferente… —me paro; la emoción me ahoga—, te amaría en voz alta.

Algo cambia y se altera cuando pronuncio esas palabras. No quería decirlas, y una parte de mí tiene miedo de haber echado a perder el momento, pero su coño se contrae y palpita, y Venesa estalla. Su gemido es tan salvaje que temo que lo oigan todos los que están en el salón de baile. Alzo la mano con la que le apretaba la cintura para taparle la boca y amortiguar el ruido, y me pega los dedos contra la pared mientras se corre.

Es tan hermosa.

Es tan impresionante.

«Pero aún no es mía».

Nos quedamos así, apretados el uno contra el otro, incluso después de que ella vuelve a la tierra, porque sé que, una vez que me mueva, esta magia habrá terminado. El hechizo se romperá. Puedo oír la voz de mi madre recriminándome lo que he hecho, pero la hago callar, no quiero que este momento con Venesa se acabe.

Me invade la sensación desesperada de que nunca tendremos nada más. Solo este momento robado, escondidos en un baño, y se me revuelve el estómago. Venesa se merece mucho más.

Gira la cabeza y me sonríe. Esos putos hoyuelos hacen que se me acelere el corazón.

Entonces se oye un chasquido y la puerta se abre de golpe. El momento salta por los aires.

Acaba de entrar su tío.

CAPÍTULO 32

Enzo

Menuda mierda.

Por suerte, ninguno de los dos estamos desnudos, así que solo tengo que dar un paso atrás y dejar que se le baje el vestido. No pienso permitir que Trent vea ni un centímetro del cuerpo de Venesa, así que me doy la vuelta y me sitúo delante para protegerla porque estoy seguro de que lo que viene no va a ser agradable.

¿Ha sido la mejor idea del mundo hacer lo que hemos hecho aquí, junto al salón donde está todo el mundo celebrando mi compromiso con otra mujer?

No.

¿Me siento como la mierda?

Sí.

Pero no lo lamento. Esto no es lo mismo que les pasó a mis padres. Yo nunca he querido a Aria, y aún no estamos casados.

Siento la humedad del sexo de Venesa en mis dedos, y de lo único de lo que me arrepiento es de no haber probado su sabor antes de que Trent entrara.

De eso y de no haberla besado.

Venesa no me dejó besarla. No sé por qué.

Siento una punzada de pánico en la boca del estómago cuando pienso que esto puede llegar a oídos de mi padre, pero lo aparto a un lado porque ahora mismo solo puedo preocuparme por Venesa.

Es fuerte, es muy fuerte, joder, pero su tío es su punto débil, aunque ella no se dé cuenta, y los lazos familiares son los más difíciles de romper hasta en una familia disfuncional.

Lo sé muy bien.

Ella ha sido la que ha provocado el sexo que acabamos de tener, pero no me quito de encima la sensación de que todo ha sido culpa mía.

La puerta se cierra de golpe detrás de Trent. Echa el cerrojo. Hay una tormenta que ruge en sus ojos.

—Puta desagradecida —escupe.

—Tío Trent… —susurra Venesa detrás de mí.

—Yo que tú me pensaría muy bien lo siguiente que vas a decir, Trent —interrumpo.

No quiero oírla tratar de explicarle a su tío lo que acabamos de hacer. Una parte de mí tiene miedo de que minimice lo que ha pasado. Si dice algo para que parezca que no ha tenido importancia, que no lo ha cambiado todo, no sé si podré soportarlo.

O peor. Puede decir que ha sido un error.

Trent clava los ojos en mí. El pecho se le hincha como el de un dragón a punto de escupir fuego.

—Eres un mierda. Tu padre se va a enterar de esto. Sal de aquí, recomponte y ve a buscar a tu prometida. Ya sabes, la que lleva tu anillo, la que se ha pasado media hora buscándote.

Trago saliva y la culpa se abre paso dentro de mí. No porque sienta nada por Aria, sino porque yo no soy así. Yo no soy un hombre infiel.

Bueno, técnicamente, ahora sí.

Pero da igual. No voy a dejar sola a Venesa hasta que ella me lo diga.

Niego con la cabeza.

—No sé cuántas veces te lo tengo que decir, Trent. A mí no me das órdenes. —Doy un paso hacia él porque estoy seguro de que ha perdido la cabeza. O eso, o no tiene ni idea de lo que soy capaz—. A modo de sugerencia: no me presiones. —Bajo la voz hasta que es un gruñido sordo—. Si lo haces, te aseguro que no te gustarán las consecuencias.

—Hijo, cuando tu padre se entere de lo que has hecho, yo seré el menor de tus problemas. Será mejor que vuelvas a Nueva York mañana, antes de que se entere por mí.

—Enzo… —La voz de Venesa suena fuerte detrás de mí, grave y seductora, con una nota de súplica.

Se coloca delante de mí y se queda mirándome. Aprovecho para empaparme de ella porque tengo una sensación agobiante en la boca del estómago; su tono de voz me dice que puede ser la última vez que nos veamos.

«Me va a echar de su vida».

La sola idea hace que se me desgarre el corazón.

Qué hermosa es, joder. Tiene el pelo revuelto; las mejillas, arreboladas, y los ojos con ese brillo que solo da un orgasmo espectacular.

—No pasa nada.

Me sonríe y me aprieta el brazo antes de volverse para hacer frente a su tío, que está de pie ante nosotros y echa chispas.

—No te voy a dejar aquí a solas con él —digo con los dientes apretados.

Me mira.

—Sé cuidarme sola.

Me importa una mierda que Trent esté mirando: me acerco un paso a ella y me inclino para hablarle al oído.

—Pero no tienes por qué hacerlo.

Las palabras me saben amargas en la lengua. Las he dicho de verdad, nunca he dicho nada más cierto en mi vida, pero Trent también tiene razón. La voluntad de mi padre me domina, al menos por ahora.

Venesa suspira y se vuelve de nuevo hacia mí, rozándome con el pecho al moverse.

—Venesa… —empieza Trent.

Le lanzo una mirada y aprieta los dientes, pero al menos tiene el sentido común de callarse.

—Los dos sabíamos lo que era este momento que acabamos de tener, ¿verdad? —murmura Venesa.

—No te voy a dejar —repito.

Se le dulcifica la mirada bajo las largas pestañas negras y me pone una mano en la mejilla. Cierro los ojos y me aprieto contra ella. Siento como si el corazón se me estuviera rompiendo.

«Mierda».

—En una vida diferente, ¿verdad? —susurra.

Abro los ojos de golpe.

Y alza la mano, me la pone en la nuca y me atrae hacia ella para darme un beso en los labios, suave, delicado, casto.

El mundo se hunde a mi alrededor. Esto no debería ser así.

Trago saliva para aliviar el nudo que noto en la garganta, odiándome por lo que voy a permitir que haga, pero lo cierto es que tengo que hablar con mi padre para controlar el relato de lo ocurrido antes de que Trent se me adelante. Y la única manera de hacerlo… es irme.

Por el momento.

Se me dilatan las aletas de la nariz y aprieto los dientes con tanta fuerza que me duele la mandíbula.

Venesa da un paso hacia atrás. Es de nuevo la mujer segura y tranquila que conozco.

En una vida diferente…

Pero, en esta vida, la mafia me obliga a estar con una mujer a la que nunca amaré.

CAPÍTULO 33

Venesa

En el momento en que Enzo sale, dejo escapar el aliento contenido sin hacer caso del dolor que me atenaza el pecho. Ya pensaré en eso más tarde. Ahora mismo, mi tío y yo tenemos una conversación pendiente.

No quería que se marchara Enzo; habría dado lo que fuera por tenerlo a mi lado para darme fuerzas, como ha hecho desde el día en que nos conocimos, aunque no lo merezco por muchos motivos.

Pero sé que su situación es aún más peligrosa que la ira de mi tío. Está atado a una vida que conlleva cargas y reglas que yo no comprendo. Y sé que ser el lugarteniente, el hijo de su padre, solo lo protege hasta cierto punto.

Si su padre quiere que se case con Aria, es lo que va a hacer, quiera Enzo o no, así que es inútil que haga por mí cosas que a él solo le van a hacer daño. Y sé muy bien que, pese a lo que acaba de suceder entre nosotros, no tenemos futuro.

Pero me sigue doliendo ver cómo se va.

Me ha dicho que en otra vida me amaría en voz alta.

Dejar que se vaya es mi manera de amarle en esta vida. Porque sé lo que pasaría si se negara a casarse con Aria.

El matrimonio que ha pactado su padre.

El matrimonio que mi tío ha aprobado.

Lo único que nos aguarda es la destrucción, la muerte, pero ahora puedo tratar de minimizar los daños. Además, hay cosas que Enzo no sabe. Cosas que no debe saber jamás.

Cree que me amará en voz alta, pero lo cierto es que no podría hacerlo.

Así que, cuando sale, se me quita un peso de encima. Dejo escapar el aliento porque yo tengo que ser la única que cargue con el peso de lo que ha pasado. Yo he sido la que lo ha provocado.

Parpadeo dos veces, enfoco la mirada y dejo de mirar el lugar por donde se ha ido para clavar los ojos en mi tío. Levanto la barbilla y trato de disimular el temblor de las manos.

—Con todo lo que he hecho por ti —sisea—. ¡No te reconozco!

Lo entiendo. Últimamente, hay días en que ni yo me reconozco a mí misma.

—Sabes muy bien quién soy —replico en voz baja—. Soy igual que mi madre, ¿no?

Tengo que admitir que me duele que el tío Trent me mire como si fuera una desconocida, lo más decepcionante que ha visto nunca. Su mirada se me clava como un cuchillo frío, serrado. Pero yo tampoco conozco esta versión de él, a este hombre hermético, indigno de mi confianza, que me oculta la verdad y me miente a la cara.

Un aguijonazo de dolor se me clava en el pecho.

—No pongas esa cara. No se te ocurra poner esa cara —me espeta, y se acerca un paso a mí—. ¿Tienes idea de lo que has hecho?

—¿De lo que he hecho? —Se me escapa una carcajada de incredulidad—. Todo lo que he hecho siempre es lo que tú me has pedido. He buscado siempre tu aprobación para que me dieras siquiera una migaja de lo que guardas para tu querida hijita.

—Así que por eso te follas a su marido.

—No están casados y no me lo he follado.

—Matices.

—Pero debería follármelo. —Yo también doy un paso.

Me domina con su presencia, aunque sea casi tan alta como él. Tiene los ojos entrecerrados, gélidos.

Mi tío es un hombre intimidante, pero es la primera vez que trata de infundirme miedo de esta forma. No me importa. Estoy demasiado rabiosa para temerle.

—Cuidado con lo que dices —estalla.

—Ya no tienes derecho a hablarme así.

—No soporto ni mirarte —replica—. Sabía que estaba pasando algo. Os vi en las cámaras el primer día. Me debí imaginar que no serías capaz de tener las piernas cerradas el tiempo suficiente para hacer algo útil. —Se calla un momento y alza la barbilla—. Tienes razón. Eres igual que tu madre.

Le apunto a la cara con un dedo. Aprieto los dientes para tratar de mantener la compostura.

—No se te ocurra ni mencionarla.

Echa la cabeza hacia atrás en una carcajada.

—¿Me estás prohibiendo que hable de tu madre? Ay, pequeña, ¿cómo puedes ser tan tan estúpida? Eres una niña estúpida, insignificante y huérfana.

Cada palabra es una puñalada que destruye aún más mi mundo ya roto. La imagen que tenía de mi tío ha saltado por los aires; ahora lo veo tal como es.

Un demonio.

Mi enemigo.

—Cuando era joven, tu madre era una zorra inútil, y seguía siendo una zorra inútil cuando murió —dice.

Las entrañas se me han convertido en hielo.

—¿Fuiste tú?

—No sé qué quieres decir.

—Sabes muy bien lo que quiero decir. —Doy un paso más hasta que apenas queda espacio entre nosotros—. ¿Fuiste tú quien la mató? Tengo derecho a saberlo.

—No. —Se inclina hacia mí con los ojos llameantes—. Pero me habría gustado.

—¿Fue mi padre?

Un bufido.

—¿Y yo qué sé?

Agarro un jarrón lleno de flores y lo estrello contra el suelo a sus pies.

—¡No me mientas! —La voz me sale alta, aguda. Mi tío abre más los ojos y retrocede un poco—. ¡Dime la verdad por una vez en tu puta vida!

—La verdad —repite muy despacio—. La verdad… Muy bien, Venesa, ¿quieres saber la verdad? Tu padre era un borracho inútil que me debía dinero y no me pagaba, y vi la oportunidad. Mi hermana no valía para nada, pero nuestro padre la quería más que a su vida y, aunque se apartó de nosotros, el muy idiota quería dárselo todo a ella.

Sacudo la cabeza.

—No eres más que un viejo patético y celoso.

Me da un bofetón y sus anillos de oro me hacen un corte en el labio.

La ira me hierve por dentro, pero la conmoción me tiene paralizada y me llevo la mano a la zona herida.

—No hables de lo que no sabes, pequeña. —Se adelanta y pisa uno de los cristales rotos. El crujido retumba en la habitación—. Yo no maté a tu madre, pero me encargué de que muriera.

—¿Quién lo hizo? —Todavía tengo la mano en la mejilla.

—El Club de Motociclismo Atlántida, claro. Los hombres con los que llevas años trabajando.

Se ríe y arquea una ceja como para desafiarme a que haga algo, pero doy un traspié hacia atrás y choco contra la pared. Me llevo al pecho la mano que tenía en la cara porque no puedo respirar… No puedo respirar… Me está ahogando con sus verdades.

—¿Me has querido alguna vez? —consigo decir pese al nudo que me obstruye la garganta.

Se queda en silencio.

Ahogo una carcajada y niego con la cabeza.

—Todos estos años no has hecho más que utilizarme.

—Yo te di un hogar, puta desagradecida —me insulta de nuevo—. Eres lo que eres gracias a mí. —Se golpea el puño con el pecho—. Fuera de mi casa. Fuera de mi propiedad.

Abro mucho los ojos.

—¿Qué?

—No vuelvas aquí. ¿Entendido?

—Tío Trent, no…

Me paraliza con una mirada.

—No te mereces el apellido Kingston y no eres parte de mi familia.

Se me escapa una risa sarcástica y la ira ocupa el lugar del dolor, llena todos los espacios de mi alma, sube como gasolina dentro de mí y me prende fuego por dentro.

Dios, ¿cómo he podido estar tan ciega? ¿Cómo he podido ser tan ignorante?

—Has dicho que soy lo que soy gracias a ti —susurro.

Me clavo las uñas en las palmas de las manos hasta que me corre sangre entre los dedos.

Doy un paso hacia él con el corazón palpitando de rabia y deseos de venganza, siento el veneno negro de la ira corriendo por las venas.

—Pues ahora verás lo que puedo ser a pesar de ti.

Paso de largo junto a él y salgo de ese baño.

Salgo de su vida.

Para siempre.

CAPÍTULO 34

Venesa

—¿Te vas de la ciudad? —me pregunta Fisher. Está apoyado en la esquina del tocador, abriendo y cerrando un mechero Zippo.

—Órdenes del rey —bromeo sin mucho éxito.

Quito las dos velas de mi altar. La cuerda que las une está quemada. Acabo de terminar la ceremonia de desatadura de la relación con mi tío.

Es tarde, estoy cansada y no me encuentro de humor para charlar, pero he llamado a Fisher porque me voy esta noche. No sé a dónde, y no tengo mucho dinero, pero sé que tengo que salir de aquí hasta que decida qué voy a hacer.

La bolsa de lona está medio llena con mi ropa favorita, el maquillaje y unas cuantas cosas que no me animo a perder. Los cristales, algunas hierbas básicas…

No me permito pensar en mis pequeños del sótano porque, por mucho que quiera, no puedo llevármelos, no es realista. Necesitan su entorno para vivir, y no puedo cargar con un acuario de agua salada.

Voy hacia el colgador de la ropa y cojo una blusa casi transparente, que tiro con más fuerza de la necesaria, así que choca contra la bolsa y cae al suelo. Fisher se agacha para recogerla, la dobla y la mete con cuidado en mi bolsa. Luego se sienta en la esquina de la cama y mece una pierna.

—¿Qué te pasa? —le pregunto—. Pareces inquieto.

—¿Y qué?

—Tú nunca pareces inquieto.

Se encoge de hombros, pero no me mira.

—Vaya, lo siento. Es que mi mejor amiga se marcha, ¿debería estar más tranquilo?

Me invade la culpa porque no se lo he contado todo a Fisher. Me gustaría, pero... algo me dice que, por el momento, no debo hablar a nadie de Enzo. Y siempre he hecho caso de lo que me dice la intuición. Además, una vez que se sepa la verdad, ya no sentiré que es solo mía, y lo de esta noche quiero guardármelo para siempre.

—¿Papá Trent no te ha explicado por qué quiere que te vayas? —me pregunta.

Me muerdo el labio inferior y me planteo qué contarle.

—Lo único que sé es que mi tío ha pasado de ser la persona en la que más confiaba a la que más odio en el mundo.

—Vaya mierda, enana.

—No sé, Fisher..., es lo que es.

Renuncio a hacer la bolsa por el momento y me siento en la cama junto a él. Me lanza una mirada.

—Es que no lo entiendo. Tu tío te necesita más que a nadie. Eres su mano derecha.

—Eso no se lo digas a Bas. —Otra punzada de dolor. «Bas estaba de mi parte, ¿de verdad?».

—Me la pela Bas. —Resopla—. ¿Qué va a pasar con La Guarida? Vas a volver, ¿no?

Me invade la melancolía porque no sé qué va a ser de La Guarida. No tengo la menor idea. Yo no he sido más que una gerente con ínfulas, aunque me quisiera considerar otra cosa. Cuanto más abro los ojos a la realidad, más se me acumula la rabia por dentro. ¿Por qué va todo a parar a manos de mi tío? Por muy «Rey del Mar» que sea, un rey no es nada sin súbditos leales.

Y acaba de tirarme como si fuera basura.

No me merece.

Fisher suspira sin dejar de mover la pierna.

—¿A dónde vas a ir?

La ansiedad me revuelve el estómago.

—Ni idea.

Me mira de reojo, luego se mira el regazo, coge el Zippo y vuelve a jugar con la tapa.

—Sabes que puedes quedarte en mi casa.

—No. Me tengo que ir de la ciudad. Al menos de momento. Es que… mi tío me ha estado utilizando desde siempre, peque. Y aquí es el dueño de todo. Si me quedo en esta ciudad, no estaré a salvo.

Asiente con expresión de tristeza.

—También podrías perdonarlo. Pedirle disculpas…, no sé, algo.

—Estoy harta de ser una carga para todos. De no ser nunca lo primero para nadie.

Me rodea con un brazo y pone la cabeza en mi hombro.

—Para mí nunca has sido una carga.

El nudo de la garganta me empieza a presionar detrás de los ojos y creo que esta vez voy a llorar. Pero, como siempre, las lágrimas no llegan.

—Encárgate de esto en mi ausencia, ¿vale? Cuida de mis pececitos.

Hace una mueca.

—Claro.

Nos levantamos los dos y lo abrazo, y me dejo abrazar. Cierro los ojos para atesorar este momento, para conservarlo en la memoria, porque no sé cuándo volveré a verlo.

—Te quiero mucho, enana. No dejes de llamarme. —Se le quiebra la voz.

—Claro —susurro—. Yo también te quiero mucho, peque.

Lo acompaño a la puerta y cierro cuando sale, y apoyo la cabeza contra ella.

«Venga, Venesa, llora».

Nada. Solo ese dolor creciente en el pecho.

Suspiro, voy hacia el tocador y abro los cajones para comprobar que no me olvido nada importante. Y, cuando miro en el último, me atraganto y se me para el corazón un instante.

Una cajita negra envuelta en papel plateado con un lazo púrpura.

Me agacho muy despacio para coger el regalo de Enzo. Me tiembla la mano y siento que el pecho me va a estallar. Meto la uña bajo el trocito de cinta adhesiva y lo desenvuelvo. Dentro de la caja está el collar de conchas de coral con un cordón negro.

El que no dejé que me comprara.

La presión en el pecho se agiganta, me oprime los pulmones y me corta la respiración.

Cuando lo cojo, se cae una nota y dejo la caja para recoger el papel.

Me tiembla la mano al abrirlo.

Por los recuerdos creados. Feliz cumpleaños. Enzo.

Siento la pena aumentando dentro de mí, como si me fuera a partir en dos.

Vuelvo a mirar la nota y, pasando el pulgar por las letras, voy hacia la cama y la meto en la bolsa de lona. Luego me pongo el collar. Lo noto frío contra la piel, y noto también su peso sobre mi pecho, que me recuerda que al menos una vez ha habido alguien que me ha hecho sentir amada en voz alta.

Y ya no volveré a conformarme con menos.

De pronto, tengo muy clara la respuesta a la pregunta que me ha hecho Fisher. Voy a volver. Y le voy a arrebatar a mi tío todo lo que me ha quitado.

Pero antes le voy a contar toda la verdad a Enzo.

CAPÍTULO 35

Enzo

Tengo el cuello rígido tras dormir en la peor cama diseñada por el hombre, pero utilizo el dolor para concentrarme. Mi cabeza es un caos desde la fiesta de compromiso de anoche, y hoy no sé qué cojones voy a hacer.

No fui a buscar a Aria, como me había dicho Trent. No podía hacerlo cuando aún tenía los jugos de Venesa en las manos y sus gemidos en el recuerdo.

Soy un canalla, en mi vida he hecho muchas cosas malas, pero volver con Aria después de lo vivido con Venesa era demasiado hasta para mí, así que he dormido en la pensión de Scotty, en un sofá cama viejo y destartalado. Lo de «he dormido» es una metáfora generosa. Esa bruja de Betty no me ha dejado alquilar una habitación.

Me he pasado la noche despierto, tratando de reconciliar al hombre que quiero ser con el hombre que tengo que ser. Y la única persona con la que necesito hablar, la única persona en la que confío para que me ayude, es Gio, pero está en Nueva York. El plan siempre ha sido regresar hoy, pero he adelantado el viaje y el avión saldrá en cuanto hable con Aria, que es el único motivo por el que he vuelto a la mansión de los Kingston.

Pensaba que me iba a encontrar con mucho movimiento de personal por las tareas de limpieza y reorganización tras la fiesta de anoche, pero reina el silencio, como siempre. No veo a nadie, aparte de los sirvientes silenciosos en las estancias vacías.

Aria no está en su dormitorio, y tampoco la encuentro junto a la piscina ni en la playa privada, así que recorro la casa, habitación por habitación, para dar con ella. No sé qué le voy a decir ni qué voy a hacer. Lo único que sé es que no voy a volver con ella.

No puedo casarme con Aria. No quiero hacerlo.

Al llegar al vestíbulo, oigo voces que se cuelan por la ranura de la puerta del despacho de Trent, y voy hacia allí. Estoy a punto de llamar con los nudillos a pesar de que la puerta no está cerrada del todo, pero la voz de Aria hace que me detenga y me limito a empujarla para entreabrirla un poco más.

—Ni pensarlo, Aria. —La voz de Trent es firme—. No te merece. Se acabó.

—¡Yo sé muy bien lo que me merezco!

—Se acuesta con otra a tus espaldas. ¿Esa vida es la que quieres? ¿Es la vida que vas a tener?

Se lo ha dicho. No me puedo creer que se lo haya dicho.

—Lo que necesitábamos de ti era que lo controlaras —sigue—. No que fueras un adorno que lleva colgado del brazo.

Me da un vuelco el corazón. Las palabras de Trent son una lámpara que ilumina nuevos caminos en mi mente.

Aria golpea con fuerza el suelo con un pie y pega un palmetazo contra el escritorio. Se le está congestionando la cara.

—¡No me importa! ¡No me importa, papá! ¡Quiero a Enzo! ¡Es mío! No voy a permitir que esa puta me lo quite. Me lo merezco yo. Desde que me llamaste he hecho todo lo que me has pedido porque me prometiste que, si lo hacías, harías que tuviera lo que quiero…

Se me hiela la sangre en las venas.

—Cariño… —empieza Trent.

—¡No empieces con lo de «cariño»! —chilla, y barre el escritorio con una mano, tirándolo todo al suelo.

Cada vez tengo el pulso más acelerado.

—¿Me echas en cara que no he podido controlarlo cuando has sido tú el que no ha cumplido su parte del trato? Tenías que conseguir que montara un hotel aquí para que fuera más fácil tenerlo donde lo queríamos, ¿y no se te ocurrió otra cosa que dárselo en bandeja de plata a Venesa? Pues pasó lo que te dije que pasaría con la muy zorra.

«¿Qué demonios…?».

—Hasta le puse a Enzo el rastreador en el teléfono, cosa que fue una insensatez, por cierto.

—Aria…

—¡Y todo porque me lo dijiste tú! —chilla de nuevo—. Llevo años haciendo lo que me dices, papá. ¡Años! ¿Y ahora me vienes con que no puedo tener a Enzo? ¿Con que vas a cancelar la boda? ¿Y qué pasa con lo que quiero yo?

—¡Tú no sabes lo que quieres! —replica él, también a gritos.

Tengo la mano en el picaporte y un nudo de plomo en la boca del estómago.

—Claro que lo sé. Siempre lo he sabido. Lo quiero a él.

Trent suspira.

—No te va a tratar bien, nena. Te mereces algo mejor.

—Pero, papá… —Sorbe por la nariz.

—Se acabó la discusión.

—¡Estoy enamorada de él!

—Venga, cariño. —Trent suspira—. Deja de decir palabras que no entiendes.

—No me digas lo que entiendo y lo que no —replica—. Está en deuda conmigo. No me va a dejar así como así.

—Déjate de teatro, Aria, por Dios. Como has dicho siempre, tú no fuiste la que lo salvó.

Las palabras me aciertan como un golpe en el plexo solar. Doy un paso atrás, y otro, y otro.

¿Cómo que Aria no me salvó? Si no fue ella, ¿quién fue?

Repaso todas las situaciones, todos los momentos de mi relación con Aria, desde que me desperté y la vi a la orilla del Hudson, y luego en el hospital… Cada vez que me ha recordado cómo nos unió el destino, el miedo que pasó al pensar que estaba muerto…

Todo ha sido un engaño. Me ha mentido.

Me siento traicionado, sí, pero sobre todo… aliviado. Por fin puedo librarme de la correa que me ataba a ella. La deuda no existe. Era falsa.

Expulso el aire sintiéndome mucho más ligero, me doy media vuelta y me voy.

Dejaré que se queden con la duda de lo que he hecho o de a dónde he ido.

Vuelvo a casa. Es hora de que haya muchos cambios.

CAPÍTULO 36

Enzo

La casa de mi padre no es un hogar para mí.

Tampoco es nada raro. Solo lleva diez años viviendo aquí, y yo me instalé por mi cuenta a los diecisiete, mucho antes de que nuestro pequeño apartamento de dos habitaciones se convirtiera en césped meticulosamente cortado y baños con suelo radiante de mármol.

Esta casa parece impersonal. No hay nostalgia, no hay recuerdos de bocadillos de mortadela y refrescos baratos de la tienda de la esquina.

Puede que así sea mejor.

Ahora que he estado en Carolina del Sur, es fácil ver la similitud entre el lugar donde vive mi padre y la mansión de los Kingston. Son escaparates de riqueza apartados de la civilización. Por primera vez me pregunto si mi padre está tan desconectado como Trent de las calles que dirige, puesto que no vive en ellas.

Yo solo llevo unos años al mando de la administración en lugar de estar ahí fuera con mi gente y ya me siento muy lejos de la realidad que palpita en la ciudad. El torrente que sentía en la sangre, como si el alma de Nueva York me corriera por las venas, no es ya más que un susurro.

No se parece en nada a lo que fue.

Sé que mi padre está aquí, aunque al entrar por la puerta principal me ha recibido un vacío que levanta ecos entre los mármoles blancos del vestíbulo y me resuena en el pecho.

Paso de largo junto a la cocina y voy hacia su despacho, al fondo del ala derecha. Me sorprendo cuando asomo la cabeza y no lo veo. Recorro la casa buscándolo.

Desde que me fui de Atlantic Cove, los engranajes de mi mente no han parado de funcionar, buscando señales de alerta en todas las personas que conozco como el arqueólogo que excava tratando de encontrar fósiles.

Tengo muchas preguntas que hacerle a mi padre. No estoy seguro de si tuvo algo que ver con todo este engaño o si sabía tan poco como yo, pero esto es una partida de ajedrez, no de damas.

Me llegan sonidos del estudio, y voy hacia allí, sorprendido. Son voces.

«Qué raro que mi padre haya invitado a alguien a casa».

Se me acelera el pulso y me pongo en guardia mientras voy en dirección al sonido.

El estudio está prácticamente a oscuras. Las persianas están bajadas y solo hay encendida una pequeña lámpara que proyecta una luz amarillenta sobre el sofá color burdeos e ilumina el rostro de mi padre. Está mirando la televisión y da vueltas distraído al vaso de whisky que tiene en la mano. Mueve el líquido en círculos sin apartar la vista de la pantalla. Sigo la dirección de su mirada y la presión que siento en el pecho se tensa todavía más.

Está viendo vídeos caseros.

Él no aparece en la mayoría porque no estaba en casa cuando los grabábamos; pero, bueno, para eso son también este tipo de vídeos, para experimentar recuerdos de los que nunca formamos parte.

—Papá —digo, y entro en la habitación.

No responde. Sigue mirando la pantalla, dando vueltas al vaso de cristal que tiene en la mano. El fuego de la chimenea me caldea un lado del cuerpo cuando entro, el chisporroteo de la madera hace volar chispas, pero la tensión del aire me mantiene la piel helada. Paso junto a la mesita de caoba, me siento en el otro extremo del sofá y lanzó un suspiro al ver lo que está mirando.

Es un vídeo de Peppino tras la graduación en el instituto, en el camino de entrada de nuestra antigua casa. Está cargando la última maleta en el coche para irse a Yale. Mamá está a un lado, y al verla se me cierra la garganta. Se agarra los brazos con las manos para no llorar, pero no lo consigue. Nunca se le dio bien lo de ocultar las emociones, y menos en lo relativo a nosotros.

Recuerdo perfectamente ese día.

—Papá —pruebo de nuevo.

Por fin consigo que me preste atención y aparta de la pantalla los ojos nublados e inyectados de sangre. La melancolía pesa en el ambiente y le enturbia el rostro. No me hace falta preguntar nada para saber lo que está pensando. Ahora mismo, mi padre es un libro abierto para mí mientras llora a su hijo asesinado, el que iba a llevarnos a alturas inimaginadas que yo no nunca podré alcanzar.

Resoplo y me paso una mano por el pelo.

—¿Cuánto rato llevas mirando vídeos? —pregunto, mirándolo.

Un gruñido es la única respuesta. Deja el vaso a un lado, coge otro, y también el decantador de cristal tallado. Lo llena y me lo da sin decir nada.

Así, nos pasamos unos minutos sentados en silencio, acunando nuestras bebidas. Yo finjo que el ardor que siento en el pecho es del whisky, y no por ver en la pantalla a mi familia muerta.

O por la mujer que he conocido y perdido en Carolina del Sur.

Justo cuando me estaba acostumbrando al silencio, cuando el alcohol me empezaba a correr por las venas y a embotar los sentidos, mi padre dice:

—Has vuelto. —Bebe un sorbo.

Asiento y me sirvo otra copa. De repente, agradezco este bálsamo para la conversación que va a tener lugar.

Mira en todas direcciones.

—¿Has venido con tu preciosa prometida?

Me humedezco los labios y dejo el vaso sobre la mesa. Daría cualquier cosa por no tener que hablar de esto.

—No.

Me mira de frente.

—Entonces, dime qué haces aquí.

—Es una larga historia.

Arquea las cejas pobladas, salpicadas de gris.

—¿En serio? Trent Kingston me la ha contado en dos minutos.

Mi padre aprieta los dientes y por un momento la desconfianza se pinta en su rostro. Desde que mató a la mitad de la comisión y exigió que el resto se sometiera a él, he visto cada vez más a menudo esa misma expresión en los cinco últimos años.

Corrupción. Codicia. Poder.

Traté de alertar a Peppino, le dije que papá estaba perdiendo la cordura, pero nunca me hizo caso, y acabó muerto.

Yo no voy a cometer el mismo error.

—La versión de Trent es muy parcial —digo.

—Ah, qué curiosa coincidencia, eso mismo me dijo él sobre la que me darías tú.

Niego con la cabeza.

—No creo en las coincidencias.

Sonríe, burlón.

—*Bene.* —Bebe otro sorbo del vaso y lo deja en la mesa—. Así que te pilló metiéndole la polla a la *puttana* que no debías y, en vez de portarte como un hombre, como un Marino, saliste corriendo.

No puedo estar más en desacuerdo.

—No te deberías creer nada de lo que te contara Trent Kingston. Es una víbora, igual que su hija. Pero confías en él y le das un control que no se merece. Un control sobre mí.

—No tienes ni idea de lo que es el control, *figlio mio.* —Deja escapar una risita hueca, amenazadora, que me provoca un escalofrío en la espalda—. El control es silencioso. Es dominante. No tiene por qué exhibirse ni ocupar espacio porque él mismo es el espacio, el que permite que los demás existan dentro de él. Si crees que el mierda de Trent Kingston tiene control sobre ti es que tú nunca lo has tenido.

Trago saliva y me humedezco los labios sin saber qué quiere que haga.

—La boda se ha cancelado —termina con calma—. Felicidades.

Me mira con los ojos cargados de decepción, pero yo solo siento alivio.

Puede que no tenga que hacer lo que temía hacer. Puede que las cosas vuelvan a ser como eran.

Puede que…

—¿Y Aria? —pregunto.

—Aria Kingston ya no es asunto tuyo. —Me señala—. Tu hermano no le habría fallado así a la familia.

Asiento con la cabeza, cojo el vaso y bebo otro sorbo. El alivio me baña por dentro como una cascada.

De pronto, mi padre tira el vaso de cristal contra la chimenea. Se hace pedazos y los fragmentos caen por el suelo.

El sonido repentino me sobresalta y el vello se me eriza.

—¿No vas a decir nada? —sisea—. Deberías estar de rodillas, suplicando que te perdone.

Trago saliva, con la garganta seca de repente. Me apresuro a dejar el vaso en la mesa, lejos de su alcance.

—No sirves para nada, Enzo Marino. Solo te encomendé un trabajo. Te pedí que te casaras con esa chica, que me hicieras estar orgulloso de ti. Y era fácil. Pero aquí estás, vienes a mí como un perro, con el rabo entre las piernas.

—Lo siento.

—Lo sientes —dice.

Parece que esté saboreando la palabra. Se lanza hacia delante, saca de la nada su pistola y me la pone en la sien. El corazón se me acelera, pero mantengo el rostro inexpresivo. Si reacciono a este estallido, solo conseguiré empeorar las cosas. La imagen de Venesa me pasa por un instante por la cabeza, recuerdo todos los años que se pasó aprendiendo a no reaccionar. No sé por qué, pensar en ella en este momento me da fuerzas.

—Tal vez debería matarte —susurra—. ¿Me estás jodiendo adrede? ¿Trabajas para otro?

La sangre me galopa por las venas.

—Nunca haría eso, papá.

Se oye un chasquido cuando quita el seguro. Noto el metal frío contra la sien.

—¿Cómo puedo confiar en ti, *figlio mio*? Ahora sé que basta un coño cualquiera para apartarte de tu deber.

Tenso la mandíbula.

—Si quieres matarme para asegurarte de que no te traicionaré, adelante. No me resistiré —miento—. Pero soy el único que va a estar siempre de tu lado.

Echar leña a las llamas de su paranoia es arriesgado, pero prefiero que piense en lo mucho que me necesita, no en todos los motivos por los que no.

Le tiembla la mano. Es un temblor apenas perceptible, pero está ahí. No sé si es por la edad y no me había dado cuenta antes o si es porque está menos sereno de lo que intenta aparentar. Tal vez… tal vez le importo más de lo que pensaba.

—Deja el arma, papá —digo en tono calmado—. Siento haberla cagado. No volverá a pasar.

Pasa un segundo.

Un minuto.

Dos.

Por fin, baja la pistola y la deja en la mesa, ante nosotros. Se recuesta de nuevo contra el respaldo del sofá y vuelve a mirar la televisión como si no hubiera pasado nada.

El rostro sonriente de Peppino se burla de mí desde la pantalla.

Yo también me acomodo. Me muero por respirar hondo, y siento que el corazón me va a estallar. Carraspeo para aclararme la garganta.

—¿Qué quieres que haga? —pregunto.

—Olvídate de los Kingston, vuelve al trabajo y trata de no recordar que has avergonzado a la familia.

Su voz ahora es neutra. Las palabras buscan hacerme daño, pero no lo consiguen como hacían antes.

No me creo ni por un momento que todo esto haya terminado.

He decepcionado a mi padre, pero está loco si cree que me voy a olvidar de la conversación que oí entre Trent y Aria.

Empezando por la noche en que alguien trató de matarme.

Porque, si Aria no me salvó, ¿quién fue?

CAPÍTULO 37

Venesa

No viajo mucho, pero conozco un poco Nueva York. En los últimos años he estado aquí las veces suficientes como para poder moverme con soltura por la ciudad. La verdad es que Nueva York me gustó desde la primera vez que vine. El bullicio de sus calles tiene algo reconfortante, algo que no se puede encontrar en otros lugares.

En Atlantic Cove, las cosas van despacio, y todo el mundo conoce a todo el mundo y se sabe todo sobre los demás. Aquí, me fundo con el resto de la gente, algo que me resulta tranquilizador.

Es la primera vez que intento localizar a Enzo aquí, en Nueva York, y me estoy dando cuenta de que en esta ciudad es alguien mucho más importante de lo que yo creía que era cuando vino a Carolina del Sur. Todo el mundo lo conoce, lo que juega a mi favor, porque no estaba segura de que hubiera vuelto ya a casa.

Siempre había pensado que la mafia llevaría una vida discreta, que su gente permanecería oculta entre las sombras, pero debe de ser que John Gotti lo cambió todo con aquellos trajes elegantes y la sonrisa perfecta para las fotos. Cosa por la que le estoy agradecida, porque no me ha podido resultar más fácil averiguar que Enzo ha vuelto y cómo puedo localizarlo.

Cuando llegué, me tomé un par de días para organizarme. Solo tenía unos tres mil dólares, lo que no es mucho cuando estás de viaje y has de buscar un sitio donde vivir. Estoy alojada en un motel barato de Yorkville y trato de ahorrar todo lo que puedo hasta que sepa qué voy a hacer. Lo único que tengo claro hasta ahora es que quiero localizar a Enzo, decirle la verdad de todo y pedirle que me ayude a acabar con mi tío.

Es un riesgo y no me lo tomo a la ligera.

Existe la posibilidad muy real de que no acepte ayudarme, de que me eche a patadas o me mate cuando averigüe lo que le he estado ocultando.

Pero cada vez que dudo de la decisión de venir aquí a buscarlo, me llevo la mano al collar de las conchas marinas y sé que he hecho bien.

Tengo que correr el riesgo.

Luego me iré para que se case con Aria y no volveré a pedirle nada. Por eso estoy en el Royale, uno de los clubes de Enzo.

Es bonito. Bullicioso. No me cuesta pasar desapercibida, que es lo que quiero. Al menos de momento.

Me siento en el único taburete que queda libre y pido un agua con gas y una rodaja de lima solo para tener algo entre las manos mientras trato de pensar cómo dar con Enzo. No sé si está aquí, solo sé que es uno de los lugares que frecuenta.

—No eres de aquí, ¿eh? —me dice el camarero con una sonrisa, echándose al hombro el paño blanco.

Le devuelvo la sonrisa y le doy un sorbo a mi soda, acodándome en la barra mientras contemplo las mesitas redondas y los diversos escenarios donde bailan preciosas mujeres medio desnudas. Es un espectáculo delicioso.

—¿En qué lo has notado?

Se ríe y frota la barra ante mí, luego coge un vaso de cerveza y lo llena del grifo.

—¿De dónde eres? ¿Tennessee?

Aprieto los labios.

—Aaah.

Se le acentúa la sonrisa al ver que ni lo admito ni lo niego.

—Venga, preciosa, no te hagas la difícil —dice, inclinándose más hacia mí.

Es evidente que está ligando, pero es agradable y no lo disuado.

Miro hacia la otra punta de la barra y veo un rostro conocido.

Scotty.

Una chispa cálida se me enciende en el pecho, y me coge tan desprevenida que me pongo la mano en el corazón para aplacar el sentimiento.

Miro al camarero.

—¿Quién te ha dicho que no soy difícil?

Scotty pasea la vista por el local y abre mucho los ojos al verme. Viene a toda prisa, me mira y luego mira al camarero. Cuando llega junto a mí, me agarra por el brazo.

—¿Qué demonios haces tú aquí? —pregunta al borde del pánico.

Le doy una palmadita en la mano para que me suelte.

—Ey, yo también me alegro de verte.

—¿La conoces, Scotty? —pregunta el camarero—. No suelta prenda.

Se echa a reír, pero la risa se le atraganta cuando Scotty le da un puñetazo en el hombro desde el otro lado de la barra.

—No hables con ella. —Lo señala con el dedo—. No la mires siquiera.

—Ah, esas tenemos. —Retrocede y levanta las manos en el aire.

—No tenemos nada —digo, soltando un bufido y poniendo los ojos en blanco.

—No te metas donde no te llaman, ¿de acuerdo? —le ordena Scotty.

El tipo asiente y obedece. Deja de mirarme y se va hacia el final de la barra para entablar conversación con otro cliente.

Chasqueo la lengua. «Cobarde».

—Vaya, así que aquí eres un pez gordo, ¿eh? —le pregunto a Scotty.

—¿Sabe Enzo que estás aquí? —Vuelve a hacer ademán de agarrarme, pero me bajo del taburete y me aparto de él.

—Deja de intentar cogerme. Y no, no lo sabe. De hecho, lo estoy buscando. ¿Sabes dónde está?

Niega con la cabeza y tamborilea sobre la barra con los dedos.

—No deberías estar aquí, Venesa. Esto no es ningún juego. Ahora mismo Nueva York no es un buen lugar para ti.

Le pongo una mano en la mejilla y le dedico una amplia sonrisa.

—Deja de tratarme como si fuera una damisela en apuros, Scotty. Quiero saber dónde está Enzo. Tengo que hablar con él, es importante.

Aprieta los labios e inclina la cabeza como si no supiera bien qué hacer conmigo.

—Vale, pero no está aquí. Le diré que lo buscas, ¿te parece? Dame tu número.

Asiento, decepcionada, y le digo cómo puede localizarme Enzo. Luego me quedo bebiendo mi soda mientras veo cómo Scotty desaparece entre la gente.

Algo no va bien. Me saco un billete de diez del bolsillo, lo dejo en la barra y sigo a Scotty hacia un pasillo en la parte de atrás.

La distribución es muy similar a la de La Guarida, aunque a escala más grande. Pero es el mismo pasillo, las mismas escaleras que llevan al sótano, donde las cosas no son lo que parecen.

Debajo del Royale hay otro mundo. Noto el olor a sudor y a testosterona en el aire. La gente está apiñada como sardinas en lata, cerca de una zona elevada con un cuadrilátero en el centro.

Ahí hay dos hombres, magullados y ensangrentados, con las manos envueltas en cinta deportiva adhesiva, peleando. El club de la parte superior es agradable; este lugar es primitivo.

Localizo a Enzo de inmediato.

«Scotty, mentirosillo».

Está en un rincón, vestido impecable, como siempre, con las manos en los bolsillos. Tiene el ceño fruncido y la cabeza inclinada a un lado mientras escucha lo que le dice al oído un tipo corpulento de pelo castaño que lleva una pistola dentro de la cartuchera, en el costado.

Me abro camino entre la gente para acercarme a Enzo, pero no voy hasta donde está. Todavía no. Me quedo a cierta distancia para ver cómo se mueve en su mundo.

Parece más cómodo, al mando. Hay algo sofisticado en su postura, y es obvio que todos lo miran con deferencia, le dejan espacio, saben que no deben acercarse demasiado.

De pronto, vuelve la cabeza hacia donde estoy y busca con la mirada.

¿Es una tontería pensar que percibe mi presencia?

Está rodeado de hombres, de auténticos guardaespaldas, lo noto de inmediato. Y esta versión de Enzo Marino es muy diferente del Enzo de vacaciones que vi en Carolina del Sur.

Una pequeña parte de mí, una parte envidiosa, quiere saber si Aria lo ha visto alguna vez así. Y si lo ha visto…, ¿le gustó a Enzo que lo viera?

Pero no debo engañarme. Seguro que ha exhibido a mi prima por todo Nueva York, radiante, colgada del brazo.

Una mano me agarra con fuerza por el brazo. Me aguanto para no saltar y me vuelvo para encontrarme frente a frente con los ojos alarmados de Scotty.

—Hola, cielo. ¿Me echabas de menos?

—¿Me has seguido? —Mira a su alrededor.

—Mira, Scotty, sin ánimo de ofender, lo del disimulo no es lo tuyo, ¿vale? —Se me queda mirando. Le doy una palmadita en la mejilla—. No te pongas así, es una buena lección. Ya la pondrás en práctica.

Trato de hacer que me suelte, pero me agarra con más fuerza.

—Vamos, tengo que sacarte de aquí antes de que te vea Enzo.

Se me borra la sonrisa y lo miro con el ceño fruncido. No me gusta que me fuercen.

—Quítame las manos de encima. Es la última vez que te lo digo.

Se queda paralizado, seguro que porque nunca le he hablado así, pero no me suelta.

—Me has mentido, Scotty. No me gusta que me mientan, así que te voy a decir la verdad: si no me quitas las manos de encima ahora mismo, todos los presentes van ver un espectáculo de verdad.

Scotty aprieta los dientes como si no supiera si la amenaza es genuina. De pronto, mira por encima de mi hombro y abre mucho los ojos.

Se me eriza el vello de todo el cuerpo al percibir una presencia a mi espalda.

—Nada de espectáculos gratuitos, nena —dice una voz grave.

CAPÍTULO 38

Enzo

Estoy un poco borracho.

Aunque parezca mentira, es raro en mí. Suelo parar de beber en cuanto siento algo más que un ligero zumbido porque no me gusta perder el control de la situación ni que me pillen con la guardia baja. Y tal vez por eso, porque estoy borracho, juraría que noto la presencia de Venesa.

Desecho la idea; es ridícula. No se puede percibir a otra persona, eso son chorradas de las películas. No pasa en la vida real.

—Enzo, tío, ¿me estás escuchando?

Me vuelvo hacia Gio y me doy cuenta de que noto la cabeza mucho más pesada que de costumbre. Se me dibuja una sonrisa perezosa en la cara.

—Sí, tío, claro.

Vuelvo a recorrer la estancia con los ojos, sin dejar de notar algo que me cosquillea.

«¿Qué cojones me pasa?».

Gio se me acerca más, pero como es más bajo que yo, cosa que no dejo que olvide nunca, tengo que agachar la cabeza para escucharle.

—Tienes que buscarte otro teléfono, tío —dice—. Los De Luca te están buscando.

—Joder —me quejo, pasándome una mano por la barbilla—. Lo sabía.

Se oyen gritos y me concentro en los hombres que pelean en el cuadrilátero. Noto que me pican los nudillos; me muero de ganas de subir a probar sangre. Antes de convertirme en Peppino 2.0, estaba ahí a menudo. Era la manera ideal de descargar tensión, de dar rienda suelta a la violencia que llevo dentro sin que afectara al resto de los aspectos de mi vida. Mi padre se cabrearía si supiera que ando por aquí. Ahora esto lo dirige Gio, aunque sobre el papel siga estando a mi nombre.

Un destello de blanco plateado me atrapa desde el fondo del local. Clavo allí los ojos, pero todo está a oscuras, no veo nada. Además, puede que tenga la vista un poquito borrosa.

—Ahora no quiero pensar en eso. —Le doy una palmadita a Gio en la espalda.

Me mira con un brillo travieso en los ojos.

—Estás borracho.

Suelto un bufido y muevo el cuello para relajarlo.

—Anda ya. Me estoy divirtiendo un poco. Sigo tu consejo.

Gio tiene la expresión más idiota imaginable.

—Claro, claro. ¡Eh, nena! —grita a una chica con pantalón corto ajustado y camisetita de lentejuelas. Creo que lleva tiempo trabajando aquí, pero nunca me sé los nombres. Es mejor mantener la distancia.

—Dime, Gio.

—Tráele aquí al muchacho un poco de agua y un café solo, ¿vale?

Ella asiente y le guiña el ojo. Gio le da una palmadita en el culo antes de que se vaya.

—¿Te la estás tirando? —pregunto.

—Qué va. Yo no mezclo el trabajo con el placer, ya lo sabes.

—Hablando de idiotas incapaces de separar el trabajo del placer, ¿dónde cojones está Scotty? ¿Lo has visto?

—Ni idea, tío. Anda por aquí, seguro que hablando más de la cuenta.

—Scotty Andretti, el Chismes. Cuando le pongan apodo, irá por ahí. Ese chico no para de darle a la lengua. Si alguna vez sube, habrá que controlar ese problema suyo.

—Muy cierto. —Gio se yergue y mira a su alrededor—. Hablando de Roma, ahí está.

Sigo la dirección de su mirada y veo a Scotty, de espaldas. Está tenso y ha agarrado a alguien, aunque están en un ángulo que no me permite ver a la otra persona.

«Qué interesante».

Y, de pronto, es como si se separaran las nubes, comenzara a brillar el sol y los putos pájaros empezaran a cantar, porque se aparta y veo el rostro de Venesa. Sabía que estaba aquí. No me he vuelto loco.

Gio me sigue diciendo no sé qué, pero lo dejo a media frase y voy hacia ellos.

Voy como un rayo hacia donde están, y a medida que me acerco se apodera de mí la excitación. Venesa está aquí, yo estoy aquí, y no estoy prometido… Está aquí, joder, está aquí.

Está susurrando algo al oído de Scotty y él la agarra como si la quisiera detener. Algo extraño y ardiente se apodera de mí al verlo, algo parecido a lo que sentí al ver a aquella mujer manoseando a Venesa en la fiesta de compromiso.

Nunca he sido celoso, pero no soporto que nadie más la toque.

A medida que me acerco, detecto las miradas que se la comen, pero los miro a todos con gesto amenazador y apartan la vista como hormigas que se escabullen.

Llego detrás de ella y oigo que le dice a Scotty que va a montar un espectáculo de verdad, así que me inclino para hablarle al oído.

—Nada de espectáculos gratuitos, nena —le susurro.

Noto que se le eriza el vello y he de controlarme para no lamerle la piel.

—Yo que tú, la obedecería, Scotty —recomiendo—. He visto en persona de lo que es capaz, y no me gustaría que te avergonzara delante de tus muchachos.

No tarda ni una fracción de segundo en apartar la mano.

Venesa se vuelve y me sonríe. Ah, ahí están esos hoyuelos de sus mejillas.

—Enzo.

Le sonrío como un idiota.

—¡Joder, cómo me gusta que digas mi nombre!

Detrás de nosotros se oyen gritos y silbidos, seguidos por un golpe sordo cuando uno de los boxeadores queda noqueado contra los barrotes de metal.

—Tengo que hablar contigo —dice, alzando la voz para hacerse oír por encima del griterío.

Le miro los labios.

—Puedes hacer lo que quieras conmigo —respondo, aunque no sé si me oye.

Le pongo una mano en la espalda y el mero contacto hace que la anticipación me llene por dentro. La guío hacia el pequeño despacho que tenemos aquí abajo.

Pasamos por delante de Gio, que sigue donde lo he dejado, con la espalda contra la pared y los brazos cruzados, y que arquea las cejas al verme con Venesa.

Pero no me detiene. Me conoce bien.

Ahora mismo solo puedo pensar en lo bien que me siento al tenerla aquí.

Llegamos al despacho, abro la puerta de golpe, la hago entrar y cierro detrás de nosotros. Apoyo la espalda en la pared y me meto las manos en los bolsillos, porque, si no, no sé si podré controlarlas.

Entra en la habitación arrugando la nariz y luego se vuelve hacia mí mientras apoya ese culo perfecto en el borde del diminuto escritorio.

Y noto que se relaja como si en este instante dejara caer un escudo.

—Te imaginaba en un rascacielos de cristal, ocupando un despacho elegante, rodeado de secretarias.

—Si quieres, te llevo allí mañana.

Pone los ojos en blanco.

—Ya me lo imaginaba.

Me la quedo mirando con una sonrisa que debe de parecer muy estúpida.

—¿Por qué pones esa cara? —me pregunta.

La sonrisa se acentúa.

—¿Qué cara?

—Como si te alegraras de verme.

Voy hacia ella, la cojo por la cintura y, cuando la atraigo hacia mí, contiene una exclamación y me pone las manos en el pecho.

—Es que me alegro de verte —digo.

—Enzo, no…

—Quiero besarte —farfullo.

No sé por qué lo digo, pero no puedo pensar en otra cosa ahora que está aquí. Tampoco podía pensar en otra cosa cuando no estaba.

Se echa a reír.

—Enzo…

—Lo digo en serio. ¿Por qué no dejas que te bese?

—¿Estás borracho?

Trata de apartarme, pero la estrecho con más fuerza, doy la vuelta para que su cuerpo quede entre mis piernas y yo apoyado en el borde del escritorio.

—Borracho de ti —murmuro, y le paso la nariz por el cuello—. Joder, qué bien hueles.

Se ríe y trata de apartarme otra vez.

—Te pones muy sobón cuando bebes.

—No lo puedo evitar —gruño, y le clavo los dedos en las caderas—. Sabía que estabas aquí.

Arquea una ceja y retrocede un poco.

—La verdad, me extraña que me vieras.

—Nena, cuando entras en un lugar, todo el mundo se vuelve hacia ti. No puedes estar cerca sin que yo me dé cuenta.

Abre más los ojos y me mira, todavía con las manos en mi pecho, aunque no sé si es para mantenerme a distancia. Si es lo que pretende, no surte el efecto buscado: lo único que consigue es avivar el deseo que me abrasa por dentro como un infierno.

—No digas esas cosas —susurra—. Es imposible.

Me inclino hacia ella, acercando los labios a su mejilla, y le cojo la barbilla con la mano libre.

—Yo puedo hacer lo que quiera.

Contiene la respiración y me agarra la camisa con los dedos.

Trato de pegar la boca a la suya, pero vuelve la cara.

—No he venido para esto.

Suspiro, apoyo la frente contra la suya y muevo la cabeza.

—Me estás volviendo loco, joder. —Le agarro la cara con las manos y la atraigo hacia mí—. ¿Por qué no me besas?

Venesa respira hondo y baja la vista.

—No hagas eso —susurro—. Dímelo.

—Para empezar, porque estás comprometido con mi prima.

Niego con la cabeza.

—No. Ya no.

Se atraganta, me mira a los ojos.

—¿Qué?

Le meto los dedos entre el pelo y la sujeto por la nuca.

—Soy todo tuyo si me quieres, *piccola sirena.*

—Te tengo que contar algo, Enzo.

—Cuéntame por qué no dejas que te bese.

Titubea, se muerde el labio inferior.

—Tengo miedo de que se me dé mal.

Resoplo, incrédulo, y le agarro la cabeza con más fuerza.

—Imposible.

—No lo he hecho nunca, no sé…

Al oírla, la energía me abrasa el pecho en una llamarada carnal, posesiva, que me recorre todo el cuerpo y me hace sentir el rey de todos los hombres.

—No tengas miedo.

«Bésala».

Le rozo la nariz con la mía.

—Te voy a besar. Y te juro que va a ser el mejor beso de mi vida.

—¿Cómo lo sabes?

Le acaricio el labio inferior con el pulgar y sigo el movimiento con los ojos.

—Porque será tuyo.

Y, entonces, capturo sus labios con los míos.

Me estallan en el pecho fuegos artificiales, saltan chispas que se me instalan en el vientre. A mi alrededor, todo se difumina y palidece en comparación con este momento.

Por fin estoy besando a la mujer que amo. Lo entiendo en ese mismo instante, y es como si me golpearan con un bate de béisbol.

«¡Dios santo! ¡Estoy enamorado de Venesa!».

Al principio no mueve la boca. Bajo la mano con la que le sujeto la barbilla y la deslizo por el cuello para animarla a responder, y lo hace. Suspiro cuando me devuelve el beso. Le agarro el pelo con más fuerza con la otra mano, asomo la lengua y le acaricio los labios sellados.

Gime, y ese sonido basta para que se me agite la polla.

Estoy perdido en Venesa y podría quedarme a vivir en ella.

Se aparta de mí con la respiración entrecortada. Trato de lanzarme de nuevo sobre ella, de capturar de nuevo sus labios. Ahora que los he probado, no sé cómo vivir sin ellos.

—Enzo, te tengo que…

—Luego —la interrumpo—. Me da igual lo que quieras contarme. Nada que puedas decir cambiará lo que siento. Por favor. Quiero tenerte. Por fin.

No es propio de mí suplicar, pero el alcohol me ha hecho relajarme lo suficiente como para ser vulnerable, sincero.

Necesito saber qué se siente al estar con ella. Llevo semanas atormentándome con el recuerdo de Venesa contra la pared, tan cerca de mí y a la vez tan lejos. Quiero bajar por su cuerpo, devorarle el coño hasta que se corra, y luego meterle la polla tan profundamente que no podrá sacarme nunca de ella.

Solo de pensar en correrme dentro de Venesa, hacer que grite mi nombre cuando la haga mía, derramándome dentro de ella, hace que se me tensen los testículos. Mi lengua gira contra la suya de nuevo, mi boca la presiona con más fuerza.

El aire chisporrotea y Venesa se convierte en parte activa del beso; me desliza las manos por el pecho y me rodea el cuello hasta que enreda los dedos en los mechones de cabello y tira para anclarse a mí.

Se le escapa otro gemido y empiezo a moverme, acariciándole la cara y detrás de la cabeza, los costados... Le subo el vestido hasta que tengo las manos debajo de él y toco la piel caliente, suave.

Nuestros labios no se separan. Es torpe, y va insegura, pero no me importa, porque me está besando, y para mí eso ya es perfecto.

Es como si la hubieran matado de hambre durante mucho tiempo y ahora que se han abierto las compuertas no pudiera detenerse. No sé por qué no ha besado a nadie antes, pero no voy a cuestionarlo. Saber que soy el único al que le ha dado eso es un regalo, un regalo que me llena y me da ganas de arrodillarme para adorarla.

Así que lo hago.

La empujo hacia atrás, me aparto y le doy la vuelta de nuevo, le pongo las manos en las caderas y la izo hasta que queda encaramada en el borde del escritorio. Caigo de rodillas y le deslizo el vestido hacia arriba. Cuando la miro, el deseo que siento por ella se apodera de mí.

Es arrebatadora.

El pecho se le mueve con la respiración jadeante; tiene las mejillas rosadas y los ojos entornados, tan llenos de deseo que me cuesta pensar. Y respirar.

—Enzo, por favor... —suplica, agarrándome del pelo.

—Chisss, nena. Quiero tomarme mi tiempo. Quiero memorizar este momento para recordarlo cada vez que lo desee.

Me inclino sobre ella, le deposito besos en el tobillo, la pantorrilla y el muslo. Abre las piernas y se me desborda el corazón al ver que, una vez más, no lleva ropa interior, y me encuentro su coño expuesto, rosado, turgente, perfecto…

Se me hace la boca agua, la agarro por las caderas y tiro de ella hacia mí para deslizarle el culo hasta el borde del escritorio.

Jadea, le centellean los ojos y me agarra del pelo con más fuerza para presionarme la cara contra su coño.

«Esto es el paraíso».

O algo muy parecido.

—Dime lo que quieres —le pido, y soplo sobre su clítoris.

—Quiero que me lo comas.

Le paso la lengua tentativa, sin apenas tocarla, rozando solo a lo largo de los labios y el clítoris. Me agarra más fuerte, me presiona contra ella y me hundo de buena gana; su sabor me estalla en las papilas gustativas. Tiene un sabor penetrante, a piña y a mujer. Noto que la polla me presiona contra la cremallera del pantalón con tanta fuerza que creo que acabará rompiéndola. La humedad me gotea por el miembro y se me está acumulando en la base.

Venesa gime y me suelta el pelo, para dejarse caer hacia atrás, sobre los codos, con la respiración jadeante agitándole el pecho.

—Dios, Enzo, esto es…

Sus palabras me apremian. Por lo abierta que está a esta experiencia, es obvio que era virgen para los besos, pero en otros aspectos no lo es en absoluto. Le rodeo el clítoris con la lengua y la hundo en la entrada de su sexo para lamer su humedad antes de volver a donde sé que más me necesita. Le agarro la cara interna del muslo con una mano para forzarla a abrir más las piernas y, con la otra, penetro en su humedad, muevo arriba y abajo los dedos dentro de ella, los curvo hacia arriba…

Cuando la oigo gemir de nuevo, levanto la mirada desde entre sus piernas; la polla me palpita de necesidad al ver cómo echa la cabeza hacia atrás, barre el escritorio con el pelo y jadea de placer.

Joder, no puede ser más perfecta.

—No pares... —suplica—. Sigue así...

Rota las caderas contra mi boca. Suelto la mano con la que le sujetaba el muslo y se la pongo en la cadera para ayudarla a moverse contra mí.

Vuelvo a mirarla y casi me corro porque se ha sacado los pechos por el escote del vestido, tiene la tela recogida debajo, y está jugando con los pezones rosados, maravillosos... Los retuerce entre los dedos para convertirlos en guijarros firmes. Y, además, veo que lleva puesto el collar.

Al ver una concha rosa descansando en el valle de sus pechos, me enciendo por dentro: es como si fuera una marca que dice que Venesa es mía y yo soy de ella.

Aparto la boca del clítoris y ella me mira al momento, se suelta los pechos y me agarra para empujarme de nuevo hacia su coño caliente.

—He dicho que no pares.

No le da miedo coger lo que quiere y la devoro con más ansia aún. Adoro cómo prácticamente me monta los dedos, cómo mueve el clítoris endurecido adelante y atrás contra mi lengua.

Tiene la respiración cada vez más entrecortada. Me aprieta la cabeza entre las piernas, noto cómo le tiemblan contra mí.

—Dios, Dios, Dios...

Y estalla. Todo su cuerpo vibra y su coño me inunda la boca con un sabor increíble. Me lo bebo con ansia, con gula, mientras sigo trabajándola con los dedos y la lengua hasta que cesan los estertores. Solo entonces la suelto y me siento sobre los talones con la cara cubierta por su humedad, por su olor.

—Dios, qué sexy estás cuando te corres —le digo.

Se incorpora con los ojos brillando de satisfacción y me agarra por la camisa para atraerme hacia ella y unir nuestras bocas. Cuando enreda la lengua con la mía, estoy tan caliente que no puedo ni respirar, porque sé que está probando su propio sabor y es lo más excitante que he sentido jamás.

Aparto los labios de los suyos para decírselo, pero me acaricia la nuca y me atrae de nuevo, me captura con la boca el labio inferior y lo muerde como si necesitara saborearse aún más. Nuestras lenguas se enredan, devora mi gemido cuando lame la mía, joder, antes he mentido, esto es lo más excitante que he sentido jamás.

Me duele la polla de las ganas que tiene de ser libre. Venesa me baja las manos por la pechera de la camisa hacia la hebilla del cinturón y me lo desabrocha sin siquiera mirar, y luego me baja los pantalones un poco, lo justo.

Para ayudarla, la pongo de nuevo sobre el escritorio y me yergo. El aire se tensa de necesidad desesperada.

Solo han sido unas semanas, pero me siento como si hubiera esperado este momento desde siempre, y ya no puedo más. Estoy tan caliente que una gota de semen me corre por un lado de la polla.

Le brillan los ojos, se inclina, me coge el miembro y se lo lleva a la boca. Cuando la lengua caliente traza círculos sobre la punta, todo el cuerpo se me enciende como si estuvieran estallando miles de fuegos artificiales, le pongo las manos en la cabeza y clavo la vista en ella para no perderme ni un segundo.

La visión de Venesa con mi polla en la boca es un sueño.

Noto la tensión que crece y cómo se me endurecen los testículos… Maldita sea, estoy a punto de correrme. La empujo hacia atrás.

—Échate sobre el escritorio —ordeno.

Hace un puchero.

—Pero quería…

Sacudo la cabeza con la mano sobre su pecho, justo encima del escote, y la empujo con delicadeza.

—¿Qué he dicho?

—Que me eche sobre el escritorio —responde mientras obedece.

La acompaño en el movimiento para quedar sobre ella, con la polla rígida y palpitante, lista para deslizarme dentro de su cuerpo hasta que nada pueda separarnos.

Se me tensa el vientre de anticipación.

—Así me gusta —le susurro, y bajo la boca hasta pegársela a la oreja—. Ya sé que estás acostumbrada a ser tú quien tiene el control, a hacer lo que se te antoja, pero cuando se trate de nosotros quiero que te relajes y te dejes llevar. Permite que me ocupe de ti. ¿Podrás, nena?

Sin dejar de mirarla ni un segundo, me echo un poco hacia atrás con la mano derecha en la base de la polla, la subo hasta la punta, me humedezco los dedos con las gotas de leche que se me han escapado y las extiendo a lo largo de todo el miembro para lubricarlo.

Oh, Dios, necesito estar dentro de ella.

Se muerde el labio con el rostro arrebolado de excitación y asiente.

—Podré.

Tengo la polla a la entrada de su sexo, presiono, me retiro, la deslizo arriba y abajo contra el clítoris… Está ardiendo, tan húmeda, tan caliente que no puedo creerme que vaya a entrar en ella.

—Así me gusta.

Venesa se estremece.

Le cojo la mano de nuevo y se la pongo sobre mi polla, obligándola a incorporarse un poco. Su palma suave contrasta con la mía encallecida cuando ambos la pasamos a la vez por el miembro para ponérselo en el sexo.

—Quiero que notes cómo te penetro.

No responde, solo se muerde el labio inferior otra vez, pero me sujeta con más fuerza, sus dedos sobre los míos rodean la base de mi polla por completo.

Y por fin embisto, y juro por Dios que casi me desmayo del placer de estar dentro de Venesa.

Se le escapa un grito mientras yo trato de concentrarme, de memorizar cada instante de lo que siento al enterrarme en ella... hasta el fondo. Cuando llego al final, mis ingles contra las suyas, me detengo, la devoro con los ojos como si me muriera de hambre, que es lo que me pasa en cierto modo.

Estoy hambriento de ella.

Tengo que memorizarla tal como la veo ahora mismo, en este segundo exacto en el que estamos tan conectados. En este instante, no nos importaría a ninguno de los dos que el mundo entero ardiera a nuestro alrededor.

—Joder... —jadeo.

—Enzo, muévete.

Deslizo la mano hacia arriba para ponérsela detrás de la cabeza, la sujeto porque estoy a punto de follarla con violencia y no quiero que se haga daño, pero también para poder enredar el pelo en el puño y tirar.

Cosa que hago.

Con fuerza.

—Si vuelves a decirme lo que tengo que hacer... —la amenazo como hago siempre que me da órdenes.

Deja escapar un gemido cuando le tiro del pelo más fuerte, y luego empiezo a moverme, dentro y fuera, a ritmo rápido. La penetro tan hondo que sus pechos se sacuden y su cuerpo se desliza por el escritorio con cada embestida.

La sensación es maravillosa, y se lo digo.

Tiene los ojos en blanco, el sudor le perla las sienes y hace que los mechones de cabello se peguen a las mejillas.

—Joder…, sí…

Me inclino sobre ella y me lanzo sobre su boca. Quiero ahogarme en Venesa.

—¡Enzo! —grita.

Mi nombre en sus labios hace que me invada la posesividad como un tornado, pierdo el ritmo de las embestidas; estoy demasiado cerca de correrme.

Deslizo la mano debajo de ella y la incorporo hasta que se queda sentada con el culo en el borde del escritorio, y entonces envuelvo su cuerpo con el mío sin dejar de penetrarla. Este nuevo ángulo me crea una fricción en todo el miembro que me lleva cada vez más cerca del orgasmo.

Le agarro el pelo para echarle la cabeza hacia atrás y estirarle el delicioso cuello blanco, y me inclino sobre ella para besárselo una y otra vez.

—Dime que eres mía.

Noto cómo traga saliva y le muerdo el cuello hasta dejarle una marca sin parar de embestirla con las caderas. Por un momento, tengo miedo de que no lo diga, pero no me da tiempo a concentrarme en esa sensación porque entonces ella grita:

—¡Soy tuya! ¡Tuya!

El calor me baja por la espalda; esas palabras me causan una euforia con la que ninguna droga podría rivalizar.

—Y yo soy tuyo —le digo, y le muerdo el cuello con más fuerza.

Gime, pone los ojos en blanco y las piernas le empiezan a temblar. Tenso la mano con la que le agarro el cuello y le pego la boca a la oreja.

—Me voy a correr dentro de ti.

Las paredes del coño palpitan contra mi polla.

—¿Quieres, nena? ¿Quieres que te posea así? ¿Quieres ser mía?

—S-sí —tartamudea.

—¿Quieres que te llene tanto que te corra la leche por las piernas y que luego te exhiba ante todo el mundo para que sepan que eres mía?

Se le enfoca la mirada y por un momento se despejan las brumas del deseo.

—Siempre que sepan que es recíproco.

—Pues dámelo todo —exijo, poniéndole la mano en la base de la espalda para atraerla contra mis embestidas. Cuando responde rotando las caderas, siento que estoy a punto de estallar.

Nuestros cuerpos están cubiertos de sudor, calientes, húmedos allí donde chocamos una y otra vez; el olor intenso a sexo impregna el aire.

Le quito la mano de la espalda para meterla entre nosotros y presionarle el clítoris con el pulgar y trazar círculos sobre él sin dejar de follarla.

Empieza a sacudirse con espasmos, me estrecha dentro de ella, sé que está a punto de correrse porque el coño le palpita, me oprime, me suplica que me corra con ella.

—Joder, nena, sí, qué bueno... Eres perfecta... Eres perfecta...

Grita, grita con todas sus fuerzas, y su coño abraza mi polla como si fuera su presa. Estallo, me sacudo dentro de ella, embisto una vez más y me clavo tan hondo como puedo.

Es un orgasmo tan violento que lo veo todo negro con puntitos de luz. Echo la cabeza hacia atrás y me vacío por completo con un gemido.

Cuando abro los ojos, jadeante, tratando de recuperar el ritmo normal de la respiración, la veo derrumbada sobre la mesa. Es una visión de sexo duro, satisfecho. Es tan preciosa que me dan ganas de sacar el teléfono y hacerle una foto para masturbarme luego mirándola.

—Ha sido… —jadea.

Me dejo caer encima de ella con la respiración entrecortada y el cuerpo cubierto por una fina película de sudor.

—Perfecto —termino su frase—. Ha sido perfecto. Tú eres perfecta.

Apoyo la frente contra la suya y espero a que el corazón recupere un ritmo más normal.

—¿Y ahora? —me susurra al oído.

Retrocedo y le sonrío. Se me ha pasado el efecto del alcohol, pero nunca había sentido una euforia así.

—Ahora nos arreglamos y salimos de aquí. Quiero enseñarte que lo nuestro puede ser maravilloso en esta vida, no en otra diferente.

CAPÍTULO 39

Venesa

Estoy tumbada en la cama del hotel, con el pelo desparramado sobre la almohada. Es toda una mejora con respecto al hotel donde me estaba alojando en Yorkville. Enzo me ofreció instalarme aquí, y acepté de mil amores. Pero no debería haberme acostado con él. Antes tendríamos que haber hablado.

Pero él estaba borracho y yo tenía miedo de su reacción al enterarse de la verdad. Aún tengo miedo.

De todas formas, no voy a mentir, no puedo decir que no sea un placer disfrutar de una suite en el Marino. El lujo es de lo más agradable.

«¿Así es como vive Enzo? ¿Así es como hubiera vivido Aria?».

El tío Trent y el apellido Kingston le han dado mucho, pero no a este nivel. Esto es… extravagante. Enzo es como un dios en esta ciudad, y cuando la gente se entera de que eres su invitada…

Nunca me habían tratado tan bien.

El estómago me ruge y noto acidez en la garganta, de esa que llega de pronto cuando has esperado demasiado para comer y ya no se trata solo de hambre.

Busco por la habitación con la mirada y voy hacia la bolsa de lona para sacar los pocos cientos de dólares que aún me quedan.

Es patético. No lo de no tener dinero, en eso soy una experta. Además, el dinero no significa nada para mí, lo que pasa es que es mejor tenerlo que no, porque te facilita la vida. Lo que es patético es que, después de tantos años, después de todo lo que he hecho por mi familia, esto es todo lo que he conseguido. Me habían lavado el cerebro, me cegaba la lealtad al tío Trent, y no vi que no me estaba pagando lo que me merecía. Y me merezco mucho, porque soy fantástica. No va a conseguir a nadie mejor que yo.

De todas formas, saber que nuestra relación no era como yo la veía me hace sentir fatal, como si todo lo que hice no significara nada.

Como si mi vida no significara nada.

Como si yo no fuera nada.

La dicotomía de las dos sensaciones que luchan por imponerse en mi mente es agotadora.

De pronto, llaman a la puerta.

—¡Servicio de habitaciones! —me llega la voz amortiguada desde el otro lado.

«Qué raro. Si no he pedido nada...».

No metí la pistola en la bolsa porque la detesto y, francamente, porque no se me ocurrió. Ahora me arrepiento. No confío en nadie que llame a la puerta si no sé quién es. Recuerdo a Bastien gritándome una y otra vez por cosas como esta. Fue él quien me obligó a hacerme con una pistola.

Me duele el corazón al pensar en él. No llegué a despedirme. Le he escrito un mensaje de texto como cien veces, pero al final no se lo he mandado. Temo que sea leal a mi tío y lo utilice para localizarme, que él también formara parte de la mentira que ha sido mi vida y que en realidad nunca estuviera de mi parte.

La sola idea me pone mala.

Otro golpe en la puerta. Sopeso la posibilidad de ir a por el cuchillo, pero lo tengo en el dormitorio, así que prefiero correr el riesgo y voy hacia la puerta.

—¡Servicio de habitaciones! —vuelven a gritar desde fuera.

A un lado de la mesita de la entrada hay un globo terráqueo dorado. Lo cojo y lo sopeso. Es sólido. No es el arma ideal, pero en caso de necesidad, me servirá. Pego el ojo a la mirilla. Al otro lado hay un hombre con el uniforme del hotel, chaquetilla blanca de chef con su nombre bordado y un carrito que parece auténtico.

Tenso los dedos sobre el picaporte hasta que los nudillos se me ponen blancos. No sé por qué desconfío tanto, aparte de porque me pone nerviosa estar otra vez aquí, después de tantos años.

No es la primera vez que estoy en una habitación así. En una suite como esta asesiné a Joey hace tres años.

El chico parece joven, aburrido. Suspira y vuelve a llamar.

—¡Servicio de habitaciones!

Abro la puerta mientras escondo tras la espalda lo mejor que puedo el globo terráqueo.

—Buenos días, señorita. —Se da un toquecito en la gorra.

—¿Qué quieres? —pregunto en tono brusco.

—Eh… —Se rasca detrás de la oreja y señala el carrito con un ademán—. Servicio de habitaciones…

¿Por qué parece inseguro?

Trago saliva con la boca seca, sacudo la cabeza y me presiono la sien con la mano que me queda libre.

—Perdona, cielo, claro. Qué modales los míos. Pasa, pasa.

Se le relajan los hombros y me sonríe.

—Qué acento tan bonito. ¿De dónde es?

Arqueo una ceja.

—¿Seguro que debes hacer esas preguntas? —Veo que se pone rojo—. Oye, yo no he pedido nada.

Saco el globo de detrás de la espalda y le doy vueltas entre las manos. Me duelen los brazos del peso. Cuando se vuelve, abre mucho los ojos al ver que estoy blandiendo lo que básicamente es una estatua de oro macizo.

—Yo solo cumplo órdenes, señora.

Me adelanto y levanto una de las tapas de metal que cubren los platos. Tortitas. Y parece que llevan pepitas de chocolate. Fruta. Beicon. Huevos. Tostadas.

Cuantas más tapas levanto, más me sorprendo, porque es como si alguien hubiera pedido el menú completo del desayuno.

El estómago me vuelve a rugir.

«Y el café huele de maravilla».

—No tengo dinero para darte propina —le digo.

Mira el globo terráqueo.

—Tengo órdenes de no aceptar nada de usted.

—¿Quién te manda? —Inclino la cabeza a un lado antes de dejar el pesado objeto.

Me mira, nervioso, cosa que me hace gracia. Traga saliva y cambia el peso de un pie al otro.

—E… el señor Marino, señora.

Me sorprendo, pero no sé por qué. Tendría que haber dado por hecho que me lo mandaba él. Qué le vamos a hacer…, la vida me ha echado a perder. No confío en nadie, pero cuando el tipo me saluda llevándose la mano a la gorra antes de ir hacia la puerta, lo creo.

La gratitud me corre por dentro como una cascada. Cierro los ojos y me dejo llevar por el momento, y doy las gracias porque, a pesar de todo, tengo aquí delante algo que me hace feliz. Algo en lo que sumergirme.

Se me dibuja una sonrisa en la cara y me siento a comer sin pensarlo más; tengo hambre y no soy tan orgullosa como para no aceptar una comida. O diez comidas, si todas son como lo que veo en el gigantesco carrito.

Apenas he tomado unos bocados del desayuno cuando suena otro golpe.

—¡Servicio de habitaciones!

La voz es diferente, pero sonrío al pensar qué más me habrá mandado Enzo. Me levanto y voy de nuevo hasta la puerta.

—De verdad, esto ya es…

Me interrumpo a media frase cuando veo a Bastien al otro lado, con una expresión de incredulidad en la cara.

—Ni siquiera has comprobado quién llamaba —me regaña.

Se me para un instante el corazón y la esperanza me llena por dentro.

—¿Qué haces aquí?

Resopla y entra en la habitación como si tuviera todo el derecho a estar furioso conmigo.

Qué descaro. Se pone las manos en las caderas, mira a su alrededor y suelta un silbido.

—Joder, ¿Enzo te ha instalado en esta suite?

Compruebo que no haya nadie en el pasillo y cierro la puerta antes de ir hacia Bastien.

Se deja caer con todo su peso en el sofá y, al ver que rebota, me sonríe.

—Qué mullido.

La verdad es que tiene razón. Es un sofá muy mullido.

—No has respondido a mi pregunta.

Voy hacia la zona de comedor y empujo el carrito hasta donde está, me siento a su lado con el plato de tortitas sobre el regazo.

—¿Qué comes?

Estira la mano para agarrar una y le doy un golpe en el dorso.

—Son mías.

—¿Eso son arándanos?

Me meto un trocito en la boca y sonrío.

—Trocitos de chocolate.

Gruñe y se frota el estómago.

—Estoy muerto de hambre.

Me encojo de hombros y me meto otro trozo en la boca.

—Dime qué haces aquí y a lo mejor te invito.

Suspira, se pasa una mano por la barbilla y se recuesta contra el respaldo del sofá.

—Estoy aquí porque no puedo no estar aquí. No me iba a quedar mirando cómo tu tío lo mandaba todo a la mierda. Nunca debió echarte. Y, considerando que podría haber venido a matarte y me has abierto la puerta sin pensar, menos mal que estoy aquí.

—Mi tío nunca debió hacer muchas cosas. —Cojo la taza de café de la mesita y bebo un sorbo—. ¿Sabe que has venido a Nueva York?

Los ojos oscuros de Bastien me miran con seriedad.

—Sabe que te estoy buscando. No quiero que piense que no estoy de su parte. Puede ser útil en el futuro.

Inclino la cabeza a un lado.

—¿Así que eres una especie de agente doble?

Se encoge de hombros.

—Llámalo como quieras.

Su afecto me llena el corazón. Le pongo delante el plato de tortitas y le doy el tenedor.

—Para ti.

Sonríe, lo coge, corta un trozo enorme y se lo mete en la boca.

—Me alegro de que hayas venido —reconozco—. Gracias por estar aquí.

Arquea una ceja.

—¿No me vas a decir que debería volver a casa para salvarme?

Niego con la cabeza.

—No te hace falta que te salven. Y no vas a perder nada, tendrás mucho más de lo que tenías cuando se lo quite todo a mi tío.

Se recuesta en el respaldo y asiente.

—¿Estás decidida?

—Desde luego —replico—. Pero antes quiero hacerte algunas preguntas.

—Empieza.

—Por ejemplo…, ¿sabías que el tío Trent mandó matar a mi madre?

Bastien deja escapar un suspiro y se hunde en el sofá como si cargara con un enorme peso sobre los hombros. El titubeo confirma lo que me temía. Lo ha sabido todo este tiempo y no me ha dicho nada.

Me siento traicionada, pero ¿lo puedo culpar? Nadie es perfecto, nadie es el bueno en esta historia. Yo también he ocultado cosas, le he ocultado cosas a Enzo, así que sería una hipócrita si no pudiera perdonar a Bastien por hacer lo mismo que yo les he hecho a otros.

No soy mejor que él.

Como siempre he dicho, todos tenemos nuestras cosas.

—Venesa… —Hace una pausa y me preparo para escuchar la respuesta—. No se limitó a matar a tu madre. Le robó el imperio Kingston.

Lo miro, confusa, sin comprender.

—¿Qué? Mamá no quería tener nada que ver con el legado familiar ni con el dinero. Lo dejó muy claro cuando eligió a mi padre y se desligó durante años de su familia. Ni siquiera llegué a conocer a mi abuelo.

Bastien niega con la cabeza.

—Tu madre se fue, pero Percius Kingston nunca llegó a cambiar el testamento, y es irrevocable. Tras su muerte, todo debería haber sido para ella.

Me da un vuelco el corazón y la mente empieza a funcionarme a cien por hora.

—No lo entiendo. Si el testamento es legal e irrevocable, ¿Cómo es que todo fue a parar a manos del tío Trent?

Bastien sonríe con tristeza.

—Venga, que no eres tonta. Tu tío es el dueño de Atlantic Cove. ¿Crees que no puede comprar a un juez y a unos cuantos abogados? —Me mira de reojo—. ¿Crees que no puede quemar una casa con todo lo que hay dentro?

Se me encoge el corazón, porque me está diciendo que mi tío mató a su propio padre. Frunzo el ceño y trato de organizar la información.

—Así que, cuando hizo asesinar a mi madre y no se encontró el testamento…

—¿Cómo va a encontrar nadie lo que ha quedado reducido a cenizas? —asiente Bas—. Pero te voy a contar un secreto, Venesa Andersen. Ese cuadro que tanto te gusta… Descubrí algunas cosas mientras preparaba la fiesta de compromiso.

Enderezo la espalda. Tengo el pulso acelerado. Bastien me mira fijamente.

—Trent no debería dirigir el imperio Kingston, Venesa. Ese imperio era para ti.

CAPÍTULO 40

Enzo

Me duele la cabeza.

El dolor palpita al ritmo del corazón. Estoy sentado tras mi escritorio «elegante», en el rascacielos de cristal, y Jessica, mi ayudante, está al otro lado de la puerta.

Saber que Venesa está en mi ciudad hace que me sienta diferente, como con una energía nueva. A pesar de la situación a la que me enfrento en todos los demás aspectos de mi vida, estoy de un humor excelente, y nada lo puede cambiar. Es mía.

La he tenido, está aquí, y no voy a dejar que vuelva a marcharse.

Me late la cabeza y me froto las sienes. Por esto es por lo que apenas bebo. Mi cuerpo ya no se recupera igual que cuando tenía veintiún años, y además cuando estoy borracho todo se vuelve nebuloso. Los recuerdos son borrosos, y una parte de mí tiene miedo de recordar mal lo de anoche, de olvidar cosas, cuando lo que quiero es que la primera vez que hemos estado juntos se me quede grabada para siempre en la piel, en el alma, y no tener que esforzarme por recordar cada jadeo, cada gemido.

Se abre la puerta del despacho y oigo el sonido amortiguado de unos tacones sobre la moqueta. Jessica trae un frasco de Tylenol y un café solo. Tiene arqueada una ceja rubia y me dedica una sonrisa comprensiva.

Gio entra detrás de ella, la adelanta, le coge las dos cosas de las manos y me las pone de cualquier manera sobre el escritorio antes de dejarse caer en una de las sillas.

Jessica lo mira con el ceño fruncido y luego se vuelve hacia mí.

—¿Algo más, señor Marino?

Niego con la cabeza y le indico que se puede marchar. Sonrío a Gio.

—¿Y el agua?

Gio me responde con otra sonrisa y estira las largas piernas por delante de la silla. Luego saca un teléfono y me lo tira sobre la mesa.

«Ah, es verdad, el móvil».

—A ver si despiertas —responde—. La zorra de tu ex te jodió el teléfono, así que aquí tienes uno nuevo.

Suspiro y me froto la cara. Con todo lo que ha pasado, me había olvidado de esto. Cojo el teléfono nuevo y le lanzo una mirada interrogativa.

—¿Se puede utilizar ya?

—Tienes el mismo número y te he transferido los contactos y todo lo demás.

Asiento y lo dejo sobre la mesa mientras me rasco la barbilla.

«¿Sabía Venesa que Aria me había intervenido el teléfono, que ella y su padre estaban conspirando contra mí? ¿Sabía Venesa que no fue su prima la que me salvó?».

Se me encoge el corazón solo de pensar en esa posibilidad.

—¿Qué te da vueltas por la cabeza? —pregunta Gio.

—Cómo matar a Trent Kingston antes de que venga a por mí.

—Encárgaselo a alguien.

Salto en la silla y se me enciende una bombillita en la cabeza.

—¿Qué has dicho?

Gio se frota la barba incipiente y luego se quita una pelusa de la pernera del pantalón.

—Es un lío, pero si crees que es lo que hay que hacer, estoy contigo.

La cabeza me va a cien por hora, salto de la muerte de Peppino al intento de asesinato contra mí para tratar de encajar las piezas de una imagen que no tengo completa.

—Una vez le pregunté a mi padre si pensaba que alguien había encargado que nos mataran a Peppino y a mí. Dijo que no valía la pena investigarlo, que era una tontería. —Me detengo un momento y miro a Gio—. ¿No te parece raro?

—¿Qué insinúas, que contrató a alguien para mataros, para matar a sus propios hijos? —Gio se encoge de hombros—. Tu padre se ha confiado en exceso y hace tonterías, así que tampoco me sorprendería. Pero ¿por qué crees que querría matarte a ti y a tu hermano?

—Con él, últimamente, cualquiera sabe. —Asiento de nuevo y me rasco la barbilla. Seguro que Gio tiene razón—. ¿Sigues sin saber nada sobre Nueva Jersey o sobre la conexión entre Frankie Bianchi y Trent…?

Gio frunce el ceño.

—Puedo dar con Frankie, Enzo, pero no hay papeles que lo relacionen con los Kingston. En cuanto a los De Luca de Nueva Jersey, sabes que siempre están dispuestos a sentarse a hablar. ¿Quieres que concierte una reunión?

Niego con la cabeza.

—No, todavía no. Pero, si puedes localizar a Frankie, no me hacen falta papeles. Tráemelo.

Gio me apunta con los dedos como pistolas e imita con la boca el sonido de disparos antes de levantarse.

—Dicho y hecho, Romeo. Eh, ¿qué tal anoche con la chica que pillaste en la pelea?

El corazón se me acelera de impaciencia porque sé que Scotty ha ido a recoger a Venesa en el Marino para traerla aquí, y no puedo disimular la sonrisa que me ilumina la cara.

—No sé a qué te refieres —replico con indiferencia.

Gio se echa a reír y se da un palmetazo en la pierna.

—¡Mira qué gracioso! Te refrescaré la memoria: tetas grandes, pelo blanco plata que se puede agarrar bien para...

Hace movimientos de embestida con las caderas y, como un rayo, me levanto y lo agarro por el cuello.

—Cuidado con lo que dices.

Abre mucho los ojos cuando lo suelto. Se ríe y se lleva la mano a las marcas que le he dejado en la piel.

—¡Joder! Esas tenemos, ¿eh?

Vuelvo a sentarme en la silla, molesto ante tamaña falta de control.

—Esas tenemos.

Sonríe de oreja a oreja.

Antes de que me dé tiempo a responder, las puertas de mi despacho se abren de par en par.

—Joder, ¿aquí no trabaja nadie o qué? —le grito a Jessica—. ¿Para qué demonios te pago?

La veo asomarse y me lanza una mirada que dice a gritos «¿Qué quieres que haga?». Y un momento más tarde, entiendo el porqué de esa mirada. Mi padre entra en mi despacho como si fuera el dueño, con un bastón negro que no necesita y no utiliza en la mano izquierda. Solo le sirve como arma adicional.

—Papá… —saludo, y me aclaro la garganta.

El martillo que me da golpes en la cabeza se acelera. Hago una mueca. Mi padre se sienta detrás de mi escritorio.

—Vaya pinta de mierda tienes —dice.

—Estoy bien —replico.

—Márchate —le dice a Gio.

Este titubea y me mira con las cejas arqueadas. Asiento.

En cuanto sale, mi padre se inclina hacia delante en la silla.

—¿Podemos hablar?

Sé que lo que está preguntando es si hay alguna posibilidad de que haya micros en el despacho, pero se hace una inspección todas las mañanas antes de que llegue yo.

—Sí, sin problema.

—Sin problema —repite.

Titubeo.

—Pero, en Carolina, sí había problemas.

Pese a su edad, mi padre tiene un aura de poder inconfundible. De él lo aprendí.

—Alguien me intervino el teléfono —digo. Me pellizco la nariz—. Alguien, no. Aria.

Una sonrisa afable se le dibuja en la cara.

—¿Cómo es posible, *figlio mio*? —Inclina la cabeza hacia un lado.

—Porque confiaba en ella. —Me paso una mano por el pelo—. No se me ocurrió que ella… Y sé que a ti tampoco. —Lo miro para ver su reacción, en busca de cualquier indicio de que sabe más de lo que debería.

Algo me dice que debo tener cuidado con mi padre. Que no sé todo lo que ha estado pasando estos últimos tres años, o puede que incluso más.

—Cuéntame lo que ocurrió —dice.

—Le mandé un mensaje de texto a Gio para que hiciera averiguaciones sobre Frankie Bianchi, el de Nueva Jersey que hizo bastante ruido cuando lo pillaron por un tinglado de préstamos con usura y se pasó cinco años a la sombra. ¿Sabes quién es?

Hace un ademán despectivo.

—Sé quién es Frankie. Carece de importancia, no es nada. No le prestes atención, es una pérdida de tiempo.

—¿Sabías que es el tío de Aria? —Lo sigo observando con atención.

Se le dilatan las fosas nasales, pero por lo demás sigue sosegado, tranquilo.

Puede que demasiado tranquilo. Como si fuera ensayado.

—No lo sabía. —Es una frase breve.

Y así, sin más, todo mi mundo se sacude como si se hubieran movido las placas tectónicas. El corazón se me acelera en el pecho y tengo que ejercer un control absoluto para asegurarme de que no dejo entrever nada.

—Ah, vaya, pensaba que sí lo sabías.

—¿Por qué iba a saberlo?

—Porque eres tú —respondo—. Y creía que lo sabías todo.

Mi padre coge el bastón de la mesa y se lo pone en el regazo.

—Qué decepción lo de Aria. Por lo visto, tu prometida no es como pensábamos. Intervenirte el teléfono, ocultarte cosas sobre su familia... Menos mal que hemos cortado toda relación con esa gente.

—Sí.

Tengo el estómago revuelto porque no sé a dónde quiere llegar. No entiendo cómo funciona la cabeza de mi padre, pero sé cuándo me miente.

Y me ha estado mintiendo todo este tiempo.

CAPÍTULO 41

Enzo

Mi padre se va enseguida, y nunca su ausencia me ha hecho tan feliz. Me ha mentido, y no sé si es algo nuevo o si siempre ha sido así conmigo.

Tengo que admitir que he estado ciego al creerlo cuando hablaba tanto de lealtad. Si me está mintiendo en esto, ¿en qué más me ha engañado?

¿Algo de lo que me ha dicho es verdad?

He tenido dificultades en la vida, pero siempre ha habido una constante: los cimientos sobre los que fui educado eran fuertes. Duraderos. Nada me hizo vacilar y, en momentos de adversidad, siempre podía volver a ellos.

Pero hoy ha habido un puto terremoto.

Acabo de terminar una reunión con uno de los constructores más importantes de Nueva York. Emplea a nuestros obreros, utiliza nuestro cemento y a nuestra organización para todo. Es un acuerdo que beneficia a los negocios legítimos que tenemos, pero también sirve para crear facturas falsas y lavar un dinero que de otra manera no podríamos explicar.

Una mano lava la otra… más o menos. Nosotros nos llevamos la mejor parte del trato, aunque eso tampoco tiene por qué saberlo el constructor. Y, aunque lo supiera, si no accediera a hacerlo con nuestras condiciones, no podría seguir en el negocio.

Nueva York pertenece a Marino Inc.

Tengo la puerta cerrada y el dolor de cabeza ya es un zumbido sordo en vez de un martilleo constante en el cráneo. Pero cuando oigo voces amortiguadas al otro lado de la puerta, el dolor se incrementa de manera peligrosa y amenaza con reavivarse con toda su fuerza.

Me estoy planteando muy en serio despedir a Jessica pese a que lleva conmigo desde que ocupé el puesto y antes estaba con mi padre. No hace mal su trabajo, pero no para de coquetear y, con los años, las faldas son cada vez más cortas y hay más botones desabrochados, por mucho que le diga que no meto la polla donde trabajo. Pero hace bien su trabajo, aunque hoy parece incapaz de parar a la gente que quiere entrar en mi despacho.

Bueno, da igual. Jessica no es mi tipo, y puede que hoy tenga un mal día.

Solo de pensar en quien sí es mi tipo se me acelera la sangre, porque empiezo a recordar mi boca sobre ella, cómo se corrió con mis dedos y luego con mi polla...

El corazón me da un salto al caer en la cuenta de que Scotty no tardará en llegar con ella.

Estoy expectante, no, más aún, estoy ansioso por volver a verla, y no solo es por el sexo (aunque pienso desnudarla y follármela aquí, en el despacho, cosa que nunca he hecho con nadie), es que me encanta estar con ella.

La quiero.

Ha sido muy repentino, pero me importa una mierda. En esta vida, nunca se sabe cuándo te va a llegar la hora, y no pienso desperdiciar ni un minuto más sin su compañía. Hay veces que suceden cosas inexplicables, irreales. Y eso al universo le importa una mierda.

Me río y me pongo las manos sobre los ojos. «Ya hablo igual que Venesa. Joder, ¿cuándo va a llegar?».

Se vuelven a oír voces al otro lado de la puerta, que por fin se abre. Venesa entra con una expresión irritada en el rostro. Cruza la estancia meciendo las caderas, un movimiento que me hipnotiza. La excitación se me clava en la parte baja del abdomen y sé que me lo nota en los ojos, porque vacila un instante antes de acercarse al escritorio.

Jessica entra corriendo detrás de ella y le grita no sé qué, algo que ni siquiera oigo. Todos mis sentidos están sintonizados con Venesa, ella se impone al resto del mundo.

Se inclina sobre mi mesa con los puños apretados y pone los nudillos contra la madera. Tiene medio cuerpo sobre el escritorio y el rostro muy cerca del mío. Me agarra por las solapas del traje, me atrae hacia ella y me besa en los labios sin miramientos.

Se me escapa un gemido, la agarro por la nuca y le meto la lengua en la boca, desesperado por volver a saborearla.

Hace que el beso dure unos segundos, es obvio que, para hacer una demostración, y se lo permito porque, para qué mentir, haré lo que ella quiera.

Por fin, me suelta y vuelvo a caer sentado en la silla. Se yergue, pone los nudillos sobre la mesa y me clava una mirada.

Me doy cuenta de que Scotty y Bastien, cuya presencia me deja boquiabierto, también están en el despacho y nos miran conteniendo la risa. Arqueo una ceja y luego vuelvo a concentrarme en la mujer de mi vida.

—Hola, *piccola sirena* —le susurro, y fracaso en el intento de no sonreír.

Me pasa las uñas rojas por la mejilla.

—Dile a esa zorra que se largue o me encargo yo.

Hago una mueca burlona.

—Encárgate tú.

El rostro de Jessica se transforma porque cree que me he puesto de su lado. Se cruza de brazos y da golpecitos en el suelo con la punta del zapato.

—Lo siento, Enzo, ha entrado por la fuerza.

Venesa se pone rígida al ver que me llama por mi nombre, y se me borra la sonrisa de la cara, porque ¿quién le ha dado permiso para hablarme así?

—Para ti, señor Marino —susurra Venesa, y se vuelve para aniquilarla de una mirada.

—Tú a mí no me das órdenes. Llevo años trabajando para él, tenemos una relación que ni te imaginas.

Venesa empieza a reírse echando la cabeza hacia atrás. No puedo apartar la vista de la blancura de su cuello. Quiero tocarlo con la mano, sentirlo en los dientes, lamerlo con la lengua.

«Dios».

Me levanto para ponerme ante el escritorio, agarro a Venesa por las caderas y la atraigo hacia mí. Ella no se resiste, pero no aparta los ojos de Jessica. Le pongo los labios en el cuello y la mordisqueo porque soy incapaz de contenerme.

Venesa deja escapar una risa de terciopelo y luego me clava la mirada, me pone una mano en el pecho y me aparta.

—Un momento, Enzo, que me estoy ocupando de una cosa.

—Mil perdones. —Alzo las manos mostrando las palmas y sonrío.

—Ha entrado como si fuera la dueña de todo esto, y me habías dado instrucciones claras de que no dejara pasar a nadie más —dice Jessica.

Me meto las manos en los bolsillos y me balanceo sobre los pies.

—Venesa puede entrar cuando quiera, Jessica. De hecho, cuando la veas, puedes dar por supuesto que me voy a tomar libre el resto del día. Despéjame la agenda y trátala como si trabajaras también para ella. Dale todo lo que te pida. ¿Entendido?

Jessica se pone como un tomate y veo que se le derrumban los hombros y pierde toda la confianza que había mostrado hasta este momento.

—Pensaba que estabas con…

—Lo que tú pensaras da igual, cielo —interviene Venesa—. Lo que importa es que aprendas a escuchar a tu jefe antes de que acepte la generosa oferta de convertirme en tu jefa.

Jessica entrecierra los ojos.

—Serás zorra…

—Estás despedida —digo de inmediato.

Al instante abre mucho los ojos, deja escapar un gritito y me mira.

—¿Qué? No, no; no me puedes despedir, tu padre…

Doy un paso hacia ella y bajo la voz.

—¿No me he explicado bien? Fuera de aquí, recoge tus cosas y márchate. No quiero volver a verte en estas oficinas.

Jessica levanta la cabeza. Tiene los ojos llenos de lágrimas y una expresión de estupor en el rostro.

—¡Me contrató tu padre, no tú!

«Razón de más para echarte», pienso.

Tal vez no sea lo más inteligente permitir que vaya a hablar con mi padre después de haberme visto con Venesa, pero no voy a dar marcha atrás por cómo le ha faltado al respeto.

—Pues ve a hablar con él. —Miro a Scotty y a Bastien, que siguen en el despacho y hago un ademán con la cabeza—. ¿Os importa acompañarla para que se vaya?

Scotty se da un toquecito en la gorra imaginaria.

—A la orden, Enzo. Tú sí que sabes montar un espectáculo. Las mujeres caen rendidas a tus pies, pero no sé por qué. Un día de estos nos tenemos que sentar, nos fumamos una pipa de esas tan elegantes y me enseñas todo lo que sabes.

Me echo a reír.

—Yo no fumo en pipa. Eso es cosa de mi padre.

—Mejor, porque siempre que cojo una pipa me siento como si estuviera aprendiendo a tocar el saxo —replica—. Podemos optar directamente por los puros, que así puedo tragarme el humo y disfrutar de la experiencia. Ya sabes que soy un tipo de gustos sencillos.

Bastien mira a Scotty con el ceño fruncido.

—¿De qué mierdas hablas? ¿Es que nunca te pones serio?

Cada uno coge a Jessica por un brazo. Scotty sigue mirando a Bastien por encima de la chica.

—¿Y tú nunca te sueltas un poco?

—Eres idiota, chaval.

—No tengas tan mala leche, Bas. Las señoras de la peluquería dicen que así te salen arrugas.

Bastien tiene que aguantarse la risa. Luego mira a Jessica.

—Venga, jovencita. Ya has oído al jefe.

Scotty y Bastien se la llevan pese a que clava los tacones en la moqueta y masculla no sé qué de mi padre, pero ya no le estoy prestando atención porque me he vuelto hacia Venesa y me la bebo con los ojos sin dejar de sonreír.

—Hola, nena.

—La voy a matar —dice.

La cojo por la cintura y la atraigo hacia mí.

—Muy bien. ¿Tiene que ser ahora mismo o puedes quedarte un rato conmigo antes?

Resopla mientras pone las manos en mi pecho y sacude la cabeza.

—No te confundas, no estoy de broma. ¿Cuánto tiempo lleva trabajando para ti? ¿Y cómo dejas que te llame «Enzo»? —Me retuerce la tela de la camisa—. ¿No era yo la única que te llamaba así?

Es tan posesiva que me pongo caliente. Le agarro la mano y me la llevo a la polla para demostrarle cómo me pone.

—Los celos te vuelven muy sexy.

Resopla de nuevo, pero me agarra el miembro y pasa los dedos hacia arriba, y una ligera sonrisa le anima las comisuras de los labios.

—Yo no tengo celos.

—Es evidente —digo, y me vuelvo para ponerla contra el borde del escritorio—. Empiezo a pensar que tienes un fetiche con las mesas.

—Enzo, por favor, ¿podemos hablar?

Se ríe cuando le mordisqueo el cuello. Debe de tener cosquillas, así que insisto. El sonido de su felicidad es delicioso, muy diferente de su tono normal, pero los dos me gustan por igual y quiero oírlos todos los días de mi vida, y conocer todos sus tonos intermedios.

Pienso estar con ella ahora y cada día.

—Lo digo en serio, Enzo —prueba de nuevo.

—Bueno, habla. —Meto el rostro en el hueco de su cuello, la levanto y la siento en el borde del escritorio, y me pongo entre sus piernas—. Pero, si no te follo ahora mismo, me voy a volver loco.

Se ríe como si estuviera de broma.

—¿No puedes hablar en serio un momento?

—Estoy hablando en serio. —Le pongo las manos en las caderas y me inclino sobre ella para hablarle al oído—. Ahora pórtate bien y déjame comer.

Me pongo de rodillas y le levanto la falda hasta que queda ante mis ojos su sexo húmedo y rosado.

Doy gracias a los cielos por su costumbre de llevar casi siempre vestido y por ese rechazo que parece inspirarle la ropa interior, le separo las piernas con las manos en la cara interna de los muslos y me lanzo entre ellos.

No pierdo tiempo en saborearla, porque me muero de hambre de ella desde que la probé por primera vez; desde entonces, no he podido quitarme el recuerdo de la cabeza.

Le succiono el clítoris de inmediato con movimientos rítmicos mientras paseó la lengua en círculos por él como si fuera un helado. Mejor que un helado, porque yo nunca he sido muy de dulces. Prefiero con mucho el sabor salado e intenso de una mujer.

Deja escapar un gemido y se acuesta sobre el escritorio como anoche. Le devoro el sexo, poniendo especial atención a las zonas más necesitadas. Bajo una mano y, sin sacarle la lengua del coño, me desabrocho el cinturón y me bajo la bragueta para liberar la polla y acariciarme la base.

Se incorpora sobre los codos con la boca entreabierta para ver cómo me la como y, al ver el movimiento de mi brazo, jadea:

—¿Te estás tocando? Quiero verlo.

Estoy a punto de decirle que no, que no voy a permitir que se mueva, que primero tiene que correrse en mi cara, pero se sienta y me aparta a la fuerza. Yo sigo moviendo la mano en la base de la polla. Con los ojos echando fuego, se baja del escritorio y me empuja hacia atrás hasta que quedo tendido en el suelo, con la polla en alto. Abro los ojos, sorprendido de lo deprisa que se ha hecho con el control de la situación, y cuando estoy a punto de decirle algo, ella ya está sobre mí, se mete mi polla en la boca y empieza a subir y bajar… No puedo hablar, me ha arrebatado todo el aire de los pulmones.

Es una sensación ardiente, húmeda, increíble.

Sigue bajando, llega hasta la base de la polla, saca la lengua y me lame la piel de los testículos mientras me tiene entero en la garganta.

«Joder».

Nunca había estado tan dentro de una boca.

Respira por la nariz. Le agarro la cabeza con las manos para sujetarla, y me imagino que va a protestar, pero me mira a los ojos con un brillo diabólico que hace que el deseo me recorra todo el cuerpo como un meteoro. Sin pensarlo, alzo las caderas del suelo, y le entro aún más hondo en la garganta.

Y gime, gime, joder, y la vibración me masajea la polla, me hace embestir más con las caderas. La agarro por el pelo para contenerme.

Si sigue así, no voy a aguantar mucho más. La agarro del pelo con más fuerza y le echo la cabeza hacia atrás para verle la cara mientras me come la polla y gira la lengua a lo largo del miembro.

Tengo los abdominales tensos, los músculos agarrotados; cada vez pierdo más el control.

—Dios, nena, eres maravillosa.

Hace vibrar las cuerdas vocales y entonces mis movimientos se vuelven espasmódicos. Le cae la saliva por las comisuras de los labios y me llega al regazo; todo es sucio, pero increíble. Estoy a punto de correrme en su boca húmeda y caliente, pero no quiero.

Se lo digo, trato de apartarle la cara, y cuando me deja escapar, un hilo de saliva conecta mi polla con el rojo de sus labios.

Mi miembro me golpea el vientre. Dios…, estoy tan al borde del orgasmo que me lo tengo que agarrar y esforzarme en pensar en otra cosa, en lo que sea menos en lo alucinante que es cada experiencia que tengo con ella.

Cuento hasta diez y recupero el control; cuando abro los ojos, la veo mirando por los grandes ventanales de la pared del fondo.

Me mira y sonríe.

—Interesante despacho para alguien que tiene miedo a las alturas.

Con eso basta. Ya no estoy a punto de correrme.

—Lo sería si tuviera miedo a las alturas. Pero no lo tengo.

—Ah, ¿no? Demuéstralo.

Siento una puñalada de ansiedad, pero antes la muerte que permitir que crea que soy un cobarde, así que acepto el desafío, me echo hacia atrás y me quito toda la ropa.

Me observa con un brillo en los ojos, y no se me escapa que el equilibrio de poder ha cambiado desde que me tiró al suelo y me devoró la polla como si fuera un manjar. Y ahora estoy desnudo, mientras que ella no se ha quitado ni una prenda.

Pero no me hace falta que esté desnuda para follarla: me lanzo hacia ella, la cojo en brazos y la pongo contra el cristal de las ventanas, mirando afuera. Se me acelera el corazón, pero no hago caso. Bajo las manos por los brazos hasta llegar a los dedos para entrelazarlos con los míos.

—Las manos contra la ventana, nena. Y no te muevas.

Trato de no mirar hacia abajo; hay una caída de treinta y cinco pisos, y no quiero que se me baje la polla por un ataque de pánico. Le suelto las manos y las paso por su cuerpo, le deslizo la falda por las caderas y se la bajo por las piernas hasta que le cae a los pies. La aparta a un lado, y yo tiro de ella hasta que se le arquea la columna en una curva deliciosa. La acaricio con una mano y luego me inclino hacia delante, la polla contra ella, entre sus piernas. Voy depositando besos en cada lugar que rozo con la mano hasta llegar a los hoyuelos que tiene justo por encima del culo redondo, exquisito.

—Por favor, Enzo, fóllame ya.

Se me escapa un gemido y le presiono la polla contra el sexo.

—Adoro cómo dices mi nombre.

Me agarro el miembro y lo deslizo entre los pliegues, lo muevo adelante y atrás, la provoco, la atormento, llego justo a la entrada y luego subo para rozarle el clítoris palpitante. Es una tortura para los dos. Tensa los muslos, con lo que la fricción en la polla se incrementa.

—¿Quieres que te folle? —pregunto, justo a la entrada, mientras con una mano le agarro una cadera y, con la otra, el pelo. —Es lo que más me gusta, lo he decidido—. Dime cómo quieres que lo haga, ¿duro o rápido?

—Quiero que te calles y lo hagas —responde.

Le doy una azotaina. Grita, como sabía que iba a hacer.

—Esa boquita…

Le agarro el pelo con más fuerza y tiro para acercarle la cabeza más a mí, con lo que la espalda se le arquea todavía más y aprieta el culo contra mí, así que la polla se abre camino y me deslizo dentro de ella.

«Joder, qué bueno…».

Embisto hasta que las caderas chocan contra sus nalgas y me quedo hipnotizado por cómo entro en ella, parece hecha para mí. Se mueve para intentar llevarme más adentro.

Gime y, sin soltarle el pelo, embisto con un ritmo brutal. Estoy tan caliente que me puedo correr en cualquier momento, pero no voy a hacerlo sin antes sentirla temblar y estallar en torno a mí.

Es mi nueva droga.

Le miro el cuerpo, me concentro primero en cómo desaparece la polla entre sus muslos, dentro de su coño prieto; luego en la ondulación de sus nalgas, en cómo vibran con cada acometida; en las caderas amplias que se ensanchan a partir de la cintura… Le suelto el pelo y le rodeo el torso para sentir en la mano una de sus grandes tetas, la aprieto en la palma y a continuación me inclino hasta que casi toco su espalda con mi pecho.

Miro por la ventana y hay un momento de pánico al darme cuenta de lo lejos que estamos del suelo, pero, en ese instante, Venesa gime, quita una mano del cristal y se la lleva al clítoris, y me concentro en eso. El miedo se evapora.

—Así, nena, muy bien. Quiero ver cómo te corres conmigo dentro —le digo—. Enséñame cómo lo haces.

Y obedece. Baja los dedos y forma una uve con dos de ellos en torno a mi miembro, justo donde me clavo en ella. Las sensaciones añadidas hacen que me tense y me salten por dentro chispas de excitación como bengalas en el cielo.

Le agarro el pecho con más fuerza mientras le aprieto la cadera con la otra mano y empiezo a perder el ritmo. Casi no puedo más, necesito que se corra.

Y lo hace.

Me succiona la polla con el coño, me la aprieta cuando se le tensa todo el cuerpo y luego se derrite entre mis brazos hasta que soy lo único que la mantiene en pie.

Deja escapar un gemido largo, echa la cabeza hacia atrás, se pega a mi pecho y tengo que agarrarla con más fuerza para mantenerla contra mí.

Se me tensan los testículos, me palpita la polla.

—Joder, estoy a punto de correrme.

Se aparta de mí, y el cambio repentino en la temperatura, la pérdida del calor de su cuerpo, me hace caer en picado.

Pero, entonces, se da la vuelta, cae de rodillas y me dice que me corra en su cara. Y estallo sin necesidad de más contacto; la polla se me agita salvaje en el aire. Apoyo una mano en el cristal y me sujeto el miembro con la otra, apuntándolo hacia ella, pintando sus hermosos rasgos con mi leche.

Es un espectáculo magnífico.

Venesa es sucia, es depravada, y es mía, mía. Tardo varios minutos en recuperar el aliento, con el pecho agitado, la polla todavía estremecida cuando vuelvo a tocar tierra. Ella me sonríe, se pasa un dedo por la mejilla y luego se lo mete en la boca, cierra los ojos y gime de gusto.

Siento como si el corazón me fuera a estallar.

Me inclino sobre ella, la cojo por la base del cuello y la atraigo hacia mí para besarla como si no hubiera otra cosa en este puto mundo.

—Eres lo más sexy que he visto en mi vida —le digo—. Me alegro tanto de que estés aquí…

Sonríe contra mis labios.

—Yo también me alegro.

La ayudo a levantarse y le digo dónde está el baño privado de mi despacho para que se limpie.

Media hora más tarde hemos recuperado la compostura y estamos vestidos, saciados y bien follados.

Se sienta en el sofá junto a la puerta de mi despacho, me dejo caer en el asiento a su lado y me enrosco en el dedo un mechón de su pelo.

—Vale, ahora ya podemos hablar. —Sonrío—. ¿Cuánto tiempo vas a quedarte?

Con la otra mano, le cojo los dedos y le doy un beso en los nudillos. Venesa titubea antes de responder.

—Bueno… Eso depende.

—¿Sabe Trent que estás aquí? —le pregunto—. ¿Cómo te fue con él?

Niega con la cabeza.

—No, no sabe que estoy aquí, y no se puede enterar.

—¿Por qué no?

Me imagino que se cabreó con ella por lo que pasó y por la ruptura de mi compromiso con Aria, pero Venesa era su mano derecha. Parte de su familia. Eso es lo que yo me repetí una y otra vez, porque tenía que creérmelo para ser capaz de irme; de lo contrario, no la habría dejado allí sola, ni sabiendo que era por poco tiempo.

Solo de pensar que, al marcharme, pudo correr algún tipo de peligro me hierve la sangre.

—Me dio la patada —dice.

Me incorporo de golpe y le suelto el pelo.

—¿Cómo que te dio la patada?

Se encoge de hombros y veo en sus ojos el dolor de la traición.

—Me dijo que fue él quien mandó matar a mi madre y luego me echó. Me dijo que me fuera y no volviera a Carolina del Sur nunca. Me lo quitó todo.

—Eh, eh, espera un momento. Creía que el que había matado a tu madre había sido el cabrón de tu padre.

Venesa está soltando bombas sin darme tiempo a encajar toda la información.

—Pues parece que al final nos dijo la verdad. No llegué a ver a mi padre aquella noche. Pensaba que había sido él por lo que me dijo mi madre antes de pedirme que le prometiera que seguiría escondida. Pero fue cosa del tío Trent. —Se muerde la comisura de la boca—. Bueno, no fue él quien la mató, pero sí quien ordenó su asesinato, a los del Club de Motociclismo Atlántida. —Escupe el nombre como si fuera una mierda que se le ha pegado al zapato, pero a mí se me clavan las otras palabras. «Ordenó su asesinato».

—Enzo… —Me agarra por el brazo y yo entrelazo los dedos con los suyos y me llevo su mano a la boca para depositar un beso en el dorso—. Necesito tu ayuda.

—Pide lo que quieras, *piccola sirena*, y será tuyo. —Le doy otro beso en la mano—. ¿Quieres que pegue fuego a su reino y lo arrase?

—No —susurra. Me mira a los ojos—. Quiero pegarle fuego a él y apoderarme de su reino.

Me muero por hacer realidad sus deseos. Le pongo la mano en la mejilla y le rozo el pómulo con el pulgar.

—Te convertiremos en la reina de las cenizas.

CAPÍTULO 42

Venesa

Me siento mejor después de haber hablado con Enzo, pero todavía cargo con un gran peso por todo lo que no le he dicho. No consigo reunir el valor suficiente, y cuanto más tarde, será peor.

Soy una cobarde, no debería acomodarme en esta sensación nueva de estar entre sus brazos, de saber lo que se siente cuando Enzo Marino te mira como si fueras la reina del mundo. Nunca nadie me había elegido a mí, y menos de esta manera, y es embriagador, pero ahora me da pánico que esto se acabe, y sé que, cuando le diga lo que tengo que decirle…, lo perderé. Estoy segura.

Pensarlo me pone enferma.

Llevamos una hora en el asiento trasero de su coche. El tráfico de Nueva York no es ninguna tontería. Miro por la ventanilla y me doy cuenta de que por fin hemos salido del centro para entrar en una zona muy diferente.

Los edificios son más antiguos; los carteles, desvaídos y viejos, y las calles están llenas de gente que ha sacado mesas a las aceras y de niños jugando. Eso despierta mi interés. No esperaba venir a un lugar así. Me gusta el ambiente que se respira entre los vecinos, la sensación de hogar; me recuerda al sur de Atlantic Cove.

Esto es acogedor.

Scotty y Bastien van delante, discuten como hermanos. No sabría decir si disfrutan con el toma y daca o si se van a matar de un momento a otro, pero me hace mucha gracia ver que alguien le responde a Bas.

—¿No ibas a enseñarme la ciudad?

—¿Esto no te parece que sea la ciudad? —Enzo arquea una ceja.

—Ya sabes lo que quiero decir, graciosillo.

Sonríe.

—Aquí nos vamos a reunir con Gio, mi segundo. Quería enseñarte el lugar donde crecí.

El coche se detiene en un semáforo y veo a una anciana en la esquina. Va cargada de bolsas de papel y está tratando de abrir el maletero. Enzo se da cuenta.

—Aparca ahí, Scotty.

—A la orden.

Se oye el sonido del intermitente y Scotty aparca junto a la acera, y antes de que me dé tiempo a decir nada, Enzo ya está saliendo del coche.

Hay unos momentos de duda mientras sopeso la posibilidad de quedarme y mirar desde lejos, pero entonces Bastien cambia la emisora de radio y Scotty le da un manotazo, así que me bajo porque no me apetece verlos pelear como un viejo matrimonio.

Esto es un mundo nuevo para mí. Parece como si, al llegar a Nueva York, hubiera dejado de ser la de siempre, una carga para todo el mundo, y me hubiera convertido en otra persona.

Echo de menos a Fisher, claro. Bajo la vista hacia el teléfono y veo que aún no me ha respondido, pese a que le he mandado varios mensajes y lo he llamado más de una vez.

Llego junto a Enzo, que ya está al lado de la anciana.

—¡Cuánto tiempo, señora Coppola!

La mujer le sonríe como si fuera un regalo del cielo y él le devuelve la sonrisa y le coge las bolsas de las manos para meterlas en el maletero.

—Eres un buen muchacho, Enzo —le dice, y le da unas palmaditas en la mejilla como si fuera un niño.

—No debería cargar con la compra usted sola.

La señora Coppola deja escapar un bufido.

—No pasa nada.

—¿Quiere que la acompañe alguien a casa?

Se echa a reír y hace gestos negativos.

—No, no, pero me alegro de que andes por aquí otra vez. Hacía tiempo que no te veía.

Enzo se pasa la mano por el pelo con una mueca.

—He estado ocupado.

—Aaah —asiente. Lo mira y luego, por primera vez, dirige la vista hacia mí—. Ya lo veo. ¿Esta es tu nueva novia?

Enzo sonríe y supongo que va a decir que no, porque va a quedar muy mal si se deja ver conmigo cuando Aria y él han sido la pareja de moda, los favoritos de la prensa rosa, durante todo un año. Pero me sorprende: me rodea la cintura con el brazo, me atrae hacia él y me da un beso en la sien.

—Esta es mi única novia.

—Es mucho más guapa que la de antes. —Me guiña un ojo—. Enzo es un buen muchacho. Gracias a él, mi hijo Donny pudo estudiar y labrarse un futuro. Esta comunidad no sabría qué hacer sin tu novio.

La señora Coppola le da otra palmadita en la mejilla y luego se va hacia el coche. Enzo me suelta para ayudarla a entrar y luego le cierra la puerta. La anciana conduce sin la menor cautela calle abajo. Me vuelvo hacia él.

—¿Tú crees que es seguro que esa mujer conduzca?

—Probablemente no.

—Eres un buen muchacho. —Le rodeo la cintura con los brazos. Sonríe.

—¿Tú crees? ¿Luego me vas a dar una recompensa?

—Juega bien tus cartas, y ya veremos.

Me imagino que me va a decir que vuelva al coche, pero me lleva calle abajo cogida de la mano, paseando por la acera como si tuviéramos todo el tiempo del mundo.

—Pensaba que vivías en el centro —comento.

Me mira.

—Vivo en el centro. Ya verás mi piso luego, cuando te instales.

—No hace falta —digo.

Se detiene y me agarra por los brazos como si le diera miedo que saliera corriendo. Cosa que no pienso hacer. Estaré con él tanto tiempo como él quiera.

—Un día de estos dejarás de decirme lo que tengo que hacer —responde. Desliza la mano para jugar con el collar de conchas—. Te quiero en mi cama. Todas las noches y todas las mañanas.

—¿En serio? —Sonrío.

Me da otro beso.

—En serio.

Hago una mueca, asaltada por un pensamiento inoportuno.

—Te voy a ser sincera: no me apetece mucho estar en tu cama, donde has tenido a mi prima.

Se aparta un poco y me mira a los ojos. Luego me coge por la barbilla y asiente.

—Yo me encargo de eso.

No discuto, porque estoy segura de que lo hará.

Y ahora mismo, antes de que las cosas se vuelvan a poner serias, antes de concentrarme en cómo voy a acabar con mi tío para recuperar lo que me pertenece por derecho, quiero disfrutar de este momento.

Esto es lo que nunca había creído que existiera, y pase lo que pase cuando por fin junte valor para decirle a Enzo la verdad, de una cosa estoy segura: estos días los voy a disfrutar y a recordar toda mi vida. Siempre le agradeceré que me haya demostrado que no todos los hombres son una mierda.

Que no todos son malvados.

No sé si se da cuenta de hasta qué punto ha cambiado mi vida, mi perspectiva. Me rompe el corazón pensar que las cosas no seguirán así para siempre.

—Bueno —digo, y miro a mi alrededor para no concentrarme en las emociones que se me acumulan en el pecho—, háblame de este lugar.

Me coge de la mano y mecemos los brazos al caminar. Es lo más normal del mundo, pero, para mí, es histórico. Nunca pensé que podría tener algo tan… tan sencillo y que a la vez significara tanto.

—Esto es Trillia, en el barrio de Brooklyn —me cuenta—. Aquí pasé mi infancia. —Caminamos por la calle y lo voy absorbiendo todo—. Mira esa carnicería. —Me señala una tienda con un cartel blanco y azul en el que se lee: Carnes Max—. Mi madre me mandaba todos los lunes a hacer la compra de la semana, pero yo era un cabroncete. Siempre me metía en alguna pelea ahí delante y luego utilizaba el nombre de mi padre para salir del lío.

Visualizo sin problemas lo que me cuenta y no puedo evitar sonreír al pensar en el pequeño Enzo, pendenciero, con ganas de comerse el mundo.

—Me lo imagino. ¿Quién es Max?

—El carnicero. Era un buen tipo. Siempre trataba de ayudarme y de mantenerme en el buen camino, pero no tenía éxito.

—Pero es bonito que alguien velara por ti.

Se encoge de hombros.

—Estuve destinado a esta vida desde que nací, por mucho que Max intentara otra cosa. Ya ha muerto. Y no te lo imaginas, me dejó la carnicería en herencia.

Vuelvo a mirar el cartel.

—¿Tienes una carnicería?

—Sobre el papel. Todos los ingresos son para la mujer y los hijos de Max. Me ocupo de ellos.

Una sensación cálida me invade el corazón.

—Pues es verdad que eres un encanto de tipo.

Me mira como si lo acabara de insultar.

—Claro que soy un encanto. Me ofende que lo dudaras.

Suelto un bufido.

—Venga ya.

Seguimos paseando por la calle.

—¿Cómo es que ya no vives aquí? —pregunto al final.

—Es más conveniente estar en el centro. No se pueden controlar las calles si no las ves. Y me pasaría el día en el coche. No, ni pensarlo. —Se para de repente, saca el teléfono y frunce el ceño al activar la pantalla—. Ha llegado Gio. Vamos, tenemos que volver al coche.

Solo tardamos unos minutos, pero durante nuestra ausencia tanto Scotty como Bastien han salido del vehículo. Bas está acomodado contra la puerta del lado derecho mientras Scotty habla con un hombre alto, corpulento, al que no conozco.

Todos se vuelven al vernos llegar.

—¿Quién es esta? —pregunta a Enzo moviendo las cejas arriba y abajo.

Él me rodea los hombros con el brazo.

—Te presento a Venesa. —Apunta a Gio con un dedo—. Trátala con respeto o te la cargas.

Gio sonríe y me tiende la mano.

—Ah, Venesa. He oído hablar mucho de ti.

Le doy la mano y se la lleva a los labios. El gesto dura un poco más de la cuenta, y tengo la sensación de que lo hace adrede. Enzo le da un papirotazo en la coronilla.

—Ya vale.

Sonrío y aparto la mano.

—Encantada de conocerte, Gio.

Enzo me aprieta contra él por la cadera.

—Tengo que hablar un momento con Gio, será rápido. ¿Te importa?

Niego con la cabeza.

Enzo le dice a Scotty que arranque el coche. En cuanto estamos a solas, Bastien me mira fijamente.

—¿Se lo has dicho ya?

La pregunta me sobresalta. ¿Cómo sabe que tengo que hacerlo? Niego con la cabeza, avergonzada.

—No es tan fácil.

—Joder, Venesa, se lo tienes que contar. Quítate ese peso de encima de una vez.

Tengo un nudo en la garganta.

—Pero me va a odiar.

—Eso ya lo decidirá él, pero no puedes ocultárselo. Tienes que ser sincera.

—Lo haré —replico—. No me presiones. No es asunto tuyo.

Bastien se ríe, niega con la cabeza y viene hacia mí.

—Tú eres asunto mío, Venesa. Estoy aquí por ti, jugando a dos bandas, engañando a tu tío. Estoy de tu lado, pero tienes que controlar esto. Díselo.

La presión de Bas es irritante y me molesta, pero me molesta sobre todo porque sé que tiene razón.

Enzo se nos acerca con una expresión seria en la cara.

—Cambio de planes. Gio ha localizado a una persona que he estado buscando. —Me mira—. ¿Has oído hablar de Frankie Bianchi?

Arqueo mucho las cejas.

—No, pero Bianchi era el apellido de soltera de mi tía.

Asiente.

—Por lo visto, es el tío de Aria, y me muero por conocerlo. ¿Quieres venir conmigo o prefieres que Scotty te lleve al hotel?

Quiero ir con él, por supuesto. Me echo a reír y me tapo la boca, pero Enzo me mira.

—¿Qué te hace tanta gracia?

—Nada, es que esto es muy de nosotros. Un paseo turístico seguido por una sesión de tortura.

Él también se ríe y me acaricia la mejilla con el dorso de la mano.

—Para mí, la velada perfecta.

Me coge otra vez de la mano.

—¿Está aquí? —pregunto.

Enzo me sonríe de medio lado.

—En el sótano de Carnes Max.

CAPÍTULO 43

Venesa

No sabía de la existencia de Frankie Bianchi, pero nada más verlo sé que lo quiero matar.

Es clavado a mi tía Antonella, a la que detestaba.

Era la Bruja Mala, y yo, Dorothy; la madrastra, y yo, Cenicienta. Encarnaba todo lo que no soporto de los ricos malcriados y arrogantes, y tuvo la culpa de buena parte de lo que es Aria. Ahora que las piezas del rompecabezas que es mi vida empiezan a encajar, ahora que nadie me las oculta, es comprensible que nunca me haya sentido parte de la familia Kingston.

Nunca me permitieron ser parte de ella.

Estamos en la cámara de la carne, y no tardo en darme cuenta de que pasar entre los trozos de animales colgados no tiene la menor gracia. Hay hasta cabezas de cerdo alineadas contra la pared.

No soy tiquismiquis, pero no me gusta estar aquí.

Scotty se ha quedado en el coche. Aún no se lo considera uno de los hombres, así que Enzo no ha permitido que entrara, pero aquí están Gio y Bastien, este último porque yo he insistido, y los dos están en silencio detrás de nosotros como guardaespaldas.

En cierto modo es lo que son.

Frankie está en el centro de la estancia, colgado como un animal más.

La única diferencia es que él está vivo.

Siento un escalofrío porque la temperatura es muy baja. Enzo se da cuenta al instante, se quita la chaqueta del traje y me la echa sobre los hombros.

Nunca he tenido una relación y, si he de ser sincera, tampoco estoy segura de que la tenga ahora, pero me gusta que cuide de mí como nadie lo ha hecho nunca.

Me quedo atrás para ver trabajar a Enzo tras levantar las solapas de la chaqueta para llevármelas a la nariz y que me envuelva su olor. Noto mariposas en el estómago y una calidez que me sale de dentro.

Enzo no dice nada. Nadie habla. Entre el silencio y el frío, la tensión se palpa en el aire, es un cosquilleo amenazador que me chisporrotea sobre la piel. Enzo suspira y mira a Frankie, colgado inerte por las muñecas de una cadena que pende del techo. La sangre de los cortes de la cara le gotea sobre el linóleo del suelo y va al sumidero que tiene justo debajo.

«Qué buena idea. ¿Cómo no se me ocurrió a mí?».

Miro hacia atrás, a Bastien, y arqueo las cejas en plan «¡Menuda habitación!», y veo lo tenso que está.

A él le encanta su trabajo, le debe de resultar doloroso verse reducido al papel de espectador, sin poder participar.

Enzo se sube una manga de la camisa negra que lleva bajo el chaleco del traje y deja a la vista su fuerte brazo lleno de tatuajes. Luego se sube la otra manga, sin prisa, como si tuviera todo el tiempo del mundo. Porque lo tiene, claro.

Frankie no se va a ir a ninguna parte.

Resulta casi erótico ver cómo se prepara. Ahora que sé lo que se siente al tenerlo dentro, es como si mi cuerpo estuviera sobrecargado, como si me dijera que tengo que dejar de ser tan remilgada y compensarlo por el tiempo perdido.

«El orgasmo y la tortura combinan muy bien».

Y además… besarlo es muy diferente de cómo me imaginaba que serían los besos. No sé si son solo los suyos, o si de verdad me he estado perdiendo algo todo este tiempo.

Un poco de cada, probablemente.

Junto a la pared, cerca de Enzo, hay una serie de cubos grandes color naranja, y poco más allá un fregadero. Va hacia allí y coge un cubo. Parece pesado y, cuando se acerca, veo que está lleno de agua con hielo.

«¿Qué va a hacer con eso?».

La respuesta no se hace esperar, porque alza el cubo y le echa el agua a Frankie, que sale de su estado de estupor con un grito agudo.

—Despierta, corazón. —La voz de Enzo es grave, controlada.

Es el mismo tono que tiene cuando me está follando, pero sin la calidez. Me da igual, me sigue poniendo caliente.

Suelta el cubo y se sitúa ante Frankie con los brazos cruzados. Desde donde estoy, solo veo la espalda de Enzo; me encantaría acercarme y darle un beso entre los hombros.

Frankie gime y sacude la cabeza para liberarse del aturdimiento.

—Cuanto más te desmayes, más va a durar esto —le dice Enzo, y le da una palmadita en la mejilla. No es fuerte, pero basta para hacer que Frankie abra los ojos. Luego suspira, estira el cuello para relajarlo y se vuelve hacia mí—. Te toca.

Arqueo las cejas, miro hacia atrás y me señalo a mí misma.

—¿A mí?

Enzo sonríe y asiente, señala la mesa metálica alargada junto a la que se encuentra, y solo entonces veo lo que hay sobre ella.

Había estado concentrada en Frankie y tratando de ignorar la presencia de los animales muertos y el olor a sangre y a muerte que impregna el aire.

«¿Los matarán aquí mismo?». Si es que sí, qué asco.

—He pensado que te apetecería jugar un rato —dice.

Voy hacia la mesa y veo que hay muchas cosas con las que puedo jugar de verdad. Paso los dedos por las agujas y las jeringuillas, luego sobre los frasquitos etiquetados, llenos de diferentes polvos y líquidos.

—¿Cómo has conseguido todo esto? —le digo, levantando la mirada hacia él.

—Esta ciudad es mía, nena. Si quiero algo, lo tengo. —Se lleva la mano a la pistolera y saca el arma, la mira como si la estuviera inspeccionando—. Además, Gio tiene muchos recursos.

Se me caldea el corazón ante ese gesto conmovedor.

—¿Y has hecho todo esto… por mí?

Alza la vista del arma y sonríe de oreja a oreja.

—Por ti haría lo que fuera.

Miro la mesa y cojo un polvo blanco en cuya etiqueta se lee: Dextroanfetamina. Inclino la cabeza hacia un lado.

—¿Quieres que lo despierte?

—Es lo más conveniente, sí —responde.

Me tomo mi tiempo: examino el polvo y lo mezclo con un poco de agua antes de llenar la jeringuilla y volverme hacia Enzo con una sonrisa.

—Eres tan atento… Me habría conformado con mirar.

Voy hacia Frankie y me muerdo el labio inferior mientras lo observo.

«Dios». Es igual que mi tía Ella. Siento crecer la rabia dentro de mí.

Le clavo la aguja en el muslo sin miramientos y aprieto el émbolo para que la anfetamina entre en su sistema. No la he pesado, pero a ojo he calculado que la dosis que le he puesto bastará para reanimarlo: se le acelerará el corazón, sentirá euforia y, lo mejor, se pondrá muy comunicativo.

También puede surtir el efecto contrario y provocarle pánico, ya que está colgado del techo y la sangre le gotea por las muñecas. Parece que tiene el hombro derecho dislocado y, por lo torcido que veo uno de sus pies, es evidente que algo en él también está fuera de su sitio.

Se espabila con un sobresalto, inhala bruscamente y recorre el lugar con los ojos enloquecidos. Entiende lo que pasa al instante y forcejea como loco, aunque el movimiento solo sirve para hacerle daño.

Me vuelvo y sonrío a Enzo, que me sonríe a su vez. Tiene los brazos cruzados sobre el ancho pecho y la pistola en la mano, apoyada en el bíceps derecho.

—¿Sabes por qué estás aquí, Frankie? —pregunta.

El hombre gruñe, pero no responde. Eso sí, deja de debatirse.

—¿Sabes quién soy, Frankie? —pregunta de nuevo Enzo.

Un escalofrío me recorre la espalda. Frankie se humedece los labios agrietados.

—Sí.

Enzo asiente.

—Bien. En ese caso, sabes que te conviene responderme con la verdad, ¿no?

Otro «sí» de Frankie con un hilo de voz.

No se resiste, cosa que me decepciona un poco, porque quería ver a Enzo en toda su gloria. Por otra parte, es mejor que no ponga dificultades, ya que por lo visto es el eslabón perdido para encajar todas las piezas.

Siento una oleada de ansiedad.

—Dime qué relación tienes con Aria Kingston, y no me mientas, Frankie. Solo servirá para cabrearme.

Frankie aprieta los dientes y tensa la mandíbula. Veo la vulnerabilidad antes incluso de que diga nada.

—¡Eh! —Enzo le chasquea los dedos delante de la cara—. Estoy hablando contigo.

—Te diré todo lo que quieras —responde Frankie con voz rasposa—. Pero déjame morir con un poco de dignidad.

Enzo inclina la cabeza a un lado y se rasca la sien con la pistola.

—Dime lo que quiero saber, sin discusiones, y te permitiré morir con honor —le asegura—. Eso lo respeto.

Frankie sorbe aire y las gotas de sangre de la nariz hinchada y rota caen al suelo.

—Soy el tío de Aria.

Ni mi tío ni mi prima me habían hablado nunca de Frankie, y eso solo sirve para hundirme aún más el cuchillo en el pecho. Es una prueba adicional de que nunca he sido parte de la familia.

—Y dime, ¿estás muy unido a tu sobrina? —pregunta Enzo.

Frankie sacude la cabeza y escupe sangre.

—No.

—¿Y a su padre?

Hay un silencio tenso. A Frankie le tiembla la barbilla.

—Sí, sí, ¿vale? Llevo un par de décadas haciendo negocios con Trent. Él fue quien me mandó aquí.

Inclino la cabeza a un lado y me quedo mirándolo. Dejo que la traición de mi tío me corra por el cuerpo como electricidad estática, me llene cada grieta del corazón, las brechas que él mismo abrió. Creía que trabajábamos juntos, pero ahora sé que nunca fue así. Que solo fui una marioneta movida por hilos invisibles.

La expectación palpita en el aire.

—¿Qué negocios has hecho últimamente con Trent Kingston? —sigue Enzo.

Frankie levanta la cabeza y lo mira, escupe más sangre.

—Los mismos que hago con tu padre.

Enzo se tambalea, da un paso atrás, pero se recupera al instante. Yo me quedo conmocionada y doy un paso al frente, incapaz de morderme la lengua.

—¿Estás diciendo que Trent Kingston y Carlos Marino trabajan juntos?

Frankie enfoca los ojos en mí y veo que me reconoce.

—Tú eres Venesa.

Me mira y luego, confuso, mira a Enzo. Una punzada de pánico me acierta de pleno en el pecho, y me adelanto a toda prisa hacia Frankie y le doy un bofetón para que no diga algo que pueda lamentar… o, mejor dicho, que yo le haría lamentar.

Enzo se ríe, al parecer encantado de que haya abofeteado a su prisionero. Me inclino más hacia Frankie.

—Ojo con lo que dices, si sabes lo que te conviene. ¿Crees que Enzo da miedo? Pues yo soy mucho peor.

Frankie traga saliva, pero creo que pilla el mensaje.

«Eso espero».

Enzo me mira con admiración cuando me doy la vuelta y me aparto.

—Joder, no se puede ser más sexy.

Sonrío y le guiño un ojo mientras trato de disimular el temblor de las manos.

—Concéntrate, Romeo.

Mira a Frankie.

—Me estoy cansando de este juego. Tengo que hacer feliz a una mujer, y cada segundo que paso contigo es un segundo que no estoy a solas con ella, así que dime lo que quiero saber.

Frankie se mueve, lo que hace que la cadena tintinee y que él no pueda evitar una mueca de dolor.

—Tu padre fue a verme hace unos años, muy preocupado…, casi aterrado. Tuve la sensación de que estaba perdiendo la cabeza.

Enzo alza la barbilla y se da unos golpecitos en el muslo con el cañón de la pistola.

—Creía que en sus filas corrían rumores sobre ello —sigue Frankie—. Le hacía falta alguien con conexiones, alguien en quien pudiera confiar, pero que no fuera de los suyos.

—Y te eligió a ti —confirma Enzo.

—Sí, eso es.

—¿Y luego?

—Tu padre no… Bueno, no está bien de la cabeza. Imagino que ya lo sabes, ¿verdad?

Enzo aprieta los dientes.

—No te metas en lo que sé o dejo de saber.

—Está loco, tío. Está paranoico. Cree que todo el mundo quiere matarlo. Me dijo que necesitaba tener contactos. Quería saber más sobre el marido de mi hermana, y yo encantado, porque, si le era útil, igual se acordaría de mí cuando saldara cuentas. Así que lo puse en contacto con Trent. Le dije que mi cuñado era muy poderoso en el sur. Que tenía armas secretas. —Me lanza una mirada—. Que podía hacer ciertas cosas sin que nadie las relacionara con Carlos.

Una sensación de náusea me sube por la garganta y la ansiedad me bombea por las venas.

—¿Qué cosas? —lo presiona Enzo.

—Cosas como hacer lo que hiciera falta, matar a quien quisiera, sin los procedimientos normales y sin repercusiones. Cosas que nadie le podría atribuir.

Enzo se adelanta y le da un golpe en la cara con la pistola. Frankie suelta un taco mientras la sangre empieza a manar del corte que le ha hecho la mirilla del arma.

—¡Joder, tío, que te lo estoy diciendo todo!

—Pues deja de ser críptico y escupe de una puta vez o te juro que dejaré que te pudras sin rastro de honor —replica Enzo.

Frankie coge aire y lo mira a los ojos.

—Tu padre fue quien ordenó que te mataran. Le pidió a Trent Kingston que se encargara de ello.

CAPÍTULO 44

Enzo

La traición es una enfermedad.

Una hija de puta que te entra como whisky barato, te quema la garganta y te revuelve el estómago.

Soy una persona comprensiva, pero es difícil aceptar que mi padre ha tratado de matarme..., que se ha sentido tan amenazado por mí que ha intentado acabar conmigo y ha estado mintiéndome durante el último año.

Desde luego, no lo voy a perdonar ni voy a olvidar.

He cumplido mi parte del trato con Frankie. No podía dejarlo libre, claro, pero lo desencadené, lo llevé a una zona aislada y le di una muerte rápida: un tiro en la cabeza.

No se resistió. Se enfrentó a la muerte como un hombre, y a mí me sentó bien volver a hacer algo con mis propias manos y, mejor todavía, algo que estaba fuera del radar de la autoridad de mi padre.

Luego volvimos a la suite de hotel de Venesa, porque sé que no está cómoda en mi ático, y no es justo pedirle que se instale allí cuando me ha dejado bien claro que no quiere estar en la cama en la que estuvo su prima. Es un problema que resolveré mañana mismo.

Venesa se acomoda detrás de mí en la cama del hotel, se pone de rodillas y desliza las manos por mis hombros. Me recuesto contra ella y apoyo la cabeza en su pecho, cerca de la clavícula, al lado del colgante. Ojalá su presencia bastara para acallar el ruido dentro de mi cabeza. No sé si hay algo capaz de hacerlo. Hay demasiadas piezas sueltas, son como partículas de polvo que tengo que reunir para convertirlas en algo que pueda ver y entender.

—Voy a hablar con Gio —le digo.

Me da un beso en el cuello.

—Todo puede esperar a mañana.

Niego con la cabeza.

—Sabía que mi padre no estaba bien, que estaba cada vez más desquiciado, pero no se me ocurrió que fuera él quien trató de matarme.

—La familia es una mierda —replica Venesa—. No lo consiguió y eso es lo único que importa. —Me baja una mano por el pecho y me pone la palma sobre el corazón—. Estás aquí. Tu corazón palpita. Tienes a tu servicio a una mujer dispuesta a hacer cualquier cosa que necesites.

Le lanzo una mirada y me vuelvo para quedar frente a ella en la cama. Le paso los dedos por los muslos, hacia arriba, hasta llegar a las curvas suaves de la cintura y agarrarme a ella.

—¿De verdad? ¿Y qué necesito, *piccola sirena*?

Se adelanta y me rodea con las piernas hasta que el calor de su coño queda contra la polla cada vez más dura. Me rodea el cuello con los brazos y me da un beso en los labios.

—Tienes que desahogar conmigo toda esa frustración... —Desliza las caderas adelante y atrás para crear una fricción deliciosa que hace que todo se ponga al rojo en mi interior—. Esa ira, ese dolor... Puedes utilizarme, Romeo.

Me roza apenas la mejilla con los labios, a lo largo de la barbilla, y luego se desliza hacia abajo para mordisquearme el cuello. El vello se eriza allí por donde pasa. La agarro con más fuerza y embisto contra la ropa que cubre su coño.

—No digas lo que no sientes, Venesa. No te quiero hacer daño.

—No me harás daño —replica—. Confío en ti.

La empujo hacia atrás con delicadeza hasta que queda tumbada boca arriba en la cama, con el pelo sobre la almohada. Parece una diosa. No la puedo tener más dura, me muero de necesidad de estar dentro de ella, de perderme en ella para no tener que hacer frente a la realidad de mi mundo.

De cómo todo cambia y se vuelve del revés.

—No tengo el menor interés en hacerte daño —murmuro, y le paso los dedos por el cuerpo para meterlos por debajo de la blusa y quitársela—. No quiero provocarte dolor, solo placer. Pero vamos a elegir una palabra de seguridad por si acaso se nos va de las manos.

Los pechos quedan al aire y no tardo nada en caer sobre ellos, en devorarlos, en morderlos. Su carne me sabe a ambrosía en la boca.

—Concha —dice.

—Perfecto.

Hace una pausa. Me coge la cara y me obliga a mirarla a los ojos.

—No me vas a hacer daño. Puedo encajar lo que me quieras hacer, cuando me lo quieras hacer.

Clavo la vista en sus ojos y en su boca. Me abruma tanto lo mucho que la necesito que me lanzo sobre ella. Nuestras lenguas se entrelazan y la beso como si tuviera miedo de no volver a hacerlo.

Unos ojos castaños, nebulosos. Una voz susurrante. «¿Qué te han hecho? No te mueras. No les des el gusto».

Me despierto sobresaltado, con esa voz profunda, sensual, todavía en los oídos. Siento un escalofrío que me recorre la espalda. Busco a Venesa con los ojos, pero no está. Se estará duchando, porque oigo el sonido del agua que corre.

Me dan ganas de ir a buscarla y traerla a la cama para darme un banquete antes de que empiece la jornada, pero el sueño me ha dejado paralizado; las piezas del puto rompecabezas encajan de repente, por fin.

Ahora recuerdo lo que antes no podía identificar.

No sé cómo llegué a aquella orilla ni qué me salvó, pero estoy seguro de que vi a Venesa inclinada sobre mí, que me presionó con algo que me provocó dolor en el costado.

El grifo de la ducha se cierra. Me incorporo en la cama y me paso una mano por el pelo.

Minutos más tarde, aparece envuelta en una pequeña toalla blanca y rodeada de nubes de vapor, y, joder, es toda una visión. Pero ahora la visión está contaminada porque no sé si fue parte del intento de asesinato, ni qué sabe, ni qué me está ocultando.

«¿Ha habido algo real en lo nuestro?».

No quiero ponerme en lo peor; mi cuerpo se niega a dejar que la mente vaya demasiado lejos y me convence de que lo único que ocurre es que estoy nervioso por lo que he descubierto sobre mi padre, por lo turbio y sucio que es todo tanto en el mundo de Venesa como en el mío.

—Buenos días. —Me sonríe y se frota el pelo con la toalla.

—No me puedo quitar de la cabeza un sueño que he tenido —empiezo, incapaz de contener las palabras—. Es sobre la noche en que estuve a punto de morir.

Se queda paralizada. Los movimientos son más pausados mientras se acerca a la cama y se sienta en el borde.

—Enzo… —dice, y se muerde los labios.

Me muevo hacia ella y la agarro por la cara. Tiene que mirarme a los ojos.

—Fuiste tú, ¿verdad?

Veo algo en su rostro. ¿Es inquietud?

—Estabas allí. Fuiste tú la que me salvó.

Me echo a reír, sacudo la cabeza.

—Enzo… —repite con cautela.

Tengo el corazón a punto de estallarme en el pecho, pero se lo voy a preguntar.

—Quiero que me digas la verdad. ¿Sabías lo de mi padre y tu tío?

Si tuvo algo que ver con mi intento de asesinato, no sé qué voy a hacer. La tensión se palpa en el aire.

—No, mi tío me había mandado a Nueva York para ver cómo estaba Aria. Lo hacía muchas veces. Me la encontré paseando junto al Hudson, con un zapato roto en la mano y una historia de una cita que había salido mal. Entonces te oímos gemir… Yo no sabía quién eras, aunque me imaginé que serías alguien importante. Te voy a decir la verdad: si en ese momento hubiera sabido quién eras, puede que no hubiera intentado salvarte… El caso es que, como me daba miedo que me vieran por allí, le di a Aria lo necesario para que pudiera despertarte y me marché a toda prisa. Es verdad que la tuve que convencer diciéndole que seguramente saldría en las noticias por haberte salvado.

—¿Aria sabía quién era yo? —pregunto, aunque estoy seguro de que no sabe la respuesta.

Venesa aprieta los labios.

—Lo dudo mucho. Ella no quería salvarte. Creo que estaba aterrada.

Dejo escapar una risita de incredulidad.

—Así que todo este tiempo me he sentido encadenado a Aria, pensando que era la mujer que me salvó la vida…, y resulta que fuiste tú quien lo hizo. ¿Me tendría que haber encadenado a ti?

Resopla y se le escapa la risa.

—No te tienes que encadenar a nadie, y menos a mí.

—¡Mierda! He vivido en una mentira un año entero, y esa cabrona me ha estado manipulando. —Me siento sobre los talones y miro a Venesa—. Pero fuiste tú, claro. Siempre has sido tú.

Le debo la vida. Literalmente.

—Hay muchas cosas que no…

Me inclino hacia ella y la hago callar con un beso.

—No me importa. No me importa nada. —Le paso el pulgar por la mandíbula—. Lo único que me importa es que ahora estás aquí, conmigo, que eres mía y yo soy tuyo, completamente tuyo, Venesa Andersen. Dime que lo entiendes.

Traga saliva y se apoya contra mi mano, cerrando los ojos. Luego asiente como si le doliera admitirlo.

—Lo sé.

Daría cualquier cosa por quedarme aquí todo el día, por poder mandar a la mierda mis responsabilidades y entrar en ella para demostrarle lo cierto que es lo que le acabo de decir, pero de momento no puedo relajarme. Cuanto antes me encargue de ciertas cosas, antes podré ayudar a Venesa a encargarse de las suyas.

Y, luego, nada se interpondrá en nuestro camino.

—Tengo que ir a ver a Gio para planear qué demonios vamos a hacer.

La beso de nuevo y la siento sobre mi regazo. Me rodea con los muslos y rota el culo en movimientos rápidos, adelante y atrás. Se me van las manos y la agarro por las caderas para embestir contra ella.

—No empieces lo que no tenemos tiempo de terminar, *piccola sirena.*

Sonríe.

—¿Qué pasa, Romeo, no aguantas un poquito de provocación?

Le doy un palmetazo en el culo. Se muerde el labio y gime, joder, yo creo que lo hace a propósito.

—Sé buena. Deja que vaya a ocuparme del asunto de mi padre para que pueda volver aquí y ocuparme de ti.

Suspira y se detiene para poner fin a la tortura.

—Le voy a decir a Scotty que venga dentro de un rato a recogerte, ¿de acuerdo? No salgas por la ciudad sin él. Debería haber controlado a Jessica para asegurarme de que no va a contarle a mi padre que estás aquí.

Resopla, despectiva, y le acaricio la cara con el dorso de la mano.

—No estoy intentando controlarte, en serio. Solo quiero protegerte.

—Vale, pero acuérdate de que tengo a Bas.

—Ya, pero no lo conozco lo suficiente como para confiarle tu vida.

Le doy una palmadita en el culo, la bajo de mí y voy a ducharme.

Una hora más tarde, estoy en el coche de Gio, en el asiento del copiloto. Estamos en el aparcamiento de un punto secreto de reunión que tenemos en las afueras de Brooklyn. Por lo visto, mientras yo pensaba qué hacer, Gio se las arregló para contactar con los De Luca, que accedieron a reunirse con nosotros.

Miro a Gio sin dejar de sacudir la pierna con un movimiento nervioso.

—¿Puede ser una trampa?

Se encoge de hombros, con una mano sobre el volante mientras con la otra se lleva el cigarrillo a la boca.

—Es posible.

—También es posible que tuvieran demasiado miedo de mi padre como para jugársela a una carta.

Me mira de reojo.

—Pero vas a correr el riesgo.

—Voy a correr el riesgo —confirmo.

Exhala una bocanada de humo y tira el cigarrillo por la ventanilla abierta. Luego me aprieta el hombro.

—Estoy contigo, tío. Contigo iría al final del puto mundo. Cuando entremos en ese almacén para reunirnos con esa gente, estaré contigo. Deberías estar al mando de este tinglado en lugar de tu padre. Eso lo sabe todo el mundo, lo que pasa es que les da miedo decirlo en voz alta.

—Yo nunca he querido estar al mando de este tinglado.

Gio asiente.

—Ya. Tal vez por eso eres el más indicado.

Dejo que las palabras me envuelvan como una manta de tranquilidad y asiento. Miro hacia el almacén y luego a Gio.

—¿Preparado?

Sonríe como un colegial.

—Siempre.

No sé qué esperar cuando entramos en el almacén. Gio ha sido el que ha concertado la reunión con la familia De Luca, pero puede ser tranquilamente una emboscada, y mentiría si dijera que no tengo los nervios de punta, que noto un aguijoneo de ansiedad en la piel. De todos modos, lo importante es que no se me note.

En el almacén no hay gran cosa; el techo alto de metal crea una cámara de resonancia que hace que nuestras voces retumben contra las paredes. Cuando entramos, hay dos hombres de pie en el centro, los dos con traje bien planchado y el pelo engominado, y los ojos castaño oscuro clavados en mí.

Matteo De Luca y Leo, su *consigliere*.

—Gracias por venir, Matteo.

Nos estrechamos la mano y un brillo de curiosidad le pasa por la cara cuando inclina la cabeza a un lado.

—El gran Enzo Marino me convoca a una reunión, ¿cómo me voy a negar?

Sonrío.

—De acuerdo, iré al grano entonces. Hace poco he descubierto información que ha cambiado mi perspectiva sobre ciertas cosas.

Matteo me mira.

—¿Y eso me afecta a mí por…?

—Porque mi padre te apartó de la toma de decisiones, te apartó del poder, y he pensado que te interesaría recuperar una parte de ese poder.

Leo se ríe y escupe al suelo, a mis pies.

—¿Te estás burlando de nosotros? Vete a la mierda.

Gio da un paso adelante y abre la boca para decir algo, pero lo detengo con una mano en el hombro y un gesto negativo de la cabeza.

—No pasa nada, Gio. No tienen motivos para confiar en mí. —Miro a Matteo—. Pero algo me dice que fuiste tú el que mandó a un hombre a espiarme en Carolina del Sur. ¿Es así?

Matteo levanta la barbilla, pero no responde.

—Por cierto, ¿cómo le va? —Me río y me rasco la barba incipiente—. Mira, Matteo, no tengo tiempo para jueguecitos. Te estoy ofreciendo algo, una manera de que vuelvas a sentarte a la mesa, pero vas a tener que colaborar conmigo. No olvides quién tiene el poder por aquí ahora mismo. Lo que te doy es un regalo.

—Estábamos defendiendo nuestros intereses —responde Matteo por fin—. Si los Marino podéis utilizar a los hombres de Jersey para los trabajos con los que no queréis que os relacionen, nosotros también. Sigue siendo nuestra ciudad.

Arqueo las cejas.

—¿Te refieres a Frankie?

Asiente.

—Te estábamos vigilando porque ya nadie se fía de los Marino. Tu padre está como una puta cabra. Cuando esa rata de Frankie cantó que había trabajado con Carlos y con… otros para quitarte de en medio, pensé que deberías saberlo. —Se encoge de hombros—. Pero tenía que asegurarme de que no eras parte del sistema de mierda que ha creado tu familia, que Frankie no estaba tendiéndonos una trampa. Mandamos a Sean para vigilarte e informar.

—Vaya. Siento que no tuviera ocasión de despedirse.

Observo su reacción, y asiente. Ahora sé que Sean acabó muerto después del tratamiento de Venesa.

—Hace muy poco que me he enterado de lo de Frankie y mi padre —le confirmo—. Se podría decir que mi perspectiva ha cambiado sobre muchas cosas. Ahora tengo otro concepto de la lealtad.

A Matteo le relampaguean los ojos.

—Tu padre no tiene ni puta idea de lo que es la lealtad.

—Sí —reconozco, aunque admitirlo es como si me clavaran un cuchillo en el plexo solar. Resoplo al tiempo que muevo el cuello para relajarlo, y lo vuelvo a mirar—. Bueno, mi padre y yo somos muy diferentes. Yo no quiero para nada poder ilimitado, no me resulta útil. Creo que, a la larga, es mejor la colaboración…, así que me interesa recuperar la comisión.

Matteo entrecierra los ojos.

—¿Y quieres nuestra ayuda?

—Para hacer lo que hay que hacer, no necesito vuestra ayuda. Lo único que quiero es saber que estaréis de mi parte ante las otras familias cuando llegue el momento, de la misma manera que yo estaré de la vuestra.

Por unos instantes reina un silencio tenso mientras todos esperamos, en vilo, la decisión que va a definir nuestro futuro. Al final, Matteo sonríe, asiente y me tiende la mano.

—Tienes mi palabra. Tú saca la basura y nosotros te apoyaremos para presidir la mesa.

CAPÍTULO 45

Venesa

Scotty me ha traído al ático de Enzo..., cosa que no me llena de alegría, porque ya había dejado claro lo que opino de estar en un lugar donde Aria ha contaminado hasta el último mueble.

Pero, de manera objetiva, no puedo sino admirar el nivel de la vivienda.

Todo es inmaculado, y también está a gran altura y tiene muchas ventanas. Igual a Enzo le gusta sufrir.

Pero, bueno, ya sabemos que hay una manera de ayudarlo a dominar ese miedo: en cuanto el apartamento deje de oler a Aria, me va a follar también contra esas ventanas.

Scotty no se ha quedado, se limitó a dejarme aquí y se marchó enseguida porque tenía que hacer algo. Se ha llevado a Bastien, pero me han dicho que vendrán luego para que no esté sola.

Aunque la verdad es que agradezco un poco de soledad. Eso me da la oportunidad de recorrer el apartamento, de entender a Enzo. Me resulta evidente enseguida que, aunque estaban prometidos, ella no vivía aquí, porque todo habla a gritos de un hombre soltero y sofisticado.

Las líneas son rectas y finas, con abundancia de esquemas monocromos. Sofás negros y mesas blancas.

Cuadros caros en las paredes, esculturas expresionistas.

No hay ni un toque personal, ni una foto de la familia o de los amigos.

Yo tampoco tenía ninguna, pero daba por hecho que en su casa sí las habría.

Esquivo de manera deliberada el dormitorio porque aún no estoy lista para hacerle frente, y vuelvo a la sala de estar para sentarme en el sofá. Saco el teléfono y le mando otro mensaje a Fisher.

Yo: ¿Estás bien? Me estoy preocupando. ¡¡Llama!! ¡Tengo mucho que contar! Te echo de menos, peque.

Para mi sorpresa, aparecen los tres puntos antes de que deje el teléfono.

Fisher: Todo bien. Te echo de menos. ¿Quieres hablar?

Yo: ¡Llama!

Recibo la petición de llamada con vídeo y acepto de inmediato.

—Joder, ya pensaba que te habían secuestrado —digo. Se echa a reír y se acomoda tras el volante de su coche—. ¿En qué andas?

—Aquí, a ver si descanso cinco minutos. Desde que te fuiste, esto ha sido una locura.

—¿Y eso?

Se encoge de hombros.

—Pues lo de dirigir La Guarida, que tu tío aún me tiene al mando, aunque no te lo creas. Parece que te ha cambiado por mí. —Se pasa una mano por la cara—. No sé cómo te las arreglabas.

No me sorprende. El tío Trent no va a prescindir de La Guarida, le da buenos ingresos, y Fisher es el único que conoce el local como la palma de su mano. Puede que mi tío me deteste ahora, pero no va a dejar de aprovechar cualquier situación que se le presente.

—Venga, que no quiero hablar de mí —sigue Fisher—. ¿Dónde estás? ¿Qué pasa? Te echo de menos, enana.

—Yo también a ti. Estoy en Nueva York... con Enzo.

—Sí, ya me he enterado de lo vuestro.

Me quedo muda. ¿Se ha enterado y no me ha llamado de inmediato para gritarme por no habérselo contado yo?

—¿Por eso no me llamabas? —pregunto para tratar de encontrar una explicación.

Carraspea para aclararse la garganta.

—¿Me estás preguntando si me escuece que mi mejor amiga tenga un romance en plan Romeo y Julieta y no me lo haya contado? He tenido que oírlo de tu prima, que, por cierto, no lo lleva nada bien.

—¿Aria sigue por ahí?

—Sí.

No sabía si iba a volver a Nueva York o se iba a tomar su tiempo. Mejor que se quede en Atlantic Cove, así podré matarla al mismo tiempo que a mi tío. Dos pájaros de un tiro.

—Siento no habértelo contado yo. Es que... no quería que lo supiera nadie. No sé, me parecía demasiado nuevo.

Hace una mueca.

—Te perdono si me dices una cosa.

—Lo que quieras.

—¿Tiene la polla grande?

Me echo a reír.

—Casi demasiado.

—No hay polla demasiado grande —resopla.

—¡Claro que sí! —replico entre risas—. Cualquier cosa por encima de veinticinco centímetros es excesiva. Se te clava en el cuello del útero y duele, tío, duele.

—Uagh, qué gráfica. Bueno, entonces ¿qué? ¿Ahora sois pareja?

—No sé qué somos. Me hace sentir… Creo que estoy… —Se me para un momento el corazón ante lo que he estado a punto de decir en voz alta—. Mira, no puedo decirte más, espera un poco, ¿vale?

Arquea las cejas.

—¿Qué quieres decir?

Me muerdo el labio y calculo hasta qué punto puedo darle información por teléfono.

—Quiero decir que las cosas van a cambiar…, que ya están cambiando. Y, cuando esto pase, no me voy a olvidar de ti.

—¿Dónde están cambiando? ¿Aquí o en Nueva York?

—Ahí y aquí —reconozco—. Vas a tener que confiar en mí. ¿Podrás?

Se frota la boca con una mano y suspira.

—Estoy preocupado por ti, enana. Pero…, claro, ya sabes que estoy contigo para lo que sea.

—Bien. —Suspiro de alivio—. Y oye, una cosa, no te acerques a mi prima. Eso nunca acaba bien.

—Claro, claro… —Hace un ademán desdeñoso. Luego mira más allá de la cámara y frunce el ceño—. Tengo que dejarte. Ya hablaremos luego, enana. Te quiero mucho.

Clic.

Me quedo mirando el teléfono unos segundos. ¿Qué demonios ha pasado...? ¡Me ha colgado!

Tiro el teléfono sobre la mesa y luego me recuesto contra el respaldo para cerrar los ojos un instante e intentar calmarme. He de tratar de controlarme. No he practicado la meditación en condiciones desde que Enzo entró en mi vida; tengo la sensación de que estoy perdiendo el dominio sobre el delicado equilibrio entre mi espiritualidad y la realidad.

Ahora mismo, no sé por qué, la conversación con Fisher me ha inquietado, noto como si me clavaran microagujas en la piel.

La puerta del ascensor se abre directamente al vestíbulo del ático.

Me incorporo de golpe y me pongo en guardia de inmediato; no sabía que nadie podía llegar hasta aquí sin la llave del ascensor que da acceso a este piso.

Y vuelvo a encontrarme sola y desarmada. Si Bastien se entera, me mata.

Ha entrado una mujer muy hermosa, de ojos rasgados y piel dorada, con una ropa que proclama a gritos su clase y una expresión cálida en el rostro. Lleva una enorme carpeta de anillas bajo el brazo y me sonríe.

—Tú debes de ser Venesa.

La miro.

—Depende de quién seas tú.

Otro ding del ascensor, las puertas se abren de nuevo y empiezan a salir hombres que recorren la estancia y se dispersan por el ático.

—¿Qué demonios pasa aquí?

—Soy Vivian, la diseñadora de interiores del señor Marino. —Entra en la sala, deja la carpeta sobre la mesita y da una palmada—. Caballeros, hay que sacar de aquí todos los muebles, y ahora mismo, ¡gracias! —dice con voz cantarina.

La miro y parpadeo. Se le borra la sonrisa de la cara.

—¿No te dijo que iba a venir?

—Pues no, lo siento.

—Vaya. Igual quería que fuera una sorpresa. No todos los días se sale de compras para amueblar un ático de novecientos metros cuadrados.

La miro con los ojos entrecerrados, pero cojo el teléfono y marco el número de Enzo.

—*Piccola sirena.*

—Me parece que han entrado a robar.

Lo digo muy en serio, pero se echa a reír.

—La he mandado yo. Elige lo que quieras, redecora el piso entero. Borra el rastro de tu prima, quita todo lo que haya tocado.

Arqueo las cejas, sorprendida. Parece que está dispuesto a gastarse una cantidad indecente de dinero en muebles solo para que me sienta cómoda.

Así que no seré yo quien se queje.

Tras una vida entera de no ser la primera opción para nadie, es maravilloso sentirme así de mimada, y Enzo me está mimando tanto que creo que me podría acostumbrar. Y muy deprisa.

Me lo merezco, seamos sinceros. Estoy harta de no hacerme valer, y sé que lo que tengo con él no va a durar mucho; pero, mientras dure, lo pienso disfrutar. Además, nunca he vivido entre lujos, ni siquiera cuando estaba prisionera y los veía desde dentro.

—¿Seguro? —pregunto.

—Claro, nena. Tengo que dejarte, pero esta noche, cuando llegue, lo estrenaremos todo.

—¿Van a traer hoy mismo lo que elija? No es posible.

Oigo cómo se ríe.

—¿Cuántas veces tengo que decirte que esta ciudad es mía?

No sé por qué me pone tan caliente esa frase, pero me pone.

—Eso me resulta… de lo más seductor.

—¿Sí? —Baja la voz—. ¿Qué llevas puesto?

—¿La verdad o quieres que te mienta?

Suspira.

—La verdad. Ahora mismo no tengo tiempo para hacer lo que me gustaría.

La emoción me invade al ver cómo los hombres de la mudanza se llevan todos los muebles uno tras otro.

—Te agradezco muchísimo todo esto. No sabes lo que significa para mí. No sé cómo darte las gracias.

—De nada, nena. Y dame las gracias gastando todo lo que puedas.

Sonrío, y las dos palabras me asoman a la punta de la lengua, pero me las trago en el último momento.

Cuando cuelgo, Vivian vuelve a estar delante de mí, con la carpeta en la mano y una sonrisa de oreja a oreja.

—¿Lista para gastarte el dinero de Enzo?

Enzo no ha mentido al decir que los muebles llegarían hoy mismo. En cuanto los elijo, Vivien llama por teléfono y, en cuestión de horas, se materializan en el ático como por arte de magia.

Se va poco antes de la puesta de sol y deja el ático lleno de cosas nuevas. Cosas bonitas. Y, lo más importante, cosas que he elegido yo, que Aria no habría elegido jamás.

Scotty y Bastien vuelven tras comprar provisiones suficientes para alimentar a un ejército, y nos acomodamos en la cocina abierta que da a la sala de estar.

Scotty está haciendo la cena, albóndigas caseras, y Bastien se ha sentado ante la isla, a mi lado.

Me siento a gusto y, por primera vez en mi vida, es como si tuviera un lugar en el mundo. Una familia. Como si estuviera en casa. Y no tiene nada que ver con el parentesco, así que puede que ese haya sido siempre mi error. He estado buscando lo que quería donde no debía. Pero una parte de mí está inquieta, alerta, y eso me impide disfrutar plenamente del momento.

Lo bueno no suele durar, y la gente, yo incluida, suele echar a perder lo que tiene.

Scotty está comentando no sé qué sobre los nuevos vecinos que han venido a vivir unos pisos más abajo, pero no le estoy prestando atención.

—Siento curiosidad, chaval —dice Bas—, ¿cómo demonios sabes tantas cosas raras?

—Pues porque presto atención, Bastien. Prueba alguna vez, te gustará. Hay que escuchar a los que te rodean. A las mujeres les encantan los tíos que saben escuchar.

—Tú eres idiota.

Scotty deja de dar forma a las albóndigas y se vuelve hacia Bastien con el ceño fruncido.

—No me gusta que me digas eso, y lo sabes. Te lo he dicho cien veces.

—Eso, Bas, no seas antipático con Scotty. —Le doy un palmetazo en el brazo.

Me lanza una mirada de sorpresa y luego se acomoda en la silla y tamborilea con los dedos sobre la encimera.

—Bueno —sigo—, ¿qué habéis estado haciendo hoy?

Scotty se encoge de hombros.

—Matar el tiempo.

—¿Matar el tiempo? —repito, porque no tengo ni idea de lo que significa eso.

—Ya sabes, haciendo tiempo hasta que llegase la noche, que es cuando empieza la diversión. —Arquea repetidamente las cejas—. ¿Y tú qué? ¿Te has mudado a vivir aquí o qué?

—Como si se lo fuera a contar al cotilla mayor del reino —bromeo.

La verdad, sin embargo, es que la situación no me hace gracia. ¿Qué voy a hacer? ¿Venirme a vivir a Nueva York y convertirme en la esposa de un jefe de la mafia?

Termina de redondear una albóndiga y sonríe.

—Eso ha dolido, Venesa. En serio. Primero me tengo que pasar el día con el gorila este —señala a Bastien—, y ahora tú también estás en contra de mí. ¿Cómo se puede vivir entre tanta animosidad?

—Ahora mismo no pienso en lo que no puedo controlar, Scotty. Solo en el aquí y el ahora.

Aprieta los labios y niega con la cabeza.

—¿Ya sabe Enzo lo que opinas?

Evito con deliberación la mirada de Bastien.

—De Enzo ya me ocupo yo. —Bastien suelta un bufido y lo fulmino con una mirada—. Y tú calla. Concéntrate en tus cosas y a mí déjame en paz.

Pone los ojos en blanco y alza las manos en gesto de rendición.

Oigo a lo lejos el sonido del ascensor y Scotty mira hacia el vestíbulo, luego me apunta con la barbilla.

—Ve a ver quién es, nena, que eres la reina del castillo.

—¿Y si es alguien que viene a matarnos?

Lo digo en broma, pero solo a medias. No me gusta que el ascensor acceda directamente al ático, aunque solo pueda subir a este piso con llave.

Scotty se echa a reír.

—Pues así, mientras te matan, nos dará tiempo a escapar o a prepararnos.

—No tiene gracia —interviene Bastien.

—Nena, estás en el ático de uno de los hombres más poderosos de Nueva York. ¿A ti te parece que alguien va venir aquí como si tal cosa?

Antes de que me dé tiempo a levantarme, Enzo entra en la habitación y viene directo hacia mí. Me coge en brazos y me lleva al dormitorio sin tan siquiera mirar a su primo y a Bas.

Se lo permito porque, la verdad, cuando me coge en brazos o me carga sobre el hombro, me pone a cien. Aunque quisiera protestar, creo que mi vagina me lo impediría.

Cuando llegamos ante la puerta del dormitorio, la abre de una patada y la cierra al instante. Luego me tira en la cama nueva.

Levanto una mano.

—¡Espera! Dime qué te parecen los muebles.

No me hace caso. Se quita la chaqueta del traje y luego el chaleco y la camisa. Y lo miro porque nunca digo que no a un buen espectáculo. Desde que nos conocimos en los jardines de mi tío me moría por verlo sin ropa para apreciar mejor los tatuajes. Luego se quita los pantalones y, cuando se queda solo con los bóxeres negros, cae sobre mí y me llena el cuello de besos con las manos ya sobre mis pechos.

—Lo digo en serio —insisto—. Quiero saber si te parece bien lo que he comprado. Si no, voy a estar todo el rato pensando que a lo mejor no te gusta y no me voy a correr.

Suspira, se incorpora y pasea la vista por el dormitorio.

—Está muy bien.

—¿Muy bien? —Arqueo una ceja—. ¿Es todo lo que vas a decir?

Me mira con lascivia.

—Estoy más concentrado en otras cosas. —Me pasa la mano por el cuerpo y la mete bajo los vaqueros, pero son ceñidos y no llega muy lejos. Frunce el ceño—. Me gusta más cuando llevas vestidos. Necesito acceso directo.

Me desabrocho el botón y me quita los pantalones muy despacio, se agacha y me da mordiscos y besos en el coño.

—Me encanta que no lleves ropa interior.

Tiene razón, rara vez llevo. Me aprieta demasiado y no me gusta cómo me hace sentir. Prefiero que mi cuerpo respire.

—No volveré a usarla —digo con un gemido, y entrecierro los ojos mientras me desnuda de cintura para abajo y me mordisquea el clítoris.

Tras unas cuantas lamidas, sube y me besa en la boca. Noto mi sabor en él, fuerte, un poco salado, pero es increíblemente erótico. Enrosco la lengua con la suya y lo atraigo al interior de mi boca para beberme en él, lo que se está convirtiendo en una de mis actividades favoritas. Me pone a cien.

Gime, me agarra por las caderas, me da la vuelta y se queda tumbado de espaldas, conmigo encima.

—Siéntate en mi cara —exige, y me clava los dedos en los muslos para obligarme a subir.

No seré yo quien discuta.

Permito que me mueva hasta que tengo el coño sobre sus labios y el aliento caliente me acaricia el sexo.

Me agarra el culo con las dos manos y luego me da un palmetazo que escuece. La oleada de deseo me abre en dos y se me instala entre las piernas.

—Siéntate en mi cara, nena. Ahógame.

Me coge con fuerza por las nalgas para obligarme a bajar.

Contengo un grito porque empieza a trabajarme con la lengua y es increíble. Muevo las caderas adelante y atrás, me retuerzo contra su boca sin dejar de mirarlo mientras me devora, y sé de inmediato que así no voy a durar nada. Es de largo el hombre que mejor me ha comido el coño, y lo que más me gusta es que parece que lo disfruta.

Me agarro como puedo al cabecero de la cama para moverme mejor sobre él, que ahora sube las manos y desliza los dedos por la raja del culo y luego las baja, provocándome, probándome.

Con eso basta para hacerme estallar.

Me corro con tal violencia que veo puntos brillantes, y él gime cuando se le llena la boca con mis jugos, pero me mantiene donde estoy sin dejar de lamerme como si fuera el vino más selecto.

Nunca me había sentido tan atractiva para alguien como en este momento. Es una sensación poderosa. Cuando terminan las convulsiones del orgasmo, me bajo y trato de recuperar el aliento.

—Ha sido increíble —digo—. Te gusta de verdad comer coño, ¿eh? Pues conmigo no te cortes.

Me acurruco contra su costado con el pecho agitado y todavía jadeante. Tengo el corazón acelerado. Sigo con los dedos las líneas de tinta de su piel, acaricio las letras de su apellido, tatuadas en el cuello.

—¿Todos los tatuajes significan algo?

Gruñe, y la vibración ronca le reverbera en el pecho y a mí me resuena en la parte del cuerpo que tengo pegada a él.

—No. Me gustan, y ya. Hacerse tatuajes es adictivo. —Levanta el brazo y me señala dos series de números diferentes—. Estos sí que significan algo.

Extiendo los dedos y los rozo.

—¿Qué son?

—Fechas. La muerte de mi madre y la muerte de mi hermano.

Las palabras me golpean como una bola de demolición y me muerdo la cara interna de la mejilla para no dejar escapar una exclamación. Pero noto que el estómago me da un vuelco.

—Eso es… muy bonito —consigo decir.

Me mira con una ceja arqueada.

—No quiero hablar de cosas deprimentes.

Le sonrío, y el alivio se lleva la sensación lúgubre que se me estaba colando en las entrañas.

—Podemos hablar de lo agotada que estoy de montarme en tu cara.

Se ríe y se da la vuelta para ponerse encima de mí.

—Qué graciosa, cree que hemos terminado.

Sin decir más, se levanta, me coge de la mano y me lleva al espejo de cuerpo entero que he instalado en una esquina del dormitorio.

CAPÍTULO 46

Enzo

Volver a casa y tener allí a Venesa es toda una experiencia.

A juzgar por su sorpresa cuando le dije que reamueblara el apartamento, ella aún no se ha dado cuenta, pero para mí no hay otra. Y no me importa lo que diga nadie.

Puede que estemos en la fase de luna de miel, puede que la cosa se aplaque en el futuro, pero ahora, cuando la miro, cuando pienso en ella, me siento como cuando era un niño y soñaba con el amor verdadero.

Solo que me da miedo decírselo. Desconfía de los hombres, de las relaciones…, y no quiero espantarla. Pero necesito saber que siente lo mismo.

Gio, que no tiene un pelo de tonto, ha sugerido que nos sentemos y lo hablemos.

Es lo que planeo hacer.

Después de follármela otra vez, claro. Aún estoy de subidón tras la reunión con De Luca.

Ha resultado que, cuando una persona se hace con el poder por la fuerza, como hizo mi padre, se gana más enemigos que amigos. Y esos enemigos se han tomado su tiempo, han estado esperando el momento oportuno.

Voy a matar a mi padre, voy a ocupar su lugar y voy a reinstaurar la comisión para que el don de cada familia tenga su lugar en la mesa.

Cojo a Venesa de la mano, la saco de la cama y la llevo ante el espejo porque quiero que vea nuestra imagen juntos, quiero que se vea como la veo yo, y quiero verle la cara cuando se dé cuenta de que, unidos, somos perfectos.

Puede que ya lo sepa, pero me da igual, se lo voy a decir cada día.

Le paso las manos por los brazos, me coloco detrás de ella y contemplo nuestro reflejo.

Tiene cara de recién follada, con el maquillaje corrido y el rojo de los labios en torno a toda la boca.

—Pon las manos en el espejo, nena.

Obedece sin dudar, y siento una corriente de adrenalina al ver que una mujer tan poderosa como ella se entrega de esa manera y confía en mí.

No hay nada más sexy.

Me agarro la base de la polla y la pongo contra su coño húmedo. Con la otra mano, le acaricio la espalda empapada de sudor del orgasmo brutal que ha tenido encima de mi cara. Me relamo para volver a saborearla.

Sigo moviendo la palma de la mano hasta que se la pongo en el hombro, se lo aprieto y luego le rodeo el cuello y le presiono la tráquea.

Observo su reacción en el espejo.

Le centellean los ojos y se muerde la comisura del labio inferior.

«Le gusta».

Es un tormento entrar en ella muy despacio, contenerme pese a cómo me envuelve.

—¿Ves lo maravillosa que estás en mis manos, con mi polla dentro? —le pregunto.

Nuestras miradas se cruzan en el reflejo.

—Sí —susurra, y se aprieta contra mí para que la llene más.

—Eh, eh... —Me aparto y le oprimo la garganta con más fuerza—. Eres una chica muy voraz, ¿verdad?

—Enzo..., fóllame ya...

Me inclino sobre ella con la piel en llamas y la polla tensa y deseosa de obedecer la orden de Venesa.

—No me digas lo que tengo que hacer.

La penetro de golpe, hago lo que quiere.

Deja escapar un sonido gutural y pone los ojos en blanco. Le vuelvo a apretar el cuello con la mano sobre el collar que le compré. Nada me hace más feliz que vérselo puesto, sobre todo si es lo único que lleva puesto.

—¿Te gusta así?

Asiente.

Salgo de ella y vuelvo a entrar muy despacio. Está tan húmeda que mi polla se desliza dentro de ella sin problemas.

El corazón se me desboca en el pecho y vuelvo a embestir con fuerza, metiéndosela hasta el fondo. Solo entonces vuelvo a mover las caderas. Le presiono el cuello aún más, le corto la respiración, pero tengo cuidado de no hacerle daño.

Entreabre la boca y abre mucho los ojos, pero no aparta la mirada. ¡Dios, está tan mojada!

Empiezo a follarla con un ritmo constante y veo cómo sus tetas se mueven con la misma cadencia mientras la tomo por detrás. Le cojo una con la mano libre porque no me puedo resistir; tan jugosa, tan llena, suplicándome que la toque.

Le miro la cara. Está roja, y noto cómo le vibra el coño en torno a mí.

—Así me gusta.

Le suelto el pecho, bajo la mano y le saco la polla casi del todo. Me mojo bien los dedos antes de subirlos para trazar círculos en torno a la estrella prieta del culo para lubricárselo bien.

Trata de coger aire, pero se lo tengo limitado... Verla a mi merced, tan entregada, hace que casi me corra.

«Joder».

La miro a los ojos en el espejo y proyecto las caderas hacia delante, vuelvo a penetrarla centímetro a centímetro. Al mismo tiempo le acaricio la otra entrada con el dedo, la abro, me deslizo con delicadeza dentro de ella. Muy despacio, porque sé que hace falta juego previo y una dilatación lenta para que sea placentero de verdad.

Entreabre la boca y pone los ojos en blanco, dejándose llevar por mis movimientos. Cuando tenso la mano del cuello para anclarme a ella mientras le lleno los dos orificios, Venesa pone las palmas contra el espejo, dejando sus huellas sobre el cristal.

El coño le palpita en torno a mi miembro, lo oprime y lo suelta. Verla así, tan abierta y vulnerable, me incendia el vientre y me abrasa la columna. Es como si una ola de fuego la estuviera recorriendo.

Bajo la vista para ver cómo entro en ella y se me tensa aún más la polla.

—Mira cómo me quieres dentro... Eres insaciable, nunca tienes suficiente.

—¡Enzo! —gime.

El sudor le corre por la frente y hace que el pelo se le pegue en las mejillas, que las tiene arreboladas, de un rosa perfecto. Está a punto.

—Así me gusta, nena. Dámelo todo. Estoy orgulloso de ti —le susurro, porque sé que las alabanzas la excitan.

Y entonces estalla en torno a mí, y llego con ella, me hundo en su cuerpo y me descargo en lo más hondo, imaginando que mi leche la llena y la ata a mí de una manera nueva, una manera que dice que nunca podrá dejarme... El orgasmo dura siglos.

Me dejo caer sobre ella, sin aliento, y cuando le suelto el cuello y empiezo a cubrirle la espalda de besos, se me pega la cara a su piel sudorosa.

¿Sabrá que es ella la que tiene todo el poder, que me arrastraría de rodillas con tal de ir a donde ella estuviera?

Una hora más tarde, me sigo preguntando lo mismo. Estoy detrás de Venesa, atrayéndola hacia mí mientras ella calienta dos platos que Scotty nos ha dejado tapados y en el horno con una nota.

Él y Bastien se han marchado, claro. Debieron de irse en cuanto oyeron gritar a Venesa.

Se oye el sonido del ascensor y voy hacia la entrada con el ceño fruncido.

«¿Quién cojones es ahora?».

Venesa se pone tensa y me mira.

—¿Cómo dejas que venga cualquiera a tu apartamento? Es peligroso, Enzo, en serio.

—No es lo habitual —respondo.

Los porteros saben que no voy a recibir más visitas. No sé quién demonios puede ser.

Se me pasa por la cabeza ir a por la pistola, pero la tengo en el dormitorio y, aunque sé que Venesa sabe cuidarse, no la quiero dejar sola ni un segundo. Me doy media vuelta y me sitúo delante de ella mientras suenan pisadas que se acercan a la sala de estar.

Me tenso todavía más al ver a mi padre, que mira en todas direcciones hasta que nos ve en la cocina.

—Qué escena tan hogareña, ¿no?

Me atenaza el miedo. «Mierda». No quería que supiera nada de Venesa.

Jamás.

¿Qué ha venido a hacer aquí, justo ahora? Su presencia en casa me pone en alerta. Mi padre ha venido a este apartamento en contadas ocasiones, y nunca ha sido para hacerme una visita amistosa, y esta tiene lugar justo tras la reunión que he mantenido con Matteo De Luca. Así que, inevitablemente, estoy en tensión.

Me sonríe. Yo imposto una sonrisa para responderle, cojo a Venesa de la mano y la atraigo hacia mí.

No puedo estar más incómodo, pero no quiero que sospeche que pasa nada. Para él, todo tiene que parecer normal.

—Bueno, ¿qué? ¿No nos presentas?

Hace un ademán en dirección a Venesa y entra en la cocina hasta detenerse delante de nosotros. Sonrío de nuevo y carraspeo para aclararme la garganta con la esperanza de que el pánico no se me refleje en la cara.

—¿Qué haces aquí? —le pregunto.

Me lanza una mirada melosa.

—¿Es que no puedo visitar a mi hijo?

—Claro que puedes. Pero no sueles hacerlo. Da igual, es una sorpresa muy grata. —Trago saliva y los presento—. Esta es Venesa.

Temo que ella pueda tener miedo de mi padre, cualquiera lo tendría. Carlos Marino tiene toda una reputación, y para ella debe de ser especialmente difícil tenerlo delante, porque sabe que era partidario de que yo me casara con su prima. No me extrañaría nada que estuviera nerviosa.

—Ah —dice mi padre—. La mujer que ha echado por tierra el matrimonio de mi hijo.

Venesa se fuerza a sonreír, aparecen los hoyuelos, me suelta para adelantarse y tenderle la mano.

—Es un placer, señor Marino. He oído hablar mucho de usted.

Si aún tuviera alguna duda de que es mi reina, en este momento se habría disipado. Es todo compostura y elegancia ante la adversidad. Me excita saber que, en un instante, puede convertirse en un arma letal.

Mi padre le coge la mano y se la lleva a los labios. Aprieto el puño para controlarme y no apartarla de él.

—Siento no poder decir lo mismo —responde con un chasqueo de la lengua—. Mi hijo, al menos, nunca me había hablado de ti.

«¿Y eso qué quiere decir?». Se me tensa la espalda. Está dando a entender que ha oído hablar de ella a otros. Repaso mentalmente la lista de los que pueden conocerla.

Un chivato.

—Pero te conozco —sigue—, y me sorprende mucho verte en la cocina de mi hijo. Eres mucho más indulgente que yo, Enzo. A mí me costaría más perdonar.

Frunzo el ceño, confuso, y no puedo evitar que se me escape la risa.

—¿Y eso?

Voy junto a ella y la miro, extrañado.

—¿Nerviosa? —Mi padre le sonríe. Venesa tensa la mandíbula—. Ah, ya veo. —Chasquea la lengua—. No se lo has contado, ¿verdad? Niña estúpida.

—No le hables así —estallo—. ¿Qué cojones pasa aquí?

Se ríe y sacude la cabeza.

—Siempre has sido muy ingenuo y has permanecido ciego a lo que tenías justo delante, *figlio mio*.

—No es buen momento, papá. Estás en mi casa, así que te pido un poco de respeto hacia mí y hacia ella.

—Pues a mí me parece el momento perfecto —replica; su voz es como un trueno que retumba en toda la habitación—. ¿A ti no, Venesa?

Prolonga mucho el nombre al pronunciarlo, hace que suene casi como una canción. Vuelvo a mirarla pensando que voy a ver en su rostro una expresión que muestre que está tan desconcertada como yo.

Pero no es así. Parece asustada.

Y eso me da miedo.

—Que alguien me diga de una vez qué cojones pasa.

Los ojos de mi padre brillan de regocijo. No los aparta de Venesa.

—He esperado mucho tiempo para estar frente a frente con la mujer que destrozó a mi familia.

Me echo a reír porque creo que es una broma, pero la tensión de Venesa es una bandera roja que hace sonar sirenas de alarma dentro de mi mente.

—¿De qué demonios estás hablando? —insisto.

Mi padre me mira.

—Hablo de que te estás follando a la mujer que mató a tu hermano.

CAPÍTULO 47

Venesa

Estoy paralizada.

Enzo se ríe de nuevo, incrédulo, pero cuando me mira se le va borrando de la cara todo rastro de humor, hasta que solo queda el horror incipiente.

Y no tengo valor para seguir mirándolo, porque sé lo que viene ahora.

Traición.

Odio.

El corazón se me estremece, se me llena de grietas que empiezan a sangrar.

La sonrisa de su padre se acentúa con un toque siniestro al comprender lo que está pasando.

—Tu tío y tú lo llamabais Joey, ¿verdad? Muy estadounidense. Pero así le gustaba hacer negocios, creía que eso lo volvía más atractivo.

Niego con la cabeza, aunque no sé por qué. No está mintiendo. Y, por mucho que quiera detestarlo por sacar el tema a la luz, no puedo, porque yo he tenido muchas ocasiones para hablar con Enzo y he sido demasiado débil, me he dejado llevar por el momento.

He tenido miedo de perder lo que he deseado toda mi vida.

Enzo mira a su padre y luego a mí. Ahora es él quien sacude la cabeza, quien se aparta de los dos, quien se lleva sus manos mágicas al pelo negro como la tinta.

Bastien me dijo que iba a llegar este momento, y en lo más hondo de mí, yo también lo sabía; pero, por mucho que lo he intentado, no me han salido las palabras. No quería que me mirase como me está mirando ahora.

—Bueno… —Su padre junta las manos y coge el bastón que había dejado apoyado contra la isla—. Ha sido un placer dar la noticia. Si tu tío y yo no estuviéramos en buenos términos cuando esto pasó, estarías en el fondo del Hudson y te habrían devorado los peces. Pero hicimos un trato: trabajar juntos y dejarte vivir.

Las palabras dan en el blanco, pero no aparto la mirada de Enzo.

—Mi tío fue contratado por alguien —digo, y la sospecha se abre camino dentro de mí—. Recibió una orden, no fue idea suya.

—¿Y qué más da? —sisea Carlos. Da un paso hacia mí. Enzo no hace ademán de detenerlo, y las grietas de mi corazón se abren aún más—. Eres ponzoña para esta ciudad, y tu tío es un imbécil americano que me resultó útil durante un tiempo, pero ya no tiene el menor interés para mí. —Mira a Enzo—. Me dijiste que estabas de mi parte, *figlio mio.* Que eras el único en quien podía confiar.

Enzo se pone rígido.

—Mátala. O volveré y me encargaré yo en persona.

Se me cae el alma a los pies, pero no hago el menor movimiento.

Me imagino que Carlos se va a quedar, va a confirmar que Enzo le obedece, pero me sorprende: se da media vuelta y se marcha tan bruscamente como ha llegado.

El ambiente se mantiene tenso, en silencio, tanto que casi lamento que se haya ido.

—Enzo… —susurro con voz rota, y tiendo la mano hacia él.

—¡No! —salta. Me la aparta a un lado.

Trago saliva para aliviar el nudo que noto en la garganta, me humedezco los labios y pruebo otra vez.

—No quería hacerte daño. Entonces… entonces no te conocía.

—Qué cojones… Venesa… Qué cojones…

La voz se le quiebra y ver esa vulnerabilidad, esa grieta en su presencia imponente, me hace pedazos. Me dejo invadir por el dolor porque sé que me lo merezco. Noto una presión extraña que me sube tras la nariz, tras los ojos, y trato de reprimirla.

Por fin, me mira con los ojos llenos de rabia y dolor.

—Dime que no es verdad.

Niego con la cabeza, abro y cierro la boca; sigo sin dar con las palabras.

—Dilo —sisea; se acerca un paso más—. Has tenido todo el tiempo del mundo para contármelo y te lo has callado. Al menos me debes esto. Dilo.

Daría cualquier cosa por negarlo, por cerrar la boca para que no salgan las palabras, pero tiene razón. Se lo debo, aunque me cueste muy caro.

—Es verdad —reconozco.

«Se lo debería haber dicho cuando tuve ocasión».

—Te lo juro por Dios, Enzo, si hubiera sabido que íbamos a llegar a… Si hubiera sabido que me iba a en…

Da un paso hacia mí y me pone una mano en la boca, me lleva contra la pared. Lo hace con delicadeza. El hecho de que no quiera hacerme daño me resulta más doloroso que lo contrario.

—No te atrevas a pronunciar esas palabras —ruge.

Ahora es cuando algo se me rompe de verdad por dentro. Duele como si me estuviera desangrando. Es un monstruo palpitante que gruñe dentro de mí, que lo arrasa todo a su paso. Es tan abrumador que, por un momento, creo que una persona se puede morir si le rompen el corazón. Que el dolor va a ser tan grande que me derrumbaré y desapareceré.

Si es así, me lo tendré merecido.

—No soporto ni tocarte. —Me quita la mano de la boca, pero no se aparta.

—No lo conocía —consigo decir—. Pero Joey...

—Giuseppe —me corrige.

—Giuseppe trabajaba con mi tío, como te dijo. Estaban planeando una expansión. Y no sé, algo debió de salir mal, ignoro los detalles. El tío Trent me dijo lo que tenía que hacer y lo hice. Como siempre.

Resopla y se le escapa una carcajada amarga.

—¿Y eso lo arregla todo?

Levanto las manos. La desesperación me empapa los huesos, me sale por los poros. Sé que lo estoy perdiendo. Era lo que me temía.

Estas últimas semanas he sentido que por fin era importante, que por fin alguien me había elegido a mí. Pero yo nunca lo elegí a él por completo.

—¿Qué querías que te dijera? ¿Cómo le cuentas a la persona que te importa que mataste a su hermano?

Vuelvo a sentir la presión que se me acumula en la garganta y detrás de los ojos, y de pronto un sollozo me rompe la voz. Me coge tan desprevenida que me tapo la boca para tapar el sonido.

Enzo me coge por la cara, tan cerca que casi me roza la nariz con la suya.

Es la primera vez que no percibo la atracción entre nosotros; se ha transformado en algo horrible, vil, que clava los dientes en los órganos y los destroza, los deja desgarrados y sangrantes.

—¿Cómo lo mataste? —pregunta.

Niego con la cabeza.

—Eso no importa.

El puño sale disparado contra la pared, detrás de mí, con tanta fuerza que la agrieta. Se me sube el corazón a la garganta, pero no parpadeo; por muy furioso que esté, a mí no me hará daño, o no así, con patadas y puñetazos.

Puede que me mate por lo que hice, pero no tengo miedo.

—A tu hermano le gustaban las chicas de compañía —admito.

Enzo se pone más pálido que de costumbre y da un paso atrás tambaleante.

—¿Te acostaste con mi hermano?

—¿Qué? —Frunzo el ceño y lo miro con gesto de espanto—. Dios, no. Me hice pasar por prostituta para entrar en su habitación. Le puse droga en la bebida e hice lo estipulado en el contrato.

Eso hace que se detenga un momento.

—¿Te dijeron cómo tenías que matarlo?

Me encojo de hombros y hago un esfuerzo por hablar, pero no puedo mirarlo a los ojos porque tengo un nudo de tensión gigantesco en el pecho, y sé que, si lo miro, va a estallar.

—Sí. A veces el tío Trent recibía encargos de ese tipo. ¿No pasa lo mismo en tu mundo?

Me arriesgo a mirarlo de reojo. Él traga saliva y levanta la barbilla.

—Sí.

Frunzo el ceño como si estuviera encajando las piezas de un rompecabezas.

—No pensarás que tu padre…

Sacude la cabeza y me mira asqueado. Esa mirada es justo la que quería evitar. Enzo ha sido la primera persona que me ha mirado como si no hubiera nadie más en el mundo, como si yo fuera lo más importante del universo y él me hubiera elegido, como si me fuera a elegir una y otra vez.

Ahora todo es frío, y su odio me baña como agua helada.

Pero no dejaré que me consuma hasta que esté sola, porque ya he causado demasiado daño. Lo mínimo que puedo hacer es no derrumbarme delante de él.

—Me lo tendrías que haber dicho. —Se le rompe la voz—. ¿Por qué no me lo dijiste, joder?

—Si te lo hubiera contado en Carolina del Sur, habría traicionado a mi tío. A mi familia.

—Vaya, pues felicidades, Venesa. —Me agarra por las muñecas y el contacto me abrasa como si fuera un hierro al rojo—. Ahora puedes vivir sabiendo que me has traicionado a mí.

Trato de acercarme a él, pero me mantiene a distancia con manos firmes.

—Si te hubiera conocido entonces…

Bajo la mirada al suelo porque, de repente, me cuesta demasiado hablar.

—Debería matarte —dice con un susurro desgarrado, y me agarra con tal fuerza que me corta la circulación.

—Mátame —consigo decir—. No me resistiré.

Si es lo que decide hacer, si eso le da un poco de paz, no lucharé.

Pero hay heridas que no se curan nunca.

La traición de una persona en la que confiabas.

La muerte de una persona a la que querías.

No sé si Enzo quiere reconocerlo o no, pero sé que lo que hemos tenido ha sido real, aunque haya sido breve. Y también sé que tiene un corazón amable, más bondadoso que el mío, un corazón que se atormenta, así que por muy furioso que esté, por mucho que me deteste…, si me mata, no se lo perdonará jamás.

Clava los ojos en los míos y, aunque duele, aunque me siento como si me estuviera royendo el alma y los fragmentos desmenuzados cayeran a sus pies, no aparto la mirada.

Le tiemblan las manos y sus ojos están húmedos.

Se me revuelve el estómago.

Me suelta las muñecas y retrocede.

—No vales la pena.

Se da la vuelta y se aleja.

Me quedo paralizada. Noto una sensación extraña que me sube desde el estómago, me invade el pecho y me sale por los poros. Es como una presión.

Oigo el sonido del ascensor y se va.

Se va.

Yo soy la que no tiene derecho a estar aquí.

Me dejo caer muy despacio hasta el suelo, con la espalda contra la isla, y miro sin ver el horno donde se están enfriando los platos con la cena. Me llevo la mano al collar de conchas marinas como si fuera mi única esperanza.

«En una vida diferente…».

La presión vuelve, abrasadora, creciente, y algo húmedo se me escapa por la comisura del ojo, me rebosa las pestañas, me rueda por la mejilla hasta la barbilla.

Veo cómo dibuja un punto en la tela de la camiseta.

Luego otro.

Y otro.

Me llevo los dedos a la piel enrojecida. El corazón me late cada vez más deprisa, y al final estalla, y es como si se rompiera una presa y el agua corriera desbocada por un páramo seco, como si lo arrasara todo en su ira.

—Hasta la vista, Romeo —dijo con un sollozo.

Y, por primera vez desde que era niña, estoy llorando.

He tardado en recomponerme y salir de casa de Enzo, pero al final me he ido. No querrá verme allí cuando regrese, y pese a todo, pese a que siento el alma rota y desgarrada, lo respeto lo suficiente como para no quedarme a suplicarle que me perdone por haber hecho algo imperdonable. Siempre supe que lo nuestro acabaría así.

Si he de ser sincera, no me arrepiento de haber matado a su hermano. Era mi trabajo. Es lo que he hecho cien veces, sin dudar, y fue mucho antes de conocer a Enzo. Pero me duele haberle hecho daño, y me duele más aún no haber tenido valor para decírselo cuando tuve ocasión. No sé si el resultado habría sido diferente, pero al menos lo habría sabido de mis labios, en vez de quedarse con la sensación de que le he mentido.

Aunque solo haya sido una omisión, a veces las omisiones son peores que las mentiras.

Vuelvo a estar en la habitación de hotel Marino metiendo mis escasas pertenencias en la bolsa de lona. Tengo el teléfono pegado a la oreja para intentar hablar con Fisher y decirle que voy a volver, y que necesito que me ayude a esconderme hasta que esté lista para hacer lo que tengo que hacer.

Matar a mi tío. Aunque lo haga con el corazón roto.

Ir a Carolina del Sur es arriesgado, pero no tengo otra opción.

Aunque me ayudaría que Fisher me cogiera el teléfono, claro.

Me salta el buzón de voz… otra vez, y tiro el teléfono a la cama. Maldita sea, no sé qué hacer.

«Iré a la habitación de Bastien».

Solo estoy segura de una cosa, y es que no puedo quedarme aquí. Aunque quisiera, el hotel es de Enzo, así que no puedo permanecer en él. Además, no me ha matado, como le ordenó su padre. Si me quedo, estaré arriesgando su vida.

Vuelvo a coger el teléfono y le mando un mensaje a Bastien.

Yo: Se ha enterado y no ha ido bien. Tenías razón, debí decírselo. Ven a mi habitación o voy yo a la tuya en 20 minutos.

Me duele el pecho mientras tecleo e, instintivamente, me llevo la mano al collar de conchas, pero no palpo nada. Ahora recuerdo que me lo quité en el ático de Enzo y lo dejé en la isla de la cocina. No me lo merezco. Ese collar representaba nuestra relación sentimental, pero también la amistad que nos unía, y yo he acabado con las dos cosas al ocultarle una cosa tan importante incluso después de saber lo que sentía por él.

Alguien llama a la puerta justo cuando estoy cerrando la cremallera de la bolsa de lona.

La mente se me dispara y me cuesta pensar con claridad. Tal vez por eso me digo por un momento que es Enzo.

Que quizá me ha perdonado aunque no merezco su perdón.

El corazón se me para ante la sola idea.

«No seas ridícula, Venesa. No vendría aquí».

Pero Bastien, sí.

Ni siquiera miro por la mirilla. Voy en piloto automático y doy por hecho que se trata de él.

—No quiero hablar del tema —digo al abrir la puerta y volverme sin mirar.

Porque sé lo que voy a ver, y no estoy en condiciones de enfrentarme a su expresión de «Te lo había dicho».

—Mejor. A mí no me apetece oírlo.

Me quedo paralizada y me doy la vuelta, y me encuentro frente a frente con Jessica, la cabrona de la secretaria de Enzo.

—¿Qué demonios haces tú aquí? —pregunto, confusa.

Sonríe.

—Obedecer las órdenes del jefe.

Frunzo el ceño.

—¿Te manda Enzo?

«Joder. Esto sí que es hacer leña del árbol caído».

Sonríe, echa la cabeza hacia atrás y suelta una carcajada.

—Aquí no manda Enzo, guapa. Manda Carlos.

En ese momento, saca una pistola de dardos tranquilizantes y presiona el gatillo.

Bajo la vista, conmocionada, con la sensación de ser la persona más idiota del mundo, y veo el dardo que tengo clavado en la pierna. Trato de dar un paso, pero ya estoy mareada y me tambaleo hacia atrás, agito los brazos para estabilizarme y choco contra la estantería de la pared, y el puñetero globo cae al suelo. Se estrella y se hace pedazos, pero debo de tener los oídos ya entumecidos, porque el sonido me llega amortiguado.

Se me nubla la vista.

Mientras caigo de rodillas al suelo de mármol, veo que Jessica se me acerca con una sonrisa en la cara.

—Cómo voy a disfrutar con esto.

Me dispara otro dardo y ya no veo nada más que negrura.

CAPÍTULO 48

Enzo

No había venido a la tumba de Peppino desde el funeral, hace tres años, pero me parece lógico que sea el primer lugar al que se me ocurre ir tras dejar a Venesa en la cocina.

Estoy rabioso.

Frustrado.

Me siento engañado.

Como si ya no supiera nada a ciencia cierta, como si a cada paso me encontrara con que algo que creía cierto no lo es, con que cosas de las que estaba seguro han sido falsas desde el principio.

Me he pasado años buscando al asesino de mi hermano. Siempre he creído que se trataba de alguna otra familia. He matado para conseguir esa información.

Y fue ella. Siempre ha sido ella.

Peppino y yo no estábamos unidos, no estábamos de acuerdo en muchas cosas, pero era mi hermano, y la mujer a la que le he abierto mi vida, mi corazón, mi hogar es la misma que he estado buscando desde hace tres años. ¿Cómo puedo creer ahora nada de lo que me diga?

Detrás de mí suenan unos pasos sobre la hierba recién cortada del cementerio.

Debería volverme para ver quién es, pero no hace falta mirar, sé que se trata de Gio. Lo llamé en un arranque de pánico. Las palabras no me salían y sentía que el corazón se me estaba rompiendo físicamente en mil pedazos. «Es el único en el que puedo confiar».

Al principio no dice nada, se limita a estar a mi lado con las manos en los bolsillos y una expresión consternada en el rostro mientras mira la lápida de Peppino.

—¿Te acuerdas de cuando éramos críos y siempre la estábamos liando delante de la tienda de Max? —me pregunta.

Asiento sin decir nada porque no creo que me vayan a salir las palabras. Tengo un dolor tal en el pecho que me hace falta todo mi autocontrol para no llevarme las manos al corazón y frotármelo.

—Qué idiotas éramos por aquel entonces, ¿eh? —Se ríe—. Siempre cometiendo errores tontos. No sé si te lo he contado alguna vez, pero un día estaba yo por ahí con una bici nueva… Me había pasado el verano ahorrando para comprarla. ¿Sabes cuál te digo? Aquella del…

—La del cuadro rojo cereza con dibujos negros. Claro que me acuerdo.

A Gio le encantaba aquella bicicleta, se había pasado meses hablando de ella y haciendo trabajitos aquí y allá, cortando el césped o yendo a la compra para las abuelas de todo el barrio.

—Esa misma. Un día que había ido hacerle la compra a la señora Greenfield, la que vivía en tu calle, tu hermano me paró y me dijo que le diera la bici o me quitaba la compra.

—No jodas.

—En serio.

—¿Y qué hiciste?

Se encoge de hombros.

—¿Qué iba a hacer? Era un niño, me pagaban por hacer la compra. Tu hermano era mayor, y encima era el hijo de Carlos Marino. Le di la bicicleta.

Sacudí la cabeza.

—Peppino siempre fue un cabronazo.

El silencio dura unos minutos. Gio lo rompe al final.

—Era un cabronazo y no se merecía tu lealtad. Nunca te quiso como tú a él, ni te respetó como tú le respetabas a él. —Hace otra pausa—. Solo he visto a una persona que te quiera como te mereces.

Se me seca la boca, pero consigo despegar la lengua del paladar para responder.

—Me mintió, Gio. ¡Lo mató!

—Ya lo sé. —Se mece sobre los pies—. Pero a ti te salvó.

Tengo el estómago como un barco a la deriva en medio de la tormenta.

—Estoy harto de sentirme en deuda por eso.

Solo entonces se adelanta para ponerse ante mí, me agarra el hombro con una mano y aprieta.

—Sabes que estoy contigo y te apoyo en todo. ¿Me estás diciendo que le vamos a pegar un tiro en la cabeza por lo que hizo? Pues te apoyo al cien por cien, pero también te voy a decir la verdad. Es un error. Un error que lamentarás el resto de tu vida.

Pensar en Venesa con un tiro en la cabeza hace que me suba la bilis por la garganta hasta la boca. Tengo que aguantarme para no golpear a Gio solo por sugerirlo.

Puede que sea un cobarde.

Pero no puedo matarla, no podría, aunque quisiera. Si pudiera, las cosas serían más fáciles.

—Tío —Gio deja escapar un silbido y mira la tumba de Peppino—, se ha derramado mucha sangre por su culpa y por culpa de tu padre.

Asiento.

—Nuestra vida es así…

Vuelve a mecerse sobre los pies.

—Cierto, y también la de Venesa.

Aprieto los dientes.

—¿Y qué quieres que haga? ¿Olvidarme de todo sin más?

Gio se encoge de hombros.

—Eso es cosa tuya, Enzo. Pero si la cosa hubiera sido al revés, si tu padre te hubiera ordenado que mataras al hermano de Venesa, tú le habrías obedecido y lo habrías matado. Ella hizo lo mismo, obedeció órdenes. Y lo hizo cuando no tenía por qué serte leal.

—Pero no me lo contó cuando ya teníamos una relación.

Arquea una ceja.

—Eso es cierto. Pero ¿qué habrías hecho tú si hubieras estado en su lugar?

Suelto un largo suspiro, porque, joder, no tengo la más remota idea. Me doy cuenta de que, aunque fuera lo correcto, no hubiera sido capaz de contarle la verdad si yo hubiese matado a su hermano.

—Entonces ¿estás dolido porque mató a tu hermano o porque no te lo contó? —insiste.

«No estoy seguro».

—¿Qué importa?

Gio se encoge de hombros.

—El único que sabe si importa o no, si la puedes perdonar o no, eres tú.

Tengo un peso inmenso en el corazón.

—¿Tú la perdonarías?

—Son dos cosas muy diferentes, así que no lo sé. Lo que sí sé es que la vida es demasiado breve para guardar rencor y odiar a la gente a la que queremos. No hay…

Se detiene de repente y deja escapar un sonido ahogado.

Me vuelvo hacia él, confuso.

Abre mucho los ojos, luego la boca y se lleva la mano al pecho. El rojo le gotea entre los dedos.

—¡Joder! ¡Gio!

Me lanzo hacia él para detener la caída mientras se me hiela la sangre en las venas y una humedad densa y pegajosa me llena las manos. Lo tumbo en el suelo. Daría cualquier cosa por prestarle la atención que necesita, pero le han disparado, y eso quiere decir que tengo que actuar de inmediato.

Me levanto, saco la pistola de la cartuchera y miro en todas direcciones.

Y la negra realidad se impone de inmediato al ver a mi padre, que tiene en la mano un arma con silenciador. Su expresión es tranquila, controlada, lo que significa que está muy lejos de estar calmado.

Gio intenta moverse, pero no puedo dejar de centrarme en mi padre, así que sigo mirándolo aunque el cuerpo me pide a gritos que me ocupe de que el único amigo que he tenido en mi vida no muera desangrado ante la tumba del cabrón de mi hermano.

—Me has seguido —digo. No es una pregunta. Solo siguiéndome ha podido saber dónde estaba.

El corazón me late desbocado, pero, al igual que mi padre, trato de parecer tranquilo. No puedo desmoronarme aunque Gio muera.

Nunca he sentido el arma tan pesada en la mano, pero también noto el alma ligera porque sé que, sea cual sea el resultado, esto termina hoy.

O muero yo o muere mi padre.

No es lo que había planeado, pero he aprendido a adaptarme a las circunstancias.

Mi padre da un paso adelante y chasquea la lengua.

—Nunca aprendes, *figlio mio*. —Aprieto los dientes y no respondo. Veo que mira la lápida de Peppino, tras de mí, cubierta ahora de salpicaduras de sangre de Gio—. Qué poético. Vas a morir justo donde descansa tu hermano. Me apena tener que llevar las cosas a este extremo, pero ¿qué otra cosa puedo hacer?

—¿Te has planteado la posibilidad de no matar a los que están de tu lado?

Se echa a reír. Es una risa sincera, ronca.

—¿De mi lado? Te he pedido que demostraras tu valía y has fracasado. Como de costumbre, he tenido que ir limpiando detrás de ti y mandar a alguien que hiciera tu trabajo.

Se me para el corazón y el pánico me corre por las venas solo de pensar que pueda haberle hecho algo a Venesa.

—No eres más que una decepción constante —sigue—. Y no me insultes intentando colarme tus mentiras, diciéndome que estás de mi parte. Eres como tu hermano, un riesgo para mí.

Me atraganto. ¿Acaba de decir lo que creo que acaba de decir? De repente, lo sé en lo más hondo de mí.

—Tú ordenaste el asesinato de Peppino. Joder, claro. ¡Dios!

—Hice que se ocuparan de él —replica—. Él pensaba hacer lo mismo conmigo. ¿Sois idiotas? ¿Creéis que no sé que queréis mi imperio y todo lo que es mío?

Niego con la cabeza.

—Nunca quise lo que es tuyo, ni lo que era de mi hermano. Me daba por satisfecho con ser tu perro fiel. —No alzo el arma porque sé que, si lo hago, sabrá que lo voy a matar, y prefiero que no se baje del pedestal en el que se ha subido. Los hombres como mi padre, con un ego tan inflado, son incapaces de matar a nadie sin media hora de fanfarronadas previas. A mi padre siempre le ha gustado el sonido de su propia voz.

El exceso de confianza lo ha vuelto tan iluso que se cree invulnerable.

Así que, aunque lo veo avanzar, aunque me arrincona contra un árbol y me pone la pistola en la frente, no hago nada. Y cuando me quita el arma de la mano, no opongo resistencia. Puede que me haya llegado la hora de morir, puede que así acabe mi historia, pero no pienso caer sin luchar.

Solo tengo que esperar el momento adecuado.

Miro más allá de mi padre a donde Gio está en el suelo, inmóvil. Entrecierro los ojos y trato de ver si respira, pero está demasiado lejos y no me puedo concentrar en él.

—Se acabó —dice mi padre, y noto el frío del cañón del arma contra la piel—. Siempre has sido débil, pero no me imaginaba que sería una puta la que acabaría contigo, igual que le pasó a tu hermano. No voy a permitir que cambies nada. Da gracias a que eres mi hijo, solo por eso voy a ser compasivo.

De pronto, en cuanto dice eso, todas las piezas de mi vida se enfocan y solo puedo pensar en una cosa, solo me importa una cosa: Venesa. Ella es la única que merece compasión. Su silencio me ha dolido, es un dolor que no desaparecerá de la noche a la mañana, pero a medida que se disipa la rabia, la claridad ocupa el lugar de los pensamientos desbocados, y solo siento… tristeza.

—¿Qué? ¿Estás pensando en tu putilla? —pregunta mi padre.

Al oírlo insultarla, me dan ganas de saltar sobre él, pero sigo sin entrar en acción. Dejo que piense que tiene la baza ganadora.

Se inclina hacia mí y le veo un brillo en los ojos.

—Voy a comprobar en persona qué tiene de especial, y luego la mataré.

Me arden las entrañas. No permitiré que se acerque a ella.

Reacciono como un rayo, cegado por una ira que se mezcla con la necesidad de proteger a Venesa, de tener la oportunidad de perdonarla. De permitir que enmiende sus errores; yo querría que ella hiciera lo mismo conmigo si estuviera en su lugar. Agarro a mi padre por la muñeca y se la retuerzo hasta que suelta la pistola, que cae en mi mano y le pongo el cañón en la cabeza.

—Imbécil de mierda —escupo—. Si te hubieras molestado en averiguar algo sobre mí, sobre tu hijo, sabrías que sé cómo desarmar a alguien.

El brillo en sus ojos es ahora de pánico.

—Si me matas, no la encontrarás nunca.

Me detengo un instante porque no sé si me dice la verdad. Pero no soy tan idiota como para picar en sus trucos; y, aunque sea sincero, no puedo correr el riesgo de dejarlo con vida.

Niego con la cabeza y me inclino hacia él.

—La encontraré. Y podré dormir por las noches sabiendo que estás muerto.

Aprieto el gatillo y cierro los ojos mientras su sangre caliente me salpica la cara.

Se hace el silencio de inmediato tras su muerte, y pienso que me va a invadir el alivio, pero lo que siento es una profunda añoranza, una necesidad de dar con Venesa lo antes posible y decirle que la quiero; hace unos segundos no sabía si tendría la oportunidad de hacerlo.

Puede que tarde en perdonarle lo que hizo, pero ahora sé que la puedo perdonar. Su falta de sinceridad no borra las huellas que ha dejado en mi alma.

La vida es demasiado breve para no tener cerca a las personas que amas.

Y voy a dar con ella, y me voy a pasar el resto de mi vida amándola en voz alta, como se merece.

CAPÍTULO 49

Venesa

En mi vida había tenido un dolor de cabeza así. Cuando recupero el conocimiento, cuando parpadeo para tratar de despejar las brumas, quiero llevarme la mano a la cara para mitigar las punzadas, pero no puedo mover los brazos.

Clanc.

Noto el cerebro lento, como si nadara en lodo, y me cuesta orientarme y saber dónde estoy con precisión.

Cierro los ojos y todo me da vueltas, así que los vuelvo a abrir a toda prisa. Lo que menos falta me hace ahora mismo es vomitar.

Estoy tumbada sobre algo duro y frío. Metal, sin duda. Trato de mover los brazos de nuevo y ahora identifico el sonido. Como uñas contra una pizarra.

Clanc. Clanc. Clanc.

Conozco bien ese ruido.

Poco a poco empiezo a recordar lo que pasó; ahora ya sé por qué me siento así. Parpadeo a toda prisa para intentar despejarme los ojos.

La cabrona de Jessica me disparó un dardo tranquilizante. «Dios, si salgo con vida de esta, Bas me va a matar».

No me molesto en moverme más porque sé que no sirve de nada, igual que sé muy bien dónde estoy. Sacudo las piernas y vuelvo a oír el sonido. Metal contra metal.

Clank.

«Tengo que acordarme de pedirle a Bas que lo cambie por otro material».

Me esfuerzo por enfocar la vista, pero todo sigue borroso… Dios, ¡mi cabeza!

Cierro los ojos y respiro para controlar las náuseas, y me concentro en el resto de los sentidos.

Escucho con atención y oigo el sonido tenue de un motor en marcha, idéntico al del acuario de agua salada de mis mascotas.

Se me encoge el corazón.

Vuelvo a abrir los ojos y, una vez más, me esfuerzo por ver. Cuando lo consigo, al menos en parte, se confirman mis sospechas.

Estoy en La Guarida, encadenada a la mesa que he utilizado tantas veces con otros.

No se me escapa la ironía.

Mis espíritus guía deben de tener un sentido del humor muy perverso para castigarme así.

«¿Quién me ha traído aquí? ¿Bastien? ¿El tío Trent?».

¿Están compinchados con Carlos? Sí, claro.

Jessica dijo que él era el verdadero jefe, y el único que me puede haber traído aquí es Bastien. Mi tío solo ha pisado esta sala un par de veces, y no es de los que se ensucian las manos; eso se lo deja a los demás.

Me duele pensar que Bastien haya podido ir a Nueva York solo para engañarme y que confiara en él, pero ahora mismo es la única posibilidad que encaja.

Sabía que me iba a marchar. Le mandé un mensaje de texto.

Me ha acompañado casi en todo momento en Nueva York. Se ha hecho amigo de Scotty: el más cotilla de los hombres de Enzo, justo la persona con la que hay que juntarse si buscas información. Además, pensándolo bien, para Bastien soy simplemente algo así como una hermanita molesta; no tiene ningún motivo para serme leal. Cuanto más lo pienso, más lógica tiene.

Nadie tiene por qué serme leal.

Las náuseas se incrementan al pensar que otra persona en la que confiaba me ha traicionado. Vomitar ahora, estando encadenada a la mesa e incapaz de apartarme, no es la mejor idea.

«Por favor, no quiero morir cubierta de vómitos».

El sonido de la puerta al abrirse me agudiza los sentidos, pero no me molesto en tratar de levantar la cabeza. Es mejor que guarde fuerzas por si acaso se me presenta la oportunidad de escapar.

Unos zapatos taconean contra el suelo de cemento y, de pronto, veo a Aria mirándome con una sonrisa de oreja a oreja dibujada en la cara.

—Ah, qué bien. Estás despierta.

La sorpresa me cosquillea por dentro. No me esperaba verla aquí.

—Hola, primita —gruño con tono de aburrimiento.

Mierda. Qué humillante morir así.

Hasta en mi precaria situación, el ansia de venganza retumba como un tambor con cada latido de mi corazón. No renuncio a la esperanza de salir de esta, no sé cómo. La cara de mi prima solo sirve para avivar la ira que siento. Su papaíto y ella tienen que compensarme muchos años.

—¿Dónde está Bas? —pregunto con tono neutro.

La confusión se le refleja en la cara.

—¿Por qué iba a estar aquí?

El alivio me envuelve como una manta. Me sorprende que el tío Trent la haya puesto aquí abajo a trabajar con él; es obvio que se trata de un secreto más que me ha ocultado. Lo que no me sorprende es que Aria aprovechara la oportunidad.

«No ha sido Bastien».

Pero, si no ha sido Bastien, ¿quién me ha traído hasta aquí?

Me concentro en las manos de Aria y me doy cuenta de que esgrime un cuchillo de la colección que Bastien guarda aquí, pero le tiembla la mano.

«Aficionada».

—Ese ha sido el problema desde siempre —dice—. Crees que soy idiota, que no le resulto tan útil a papá como tú. Pues mira, Eri, ¡sorpresa! Adivina quién ha sido su verdadera mano derecha durante todo este último año.

Me echo a reír, porque no puede estar más equivocada. En realidad siempre he creído que a la única persona a la que le resulta útil es a su padre, pero no se lo digo.

Me da un bofetón con la mano derecha.

—¡No te rías de mí!

Abro y cierro la boca para aliviar el escozor. ¿Quién se iba a imaginar que era capaz de pegar así? Con toda sinceridad, me ha impresionado un poco.

—No me río de ti —le explico—. Me río de que te engañes de esa manera. ¿De verdad crees que meterme aquí ha sido buena idea? Conozco este lugar mejor que nadie.

—Bueno, hay alguien que también lo conoce casi tan bien como tú —me corrige.

Se me atragantan las palabras cuando la escucho, y noto un extraño cosquilleo que me recorre los miembros.

—Ya veo que estás confusa. —Se inclina tanto sobre mí que casi me roza la nariz con la suya—. Te voy a aclarar un poco las cosas. Tú me quitaste algo que era mío, así que yo me he quedado con algo que era tuyo.

El corazón dolorido se me para por un instante. Aria se yergue, todavía con el cuchillo en la mano que no le para de temblar.

—Aunque, técnicamente, Fisher también fue mío antes, ¿no? —Me mira a la cara y hace una mueca de asco—. Dios, tía, ¿no te sientes mal por tener que quedarte siempre con mis sobras?

No me lo creo. Fisher no me haría eso.

—Mentira.

Inclina la cabeza hacia un lado.

—¿Estás segura?

El pánico hace que me resulte difícil respirar y me cuesta controlarme, pero lo intento con todas mis fuerzas. Casi lo consigo, pero nada, absolutamente nada, me podría preparar para la puñalada de traición que siento cuando Fisher sale de entre las sombras.

Los restos de mi corazón roto se terminan de desmoronar ante este beso de Judas.

Pero no se atreve a mirarme a los ojos.

El muy cabrón.

Trago saliva para aliviar el dolor del nudo que se me ha hecho en la garganta y que ahora ya me indica que van a llegar las lágrimas. Desde que he empezado a llorar, es como un grifo, y aún no tengo claro cómo cerrarlo.

Consigo contenerlas por poco. Ninguno de estos dos se merece que llore.

—Así que sigues haciendo lo que sea con tal de metérsela, ¿eh, peque? —Se me escapa una risita sarcástica. Fisher sacude la cabeza y hace una raya en el suelo con la punta del zapato gastado—. No puedes ni mirarme. Cobarde.

Aria me vuelve a dar una bofetada, costumbre que se está volviendo de lo más molesta, y me golpeo la mejilla contraria contra la superficie metálica de la mesa.

—Esta es por follarte a mi novio —ladra.

—Ex —la corrijo, y vuelvo la cara hacia ella con una sonrisa.

Arquea las cejas; la mano del cuchillo le tiembla cada vez más.

—¿Qué has dicho?

—Ya me has oído.

—Enzo y yo nos hemos peleado, nada más. Pasa en las mejores parejas. Pero sigue siendo mío, lo sabes tan bien como yo.

—Sí, sí.

Se detiene en seco.

—¿Qué quieres decir?

Miro de reojo el cuchillo. La verdad es que no me conviene cabrearla ahora mismo, pero a veces no me puedo contener.

—Nada. —Me encojo de hombros; lo malo es que, como tengo las manos encadenadas por encima de la cabeza, lo único que consigo es provocar ese odioso sonido metálico—. Que se le debió de olvidar mientras follábamos por todo Nueva York.

—Que se divierta lo que quiera. Todo el mundo sabe que somos el uno para el otro. —Entrecierra los ojos y me sonríe—. Además, si tanto le interesas, ¿dónde está ahora mismo, Eri?

Se me encoge el corazón; los fragmentos rotos palpitan como sal en una herida abierta.

—Seguro que todo lo lejos que puede de ti, psicópata.

Suelta un bufido.

—Me quiere. Yo lo salvé. Nuestro destino es estar juntos.

Me la quedo mirando, sorprendida. Se ha vuelto loca del todo.

—Tú no lo salvaste, chiflada. Si me aprietas un poco, casi estoy segura de que fuiste tú la que lo intentó matar.

Se me echa encima y se me escapa un siseo agudo cuando el cuchillo me araña la piel del brazo.

—Pero entonces llegaste tú y lo echaste todo a perder, y hubo que cambiar los planes. Tenías que meterte donde no te llamaban.

Es como si me cayera encima un bloque de cemento, pero lo tendría que haber visto venir. Me he pasado años ciega a todo lo que tenía delante de mis narices. Todo ha sido una ilusión, nunca he formado parte de la familia Kingston.

—Pues siento decirte que se te dio de pena, Aria. Seguía con vida porque la cagaste. —Se me escapa una risa ronca cuando caigo en la cuenta—. No me extraña que el tío Trent me mandara a ver cómo te iba aquella noche. Sabía que ibas a fracasar y que necesitarías mi ayuda. Pero no me quiso decir por qué.

Aria resopla y se le mueven las aletas de la nariz.

—Pues no me hacía falta.

—Salta a la vista —apunto.

—Da igual, el plan B era mejor, y te lo debemos a ti. Casarme con Enzo era una alternativa mucho mejor. Cuando convencí a mi padre de que lo tendríamos controlado y le diría todo lo que averiguara, no me costó nada que me pusiera ese anillo en el dedo.

—Todo este tiempo no has sido más que una cabrona manipuladora. Me lo tendría que haber imaginado.

Acomodo mejor las muñecas; el metal me está haciendo daño en la piel.

Aria se queda mirando la sangre que me gotea del brazo sobre la mesa. Es un corte muy superficial, pero parece que le afecta mucho.

Sale del estupor y me mira a los ojos.

—Da igual. Estoy enamorada de él, y es mío. El destino siempre llega. Eso lo deberías saber tú mejor que nadie. ¿Cómo dices siempre? ¿El universo provee?

—También digo que el karma te jode la vida.

Se me van los ojos hacia Fisher pensando que va a reaccionar de alguna manera al discurso delirante de Aria, pero no parece ni sorprendido, y me extraña.

¿Por qué no le molesta verla tan desquiciada? ¿Por qué no le molesta que hable de Enzo como si fueran almas gemelas? ¿Por qué no le importa que yo esté aquí, encadenada a una mesa y herida, seguramente a punto de morir? ¿Tan desconectado está de la realidad?

Tendría que haber prestado más atención al ver lo obsesionado que estaba con mi prima cuando volvió a la ciudad, pero me distraje. Fui descuidada. Me centré en mí, no en él. El tío Trent tiene razón: soy muy torpe.

La mente me funciona a toda velocidad en busca de la manera de salir de esta. No puedo hacer nada con mi cuerpo. No puedo hacer nada, solo seguir aquí, tumbada, a su merced, así que recurro a la única arma que me queda.

La voz.

Y Aria nunca se ha podido resistir a una buena táctica de manipulación. Con ella, todo es cuestión de enfoque.

—Eres la hija perfecta de la familia Kingston. ¿Quién se lo iba imaginar? Tantos años tratando de escapar para acabar justo donde empezaste.

Le centellean los ojos y me apunta con el cuchillo.

—Mentira.

Arqueo las cejas.

—Ah, pues me había parecido.

Se cruza de brazos y empieza a darse golpecitos con la hoja en la parte interna del codo.

—¿Qué quieres decir?

—Bueno, me imagino que te habrá prometido muchas cosas.

Levanta la barbilla.

—¿Y qué?

—Pues lo evidente, Aria. Para ti es tu padre, el hombre rico, generoso, sobreprotector que no escatima esfuerzos para proteger a su hijita. Pero, para mí, es el Rey del Mar: despiadado, egoísta, dispuesto a mentir para salirse con la suya. Y reconozco que, pese a todo eso, te quiere más que a casi cualquier cosa en el mundo.

Se eriza.

—¿Cómo que «casi»?

—Bueno, no puedo poner la mano en el fuego. —Aparto la vista—. Déjalo, es una tontería. Seguro que tienes razón y está ahí fuera, esperando para decirte lo orgulloso que está de ti por todo esto.

Aprieta los dientes.

—No sabes lo que dices.

La miro, compasiva.

—Claro que sí. Por desgracia, lo sé mejor que nadie. Y las dos sabemos que hay una cosa que tu padre quiere por encima de ti.

Levanta la barbilla.

—¿Qué cosa?

—El poder, claro.

Suelta el cuchillo.

—Pues te equivocas. Además, no está aquí.

Me río y sacudo las cadenas.

—¿Te parece que no lo sé? ¿Tienes idea de a cuánta gente he encadenado a esta misma mesa y les he hecho lo mismo que me vas a hacer tú solo para que me mirara con orgullo cuando llegara a casa y se lo contara?

Suelta un bufido.

—¡Deja de compararnos!

—Ay, primita, es que somos tan parecidas… Trent Kingston no ha llegado a estar donde está por idiota. Conoce cada uno de tus movimientos antes de que los hagas, porque cuando trabajas para él, todo es una ilusión. Él es quien tira de los hilos, pero te hace creer que estás haciendo lo que tú decides. Es su especialidad.

Aunque se aparta de mí, sé que me está escuchando. He lanzado las palabras como un anzuelo al mar. Ahora solo tengo que recoger el sedal muy despacio.

—A mí no me trata como te trataba a ti —proclama—. A mí me quiere.

—En eso ya hemos dicho que estamos de acuerdo. Pero es obvio que el jefe está en racha, ahora tú le haces el trabajo sucio que antes le hacía yo. Me ha sustituido por alguien a quien sabe que puede dar una patada y que volverá a por más. —Chasqueo la lengua y suspiro—. Antes de que te des cuenta serás… como… yo.

—Jamás seré como tú. —Se da la vuelta; echa chispas por los ojos—. Papá me ha prometido que, cuando esto acabe, podré volver con Enzo.

Arqueo las cejas.

—¿Y tú te lo has creído?

—Sí —dice, pero en su voz se lee la incertidumbre.

—Vale. Pero, si me matas, tendrá algo con lo que controlarte —sigo—. Algo que te atará para siempre a él. A él y a este lugar.

—No pienso quedarme en Atlantic Cove.

—Estoy segura de que es lo que crees.

—No me haría eso.

—La única constante en la vida es el cambio —respondo—. Lo dijo Heráclito.

Aria hace una mueca.

—¿Y qué?

—Lo único que sé a ciencia cierta es que tu padre hará lo que sea por conservarte aquí, atada, a su lado. Esa es la constante de su vida. Entonces ¿qué parte ha cambiado? —Lanzo una mirada en dirección al cuchillo—. Una vez que tengas las manos sucias, no habrá agua suficiente en el mundo para limpiar las manchas, Aria. Siempre encontrará la manera de que se te vean.

Se le escapa un gemido de frustración.

—Tengo que matarte. Quiero matarte.

—Pues mátame —respondo con desinterés—. O bien…

Se inclina un poco hacia mí.

—Podemos hacer un trato.

CAPÍTULO 50

Venesa

Fisher sigue de pie, en silencio, junto al acuario de mis mascotas, con la cabeza gacha y las manos en los bolsillos.

Nunca lo había visto tan patético. Tan... diminuto.

Duele reconocerlo, pero así están las cosas.

—¿Por qué voy a hacer un trato contigo? No tienes ningún poder —dice Aria. Vuelvo a concentrarme en ella. Muevo los dedos; las cadenas chocan contra el metal de la mesa.

—El poder es una cosa subjetiva. Solo me ves impotente porque me tienes encadenada, pero no sabes las cosas de las que soy capaz.

—¿Por ejemplo?

—Por ejemplo, de sacarte de Atlantic Cove sin atarme yo al tío Trent.

Pone los ojos en blanco.

—Estás intentando engañarme.

—Lo que tú digas.

Me mira de reojo.

—Además, ¿por qué me ibas a ayudar?

—Instinto de conservación, claro. No quiero morir. Si para eso tengo que trabajar contigo, pues adelante.

Entrecierra los ojos.

—¿Qué piensas hacer, matar a mi padre?

Se me dibuja una sonrisa en la cara.

—No te lo voy a contar todo. Si no, ¿dónde estaría la gracia?

Aria mira a Fisher. Está callado como un muerto y no para de mirar al suelo. Una parte de mí, más allá del dolor y la ira por la traición, cree que me está dejando hablar e intentar salir de esta porque me quiere. Quizá. Un poquito.

—Conmigo serás libre. —Aprieto los labios y entro a matar—. Y puedo hacer que vuelvas con Enzo. Que te quiera de nuevo.

Vuelve a levantar el cuchillo.

—¿Cómo?

—A eso me dedico, primita, a conseguir cosas. Es mi trabajo.

Entrecierra los ojos y mira hacia atrás, en dirección a Fisher.

—¿Está diciendo la verdad?

Por fin alza la vista y clava los ojos en Aria, y trato de que el estómago no se me vuelva del revés. Al menos a ella no le cuesta mirarla, pero, claro, ese ha sido siempre el problema. No ha dejado de mirarla en ningún momento.

—Venesa es muchas cosas, pero desde luego no es una mentirosa. —Fisher se aclara la garganta—. Si hace un trato contigo, lo cumplirá.

Aria se vuelve a concentrar en mí.

—No quiero que le hagas daño a papá.

—La vida está llena de decisiones difíciles —respondo.

Frunce el ceño al tiempo que baja el cuchillo y el corazón se me detiene un segundo. Inclina la cabeza a un lado.

—Quiero que me prometas que no te acercarás a Enzo. Nunca más.

Se me rompe el corazón; solo de oír su nombre, siento una mezcla de calor y angustia por todo el cuerpo.

Pero, bueno, Enzo ahora me detesta y nunca me perdonará, así que este debe de ser el trato más fácil que he hecho en mi vida.

—No me acercare a Enzo. Nunca más —confirmo, aunque se me ahoga la voz—, siempre y cuando tú cumplas tu parte del trato.

Lo noto en el aire, está a punto de acceder, abre la boca y…

La puerta se abre de golpe; el sonido contra la pared me retumba en los tímpanos.

—¡Bastien! —exclama Aria.

La esperanza se enciende dentro de mí como una vela. Bastien ha venido. A juzgar por la voz sorprendida de Aria, no formaba parte de su plan. Me imagino que Bas sigue fingiendo que trabaja para el tío Trent; de lo contrario, no sabría que me tienen aquí.

Oigo sus pisadas cuando entra en la habitación, pero solo puedo verlo bien cuando llega al lado de Fisher.

—¿Qué tal, Bas? —Le sonrío.

No es que esté de humor para sonreír, pero en este momento todo es una táctica para descolocar a Aria. Es una aficionada; la verdad, me parece deleznable que mi tío la enviara a ella y a Fisher a hacer el trabajo sucio cuando lleva años diciendo que quería mantenerla al margen de este aspecto de sus negocios. Pero puede que fuera un truco para que yo no me diera cuenta de que la estaba utilizando.

A cualquier otra persona le parecería que Bas está tranquilo y concentrado. Pero yo noto la tensión en sus hombros y un ligero tic en los músculos de la mandíbula. Está nervioso.

—¿Recibiste mi mensaje? —Asiente, lo que me confirma que me ha seguido hasta aquí—. Qué suerte que hayas llegado justo a tiempo —sigo—. Aria y yo estábamos a punto de hacer un trato.

Bastian arquea una ceja y mira a mi prima antes de volverse hacia Fisher, y luego me mira a mi otra vez.

—¿Qué trato?

—Va a cambiar de bando. Un golpe de Estado a la antigua usanza. Contra mi tío.

—¿Qué es un golpe de Estado? —pregunta Aria.

Le sonrío.

—Derrocar al tirano, nena. Tranquila, no hace falta que sepas los detalles. Solo tienes que saber que, si estás de mi lado, tendrás la libertad. Te podrás largar de aquí y volver con tu hombre.

Se ríe con tono burlón y me dice:

—Sin papá no tienes poder.

Bastien da un paso adelante.

—Técnicamente, tiene todo el poder.

Aria apunta a Bas con el cuchillo, cosa que me parece hilarante. Él ni parpadea.

—Explícate —exige.

—El cuadro de la familia. En la parte de atrás hay un testamento irrevocable. Tu padre no lo sabe porque cree que lo destruyó en su momento. En ese testamento consta como única heredera Adrina Andersen, la madre de Venesa, y dice que, si Adrina muere, todo pasa a manos de ella. —Me señala con un ademán.

Aria se queda boquiabierta y nos mira a los dos.

—¿Por eso querías que te diera ese horror de cuadro? —me dice.

—Ahora nunca lo sabrás, claro —contesto sonriendo, pero estoy tan descolocada como cuando Bastien me dijo la verdad en Nueva York. No sabía que podía haber nada escondido en ese cuadro. Solo lo quería porque le prometí a mi madre que lo conservaría.

Bastien da un paso adelante.

—Te lo puedo demostrar. Tienes el cuadro, ¿no? Llévame a donde está y te lo enseñaré.

Aria lo mira, indecisa.

—Venga, tienes a tu pececito para que me vigile. —Le lanzo una mirada asesina a Fisher—. No hace falta que me desencadenes hasta que vuelvas.

—Pero decídete rápido, princesa —insiste Bastien—. Sé de buena tinta que Enzo está de camino, y estoy seguro de que querrás seguir interpretando el papel de chica ingenua cuando llegue.

El corazón me da un salto. Enzo viene hacia aquí.

—No, gracias —replica—. Lo puedo destruir yo misma.

—Puedes —dice Bastien—, pero he hecho copias. Muchas. ¿Seguro que quieres correr el riesgo?

Aria se queda en silencio unos momentos; en la sala no se oye más que el latido de mi corazón. Estoy rezando para que se crea todas esas mentiras.

Apunta a Bastien con el cuchillo otra vez.

—Tú vienes conmigo y ella se queda aquí.

—Claro.

Se vuelve hacia Fisher.

—No le quites la vista de encima hasta que vuelva, ¿entendido? Si viene mi padre, distráelo.

Él asiente, y yo suelto un bufido porque, de lo contrario, tendría que concentrarme en la enorme herida que Fisher me ha abierto en el pecho.

Patético.

Los rasgos de Aria se dulcifican. Va hacia él y le pone la mano en la mejilla.

—Recuerda lo que hay en juego, Fisher. Si la cagas, no hay esperanza para ella.

Esas palabras despiertan mi interés.

Mientras Aria habla con Fisher, Bastien aprovecha la oportunidad de mirarme y formar una palabra con los labios.

«Cabaña».

Aria da media vuelta para salir, dejando que Bastien la guíe. Veo que a él se le relajan los hombros y que se vuelve para dirigirme una mirada significativa, pero no hace falta. Ya sé lo que me está diciendo.

Él se encarga de Aria. Mi misión es ocuparme de Fisher.

Como sea.

Si pudiera quitarme las puñeteras cadenas…

Una vez que salen, ni Fisher ni yo decimos nada. El silencio es tan abrumador que me entran ganas de gritar.

Tengo mil preguntas que hacerle, el corazón roto y el alma hecha jirones. Necesito saber por qué hace esto, aunque seguro que no tiene valor para contármelo.

Fisher suspira mientras dibuja en el suelo de linóleo con la punta del zapato.

—¿Es porque la quieres? —pregunto.

Por fin, levanta la cabeza y me mira a los ojos.

Ahí está, ese fuego. Lástima tener que apagarlo.

La sola idea hace que me duela el pecho, así que trato de no pensar en ello y me centro en el momento.

—¿Todo este tiempo has estado trabajando para el tío Trent, fingiendo ser mi amigo? —Sigo disparando preguntas a toda velocidad, pero cuando digo «amigo» se me quiebra la voz… No soporto mostrarme tan vulnerable. Quiero volver a ser la Venesa que no sentía nada, que no podía llorar por mucho que quisiera hacerlo. Todo era más sencillo.

—Tú no lo entiendes —dice en voz baja.

—Pues intenta explicármelo.

—No tuve elección. Cuando Aria volvió… —Hace una pausa y niega con la cabeza—. Antes de que se fuera, estábamos…

—¿Te importa quitarme las cadenas? —lo interrumpo—. Esto es de lo más incómodo.

Me mira los grilletes de las muñecas y los tobillos.

—No me fío de ti. Me matarás.

—Soy la única que te ha comprendido siempre, así que no me vengas con esas —le replico—. Durante años, solo te he mostrado lealtad, he sido tu amiga. ¿Y así me lo pagas? —Sacudo los brazos y las piernas para provocar de nuevo ese sonido horrendo—. Ya sé que en el instituto teníais algo, pero Fisher, por Dios, no me digas que vale la pena.

—¿Sabías que estaba embarazada? —suelta de pronto—. Cuando se fue de la ciudad…, estaba embarazada de mí, enana. No huyó porque no soportara esta ciudad. Huyó para salvar a nuestro bebé. Aria no es la persona malvada que tú crees.

Trato de encajar nuevas piezas cuadradas en unos agujeros redondos.

—Te ha mentido.

Niega con la cabeza con tristeza.

—Nos enteramos a la vez, me prometió que las cosas iban a cambiar. Me dijo que me quería, y yo…

Empiezo a comprender.

—Y tú la querías a ella.

Se encoge de hombros y se mete las manos en los bolsillos de los vaqueros.

—No he tenido a nadie más.

Eso duele.

—Así que solo eras amigo mío para estar cerca de ella.

—No, no. Nuestra relación nunca tuvo nada de falso ni de forzado.

—Excepto el final, por lo visto.

Veo el dolor en su rostro, oigo cómo traga saliva.

—Fue pocos días antes de que volviera Aria. Tú andabas… por ahí, haciendo algo para tu tío, me imagino, porque él se presentó en La Guarida sabiendo que no estabas. Me llevó aparte y me dijo que le tenía que dar información.

Se me seca la boca.

—¿Qué clase de información?

Fisher se encoge de hombros.

—Sobre ti. Qué hacías, si podía confiar en ti o no.

Resoplo. ¿Es que todo este tiempo no he recibido más que puñaladas por la espalda? ¿Tan ciega he estado?

Fisher da un paso adelante.

—Le dije que no. Te lo juro, lo mandé a la mierda.

—Salta a la vista.

—Pero sacó unas fotos. Fotos de una niña, y yo… Tiene el pelo rubio y pecas como las de Aria. Me dijo que, si no hablaba, la mataría y… y que yo nunca conocería a mi hija. Pero no quiero vivir en un mundo donde ella no está.

Ahora es la compasión lo que me invade. Relajo los hombros y trato de no mover los brazos, porque las cadenas de metal de las muñecas se me están clavando.

—Te mintió, tío. Te están engañando.

—No —responde, vehemente—. He visto las fotos, enana.

—No me llames así —le espeto—. Ya no tienes derecho a hacerlo.

Fisher da un largo paso hacia mí.

—Si no hacía lo que me decía, iban a matar a mi hija. ¡Es mi hija! —Se da un golpe en el pecho.

—Siempre has sido un idiota crédulo —le espeto—. Esa niña no existe, Fisher. ¡Dios! ¿No te das cuenta? Han buscado a una niña cualquiera o han manipulado una foto.

Resoplo y miro hacia el otro lado. Ha sido él, claro. Le dije demasiado por teléfono cuando estaba en Nueva York, y en menos de veinticuatro horas, el padre de Enzo se presentó en su apartamento para separarnos.

Fisher les dijo dónde estaba. Dónde me alojaba. Todo el tiempo ha sido Fisher.

—Te están mintiendo —insisto con tristeza—. Ya sé que quieres creerlos, pero… están utilizando tu punto débil para manipularte.

—Ah, y tú, no, claro —me escupe, y viene hasta la mesa—. Nunca me cuentas nada. Me tienes aquí, trabajando para ti, haciéndote los recados, pero me ocultas cosas. Solo me dices lo que te interesa, lo que te conviene, lo que te hace quedar bien.

—¡Te estaba protegiendo, idiota!

—No necesito que me protejas.

—Ya se nota. —Vuelvo a sacudir la cabeza—. Te estoy diciendo la verdad, Fisher. Si Aria estuvo embarazada de verdad, tu hija ya no existe. No hay un caldero de oro al final del arcoíris. Y el tío Trent no la echó de casa.

—Eso no lo sabes.

—Claro que lo sé. Yo estaba delante cuando se volvió loco porque Aria se había marchado, me mandaba cada dos por tres a Nueva York para que viera cómo estaba. La vi a los pocos meses de irse y, desde luego, no estaba embarazada. Se fue a Nueva York porque quiso.

Me está enseñando los dientes, tiene dilatadas las aletas de la nariz.

—¿Cómo sé que me dices la verdad?

Dejo escapar el aire contenido. Me duele el corazón, ¿cómo puede preguntarme eso?

—Te he ocultado algunas cosas para protegerte, pero nunca te he mentido. Te están engañando, y lo peor es que los crees a ellos en lugar de a mí, a pesar de los años que hemos sido amigos. Les has entregado mi vida sin tan siquiera comprobar que valía la pena hacerlo.

Tiene los ojos brillantes, llenos de lágrimas.

—No he tenido elección.

—Siempre hay elección… —De pronto, se me pasa un pensamiento por la cabeza—. ¿Cuánto hace que le estás pasando información a mi tío? ¿Desde que volvió Aria, como has dicho, o desde antes?

—Desde que volvió Aria. Tu tío hizo que… —Traga saliva y baja la vista—. Te tendió una trampa. Hizo que pasaras tiempo con Enzo por si las cosas se torcían: así podría matarlo y cargarte a ti el muerto.

Abro la boca, pero solo me sale un bufido. Claro. Me puso de niñera porque era su seguro de vida. Y Fisher lo supo todo el tiempo, y el muy traidor no me dijo nada.

—Así que has tenido tiempo de sobra para verificar todo lo que te habían dicho y, también, para sincerarte conmigo…, pero no hiciste nada.

Una lágrima le rueda por la mejilla y se la seca.

—Me moría por hacerlo, estuve a punto, pero… no podía correr el riesgo. Me pusieron en una situación imposible.

Lo peor es que lo comprendo; me arrepiento de todas las cosas que no le conté a Enzo cuando tuve ocasión. Fisher es un cobarde, pero yo también. Aunque eso no resta ni un ápice de dolor.

—Le dijiste al tío Trent que estaba en Nueva York.

Asiente y vuelve a mirar al suelo.

—Y él se lo contó a Carlos Marino.

Asiente de nuevo.

Pienso a toda prisa, trato de recordar todo lo que le dije por teléfono. No fui nada precisa, pero me vuelve a la cabeza una frase, una sola frase.

«Las cosas van a cambiar».

Me invade el pánico por Enzo. Si a mí me tienen aquí, ¿quién sabe lo que le estará haciendo su padre?

—Escúchame bien, Fisher. Si alguna vez he sido tu amiga, si alguna vez me has querido aunque sea un poco, me tienes que soltar. Quítame las cadenas.

Alza la barbilla con los ojos llenos de inquietud.

—¿Cómo sé que no me vas a matar?

Le sonrío con tristeza.

—Tienes que aprender a confiar en las personas adecuadas, peque.

CAPÍTULO 51

Enzo

Gio está tumbado en la cama con dosel, con el brazo en cabestrillo y una sonrisa bobalicona en la cara, lo que sin duda se debe a que nuestro médico lo ha atiborrado de analgésicos tras extraerle la bala del hombro.

—¿Te encuentras bien, colega? —le pregunto con una mueca de diversión.

La cabeza se le mueve de un lado a otro.

—Me tendrían que disparar más a menudo.

—No digas chorradas.

Su sonrisa se amplía.

—Me quieres.

Aparto un poco las piernas de la silla que ocupo.

—Déjate de ñoñerías, Gio. Lo único que pasa es que no te permito que te mueras, ¿comprendido?

—Me quieres —insiste, con un suspiro.

—Sí, tío —admito, y me da igual si parezco idiota—. Te quiero.

—Calla, calla. —Se seca una lágrima imaginaria—. Que me voy a poner tontorrón.

Frunzo los labios.

—Menudo gilipollas estás hecho.

—Un gilipollas al que quieres. —Sonríe—. Joder, menudo honor que me quiera un capo mafioso.

Me cruzo de brazos con un bufido.

—No me llames así. Sigo siendo Enzo.

Se echa a reír.

—Naaa. Ahora eres el jefazo, Romeo. Más vale que te acostumbres.

Me acomodo con los codos sobre las piernas.

—Eso significa que tú eres mi *consigliere*.

Asiente, y su expresión se torna más seria.

—¿Se lo has dicho ya a las familias?

Niego con la cabeza.

—Ya se habrán enterado. Dejé el cuerpo de papá frente a la tumba de Peppino y soborné a unos policías para que lo encontrasen y que la noticia saliese en los periódicos matinales.

—Con dos cojones.

Me encojo de hombros y me paso la mano por el pelo.

—Que se pudran juntos.

Hablo en serio, pero no puedo evitar una punzada de dolor al decirlo. Al fin y al cabo, eran mi familia, y ese vínculo, por mucho que los años de abuso y menosprecio lo hayan desvirtuado y retorcido, jamás desaparece del todo.

Pero así son las cosas.

Me tiembla la rodilla. Saco el móvil y busco el número de Venesa, pero me detengo, indeciso, antes de pulsar el botón de llamar.

Necesito saber que está bien, que mi padre iba de farol y solo quería salvarse. Por desgracia, debido a la situación urgente de Gio, tuve que mandar a Scotty al Marino para ver cómo estaba y para que localizara a Bastien.

Antes de que me dé tiempo a buscar su número para llamarlo, mi móvil vibra con un aluvión de imágenes.

Al verlas me da un vuelco corazón y el pánico me atraviesa como un vendaval y arrastra a su paso cualquier otra emoción.

La habitación de hotel de Venesa.

La bolsa de viaje en el suelo, junto a la puerta.

Un adorno roto a un lado.

Una salpicadura de sangre en el mármol de la entrada.

Joder. Joder. Joder.

Yo: Localiza a Bastien. Ya.

Scotty: No está en su habitación, pero tengo su número. He intentado llamarlo.

Yo: Envíamelo.

Gio me mira, algo confuso. Me levanto al instante y me acerco a él. Aunque esté drogado, se da cuenta de que algo va mal.

—¿Qué pasa, Enzo?

Le sonrío. No quiero darle más preocupaciones ahora que debe concentrarse en curarse.

El móvil vibra al recibir la información de contacto de Bastien.

—Creo que Venesa podría estar en peligro.

Frunce el ceño.

—¿Y eso te importa?

El corazón se me va a salir del pecho, porque, aunque todavía estoy enfadado con ella, aunque tengo un cabreo monumental, la sigo amando.

Asiento.

Gio deja escapar un suspiro de alivio.

—Me alegro por ti, tío. Es que… te mereces que te quieran, ¿sabes? Amo el amor. El amor es… es bueno. Es estupendo. Ojalá alguien me quisiera a mí. Aparte de ti, claro… Que ya sé que tú me quieres.

Me río y le doy una palmada en el hombro.

—Disfruta del subidón, colega. Volveré pronto. Si necesitas cualquier cosa, llama a Scotty.

—¿Confías en él?

Asiento.

—En cuanto llegue el momento lo haré uno de los nuestros.

Antes de cruzar la puerta ya estoy marcando el número de Bastien.

Odio Carolina del Sur con toda mi alma. No por el sitio en sí, sino porque cada vez que vengo es porque está pasando algo que preferiría que no pasara.

Por fin he conseguido contactar con Bastien, aunque no me ha contestado a las llamadas, sino que me ha enviado un mensaje de texto.

> **Bastien:** No puedo responder ahora. Aria está fuera de sí. Venesa está en La Guarida y en apuros. Sótano.

Y luego otro.

> **Bastien:** No te fíes de Fisher.

Se me hace un nudo en la garganta. Me inclino y doy unos golpecitos en el respaldo del asiento del taxista. Tenía el avión privado repostado y listo, pero me ha sido imposible conseguir un chófer que me recogiese en el aeropuerto, así que aquí estoy, en un puto taxi.

—Oiga, ¿puede ir un poco más deprisa?

—Ya voy treinta kilómetros por encima del límite, hombre. Cálmese un poco.

Enojado, meto la mano en el bolsillo y saco la billetera. Le tiro unos cientos de dólares en el asiento del copiloto.

—Dese prisa.

El taxista mira de reojo el asiento y enarca las cejas.

—Colega, no voy a saltarme la ley por dinero.

Suspiro y me pellizco el puente de la nariz. Luego saco la pistola de la funda y se la apoyo en la cabeza.

—¿Qué tal ahora? ¿Te apetece saltarte la ley?

Se queda rígido, pero pisa el acelerador.

Aparto la pistola y le doy una palmadita en el hombro.

—Así me gusta.

Al pensar en el motivo por el que estoy aquí, la cólera me rezuma por los poros y me corre por las venas. Juro por Dios que si le han tocado ni un pelo a Venesa haré que deseen estar muertos.

Necesito que esté viva, pero hay algo más: necesito que esté ilesa. Hay tantas cosas que no nos hemos dicho, tanto que hacer para poder sanar… Si los dos últimos días me han enseñado algo, es que te pueden arrebatar la vida en un abrir y cerrar de ojos. Las cosas pueden torcerse, evolucionar y cambiar, y nosotros lo único que podemos hacer es aprender a adaptarnos si no queremos hundirnos.

Yo no pienso hundirme, ni pienso dejar de luchar. Por ella. Por nosotros.

El taxista entra en el aparcamiento de La Guarida y antes de que pare yo ya he salido del coche. Entro en el local por la puerta trasera y bajo las escaleras a toda prisa con la pistola en la mano. Cuando llego al sótano, me dirijo a la habitación donde sé que está Venesa y abro la puerta de par en par.

Antes de poder evaluar con lógica lo que estoy viendo, los latidos del corazón me resuenan en los oídos, la sangre me bombea en las venas con un zumbido constante y tengo la adrenalina tan a tope que lo veo todo rojo.

El hijoputa de Fisher se cierne sobre ella. Me quedo en blanco.

Reacciono de forma instintiva, sin pensar. Aprieto el gatillo tan rápido como puedo. Me invade el pánico al imaginar lo que le está haciendo, lo que ya le puede haber hecho.

Torturarla, herirla, inyectarle sus propios venenos.

El tío se derrumba como un saco de patatas y Venesa se incorpora al instante frotándose las muñecas magulladas. Se queda boquiabierta y con los ojos como platos. Mira a Fisher y luego me mira a mí.

Corro hacia ella, con la pistola en la mano, y la examino para ver si está herida. Aparte de un hilo de sangre en el brazo y las muñecas magulladas, parece estar bien.

Suspira y me lanza una mirada.

—Lo tenía todo controlado, como de costumbre.

Baja las piernas por el borde de la mesa, pero sigue sentada. Contempla el charco de sangre que mana del cuerpo de Fisher y luego aparta la vista, como si no soportase verlo.

—Sí, salta a la vista —respondo, y le sujeto la cara con las manos. Al tocar la mejilla, la pistola hace un clic, pero no le hacemos caso. Tengo los ojos clavados en los suyos y me invade el alivio. Está bien.

Está aquí.

La rodeo con los brazos y ella tiembla, con los dientes apretados, mientras frota con fuerza el pulgar sobre la cutícula del dedo anular. Deslizo la mano en la que no tengo la nueve milímetros sobre su mejilla y por detrás de la cabeza hasta sujetarla por la nuca.

—Joder, cómo me alegro de verte. ¿Estás herida?

Inspira y levanta la mirada hacia mí; en el fondo de sus ojos puedo percibir la confusión.

—Si lo estuviese, ¿te importaría?

—He venido, ¿no?

Venesa traga saliva y sacude la cabeza. Luego mira de reojo el cuerpo de Fisher y frunce el ceño.

—No hacía falta matarlo.

—Lamento disentir.

—Me iba a dejar marchar.

—¿Después de traerte aquí? —Enarco una ceja.

No estoy del todo seguro de lo que ha pasado, pero que Bastien me haya dicho que no confíe en él, y después me lo haya encontrado aquí, solo con ella, me basta para extraer conclusiones lógicas.

Encoje los hombros.

—Todos cometemos errores y Fisher… tenía problemas. Hizo lo que creía que debía hacer.

—No te ofendas, cariño, pero él me importa una mierda. La única que me importa eres tú.

Le tiembla el labio, pero enseguida se lo muerde.

—A pesar de todo, era mi mejor amigo.

La pena que siente hace que me duela el corazón.

—¿Me estás diciendo que, en mi lugar, no habrías hecho lo mismo?

—No. Habría hecho lo mismo que tú, lo que ocurre es que... me da pena. —Levanta la mirada hacia mí y me sujeta por los antebrazos—. Pero me hace muy veliz que estés aquí. No creía que... —Se interrumpe.

Le miro las muñecas delicadas, ahora magulladas y en carne viva, y me inclino para besarlas con dulzura.

—No vuelvas a ponerte jamás en una situación como esta. ¿Comprendido? Casi me muero de miedo. Creía que te había perdido para siempre.

—Cualquiera diría que lo he hecho a propósito —resopla—. Además, pensaba que me odiabas.

¿Se va a poner a llorar?

—Y no te culparía, la verdad —continúa.

Con la respiración jadeante, apoyo la frente en la suya y le sujeto la cabeza con tanta fuerza como para hacerle moratones, pero soy incapaz de soltarla porque me da miedo perderla de nuevo si lo hago. Necesito convencerme de que es real, tangible.

—Estoy enfadado contigo, estoy tan cabreado que me cuesta respirar... Pero... jamás podría odiarte. Maldita sea, te quiero tanto...

Se le escapa un hondo suspiro y los ojos se le llenan de lágrimas que le corren por la cara. Las atrapo todas con el pulgar, hasta la última, como el agua pura de un manantial virgen.

—Estás llorando... —murmuro.

—Parece que me produces ese efecto. —Sorbe la nariz—. No me merezco tu amor, Enzo. Debería habértelo contado todo, yo...

—Nena, acabo de matar a tu mejor amigo. Diría que, con esto, estamos a la par. Ya hablaremos de todo esto más adelante, ¿vale? Vayamos día a día, ¿te parece?

Se enjuga las lágrimas de las mejillas y asiente.

—¿Sí?

—Sí.

—Podemos portarnos como adultos —dice, y esboza una sonrisa—, hablar y esas cosas.

Le sonrío y me inclino para besarla en los labios; me siento aliviado porque, aunque no estamos bien del todo, al menos seguimos juntos.

Y sigue habiendo esperanza en el horizonte.

—¿Enzo? —murmura sin apartar los labios de los míos—. Yo también te amo. Lo sabes, ¿verdad?

Me da un vuelco el corazón.

—¿Me amas?

Junta otra vez los labios con los míos y yo aprovecho para entrelazar nuestras lenguas y gemir en su boca mientras llevo una mano a la parte baja de su espalda y la atraigo hacia mí.

Sé que está afligida y, a decir verdad, yo también, pero en este momento lo único que necesito es sentir que está aquí conmigo.

No hay nada como la muerte para renovar las ganas de vivir.

—No lamento haber matado a tu amigo —susurro. Le deslizo los dedos por la cara y luego meto la mano en el bolsillo y saco su collar. Se lo pongo con suavidad, lo abrocho y luego beso la concha—. Pero sí siento que su muerte te entristezca.

Traga saliva mientras mira el cadáver, y luego vuelve la vista hacia mí.

—Sí, lo sé.

Venesa se baja de la mesa de metal y se dirige al acuario de agua salada. Se agacha hasta que encuentra lo que buscaba. Da unos golpecitos en el vidrio y murmura unas palabras en voz tan baja que no llego a oírlas.

Es extraño y a la vez entrañable verla en su elemento, hablando con sus mascotas.

—¿Y ahora qué? —le pregunto, tras haberla dejado disfrutar de ese instante.

Se vuelve hacia mí y su mirada, hermosa y oscura, resplandece con fiera determinación.

—Ahora arreglamos esta chapuza y luego recuperamos lo que me pertenece.

CAPÍTULO 52

Venesa

—Si alguna vez me secuestrasen, ¿qué harías? —le pregunto a Bastien.

No es una pregunta a la ligera, siento curiosidad por su respuesta, porque Aria lleva menos de catorce horas desaparecida, y aunque el tío Trent sabe dónde está porque ha instalado localizadores GPS en todas sus pertenencias, está convencido de que alguien se la ha llevado para hacerle daño a él.

Es muy… decepcionante.

Ver al tío Trent tan desquiciado ante la idea de que alguien haya podido ponerle un dedo encima a su preciosa hija me demuestra que hasta los más grandes tienen debilidades.

Y, a menudo, la causa de su caída es una mujer.

También me escuece verlo tan preocupado por ella; no consigo imaginar que alguien vaya a sentirse así por mí jamás.

Supongo que esta es la mano de cartas que me ha repartido la vida.

Bastien se encoje de hombros.

—Rezaría para que por fin hubieses aprendido a estar más atenta a lo que te rodea y esperaría que llevases contigo tu pistola.

Resoplo; siempre me está dando la lata con eso. Odio las pistolas. Son tan… vulgares.

—Mi tío tiene que calmarse, o todo el mundo se va a dar cuenta de que pueden usar a Aria contra él —murmuro.

Bas me lanza una mirada exasperada mientras el tío Trent recorre la oficina de un lado a otro, una y otra vez, y va tirando cosas al azar como un niño con una pataleta.

—Si secuestrases a alguien, ¿a dónde lo llevarías? —sigo interrogándolo. Siento curiosidad, pero también necesito distraerme, estoy harta de ver el ataque de nervios del tío Trent.

Todos sabemos que Aria ha huido. Lleva toda la vida desesperada por marcharse. Y como lleva años empapelando las paredes de su habitación con fotos de Nueva York, está cantado que se habrá ido allí.

Pero, al parecer, la lógica no es el punto fuerte de mi tío en estos momentos.

Da igual. Yo estoy de muy buen humor porque la bruja ya no está. Aunque Fisher parece triste.

—No tengo ni idea —responde Bastien.

Echo la cabeza atrás y le dedico una mueca burlona.

—No me lo trago ni en broma. Tú siempre tienes planes para todo. Venga, Bas, cuéntamelo.

Suspira y se queda mirándome con los brazos cruzados.

—Tengo una cabaña. Supongo que si secuestrara a alguien lo llevaría allí.

—¿Tienes una cabaña? —Me quedo boquiabierta.

—Sí, ¿qué pasa?

—No puedo creer que nunca me la hayas enseñado.

—Alégrate de que no lo haya hecho, porque es a donde llevaría a mis víctimas.

—Bueno, visto así… —Me acomodo en la silla—. De todas formas, quiero verla. ¿Dónde está?

—Te llevaré. —Vuelve la mirada hacia el tío Trent, que no nos presta la más mínima atención porque le está gritando a una sirvienta—. Pero tienes que prometerme que quedará entre nosotros.

Levanto el dedo pequeño.

—Promesa de meñique.

Es curioso que los momentos que parecen más intrascendentes sean los que te salvan al final.

Ese momento intrascendente en concreto, y las palabras de Bastien, son la razón de que sepa con exactitud a dónde ha llevado a Aria.

A tres horas tierra adentro, en medio de un bosque, hay una cabaña poco sospechosa registrada a nombre de un donnadie. No hay ningún vecino en kilómetros a la redonda, y la zona es tan boscosa que ni siquiera hay señal de móvil.

—Estamos jodidos —dice Enzo, mientras el coche de Fisher, que nos hemos agenciado, da tumbos de un lado a otro de la estrecha carretera sin asfaltar.

—Ya, bueno. Como si hubiese alguna parte de toda esta situación en la que no estuviésemos jodidos.

Me mira y sonríe.

—A ti te voy a joder yo en cuanto terminemos con esto.

Se me escapa una risotada.

—Eres tan romántico…

—No hemos echado un polvo de reconciliación —se queja—. Sigo cabreado, y pienso desquitarme probando cada rincón de tu cuerpo.

La idea me pone cachonda.

—¿Lo juras?

—Te lo garantizo. —Me mira de reojo y luego se vuelve a centrar en la carretera—. ¿Qué plan tienes para cuando lleguemos a la cabaña?

Lo estudio con una ceja arqueada.

—¿Significa eso que tú no tienes ningún plan?

—El espectáculo es tuyo, cariño. Yo solo vengo de acompañante.

Frunzo el ceño.

—¿Y tu padre?

Mi pregunta ahuyenta la alegría del momento. Tuerce el rostro con un gesto sombrío.

—Ese asunto está resuelto. Se acabó.

—Lo siento. —Es mentira. Lo único que siento es que haya tenido que ser él quien se encargara de matarlo.

—De todas formas, tenía que morir. No había otra salida.

—Fisher le dijo que tú y yo estábamos juntos. Lo sabía por mi culpa. Le conté cosas a Fisher que debería haberme callado.

Alza las cejas y asiente.

—En ese caso, no lamento haberlo matado. Es culpa suya que tú estuvieses en peligro.

Siento una punzada de dolor en el pecho. Aunque Fisher me traicionara para poder estar con Aria, me apena que haya muerto.

—Además —sigo—, deberías saber que, en realidad, quien me secuestró fue la zorra de tu ayudante, Jessica. Así que, si no la has matado aún, te agradecería que me cedieras el honor.

Aprieta el volante con fuerza.

—¿Jessica?

—Sí. —Me encojo de hombros—. Supongo que tu padre la tenía controlada.

—Tomo nota. —Aprieta los dientes.

Luego me mira y se echa a reír. Le clavo la mirada.

—¿De qué te ríes?

Se encoge de hombros.

—Nada, es solo que… ¿Jessica te pilló por sorpresa? Cariño, tienes que aprender a estar más atenta a lo que pasa a tu alrededor.

La irritación me recorre la columna vertebral y me estruja el abdomen. Solo por eso la voy a matar con más ganas.

Aparcamos junto a la cabaña y Enzo echa el freno de mano, apaga el motor y deja que el silencio se adueñe de todo. Nos quedamos sentados varios minutos, y por fin me coge la mano entre las suyas y me da un apretón.

—¿Preparada?

—Hasta donde puedo estarlo, sí.

Salimos del coche y nos dirigimos a la puerta de la cabaña. No está cerrada, así que entramos. Aunque solo he estado aquí una vez, tras convencer a Bastien de que me trajese, recuerdo la distribución. Y si no me acordase daría igual, porque encontrar a Bas no es difícil. Está en la cocina engullendo un sándwich. Frente a él, sobre la mesa cuadrada, está el cuadro de la familia Kingston. Al vernos entrar nos saluda con un gesto de la barbilla.

—Ah, genial, estáis vivos —dice cuando termina de tragar.

—¿Acaso lo dudabas? —le sonrío.

—¿Y Fisher?

Otra puñalada en el corazón. Sacudo la cabeza y contengo el gesto nervioso de los dedos.

Gruñe y me lanza una mirada cómplice.

—Te habría dejado morir, Venesa. No te sientas mal por cómo han salido las cosas.

—Eso no cambia que, durante años, haya sido un buen amigo.

—Hasta que dejó de serlo —responde Bas.

—Supongo. —Me sacudo de encima la pesadumbre y miro a mi alrededor—. ¿Dónde está Aria?

Señala hacia el pasillo; un trozo de pavo se desprende de su sándwich.

—Encerrada en la habitación del fondo.

—¿Está herida? —digo. Trato de ver algo en la penumbra del corredor.

Niega con la cabeza.

—No. No sabía lo que querías hacer con ella.

—Quiero usarla como cebo para mi tío, claro.

Enzo nos mira a ambos.

—¿Crees que dará resultado?

—Estoy segura.

Lo digo con total confianza, pero, a decir verdad, no estoy tan convencida. Me baso tan solo en que, cada vez que algo amenaza la seguridad de Aria, mi tío pierde los papeles. Y confío en que siga siendo así.

De lo que ya no estoy tan segura es de hasta dónde estará dispuesto a ceder para salvarla.

Para un hombre como mi tío, ¿qué es más importante? ¿Su hija o el poder?

El ambiente de la cabaña es pesado. Me acerco al cuadro y, al pararme frente a él, me muerdo el labio y le lanzo una mirada a Bas.

—¿Iba en serio lo que dijiste de que los documentos estaban en este cuadro?

Asiente y señala con un gesto.

—Compruébalo tú misma.

Doy un paso al frente, cojo el cuadro y le doy la vuelta. Enseguida veo que hay una raja delgada en la parte de atrás. Meto los dedos y saco dos gruesos sobres.

Levanto la cabeza para mirar a Bastien.

—¿Por qué hay dos?

—El primero es el testamento de tu madre. Nada muy especial, solo una nota en un trozo de papel, pero bueno... El otro es el de tu abuelo. En él deja muy claro que todo le pertenece a su hija, y que de ella debe pasar a ti.

—No comprendo por qué los guardó Trent en vez de destruirlos —interviene Enzo.

Bastien le da otro mordisco a su sándwich con una sonrisa de suficiencia.

—Trent no lo sabía. Usó el Club de Motociclismo para sobornar a todos los que sabían que existía ese testamento, y creyó haber quemado todas las copias, empezando por las que había en la casa cuando mató a su padre. —Me clava la mirada—. Cuando me dio el cuadro para la preparación de la fiesta de compromiso, encontré los documentos ocultos. Y pensé que lo mejor era dejarlos ahí y no decir nada. Trent no tiene por qué enterarse de todo.

Asiento, saco los documentos y leo la letra pequeña. Me tiemblan las manos al comprobar que Bastien no ha mentido, que siempre ha dicho la verdad.

El tío Trent le robó el imperio Kingston a mi madre.

Y por eso la mató.

Y por eso voy a matarlo yo a él.

Devuelvo los documentos a su lugar y me vuelvo hacia Enzo para pedirle algo, aunque odio tener que hacerlo.

—Necesito que me hagas un favor.

Enarca una ceja, pero se me acerca y me rodea la cintura con las manos.

—Lo que quieras, *piccola sirena.*

—Necesito que finjas que estás enamorado de Aria.

Retrocede de un salto y niega con la cabeza.

—Y una mierda.

Le apoyo las manos en los bíceps.

—Está obsesionada contigo, Enzo. Si cree que quieres volver con ella, que ambos seréis felices juntos y todo será de color de rosa, hará lo que queremos. De lo contrario, este plan no va a funcionar.

Suspira y se mesa el cabello.

—¿Qué quieres que haga?

—Dile que la quieres. Convéncela de que colaborar conmigo es la mejor forma de que estéis juntos para siempre. —Carraspeo con fuerza, porque decirlo en voz alta me está revolviendo las tripas. No quiero que lo haga, pero creo que es la única manera que tenemos de conseguir nuestro objetivo—. Haz lo que haga falta.

Aprieta los dientes y asiente. Luego se inclina para plantarme un beso en los labios.

—Lo hago por nosotros —me dice—. Para terminar con este asunto, y poder amarte en voz alta. En esta vida.

La emoción es como un nudo en la boca del estómago. Asiento y lo beso una vez más. Después retrocedo y lo veo alejarse por el pasillo para interpretar su papel y convencer a la princesa de que ha conquistado a su príncipe.

CAPÍTULO 53

Venesa

Me he imaginado que acababa con la vida de mi tío en muchos sitios.

En su casa.

En su oficina.

En el Aquata.

Pero, al final, he decidido que la mejor elección es estar en mi terreno. Necesitaba un lugar que me resultase familiar, que me supusiera una ventaja si las cosas no salían como estaban planeadas. Algo que nunca hay que descartar. Si hay alguna cosa segura en esta vida, es que siempre pasa lo que menos te esperas; así que más vale aprovechar al máximo las ventajas de que dispongas.

Enzo representó su papel a la perfección y, gracias a ello, Aria acudió a La Guarida por su propia voluntad y me permitió que la atase a la misma mesa en la que ella me había tenido atada a mí, dos días atrás, antes de que me presentase en la cabaña y la convenciese para que se uniera a nosotros.

Nos costó un poco encontrar al tío Trent porque estaba en medio del océano y yo no quería mostrar mis cartas demasiado pronto.

Pero vino bien, porque me dio tiempo para trazar un plan.

Tengo a Aria encadenada y lista para ser «torturada». Si mi tío no aparece para salvarla, la voy a matar y luego haré públicos los documentos de mi abuelo y de mi madre para que lo pierda todo.

Su fama. Su fortuna. Su título de Rey del Mar. Es muy probable que acabe en prisión por asesinato e incendio provocado, pero, la verdad, eso solo sería la guinda del pastel.

Al menos eso es lo que le ha dicho Bastien, porque, hasta donde sabe mi tío, Bas sigue trabajando para él y no contra él. Tirar de Bas como forma de atraer al tío Trent hasta aquí era la opción más sencilla. Mejor reservamos el drama para más tarde.

Y ahora toca esperar.

Bastien y Enzo no están muy lejos. Vigilan el aparcamiento de La Guarida para avisarme cuando llegue el tío Trent. Les he hecho prometer que se mantendrán al margen, que solo intervendrán si ven que mi vida corre peligro, porque, aunque sé que no tengo por qué encargarme de todo en persona, hay cosas que disfruto más si las hago yo misma. Los hombres de mi vida tienen la fea costumbre de interferir sin que sea necesario, y ya me tienen harta.

Apoyo la mano en el vidrio del acuario con el corazón henchido al contemplar a mis bebés, Jack y Flora.

—Siento haber estado fuera tanto tiempo, pequeños. Mamá no volverá a dejaros solos tantos días.

Un sonido burlón detrás de mí me pone el vello de punta, pero no me doy la vuelta.

—¿Tienes algo que decir, dulce prima?

—Oh, montones de cosas, te lo aseguro. Pero no voy a malgastar el aliento.

Su voz engreída demuestra que comparte un gen con su padre: el del exceso de confianza, que acabará por ser su perdición, y también la de él.

Aria está convencida de que, cuando todo esto termine, le devolveré la libertad, y le daré todo el dinero que necesite para que Enzo y ella se marchen juntos y tengan su final de cuento de hadas.

Como ya he dicho, delira.

Suspiro y doy otro golpecito en el vidrio para saludar una vez más a Jack y a Flora. Luego me enderezo, cojo la sal negra y rodeo el perímetro mientras la derramo para formar un círculo lo más cerca posible de las paredes.

—¿Qué estás haciendo? —quiere saber Aria. Trata de girar la cabeza para mirarme, pero, como está encadenada, le resulta difícil.

—Un círculo de protección.

—¿Otra gilipollez de esas de brujería?

—No es una gilipollez. Es trabajar en conjunción con los elementos, la naturaleza, el universo. —Le clavo la mirada—. Te sugeriría que lo intentases, pero conociéndote, seguro que la cagabas y te cargabas el orden cósmico de la existencia y todos acabaríamos pagándolo caro.

Dejo el salero y me sitúo en el centro de la habitación, con los ojos cerrados, para visualizar una brillante luz blanca que se extiende desde las alturas y llena todo el espacio. Apunto con el dedo y trazo mentalmente un pentagrama en el suelo; me tomo mi tiempo para apreciar cada punta, como si fuese una brújula. La superior para el espíritu, luego el aire, la inferior derecha para la tierra, la inferior izquierda para el agua, y la última punta es el fuego. Hacer el círculo de sal y el pentagrama a la vez es un poco exagerado, y además me falta algo de práctica, pero me tengo que apañar con lo que tengo.

Aria murmura entre dientes detrás de mí. Le indico que se calle con un gesto y me concentro en anclar mi energía para fortalecer el círculo.

Por fin, abro los ojos y sonrío. «Ahí».

—Espero que tengas algún plan mejor que un poco de sal y una visión, o papá te matará sin pensárselo un instante —comenta Aria.

Me giro hacia ella, me levanto la blusa y saco la pistola que me guardé antes de bajar aquí.

—Tranquila, no he dejado nada al azar. —Le apunto a la cabeza, para ver si reacciona. Y lo hace: palidece. Le guiño un ojo y desvío el cañón del arma—. Pero gracias por preocuparte.

No quería traer la Glock, que sigue siendo tan aparatosa y aburrida como siempre, pero, aunque cueste creerlo, he acabado por aprender de mis errores. Y, la verdad, estoy hartísima de que Bastien me dé la charla cada vez que tiene razón. Y encima ahora tiene a Enzo de su parte.

Además, me han pillado tantas veces desprevenida que empieza a resultar embarazoso, y me molesta que sea algo que haya permitido salirse con la suya a gente como Jessica.

La mesa con ruedas que hay junto a Aria está lista. Acaricio las jeringuillas con la punta de los dedos y también los diversos viales que he preparado.

Veneno para mi tío, porque es lo que prefiero, y uno especial… para Aria.

Por si acaso.

Giro hasta situarme a la cabecera de la mesa de tortura y la miro desde arriba.

—Repasemos el plan una vez más.

Suspira y, al moverse, el golpeteo del metal me provoca un escalofrío.

—Te vas a esconder y papá vendrá a salvarme. Mi trabajo es conseguir que se acerque para que puedas pillarlo por la espalda.

—Se mueve otra vez y levanta un hombro—. ¿No podríamos aflojar un poco las cadenas? Me están haciendo rozaduras.

—No. —Ladeo la cabeza—. ¿Y luego?

Pone los ojos en blanco.

—Y luego haces lo que sea que vas a hacer, supongo. —Me taladra con la mirada—. Pero más vale que me des acceso a mis fondos de inmediato.

Asiento con énfasis.

—Tienes mi palabra.

—Y mantente alejada de mi hombre. —Frunce los ojos y luego una sonrisa soñadora le ilumina la cara—. Ya no te quiere.

Le sonrío y asiento de nuevo, pero es mentira. Por mucho que me guste cumplir mi parte de los tratos, ni loca pienso cumplir este.

Y aunque quisiera, Enzo no me dejaría.

Mi intención es dejarla vivir. En eso no miento. Pese a haber sido una pesadilla para mí, creo sinceramente que no es más que la consecuencia lamentable de su crianza. Y, la verdad, ¿se puede culpar a alguien por cómo lo han educado?

Ella es un subproducto de la toxicidad, igual que lo somos los demás.

—¡Ay! —se queja, con otro tirón de las muñecas—. ¿Cuánto falta para que venga? Esto es muy incómodo.

La miro de soslayo.

—Es un precio pequeño a cambio de tu vida, ¿no te parece?

Un móvil desechable que me dio Bastien y que tengo metido bajo el sujetador empieza a vibrar. No me hace falta mirarlo para saber lo que significa.

Ha llegado el tío Trent.

Cuando abro los párpados, estoy hipercentrada en una cosa, y nada más que en una: recuperar lo que me pertenece.

Me inclino hacia delante y aprieto los dedos sobre las mejillas de Aria; la cojo con fuerza hasta que las uñas se le clavan un poco en la piel.

—Comienza el espectáculo, querida prima. Procura ser convincente. Y no te olvides…, todo es cuestión de lenguaje corporal.

Me aparto con rapidez. Cojo de la mesa rodante una jeringa con el veneno de mis bebés y sostengo la pistola en la otra mano. Luego me escondo justo tras la esquina del acuario de agua salada. Ojos que no ven, corazón que no siente.

En el momento justo, las puertas se abren de golpe y mi tío entra en tromba sujetando una pistola.

—¡Papá! —grita Aria, y se le escapa algo que suena como un sollozo auténtico.

He de reconocer que se le da bien.

—¿Dónde está? —pregunta mi tío, sin acercarse a Aria. Desde mi escondrijo veo que recorre a su hija con la mirada de los pies a la cabeza, tratando de asegurarse de que no le he tocado ni un pelo.

Bastien entra detrás de él; también empuña una pistola. Dejo escapar un suspiro agitado, pero silencioso.

El plan está funcionando.

—Bas, comprueba la zona —le ordena mi tío.

Bastien asiente y empieza a recorrer el perímetro. Mira por un instante a Jack y Flora y luego posa los ojos en la mesa con ruedas y después en la sal dispuesta estratégicamente formando un círculo alrededor de la sala.

Pone los ojos en blanco. Incluso en un momento tan tenso como este, tiene tiempo para desaprobar mis métodos.

Será idiota…

Cuando pasa a mi lado, nuestras miradas se cruzan y la confianza se incrementa en mi interior.

—Todo despejado, jefe —comenta Bastien mientras se dirige hacia él—. Debe de estar en otro sitio. ¿Quieres que vaya a comprobarlo?

—No, quédate aquí de guardia.

El tío Trent corre hasta Aria y se fija en las cadenas de brazos y piernas. Deposita la pistola en la mesa que hay a su lado.

«¿Quién es descuidado ahora?».

—¿Estás herida? —le pregunta—. ¿Qué te ha hecho? ¿Sabes a dónde ha ido?

Aria niega con la cabeza.

—No, papá. Estoy bien, pero tienes que escucharme.

Me quedo rígida, porque que dijese eso no era parte del plan.

—Luego, hijita. Ahora tenemos que sacarte de aquí. Ya me encargaré de Venesa, pero... —Se vuelve hacia Bastien—. ¿Cómo le quitamos las cadenas?

—¡No, papá! ¡Escúchame! —grita.

He de intervenir. Temo que la vaya a cagar; de hecho, estoy casi segura de que estaba a punto de traicionarme.

Puede que Enzo no haya sido tan convincente, después de todo.

Para que luego hablen del amor verdadero.

Bastien se acerca a la mesa, coge la pistola del tío Trent y se la guarda en la cintura, pero mi tío está tan concentrado en buscar un modo de quitarle las cadenas a su hija que ni se da cuenta.

—Papá, ella tiene razón... —comienza a decir Aria.

Con un suspiro, me pongo de pie y salgo de entre las sombras.

—Hola, tío. ¿Qué tal estás?

El tío Trent se vuelve hacia mí con los ojos ardientes de furia. Extiende la mano para coger la pistola, y en ese momento se da cuenta de que ya no está allí. Su rostro adquiere un tono blancuzco y mira a Bastien con ojos dilatados.

—Rata traicionera —escupe. Luego vuelve a centrar su atención en mí.

Bastien sonríe y se encoje de hombros.

—He aprendido del mejor.

Chasqueo los labios y apunto a mi tío mientras me acerco a Aria hasta detenerme junto a la mesa de los venenos.

—Eso no ha sido muy amable por tu parte. Bas no ha hecho más que complacerte. —Cruzo la mirada con la de mi tío—. Quizá deberías aprender a tratar mejor a tu gente.

—Te mataré, Venesa.

La hilaridad que me producen sus palabras me revolotea en el estómago y se me enrosca en la garganta; me echo a reír de buena gana.

—Qué gracioso. Sigues creyendo que estás al mando, tío Trent. Supongo que ese es tu eterno problema, ¿no? Creer que todo gira a tu alrededor.

—¿Y no es así? —ladra.

—¡No! —Estrello la palma con fuerza en el metal, junto a la cara de Aria—. Por una vez, se trata de mí y de todo lo que me robaste.

Se le abren mucho los ojos al comprender mis palabras.

—Eso es, imbécil de mierda —sigo—. Lo sé todo. En tu lugar, yo estaría pensando en una súplica adecuada, para convencerme de que le perdone la vida a tu pobre hija.

Desvío el cañón del arma y lo apoyo en la sien de Aria.

Ella tiembla y gime en voz baja.

Mejor.

Mi tío levanta las manos, con las palmas hacia arriba, como si creyese que la propensa a perder el control soy yo.

—Suéltala, Venesa.

Acaricio la mejilla de Aria con el cañón de la pistola y ella abre los ojos, sorprendida, al comprender que no ha mantenido su parte del trato, y que, por tanto, las cosas han cambiado.

—¿Por qué? —le pregunto—. Ella y yo teníamos un trato.

Aria intenta decir algo.

—Papá, yo…

Le estrello la pistola en la mejilla. El placentero sonido de la carne contra el metal me resuena en los oídos.

Estiro el cuello para relajarlo e inspiro hondo.

—Dios, llevaba años con ganas de hacer eso.

Aria gime y tira de las cadenas mientras intenta posar su mirada en mí.

—¡Zorra!

El tío Trent se aparta un poco.

—¿Qué quieres? —me pregunta.

Ladeo la cabeza.

—¿A qué te refieres? Todo lo que podría querer lo tengo aquí mismo. La hija del gran Trent Kingston, la chica que me amargó la vida y me torturó durante años. Es el premio gordo. —Levanto la mano y me miro las uñas con indiferencia—. Así que la pregunta es más bien: ¿qué estás dispuesto a darme que pueda superarlo?

—Todo —responde al instante.

Inclino la cabeza. Una punzada de ira y de dolor me atraviesa como un veneno al ver que se ha rendido con tanta facilidad.

Por ella.

Por mí no lo habría hecho jamás. Mis labios esbozan poco a poco una sonrisa.

—En ese caso, hazme una propuesta.

—Si la dejas ir, estoy en tus manos —ofrece.

—No, papá. No lo va a hacer. No le hagas caso, yo…

—Trato hecho —interrumpo. Le hago un gesto a Bastien, que apunta a Trent, dejo la pistola en la mesa rodante y cojo la jeringa que había preparado específicamente para Aria.

—¡Miente! Enzo está aquí y…

Sin darle tiempo a seguir, le clavo la jeringa en la tráquea.

—Creo que ya has hablado lo suficiente.

—¡No! —grita el tío Trent, y se abalanza hacia delante.

¡Pum!

El restallido del disparo hace que me zumben los oídos. Mi tío se sujeta el costado y cae al suelo. Levanto la mirada hacia Bastien, que empuña la pistola y, evidentemente, acaba de dispararla.

Gruño y pongo los brazos en jarras.

—¿Qué os pasa a los hombres? ¿Por qué siempre tenéis que entrometeros? Me estaba encargando de todo y lo tenía bajo control.

Se encoge de hombros y agita la mano libre.

—Pues encárgate.

Suspiro y desenfundo la Glock. Me acerco a mi tío y lo contemplo con atención.

Aria tose y escupe mientras intenta tragar aire, pero no le hago caso. Lo que le he inyectado no es letal.

—Había pensado alargarlo un poco, que fuese toda una experiencia —le digo al tío Trent—. Pero he aprendido que a veces lo mejor es ser directa e ir al grano. En realidad, me lo enseñaste tú.

En cuanto me agacho a su lado, la mano ensangrentada que apretaba la herida sale disparada e intenta arrebatarme el arma. No voy a mentir: incluso herido de gravedad, es más fuerte que yo. Caigo de espaldas mientras me arranca la pistola de la mano y se pone de rodillas con esfuerzo, con el cañón apuntando hacia mí.

—Siempre has sido patética, un desperdicio inútil. Débil. Igual que tu madre.

Las palabras se repiten en mi mente como un mantra y desatan un fuego en mi interior. Aprieta el gatillo al mismo tiempo que yo, con los pies, lo empujo por el pecho y lo tumbo de espaldas.

El brazo se desvía y la bala no me alcanza, sino que revienta el vidrio del acuario. El agua se derrama por el suelo y arrastra con ella a mis bebés.

—¡No! —grito. Me levanto de un salto y corro hacia ellos.

Bastien llega hasta mi tío antes de que yo pueda hacer nada; le rodea el cuello con el brazo y lo sujeta con una llave. El tío Trent gruñe e intenta protestar, pero es evidente que está cada vez más débil por la pérdida de sangre.

Me incorporo, empapada de agua del acuario, y una nueva cólera se desata en mi interior. Me aproximo a zancadas a mis jeringas y cojo el veneno de mis pequeños; luego me acerco a Bastien y a mi tío, que desperdicia la poca energía que le queda en forcejear con un hombre al que jamás podrá derrotar.

—Has intentado matar a mis pequeños —escupo. Le doy una patada en el costado y disfruto al verlo dar un respingo entre los brazos de Bas. Lo pateo de nuevo, porque estoy cabreada y hacerlo me sienta bien.

Lanza un gruñido mientras forcejea para sujetarse el costado, de cuya herida de bala no deja de brotar la sangre.

Por fortuna, los peces piedra pueden sobrevivir hasta veinticuatro horas fuera del agua, así que, mientras los pueda transferir pronto a otro acuario, no les pasará nada.

Pero ahora es una cuestión de principios.

El tío Trent me mira, más y más débil a cada instante que pasa. Bastien lo sujeta contra el suelo mientras yo me agacho y le inyecto el veneno en una vena.

—Jamás te saldrás con la tuya. —Cada palabra es un esfuerzo.

Sonrío.

—Qué idiota. Ya lo he hecho.

Luego me acomodo y, mientras se extiende el veneno, contemplo cómo se consume su cuerpo y los ojos se le apagan; y disfruto cada segundo de ello.

Asiento, satisfecha, y dejo escapar un suspiro de alivio. Relajo los hombros. La victoria es mía.

Unos segundos después Enzo entra a la carrera, con los ojos abiertos de par en par y la pistola desenfundada. Solo se calma cuando ve que estoy ilesa.

—Por Dios, he oído disparos y me he temido lo peor. —Se lleva la mano al pecho.

—Todo está bajo control. —Le sonrío y luego miro a Bastien—. ¿Puedes ocuparte de mis bebés? Hay que ponerlos en el acuario de repuesto.

Asiente y se levanta. Al verse las manos empapadas de sangre hace una mueca.

El cuerpo del tío Trent cae al suelo con un golpe.

Enzo pasea la vista por toda la sala y sus ojos se detienen en Aria. Frunce el ceño.

—¿Qué le has hecho?

Me vuelvo para ver qué está mirando. Mi prima ya ha dejado de jadear, pero tiene los ojos muy abiertos y hay en ellos una expresión de pánico.

Me dirijo hacia ella a saltitos, rebosante de malsana alegría.

—¿Te cuesta respirar? —le pregunto, inclinada sobre ella—. Me imagino que ya te acostumbrarás. Se debe a la inflamación, ¿sabes?

Abre la boca e intenta hablar, pero no sale ningún sonido.

—No malgastes tus energías. —Mi voz es un arrullo—. Esa inyección era una mezcla especial que diseñé para ti, un combinado de plomo y arsénico. ¿Sabes qué efecto produce? Parálisis de las cuerdas vocales.

Enzo se detiene a mi lado y la mira.

—¿No va a poder hablar?

—Podrá, pero mal. —Me encojo de hombros y me dirijo de nuevo a ella—. Respecto a nuestro trato, dado que una de las partes, yo, estaba bajo coacción, me temo que vamos a tener que renegociar los términos.

Enzo me rodea con los brazos, me atrae hacia su pecho y me besa el cuello.

Aria nos mira con los ojos desorbitados y sonrío.

—No me mires así. —Ladeo la cabeza para que Enzo tenga mejor acceso—. Eres lo bastante inteligente para saber que jamás dejaría que te lo quedases.

Nos mira con ojos de loca, pero están secos, no hay ni una lágrima. Supongo que se debe a que es una zorra egoísta a la que no le importa nadie, excepto ella misma.

Ni siquiera su padre, muerto y tirado en el suelo.

Otra vez trata de hablar, pero solo se le escapa un áspero ronquido. Abre los ojos y lo intenta de nuevo; luego inhala el poco aire que logra tragar.

—Te voy a dejar vivir, Aria. Ese es mi regalo. —Le guiño un ojo—. De nada.

Enzo se ríe, con la boca todavía en mi cuello, y me aparto de él, aunque me muero de satisfacción porque Aria nos esté viendo juntos.

¿Qué puedo hacer? El odio es lo que me mueve.

Le rozo la tráquea con las uñas.

—Estoy siendo muy compasiva, la verdad —continúo—. Has perdido la voz, y desde luego no te voy a dar nada de la fortuna familiar. Pero aún te queda tu… belleza. —Me inclino sobre ella—. Con esa cara tan bonita seguro que llegas muy lejos.

Una lágrima le corre por la mejilla.

Cierro los dedos sobre su esófago con fuerza suficiente para magullarla, y luego me inclino para hablarle al oído.

—Por tu culpa a muerto Fisher. Quiero que sigas viviendo, pero sin un céntimo, sin que le importes a nadie, y que recuerdes cada día el dolor que le has causado a los demás. —Me incorporo y, al apartarme de ella, le lanzo una mirada a la jeringa restante—. O puedes usar ese veneno y ahorrarte esa vida. A mí me da igual.

Bastien aún está ocupado con el traslado de Jack y Flora al acuario más pequeño. Sé que no dejará marchar a Aria hasta que nos hayamos alejado lo suficiente y no pueda seguirnos.

Cojo a Enzo de la mano y me giro para salir de la habitación, pero me detengo al llegar al umbral y miro atrás.

—Tómatelo como un acto de clemencia, dulce prima.

Y hablo en serio. Va a tener que aprender a valerse por sí misma.

Como siempre había querido.

CAPÍTULO 54

Venesa

Ha pasado un mes desde que todo en mi vida se puso patas arriba, y ahora por fin parece que las cosas empiezan a asentarse.

Pese a las protestas de Enzo, celebré un funeral por Fisher. No vino casi nadie, y yo misma me sentí algo incómoda por estar allí, pero era importante para mí, porque durante años fue mi mejor amigo. No voy a dejar que la forma en que acabaron las cosas borre esos recuerdos y lo que significó para mí.

No le pedí a Enzo que asistiera. No me pareció correcto.

En cierto momento habría jurado que vi a Aria escondida en una esquina del fondo, pero supongo que eran imaginaciones mías, porque dudo que se vuelva a dejar ver por la ciudad.

Después de lo que le hice, lo dudo mucho.

Además, su padre cayó en desgracia cuando lo descubrieron muerto a tiros en el yate. Bastien se ocupó de los detalles; después de la muerte del tío Trent, no me hacía falta seguir con el tema. Mientras todo se solucione, mi alma ya no necesita más venganza; así que no hice preguntas cuando Bas le cargó el asesinato a Johnston Miller, con la historia de que, tras años de hacer negocios juntos, se habían peleado y el Club de Motociclismo se había desquitado como solía hacer: con violencia.

No voy a negar que me encantará ver a semejante elemento entre rejas.

¿Y si no lo encierran? Bueno, no descarto ejercer la venganza de nuevo cuando sea necesario.

Ahora he vuelto a casa, a Nueva York. Aún me siento rara al decirlo. Enzo me dejó su avión privado; la verdad es que vivir entre lujos es agradable, creo que es algo a lo que no me costará mucho acostumbrarme. Pero quiero una casa, no un ático cuyos ascensores pueden abrirse en cualquier momento y dejar entrar a quien sea. No creo que me recupere jamás de ese trauma.

Bastien se ha quedado a cargo de Construcciones Siete Mares y está haciendo muchos cambios. Ha contratado a gente que mantendrá La Guarida en funcionamiento sin problemas. Por desgracia, es otra cosa más que ha quedado manchada para siempre por todo lo que pasó.

En teoría, no tenía que volver del funeral de Fisher hasta mañana, pero Scotty se encargó de que repostasen el avión sin demora porque yo quería darle una sorpresa a Enzo. Así que, aunque estoy cansada y es muy tarde, la expectación me bulle bajo la piel.

Hace una semana que no lo veo. Claro que ha estado muy ocupado estableciendo nuevas estructuras de poder y aceptando los regalos y los juramentos de lealtad que le corresponden a un capo mafioso. Lo cierto es que me contaría lo que le pidiese, pero no le hago muchas preguntas. Cuando estamos juntos, me gusta sentir la luz, dejar fuera la oscuridad que nos acompaña, y poder ser nosotros mismos.

Tener una relación es algo nuevo para mí… Para los dos, en realidad. A ambos nos enseñaron a usar la comunicación como un arma y no como algo esencial para poner los cimientos sobre los que construir algo sólido.

Incluso le sugerí que acudiésemos a terapia, porque cuando lo miro no puedo evitar preguntarme si me odia en secreto por haber matado a su hermano. Pero Enzo se apresuró a descartarlo; parece ser que los mafiosos y sus mujeres no hacen terapia, y punto, por no sé qué de que la confidencialidad terapeuta-paciente no se aplica y puede uno acabar en la cárcel. Así que trabajo en nuestra relación día a día. Tal vez deba pedirle a Gio que se siente a escucharnos.

El ascensor pita y se abre en el vestíbulo del ático; todo está sumido en un silencio tan abrumador que casi tiene el efecto contrario. Un chirrido agudo me zumba en los oídos.

No veo a Enzo, pero es tarde, así que o aún está trabajando o ya se ha acostado. Sin prisas, me dirijo a la cocina para coger algo de beber antes de ir a despertarlo.

Nada más abrir la puerta de la nevera y coger una botella de agua, el ascensor vuelve a pitar y se abre. Scotty sale de él a toda prisa, con la respiración jadeante y los ojos desorbitados.

—¿Qué pasa? —le pregunto, alarmada.

—He visto… He oído… Es decir, no la he oído, pero he visto a esa zorra… ¡Quiero decir, a Aria! El portero me preguntó por qué no podía hablar y yo… Está aquí…

Abro mucho los ojos y lo agarro del brazo para que se centre.

—Respira hondo y cálmate, Scotty. ¿Qué quieres decir?

Se lleva la mano al pecho e inspira hondo, siguiendo mis instrucciones.

—Aria está aquí, en algún lugar de este apartamento.

Sin poder evitarlo, salgo corriendo por el pasillo con Scotty siguiéndome de cerca, y entro de golpe en el dormitorio. Casi se me sale el corazón por la boca al ver a mi prima sosteniendo un cuchillo sobre el cuerpo de Enzo.

Está desmayado. «¿Lo habrá drogado?».

Reacciono sin pensar. Corro hacia ella y la embisto. Ella se resiste y trata de gritar, pero solo se le escapa un aullido ronco. Con una mueca, la lanzo al suelo y me siento a horcajadas sobre ella.

—¿Se te ha comido la lengua el gato? —Sonriente, le arrebato el cuchillo, lo giro y se lo clavo en el cuello, con los dedos húmedos sobre los suyos—. Deberías haber callado esa puta bocaza y haberte mantenido alejada, estúpida.

Le clavo el cuchillo con más fuerza y se le dilatan los ojos. Abre la boca como si tratase de suplicar o de decir algo.

Pero ya se me ha agotado la compasión. Sonrío.

—Esto lo voy a disfrutar.

Le hundo el cuchillo en el pecho y lo retuerzo; sus gritos silenciosos me divierten. Sin sacar el cuchillo, uso mi peso para mantenerla contra el suelo. Tengo los dedos resbaladizos de sangre.

A medida que la vida se le escapa, arrastra con ella todos los daños que ha causado, todos esos años de rencor contenido, y cuando exhala su último aliento y su cuerpo queda inerte y los ojos se apagan…, por fin me siento en paz.

Todo ha terminado.

Y ahora Enzo y yo podemos vivir felices para siempre.

EPÍLOGO

Enzo

—¿Cuántas veces tengo que decirte que odio mi cumpleaños? —pregunta Venesa.

Tengo la mano apoyada en su cadera y la voy dirigiendo.

Sonrío con una mueca burlona, aunque no puede verme, porque lleva los ojos vendados desde poco antes de que nuestro avión aterrizase en Atlantic Cove, hace media hora. Y ahora estamos aquí, caminando por la acera, y estoy decidido a que su cumpleaños vuelva a ser un recuerdo feliz, como cuando era pequeña.

—¿Hola? ¿Enzo? —me dice mientras avanza con paso vacilante—. Si no veo nada, y te hago una pregunta, no puedes quedarte callado. Me pone de los nervios.

Con una risita, me agacho un poco y le planto un beso en la nuca.

—Lo siento, *piccola sirena*. Sé que odias los cumpleaños, pero yo no.

Proyecta el labio inferior hacia fuera y tengo que hacer un esfuerzo para no mordérselo.

«Céntrate, Enzo. No la cagues».

—Tendrías que odiar todo lo que yo odio —dice con un mohín—. Creía que era una de las ventajas de una relación.

—Nunca podría odiar el día que te trajeron al mundo, cariño —respondo—. Vas a tener que confiar en mí.

La empujo con suavidad hasta que vuelve a ponerse en marcha y luego, poco antes de llegar a la base de la noria, arruga la nariz y olfatea el aire.

—¿Estamos en Atlantic Cove? Por el olor, lo parece.

Le doy un cachete suave en el culo y luego se lo estrujo. A continuación, la suelto y retrocedo varios pasos mientras miro a mi alrededor.

El corazón me late contra las costillas a un ritmo rápido y constante, pero no se debe a mi miedo a las alturas.

Es por lo otro que voy a hacer.

He pagado a la ciudad una cantidad más que generosa para que esta noche la plaza esté cerrada al público. No es muy difícil si tu mujer es una de las personas más influyentes de Atlantic Cove, aunque su reputación no sea la más positiva.

La llaman la Bruja del Mar.

La heredera de su tío.

A Venesa no le molesta el apodo. Además, tampoco es que sea ella la que lleva el negocio. Las decisiones del día a día se las deja a Bas.

Hace una hermosa tarde, el sol acaba de ponerse y el cielo despejado da paso a millones de estrellas y al resplandor de la luna, que nos baña.

Cuando Venesa comentó que este año su cumpleaños caía en luna llena, supe que era mi momento. Recordaba haberla oído decir que solo se casaría en un momento como este. Que representaba el equilibrio y la armonía, o alguna otra cursilada así.

No nos vamos a casar esta noche, pero…

Casi.

Scotty fue a aquella floristería, Los Nombres de la Rosa, y recogió cientos de margaritas blancas. Dijo que él mismo se encargaría de decorar el lugar. Ha hecho un gran trabajo. Hay margaritas por toda la valla que rodea la enorme noria, y por todo el perímetro hay jarrones rebosantes de ellas. También ha formado grandes montones de cristales de cuarzo rosa y velas blancas, que crean un ambiente perfecto.

—Ya está —digo, y me sorprende ver que me tiembla la voz—. Puedes quitarte la venda.

Si hay algo que he aprendido, es que en este mundo nunca hay certezas. Uno puede pasarse toda la vida buscando el éxito o la felicidad, perdiendo horas incontables lejos de las personas que ama en una búsqueda eterna de algo inalcanzable y que, a la postre, puede que no sea tan importante, y de repente, en un segundo (o, en mi caso, con una mirada), experimentar que todo cambia.

Cuando miré a Venesa, mi mundo entero se volvió del revés y mi punto de vista se alteró para siempre.

De lo único que estoy seguro es de ella.

Ella es lo único que me importa.

Venesa se lleva la mano a la cara y se quita la venda. Se yergue, sorprendida, al darse cuenta de dónde estamos y de que no hay nadie más. Mueve la cabeza a un lado y a otro, y luego, poco a poco, da una vuelta completa.

Entonces me hinco de rodillas sosteniendo el anillo que he mandado hacer a medida.

—Sabía que estábamos aquí. El olor es inconfundible. —Se ríe mientras termina de dar la vuelta y luego nuestras miradas se cruzan, y sus ojos se abren de par en par al fijarse más en mí—. Enzo, ¿qué estás…?

Mira de nuevo a su alrededor y contempla los arreglos florales. Aprieta con fuerza el collar de conchas y me clava la vista, con la boca muy abierta.

—¿Qué es esto? —pregunta con voz temblorosa y una dulce mirada de asombro.

—Toda mi vida me han dicho quién tenía que ser y lo que tenía que hacer. —Me humedezco los labios y trago saliva para aliviar la sequedad de la garganta—. Qué camino se suponía que debía recorrer. Y yo jamás me opuse. Lo acepté. Desde el principio sabía el final de mi historia, porque esa era la mano de cartas que me había tocado. Así eran las cosas, y nunca me importó… hasta que te conocí. —Le cojo la mano izquierda y me la acerco a la boca para besarle el dorso—. Tú has hecho que anhele una vida diferente.

Abre mucho los ojos y veo que se empieza a acumular la humedad en ellos. La emoción se apodera de su rostro y una lágrima solitaria le cae por la mejilla.

—No hay suficientes palabras para decirte todo lo que siento por ti… —continúo, al tiempo que le acaricio los nudillos con el pulgar.

Cojo el anillo y se lo pongo en el dedo. El corazón me da un vuelco al verlo en su mano; es una conjunción perfecta.

Inspira con fuerza y baja la vista para mirarlo.

En el centro hay un diamante marquesa, engarzado en una banda de platino negro y rodeado de piedra lunar arcoíris.

—La verdad, Yrsa Venesa Andersen, es que mi alma te reconoció como su otra mitad en el mismo instante en que mis ojos se posaron en ti. Me has cambiado de forma irrevocable. No te quiero en una vida diferente. Te necesito en esta, y en todas las que podamos tener después. —La emoción me impide seguir hablando. Carraspeo—. Así que… cásate conmigo.

Se echa a reír mientras se tapa la boca con la mano y las lágrimas le corren por las mejillas y le caen por la barbilla.

—¿Eso era una pregunta?

—En realidad, no. —Me encojo de hombros—. Déjame crear contigo nuevos recuerdos cada día, *piccola sirena*. Concédeme el honor de ser tu marido, y te amaré en voz tan alta que se va a enterar todo el mundo.

Una sonrisa luminosa le atraviesa la cara, igual que la primera vez que la vi. E, igual que entonces, el estómago me da un vuelco y me quedo fascinado, como una polilla frente a la llama.

«¡Dios mío, qué hermosa es!».

—Sí —responde—. Me casaré contigo. Ahora levántate, Romeo.

En cuanto estoy de pie salta a mis brazos, me rodea la cintura con sus deliciosos muslos y me cubre de besos.

—Te amo —susurra.

La agarro por debajo del culo y aprieto.

—Yo también te amo, nena.

Retiro una mano del culo y la deslizo por la columna vertebral hasta que le puedo sujetar con el puño el cabello blanco plateado. Tiro con fuerza, porque sé que le gusta, y luego me adueño de su boca.

Joder, cómo me gusta besarla.

Aparta la cara y mira alrededor.

—¿Estamos solos?

—Por supuesto. No quería hacer esto con público. —Sonrío, burlón—. Además, para tu regalo de cumpleaños tenemos que estar solos.

—¿Así que hay algo más? —pregunta. Suelta el brazo que me rodea el cuello para poderse inclinar un poco hacia atrás y admirar el anillo—. Es precioso, por cierto—dice sonriente—. ¿Cómo sabías que me gustaba la piedra lunar?

Le acaricio la mejilla con una mano mientras la sostengo con el otro brazo.

—¿Cuándo te vas a dar cuenta de que no me pierdo detalle de ti?

La beso otra vez en los labios y dejo que se deslice con suavidad hasta que vuelve a quedar de pie en el suelo. Entonces la cojo de la mano y caminamos juntos por el paseo hasta que estamos frente a la caseta en la que jugamos tanto tiempo atrás, cuando fingíamos que no nos queríamos.

Al acercarnos, frunce el ceño y su paso vacila.

—Es eso… —empieza, y luego da otro paso al frente.

Me pongo detrás de ella, le rodeo la cintura con los brazos y le apoyo la cabeza en el cuello para mordisquearle la piel.

—¿De verdad creías que dejaría escapar a cualquiera que te ha hecho daño?

Me mira, con las cejas enarcadas, sorprendida, y luego sonríe, se da la vuelta y me mete la lengua en la boca.

Gimo con los labios sobre los suyos y, sujetándola por la nuca, la estrecho contra mí. No creo que me llegue a saciar jamás de su sabor. Hay algo en sus labios rojos, suaves y carnosos, que no me canso de probar.

Cuando me suelta, la agarro por la cintura, le doy la vuelta y la empujo hacia delante. El silencio es absoluto mientras se acerca a la caseta. Las carpas doradas nadan en sus peceras demasiado pequeñas y del techo cuelgan sirenas y grandes calamares. En el centro de las dianas, atadas con sogas, hay dos personas.

Una es Rusty, el cabrón hijo de puta encargado de la caseta. Está magullado y ensangrentado, y a duras penas se aferra a su mierda de vida. Tiene la cabeza caída y los ojos tan hinchados que no sé si está consciente. Pero es que, cuando lo volví a ver, no pude contenerme. Y menos tras enterarme de lo que le había hecho al amor de mi vida con la ayuda de Aria.

A su lado, amordazada y con los ojos muy abiertos, atada con una soga gruesa…, está Jessica.

Venesa se cuela detrás del mostrador y se fija en las pociones dispuestas en fila que le pedí a Bastien que trajese para la ocasión. Les pasa la mano por encima.

—Me has traído un regalo.

Sonrío, pletórico de felicidad.

—Feliz cumpleaños, *piccola sirena*. Ahora… crea unos cuantos recuerdos nuevos.

EPÍLOGO AMPLIADO

Venesa

—¿Y eso cómo te hace sentir?

Me muerdo el interior de la mejilla para no echarme a reír a carcajadas cuando Gio intenta psicoanalizar a Enzo desde el otro lado de la mesa de comedor de nuestra nueva casa.

Enzo gruñe y se mesa los cabellos.

—¿Quieres callarte de una puta vez?

Gio sonríe y se encoje de hombros.

—Sigo órdenes de la jefa. —Me señala.

—Ah, no —digo. Me acerco a él para darle una colleja y a continuación me dejo caer en el regazo de Enzo—. A mí no me eches las culpas. ¿Qué quieres? ¿Meterme en un lío?

—Tú querías un terapeuta, y por motivos obvios no puedes hablar con cualquier loquero que te encuentres por ahí… Solo soy un intermediario entre vosotros porque, francamente, os vendría bien algo de terapia, ¿sabéis? Menudo par de bichos raros que sois: torturáis a gente como juego erótico preliminar.

Lo fulmino con la mirada. Enzo me rodea la cintura con los brazos, me acurruca en su regazo y me roza el cuello con la nariz.

—Joder, qué bien hueles —dice. Tiene los labios sobre mi piel.

—¡Scotty! —grita Gio—. No me dijiste que la nueva casa venía con espectáculo incluido.

La risotada de Scotty nos llega desde la cocina, donde está limpiando los restos de la cena del domingo que él mismo ha preparado. Estas noches en familia se han convertido en una tradición.

Una cálida felicidad me llena el corazón al mirar a mi alrededor y comprender que aquí mismo tengo todo lo que siempre había deseado. ¿Quién me iba a decir que acabaría en Nueva York, con un puñado de mafiosos a mi entera disposición y que mi consejero de mayor confianza, Bastien, volvería a Atlantic Cove para dirigir mi imperio?

Lo echo de menos y me gustaría que estuviese más cerca.

Enzo me desliza la mano por el vientre y, cuando roza la parte baja de mis pechos, me sonrojo.

—Enzo —lo amonesto, pero me contoneo en su regazo y me froto contra él—. Delante de ellos no, por favor. Seamos serios.

—Entonces que se vayan —se queja, y me sujeta con más fuerza—. Porque estoy a punto de follarte sobre esta misma mesa.

Scotty entra en la sala con una sonrisa de oreja a oreja.

—¿Qué es eso de un espectáculo?

Los señalo a él y a Gio con el dedo.

—Largaos. Los dos.

—¡Oh! —exclama Gio—. ¿Así que ese es el amor que recibimos aquí? Ya veo.

—Es precisamente porque te quiero —admito—. Enzo finge que no le importa que te quedes y mires, pero ambos sabemos que te mataría por haberme visto desnuda.

—Cierto —confirma Enzo mientras me deposita besos suaves en la clavícula.

Gio asiente y se pone de pie.

—Me parece que tus argumentos son muy sólidos.

Se acerca a Scotty, le da una palmadita en el hombro y luego lo empuja hacia la puerta.

—Vamos, chaval. Vamos a buscarnos nuestra propia diversión.

Ni siquiera los oigo marcharse, porque, un instante después, Enzo me ha sacado de su regazo y me ha tumbado frente a él en la mesa del comedor, con la frente contra la madera oscura y el vestido levantado, de forma que puede disfrutar de las vistas de mi culo y mi coño.

Su boca me atrapa de inmediato y me arranca un quejido. Extiendo los brazos para tratar de estabilizarme y clavo las uñas en la mesa. La boca de Enzo me hace sentir tan bien que tengo el cuerpo en vilo.

Creo que está obsesionado con comerme el coño. Y tampoco es que vaya a quejarme. Valoro mucho el arte de complacer a una mujer y, si no fuese tan posesivo conmigo, invitaría a alguna mujer a nuestro dormitorio y podríamos competir a ver quién la hacía correrse antes. Pero es demasiado celoso y, a decir verdad, yo también.

La idea de que pueda tocar a alguien que no sea yo me produce un ataque de furia incontrolable.

De hecho, la idea de que es mío y solo mío me vuelve loca de deseo, y cuando mueve la lengua como lo hace, y desliza los dedos dentro y los curva, ya estoy al borde de la inconsciencia y a punto de estallar.

—¡Oh, Dios mío! —grito, y aprieto la cara con más fuerza contra la mesa.

Se para de repente, y el clímax que estaba a punto de llegar se desvanece. Siento el cuerpo entero como si estuviese ardiendo. Cada vez que me toca, noto una especie de descarga eléctrica que me atraviesa y prende fuego a mis terminaciones nerviosas.

Nadie nunca me había hecho sentir así.

—No te muevas —me ordena.

Me abandono a su voz y me permito relajarme por completo y renunciar a mi necesidad de controlarlo siempre todo. Me permito, también, olvidarme de la responsabilidad que me abruma porque todas las decisiones recaen sobre mí ahora que soy la dueña del imperio Kingston y la esposa de Enzo Marino.

Como él suele decirme, que pueda ocuparme de mí misma no significa que tenga que hacerlo.

Y creo que me encanta que mi marido se ocupe de mí.

Es la primera persona que me ha demostrado lo que significa ser amada de modo incondicional.

Se me escapa un gemido cuando me penetra por detrás. Me clava los dedos en las caderas y sus bruscas embestidas me empujan sobre la mesa. Estiro las manos para agarrarme mejor.

—Joder, Enzo.

—Eso es, cariño. Soy yo quien te hace sentir así. Maldita sea, qué bien te entra mi polla.

Su aprobación me sacude de placer y me enciende como si dentro de mí estuvieran estallando miles de fuegos artificiales.

La tiene muy grande, a veces incluso diría que demasiado; en este ángulo y con esas embestidas, me siento como si me fuese a romper. Duele y a la vez es placentero.

El calor me brota de las profundidades del abdomen y se extiende por la columna vertebral hasta acumulárseme entre las piernas, y la tensión crece y crece. O me desmayo, o estallo de placer… Cuando enrosca la mano libre alrededor de mí y me acaricia el clítoris, llego al clímax. El cuerpo me palpita al ritmo del corazón mientras me corro alrededor de su miembro.

Los movimientos de Enzo se vuelven más espasmódicos cuando alcanza su orgasmo, y entonces digo lo que sé que le hará perder el control por completo:

—Córrete dentro de mí.

Se deja caer sobre mí y me muerde el cuello mientras me gruñe al oído y descarga su semen dentro de mí. Sé que le excita hablar de dejarme embarazada, pero hemos acordado que no vamos a tener hijos. No es algo que me interese mucho. Ambos estamos traumatizados por nuestros padres, y prefiero asegurarme de que no le jodo la vida a otra persona para siempre.

Me preocupaba que fuese algo irrenunciable y nos separase, pero dijo «esposa feliz, vida feliz», y que, mientras me tuviese a mí, no le importaba nada más.

—Joder, te amo —murmura, mientras me da besos ardientes por toda la columna. Su polla aún sigue dentro, y se estremece, mientras ambos nos recuperamos de nuestros orgasmos—. Nunca me cansaré de ti.

Me embarga la emoción y me llena el pecho de una cálida sensación.

Nunca creí que sentiría un amor así.

Un amor incondicional, que lo consume todo.

Se me hincha la garganta. Carraspeo y luego me muevo hasta que se desliza fuera de mí. Me giro y me quedo tumbada boca arriba, contemplando sus facciones perfectas. Extiendo la mano y deslizo los dedos con suavidad por sus mejillas.

—Gracias por ser mío, Romeo.

Me sonríe y a continuación se inclina y me atrapa los labios con los suyos.

—Gracias por dejarme amarte en voz alta, *piccola sirena*.

—¿El resto de mi vida? —le pregunto.

—Y todas las demás.

PERFIL DE LOS PERSONAJES

Venesa

Nombre: Yrsa Venesa Andersen.
Edad: 24
Lugar de nacimiento: Barrios bajos de Atlantic Cove, Carolina del Sur
Residencia actual: Atlantic Cove, Carolina del Sur
Nacionalidad: Danesa-estadounidense
Educación: Secundaria
Ocupación: Dirige La Guarida y trabaja como sicaria para su tío
Ingresos: Bajos
Color de ojos: Marrón oscuro, casi negro
Pelo: Largo, por lo general ondulado o recogido. Teñido de rubio platino casi blanco. Sin teñir es morena
Constitución: Alta, exuberante. Un metro setenta y cinco, más o menos talla 44
Atuendos preferidos: Ropa sexy que remarque sus mejores rasgos
¿Gafas?: No
Accesorios que lleva siempre: Todo tipo de cristales y un collar de conchas marinas
Nivel de cuidado personal: Alto
Salud: Es una persona sana

Caligrafía: Cursiva, ornamentada

Manera de caminar: Se contonea. Siempre destaca sus rasgos más atractivos para atraer la atención hacia donde le interesa

Manera de hablar: Pausada, controlada, seductora

Acento: Sureño

Gesticulación: A veces gesticula de forma excesiva

Contacto visual: Cuando le conviene

Palabras malsonantes: No suele usar una palabrota en concreto de forma habitual, pero utiliza los diminutivos como insulto

Expresiones reiteradas: «Hasta la vista, Romeo»

Problemas de habla: Ninguno

Risa: Grave, sensual

¿Qué le divierte?: Incomodar a los demás

Sonrisa: Amplia. Le ilumina el rostro y hace que le salgan hoyuelos en las mejillas

¿Es una persona muy emotiva?: Por lo general, usa las emociones para manipular a los demás, no son auténticas

Infancia: Desastrosa. Su madre recibía malos tratos de un padre abusivo adicto al alcohol y al juego que entraba y salía de sus vidas constantemente. Su madre era la heredera de la familia Kingston, pero renunció a todo por amor a su esposo, al que ponía por encima de todo lo demás, incluso de Venesa y de ella misma. Venesa siempre pensó que no la elegía a ella por culpa de sus carencias. Cuando su madre fue asesinada y su padre desapareció, pasó a estar bajo la tutela de su tío, que no había mantenido una buena relación con su madre. Su vida mejoró, pero la tenían aislada y su tío la infravaloraba siempre. A pesar de ello, Venesa anhela siempre ganarse la aprobación de su tío, que es lo más parecido que ha tenido a una figura paternal cariñosa.

¿Participa en las actividades escolares?: No. No le gustaba ir a clase

Definición en el anuario escolar: Candidata a acabar como una paria

Empleos: Siempre ha trabajado para su tío

Trabajo soñado cuando era niña: Ninguno

Modelo de conducta durante la adolescencia: Su tío

Mayor pesar: Confiar en quien no debe

Aficiones durante la adolescencia: Brujería y el arte de los venenos

Lugar favorito en su infancia: El Morgan's Ice Shack

Primer recuerdo: Paseos con su madre por el malecón

Recuerdo más triste: Encontrar muerta a su madre

Recuerdo más dichoso: Ir al malecón con su madre el día de su cumpleaños

¿Algún trapo sucio?: Sí

Si pudiera cambiar algo de su pasado, ¿qué cambiaría?: No confiaría en su tío

Puntos de inflexión en su vida: Su padre golpeando a su madre delante de ella hasta que dejó de ser capaz de llorar. Ir a vivir con su tío. Que su prima la humillara constantemente en el colegio

Personalidad: Manipuladora, sensible, sensual

¿Qué consejo se daría a sí misma si pudiera viajar en el tiempo?: Cree en ti misma

Antecedentes penales: Nunca la han detenido

¿Hermanos?: No

Padre

Nombre: Harald Andersen

Edad: Muerto

Ocupación: ¿Qué más da?
¿Cómo era su relación con el personaje?: Fatal, inexistente

Madre
Nombre: Adrina Andersen
Edad: Muerta
Ocupación: Camarera en La Guarida
¿Cómo era su relación con el personaje?: Venesa quería a su madre, pero nunca logró ganarse su amor incondicional. Ella se esforzaba, pero era muy dependiente de su marido, al que siempre ponía por delante de todo, incluso de su hija

Amigos: Fisher y Bastien
Enemigos: Aria
¿Cómo la ven los desconocidos?: Sensual, misteriosa, rara
Redes sociales: No
Papel en la dinámica de grupo: Es una solitaria

¿Con quién cuenta para...?
Consejos prácticos: Bastien
Orientación: Su tío
Complicidad: Fisher
Apoyo emocional: Nadie
Apoyo moral: Nadie

¿Qué hace en un día lluvioso?: Recoger el agua de lluvia para emplearla en algún ritual
¿Teoría o práctica?: Práctica
¿Optimista, pesimista o realista?: Realista
¿Introvertida o extrovertida?: Extrovertida

Sonidos favoritos: El silencio de Aria
Deseo más profundo: Que la quieran en voz alta
Mayor defecto: No estar suficientemente alerta para detectar peligros; cree que la familia viene definida por la sangre
Punto más fuerte: La lealtad; la capacidad para utilizar de manera provechosa su sensualidad
¿Quiere ser recordada?: Solo por la gente a la que ama

Actitud hacia...
El poder: Lo manipula
La ambición: Le da la vida
El amor: Lo anhela
El cambio: No le gusta

¿Qué salvaría en caso de incendio?: El cuadro de la familia
¿Qué la altera?: Las mentiras
¿Cómo es su brújula moral y qué hace que se desvíe de ella?: Carece de brújula moral
Cosas que detesta: Que la gente le oculte cosas o que la excluyan de la toma de decisiones
¿Qué quiere que ponga en su lápida?: «Aquí yace Yrsa Venesa Andersen. No tuvo suerte en la vida, pero, por suerte, sí un poco de magia»
Objetivo de su historia: Al principio, es un personaje fuerte, de moral dudosa, que evita el compromiso en las relaciones sentimentales debido al trauma de cómo trataba su padre a su madre. Anhela sentirse aceptada y tener una familia que esté orgullosa de ella y que la anteponga a todo lo demás. Pero, haga lo que haga, no consigue la aprobación de las personas que considera su familia. Trabaja para su tío y trata de hacer lo

que él le pide, pero tiene una personalidad fuerte y no siempre puede controlar sus sentimientos, lo que hace que la relación entre ambos sea tensa, sobre todo porque no se lleva bien con Aria, su prima, que es el ojo derecho de su padre. A lo largo del libro, Venesa establecerá una conexión inmediata con Enzo, que la ve tal como es y no la presiona ni la fuerza a hacer nada por él, y que no le exige que cambie. No está acostumbrada a esa libertad y esa aceptación, y hace que empiece a ver las grietas en el resto de sus relaciones, sobre todo con su tío. La traición de la persona en la que ha confiado durante años y a la que ha sido leal se convierte en un punto de inflexión: a partir de ese momento, Venesa se convierte en lo que siempre debió ser: una mujer fuerte que se sabe defender sola y que acepta todas sus facetas, incluidos los aspectos más vulnerables, que siempre ha rechazado. Al final, permite que la cuiden y que la amen y aprende a corresponder a ese amor.

Enzo Marino

Nombre: Enzo Marino
Edad: 29
Lugar de nacimiento: Trillia, Brooklyn
Residencia actual: Nueva York
Educación: Secundaria.
Ocupación: Jefe de la mafia.
Ingresos: Altísimos
Color de ojos: Azul
Pelo: Castaño oscuro/negro. Algo alborotado, pero con buen corte. Tiene aspecto de estrella de cine
Constitución: Alto, más de un metro noventa, esbelto, musculoso
Atuendos preferidos: Traje o cachemira italiana
¿Gafas?: No
Accesorios que lleva siempre: La pistola
Nivel de cuidado personal: Alto
Salud: Es una persona sana
Caligrafía: Descuidada
Manera de caminar: Con paso decidido
Manera de hablar: Natural
Acento: De Brooklyn

Postura corporal: Buena
Gesticulación: Sí
Contacto visual: Siempre
Palabras malsonantes: «Mierda»
Expresiones reiteradas: No tiene, pero suele llamar a sus víctimas «cariño»
Problemas de habla: No
Risa: Grave, ronca
¿Qué le divierte?: Las personas ingeniosas
Sonrisa: Bonita, sincera, de estrella del cine
¿Es una persona muy emotiva?: Relativamente
Infancia: De niño se metía en muchas peleas y sentía el peso de las expectativas de su padre, que quería que entrara en el negocio familiar. De adolescente, Enzo cuidaba de su madre
¿Participativo en las actividades escolares?: No
Definición en el anuario escolar: Candidato a dejar embarazada a una chica
Empleos: *Caporegime,* segundo al mando, don
Trabajo soñado cuando era niño: Siempre supo que trabajaría para la mafia
Modelo de conducta durante la adolescencia: Su padre, hasta que vio cómo trataba a su madre. Luego, nadie
Mayor pesar: No haber podido salvar a su madre
Aficiones durante la adolescencia: Siempre estaba metido en líos; de adulto, participó en peleas clandestinas
Lugar favorito en su infancia: La esquina de Carnes Max
Primer recuerdo: Su tercer cumpleaños, cuando se reunió toda la familia y su padre le regaló una pistola de agua y le enseñó a utilizarla
Recuerdo más triste: Encontrar muerta a su madre

Recuerdo más dichoso: Cuando por fin consiguió estar con Venesa
¿Algún trapo sucio?: Sí
Si pudiera cambiar algo de su pasado, ¿qué cambiaría?: Salvaría a su madre
Puntos de inflexión en su vida: Ver a su padre maltratar a su madre; la drogadicción y el suicidio de su madre
Personalidad: Elegante, letal, peligroso
¿Qué consejo se daría a sí mismo si pudiera viajar en el tiempo?: «Vigila en quién confías»
Antecedentes penales: Nunca lo han detenido
Hermanos: Un hermano mayor, Giuseppe (Peppino)

Padre: Carlos Marino
Edad: 52
Ocupación: Jefe de jefes
¿Cómo era su relación con el personaje?: Delicada, porque el padre es imprevisible y paranoico. Aun así, Enzo le es muy leal debido a su educación (el juramento que hizo con la *omertà*) y a la promesa que le hizo a su madre

Madre: Giulia Marino
Edad: Muerta
Ocupación: Ama de casa
¿Cómo era su relación con el personaje?: Muy buena cuando era pequeño, luego, cuando ella empezó a consumir drogas, los papeles se intercambiaron y él tuvo que cuidarla

Amigos: Giovanni
Enemigos: Muchos
¿Cómo lo ven los desconocidos?: Muy atractivo y peligroso

Redes sociales: No
Papel en la dinámica de grupo: Líder

¿Con quién cuenta para...?
Consejos prácticos: Gio
Orientación: Su padre
Complicidad: Gio
Apoyo emocional: Gio
Apoyo moral: Gio

¿Qué hace en un día lluvioso?: Trabajar
¿Teoría o práctica?: Práctica
¿Optimista, pesimista o realista?: Realista
¿Introvertido o extrovertido?: Introvertido, pero se muestra extrovertido cuando hace falta
Sonidos favoritos: La risa de Venesa
Deseo más profundo: Encontrar el amor verdadero
Mayor defecto: Creer que las personas en las que confía son buenas
Punto más fuerte: Priorizar la razón a la emoción en cualquier situación
¿Quiere ser recordado?: Le da igual

Actitud hacia...
El poder: Lo exige
La ambición: Siempre la tiene
El amor: Lo anhela, pero cree que no va a conseguirlo
El cambio: Se adapta

¿Qué salvaría en caso de incendio?: No le importan demasiado las cosas materiales

¿Qué lo altera?: La falta de respeto

¿Cómo es su brújula moral y qué hace que se desvíe de ella?: Moralidad muy dudosa, así que no hace falta gran cosa

Cosas que detesta: Que no lo respeten, la gente que habla demasiado, la crueldad innecesaria

¿Qué quiere que ponga en su lápida?: «Aquí yace Enzo Marino, Romeo. Primero te besa y luego te mata»

Objetivo de su historia: Al principio, Enzo es muy leal a su padre, el jefe de jefes de la mafia italoamericana. Por deber, ha asumido el papel de lugarteniente tras la muerte de Peppino, su hermano, pero no le gusta cómo dirige su padre la organización, y también echa de menos la libertad de estar en las calles y de hacer las cosas a su manera. Toda su vida ha soñado con encontrar el amor verdadero, pero se ha dado cuenta de que no es posible para él, así que se va a casar con Aria para complacer a su padre y reafirmar el poder y la posición de su familia. A lo largo de la historia, Enzo tendrá que reconciliarse con el hecho de que, a veces, la lealtad ciega no es la respuesta, y que la promesa que hizo a su difunta madre no debe detenerlo a la hora de tomar el control de hacerse con el poder. Al final del libro, Enzo comprenderá que el amor es lo más fuerte, lo más importante del mundo, pese a lo que les pasó a sus padres, y encontrará el equilibrio entre quien tiene que ser, Marino, en la mafia, y ser capaz de amar plenamente y sin reservas, aunque eso dé miedo. Entenderá que, aunque antes creía tener poder y control, no era más que una ilusión, y se convertirá en un hombre digno de dirigir imperios y de tener a Venesa Andersen para siempre.

¡Gracias por leer!

¿Te ha gustado *Hexed*? ¡Por favor, deja una reseña!

¡Y ven a charlar sobre el libro! Únete al McIncult en Facebook: facebook.com/groups/mcincult.

¡Únete al McIncult!
EmilyMcIntire.com

AGRADECIMIENTOS

No sabía si terminaría de escribir este libro porque, nada más empezarlo, me diagnosticaron cáncer de mama. Durante lo peor de la quimioterapia no fui capaz de trabajar, y las musas me abandonaron. Tuve miedo de no volver a escribir nunca. Pero, poco a poco, lo superamos. Sigo recibiendo quimio porque es un estadio 4, pero es más tolerable y las musas han vuelto más fuertes que nunca. Ahora mismo tengo quemaduras de radiación tan serias que casi no puedo teclear de dolor, pero solo siento gratitud.

Lo primero, quiero felicitarme y darme las gracias a mí misma porque este último año y medio he soportado mucho. El cáncer pone tu mundo patas arriba y llega un momento en que no sabes ni quién eres. Me doy las gracias por no rendirme, por sentarme todos los días a escribir este libro, porque las historias que tengo en la cabeza quieren pasar al papel.

A vosotros, mis lectores, sin los que nada de todo esto sería posible, también quiero daros las gracias. Cuando desaparecí un año entero para recibir tratamiento, seguisteis ahí, hablando sobre mis libros. Solo gracias a vosotros pude soportar el tratamiento sin preocuparme por las facturas. Sois la razón de que el McIncult crezca cada día más. Gracias por estar ahí, por leerme, por apoyarme.

A mi editora, Christa; a mi encargada de marketing, Katie; a todo el Team Bloom: gracias por ser las personas más flexibles del mundo con mis fechas de entrega y por vuestro apoyo a lo largo de todo este viaje. Me dais fuerzas para ser mejor escritora, no sé expresar lo que significa para mí vuestra fe constante.

A Kimberly, mi agente, y al resto de Brower Literary: gracias por estar a mi lado y por ser mi mano derecha cuando lo he necesitado. No confiaría mi carrera a nadie más. Para mí, tenéis un valor incalculable.

A Jessica, mi publicista, y al resto de Leo PRNY: gracias por aguantarme cuando me desahogaba, por apoyarme en todo momento y contribuir a impulsar mi carrera como yo jamás habría podido hacerlo. Toda persona depende de su equipo, y yo no podría tener un mejor equipo que vosotros.

A Rae y Jackie, mis ayudantes: gracias por mantener mi vida en orden. Sin vosotras, el equipo Emily sería un caos.

A Cat, la diseñadora de portada: gracias por trabajar conmigo en esta serie, por coger mis ideas y darles vida de una manera tan asombrosa.

A Sav, mi mejor amiga: gracias por ser mi hermana del alma, por apoyarme siempre, hasta cuando te llamo a las tres de la madrugada para llorar y buscar tu consuelo. Gracias por viajar desde otro estado para acompañarme a la quimio, gracias por estar a mi lado pese a todo.

A Mike, mi marido: siempre he sabido que eras perfecto para mí, pero nunca lo he tenido tan claro como este último año y medio, cuando me has acompañado en el proceso. Eres el esposo y el padre más comprensivo y cariñoso que existe. Tengo mucha suerte de contar contigo. De verdad, no sé qué haría sin ti. Gracias por quererme y por elegirme todos los días cuando ni yo me elegiría.

A Melody, mi hija: siempre has sido y serás la razón de todo. Te quiero para siempre.